SILENCIADAS

Kristina Ohlsson

SILENCIADAS

TRADUÇÃO DE ROGÉRIO BETTONI

2ª EDIÇÃO

Copyright © 2010 Kristina Ohlsson. Publicado mediante acordo com a Salomonsson Agency.
Copyright da tradução © 2019 Editora Gutenberg

Título original: *Tusenskönor*

Todos os direitos reservados pela Editora Gutenberg. Nenhuma parte desta publicação poderá ser reproduzida, seja por meios mecânicos, eletrônicos, seja via cópia xerográfica, sem a autorização prévia da Editora.

GERENTE EDITORIAL
Arnaud Vin

EDITOR ASSISTENTE
Eduardo Soares

PREPARAÇÃO
Eduardo Soares

CAPA
Carol Oliveira (sobre a imagem de Ivankov, Vitalii Tiagunov e Evikka [Shutterstock])

DIAGRAMAÇÃO
Guilherme Fagundes

**Dados Internacionais de Catalogação na Publicação (CIP)
Câmara Brasileira do Livro, SP, Brasil**

Ohlsson, Kristina
  Silenciadas / Kristina Ohlsson ; tradução de Rogério Bettoni.
– 2. ed. – Belo Horizonte : Editora Gutenberg, 2019.

  Título original: Tusenskönor.
  ISBN: 978-85-8235-596-1

  1. Ficção policial e de mistério 2. Ficção sueca I. Título.

19-27611   CDD-839.73

Índices para catálogo sistemático:
1. Ficção : Literatura sueca 839.73

Iolanda Rodrigues Biode - Bibliotecária - CRB-8/10014

A **GUTENBERG** É UMA EDITORA DO **GRUPO AUTÊNTICA**

São Paulo
Av. Paulista, 2.073 . Conjunto Nacional
Horsa I . 23º andar . Conj. 2310 - 2312
Cerqueira César . 01311-940 . São Paulo . SP
Tel.: (55 11) 3034 4468

Belo Horizonte
Rua Carlos Turner, 420
Silveira . 31140-520
Belo Horizonte . MG
Tel.: (55 31) 3465 4500

www.editoragutenberg.com.br

NO INÍCIO

Nem às aves e às estrelas
Ele mostra tais cuidados.

A CAMPINA, COBERTA PELO VERDE da grama e repleta de flores silvestres, sempre foi sua. Não foi nada difícil fazer um pacto com a irmã; só precisou concordar que o quarto do sótão, na casa de veraneio, seria dela. Jamais entenderia como a irmã aceitou fazer um trato desse tipo – trocar um quarto de sótão, antigo e entediante, por uma campina. Mas ela não disse nada. Afinal, sua irmã poderia acabar impondo outras exigências.

A campina, cujo mato crescia naturalmente sem nenhuma poda, ficava depois da fronteira do jardim. Quando era mais jovem, as plantas mais altas chegavam-lhe à altura do queixo. Agora, como estava mais velha, o mato batia-lhe na cintura. Ela caminhava pela vegetação com passos leves e lentos, olhos curiosos, sentindo as flores e as folhas roçando-lhe as pernas nuas. As flores tinham de ser colhidas em silêncio – do contrário, não daria certo. Ela precisava de sete tipos diferentes de flores, que tinham de ser apanhadas na véspera do solstício de verão e colocadas embaixo do travesseiro. Feito isso ele apareceria – o homem com quem se casaria.

Pelo menos foi isso que pensou quando era pequena e apanhava flores em pleno verão pela primeira vez. A irmã implicou com ela.

– Você quer ver o Viktor – disse, rindo.

Com certeza ela tinha sido ingênua e estúpida naquela época. Não queria ver Viktor, mas sim outra pessoa. Uma pessoa secreta.

Depois dessa primeira vez, repetiu o mesmo ritual durante anos. Agora já estava crescida demais para acreditar numa superstição do passado, é claro, mas ainda considerava importante refazer os mesmos passos. Afinal, não havia muita coisa com que se ocupar, pensou com certo cinismo. Todo ano os pais insistiam para que elas fossem passar o verão com eles longe da cidade, e toda vez era a mesma provação. Naquele ano foi ainda pior, pois ela tinha sido convidada para a festa da amiga Anna. Os pais de Anna planejaram uma grande comemoração de solstício e convidaram as amigas das filhas.

Mas seu pai não a deixou ir.

– Vamos comemorar o solstício do jeito que sempre fazemos – disse. – Juntos. E é assim que vai ser enquanto você morar conosco.

Ela foi tomada por uma onda de pânico. Será que ele não percebia que estava sendo irracional? Ainda demoraria anos para ela sair de casa. O comportamento desleal da irmã também não ajudava. Como nunca era convidada para nenhuma festa, ficar com os pais no interior não tinha nenhum problema. Ela parecia até gostar dos convidados peculiares que surgiam do porão ao anoitecer e eram bem recebidos na varanda com janelas de vidro, cujas venezianas eram baixadas pela mãe para ficar difícil de ver lá dentro.

Ela os odiava. Ao contrário do resto da família, achava impossível sentir compaixão ou pena por eles. Uma gente suja e fedorenta que não assumia responsabilidade pela própria vida; que não pensava em nada de mais sensato a fazer do que se esgueirar num porão no meio do mato; que pateticamente se satisfazia com tão pouco. Ela nunca estava satisfeita. Nunca.

– Você deve amar o próximo – costumava dizer o pai.

– Devemos ser gratos pelo que temos – dizia a mãe.

Ela tinha parado de ouvi-los havia muito, muito tempo.

Avistou-o assim que apanhou a quarta flor. Ele deve ter feito algum barulho, pois, do contrário, sequer teria percebido sua presença. Levantou rapidamente a cabeça voltada para o campo e para as flores e o sol lhe ofuscou os olhos. Contra a luz ele não era nada mais que uma silhueta, e era impossível distinguir sua idade ou identidade.

Contraiu os olhos e colocou a mão na testa, fazendo uma sombra no rosto. Sim, ela sabia quem ele era. Algumas semanas antes, da janela da cozinha, ela o tinha visto passar quando seu pai chegou tarde em casa com o último grupo de convidados. Ele era mais alto que a maioria deles. Não mais velho, mas mais alto. E mais forte. Seu maxilar tinha um contorno quadrado, o que o fazia se parecer com os soldados americanos que via nos filmes.

Os dois ficaram imóveis, olhando um para o outro.

– Você não pode ficar aqui – disse ela com o olhar esnobe, embora soubesse que não havia propósito em agir assim.

Nenhuma das pessoas do porão falava sueco.

Como ele não se moveu, nem disse nada, ela suspirou e continuou apanhando as flores.

Uma campânula.

Uma margarida branca.

Atrás dela, ele se movia devagar. Olhou discretamente para trás e se perguntou para onde ele estava indo. Percebeu que se aproximava.

Ela e a família só estiveram no exterior uma única vez. Na ocasião, fizeram uma viagem em grupo para se banhar ao sol e nadar nas Ilhas Canárias. As ruas fervilhavam de cães que corriam atrás dos turistas. Seu pai era excelente em espantar os cães.

"Xô", gritava ele, atirando uma pedra numa direção qualquer.

Sempre dava certo. Os cães se afastavam e corriam atrás da pedra.

O homem na campina parecia um desses cães de rua. Havia algo imprevisível em seus olhos, algo indecifrável. Talvez raiva. De repente, ela teve dúvidas do que ele faria em seguida. Jogar uma pedra não parecia ser uma opção. Uma olhada na direção da casa confirmou o que já sabia: os pais e a irmã tinham ido de carro até a cidade comprar peixe fresco para o jantar. Mais uma tradição ridícula inventada por eles para preservar a imagem de família normal. Como de costume, ela disse que não queria acompanhá-los pois preferia apanhar flores sozinha e tranquila.

– O que você quer? – perguntou, irritada.

Irritada e com uma sensação de alerta cada vez maior. Não havia nada de errado com seus instintos, ela sentiu o cheiro de um perigo real. E dessa vez, todos os seus sentidos lhe diziam que era preciso assumir o controle da situação.

Sentiu os caules ásperos das flores enquanto os apertava com força. Só faltava apanhar mais uma. Uma margarida amarela. Uma planta sofisticada, como dizia o pai.

O homem deu mais alguns passos na direção dela. Depois parou, a poucos metros de distância. Um sorriso largo e irônico brotou-lhe lentamente no rosto. Naquele momento, ela soube o que ele queria.

Suas pernas foram mais rápidas que os pensamentos. Seus reflexos previram perigo e no mesmo instante ela começou a correr. A beirada do jardim ficava a menos de cem metros dali, e ela começou a gritar por socorro, sem parar. Seus gritos agudos atravessaram o silêncio da campina. O solo seco amorteceu o som dos passos apressados e o baque de seu corpo no chão quando ele a derrubou vinte metros depois. Como se ele já soubesse desde o início que ela não conseguiria fugir e a tivesse deixado correr só pela emoção da caçada.

Ela lutou como um animal enquanto ele a virava de costas no chão e lhe arrancava a roupa. O método e o vigor de seus gestos a levaram à conclusão de que ele já tinha feito aquilo antes.

Quando tudo acabou e ela foi largada no chão, chorando na clareira provocada pelo corpo dos dois no meio do mato, ela soube que jamais superaria aquele acontecimento. Com o punho cerrado e as articulações feridas de uma luta inútil, ela ainda segurava o ramalhete de flores. Largou-o no chão como se lhe queimasse os dedos. As flores agora eram totalmente supérfluas. Ela já sabia qual rosto veria nos próprios sonhos.

Quando o carro parou na porta da casa, ela ainda estava deitada na campina, incapaz de se levantar. As nuvens pareciam executar um balé canhestro contra o céu azul. O mundo parecia inalterado, embora seu mundo particular tivesse se espatifado para sempre. Ela continuou lá, deitada, até perceberem sua ausência e saírem para procurá-la. No momento em que a encontraram, já tinha se tornado outra pessoa.

HOJE

Na tristeza ou na bonança,
Nunca os filhos Deus olvida;
Seu desejo é guardá-los
Puros, santos para a vida.

SEXTA-FEIRA, 22 DE FEVEREIRO DE 2008

ESTOCOLMO

Sem saber que morreria em pouco tempo, Jakob Ahlbin proferiu sua última palestra com grande entusiasmo e contentamento. Aquela sexta tinha sido um longo dia, mas as horas passaram rapidamente. A plateia estava atenta e ele sentia o coração aquecido por saber que havia tantas pessoas, além dele, interessadas no assunto.

Alguns dias depois, quando percebeu que tudo estava perdido, perguntou-se por um instante se a causa teria sido sua última palestra. Se tinha falado demais durante as perguntas e respostas, revelando deter um conhecimento que algumas pessoas não gostariam que ele tivesse. Concluiu que o caso não era esse. Até o momento exato de sua morte, estava convencido de que teria sido impossível evitar o desastre. Quando sentiu a pressão do cano da arma em sua têmpora, já estava tudo acabado. Mas a situação não impediu que sentisse uma mágoa profunda por sua vida terminar ali. Ainda havia muita coisa para dar ao mundo.

No decorrer dos anos, Jakob proferiu muito mais palestras do que conseguia se lembrar, e sabia ter feito bom uso de seu talento como orador. O conteúdo de suas falas era quase sempre o mesmo, bem como as perguntas que se seguiam. A plateia variava. Algumas vezes o público ia seguindo alguma instrução, outras vezes o procurava por conta própria. Para Jakob, não fazia diferença. Ele ficava tranquilo no palco, independentemente de qualquer coisa.

De modo geral, começava mostrando fotografias dos barcos. Talvez essa tática fosse má, mas ele sabia que sempre ia direto ao ponto. Uma dezena de pessoas num barco minúsculo, semana após semana, cada vez mais exaustas e desesperadas. E como uma miragem indistinta no horizonte surgia a Europa, como um sonho ou um voo da imaginação, algo que jamais imaginariam vivenciar na vida real.

– Achamos que esse fenômeno é desconhecido para nós – começou ele. – Achamos que pertence a outra parte do mundo, que é algo que nunca aconteceu e nunca vai acontecer conosco.

A imagem atrás dele mudou silenciosamente, dando lugar na tela a um mapa da Europa.

– Muitas vezes as memórias são curtas – suspirou. – Escolhemos não nos lembrar de que, há poucas décadas, a Europa estava em chamas, e as pessoas fugiam apavoradas de um país para o outro. E nos esquecemos de que há apenas um século, mais de um milhão de suecos decidiram deixar o país para começar uma vida nova nos Estados Unidos.

Passou a mão no cabelo, parou por um instante e olhou para a plateia, certificando-se de que todos ouviam. A imagem atrás dele mudou de novo, mostrando agora Max von Sydow e Liv Ullmann numa cena do filme *Os emigrantes*, baseado na obra de Vilhelm Moberg.

– Um milhão de pessoas – repetiu em voz alta. – Não se iludam, nem por um momento, em pensar que Karl-Oskar e Kristina não encararam sua viagem para os Estados Unidos como uma punição. Não pensem que não teriam ficado na Suécia se pudessem. Pensem apenas no que obrigaria vocês a executar uma ruptura como essa, deixar sua antiga vida para trás e começar tudo de novo em outro continente, sem um centavo no bolso, carregando apenas o que cabia numa porcaria de uma maleta!

A exaltação era proposital. Um pastor praguejando era sempre muito chocante.

Ele sabia bastante bem o momento em que poderia enfrentar oposição. Às vezes acontecia quando mostrava a imagem de Karl-Oskar e Kristina. Outras vezes, um pouco depois. Naquela tarde aconteceu exatamente no momento em que xingou. Um jovem sentado numa fileira bem na frente se sentiu provocado e levantou a mão antes que Jakob pudesse continuar.

– Desculpe-me interromper – disse ele, com a voz aguda –, mas como é possível você fazer um paralelo desse tipo?

Jakob sabia o que viria a seguir, mas continuou com a testa franzida, representando pelo bem da causa.

– Karl-Oskar, Kristina e todos os outros suecos que foram para os Estados Unidos trabalharam até a exaustão quando chegaram lá. Eles *construíram* aquele maldito país. Aprenderam a língua e adotaram outra cultura. Arrumaram trabalho imediatamente e se submeteram às regras. Esse bando de gente que vem para a Suécia hoje em dia não faz nada disso. Moram em seus pequenos guetos, não têm o menor interesse em aprender sueco, sobrevivem à base de benefícios e não movem um dedo para conseguir emprego.

O auditório ficou em silêncio. Uma sensação de mal-estar atravessou a plateia como uma alma inquieta. Um mal-estar que prenunciava confusão, mas também o medo de ser exposto como alguém que compartilhava das opiniões do jovem. Um murmúrio começou a ser ouvido no auditório e Jakob esperou mais alguns instantes. Muitas vezes ele tentou explicar essa tática para políticos: ficar em silêncio não aplacava em nada pensamentos e frustrações como os que acabaram de ser expressados.

O jovem se mexeu na cadeira, cruzou os braços, levantou o queixo e esperou a resposta do pastor. Jakob o deixou esperar, demonstrando que, para ele, o comentário era uma novidade. Olhou para a imagem atrás de si e depois de volta para a plateia.

– Vocês acham que eles pensavam dessa maneira quando chegaram aqui? Pense naqueles que pagaram quinze mil dólares para sair do Iraque em chamas e chegar à Suécia. Acham que eles sonhavam em viver num complexo de apartamentos miserável da década de 1960, construído por um programa de habitação popular, na periferia da cidade? Acham que sonhavam em ficar presos lá com mais dez pessoas num apartamento de três cômodos, dia após dia, sem nada para fazer, longe da família? Sozinhos? Quinze mil dólares é o que custa uma viagem dessas, *por pessoa*.

Dito isso, Jakob levantou o dedo esticado no ar.

– Vocês acham que em algum momento, em seus piores pesadelos, eles pensaram que encontrariam esse tipo de exclusão que oferecemos? Oferecer para um doutor experiente um trabalho como motorista de táxi, isso se ele tiver sorte, pois pessoas com menos educação não conseguem nem isso.

Tomando cuidado para não parecer repreensivo, Jakob olhou para o jovem que havia feito o comentário.

– Acho que eles pensavam como Karl-Oskar e Kristina. Para mim, acreditavam que seria como chegar aos Estados Unidos um século atrás. Onde o céu era o limite para quem estivesse preparado para se esforçar, onde o trabalho duro compensava.

O olhar de uma jovem chamou a atenção de Jakob. Seus olhos brilhavam e ela segurava na mão um lenço de papel amassado.

– Acredito – disse ele, gentilmente – que pouquíssimas pessoas *escolheriam* ficar sentadas olhando para a parede de um apartamento no gueto se sentissem que havia uma alternativa. Pelo menos – acrescentou –, essa é a conclusão a que cheguei no meu trabalho.

Nesse instante o clima mudou, exatamente como costumava acontecer. A plateia se acalmou, ouvindo com um interesse cada vez maior. As imagens continuaram mudando, seguindo o ritmo da narrativa sobre imigrantes que chegaram à Suécia nas últimas décadas. Fotografias dolorosas e intensas documentando homens e mulheres entulhados num caminhão, atravessando a Turquia em direção à Europa.

– Hoje, por quinze mil dólares um iraquiano consegue o passaporte, a viagem e uma história. As redes criminosas, formadas por contrabandistas de pessoas, estão espalhadas por toda a Europa e chegam às zonas de conflito que forçam as pessoas a fugir.

– O que você quer dizer com história? – perguntou uma mulher na plateia.

– Uma narrativa para requerentes de asilo – explicou Jakob. – O contrabandista diz o que as pessoas precisam falar para ter a chance de ficar na Suécia.

– Mas quinze mil dólares? – perguntou um homem, desconfiado. – É dinheiro demais. Os custos são tão altos assim?

– É claro que não – respondeu Jakob, pacientemente. – As pessoas por trás dessas redes ganham quantias exorbitantes. É um mercado cruel, e totalmente injusto. Mas também, apesar de sua brutalidade, é compreensível. A Europa é fechada para pessoas em necessidade. As únicas entradas são as ilegais. E essas entradas são controladas por criminosos.

Outras mãos se levantaram, e Jakob respondeu todas as perguntas. Por fim, só havia mais uma mão levantada, da moça que segurava o lenço. Ela era ruiva e usava uma franja comprida que se estendia como uma cortina sobre os olhos, conferindo-lhe uma aparência de anonimato. O tipo de pessoa que não conseguimos descrever depois de algum tempo.

– Há pessoas que se envolvem nisso tudo por pura solidariedade? – perguntou ela.

Era uma pergunta nova, que jamais havia sido feita a Jakob em suas palestras.

– Afinal, há um monte de organizações na Suécia e no resto da Europa trabalhando com refugiados. Não existe ninguém que ajude requerentes de asilo a vir para a Suécia? – prosseguiu. – De uma maneira melhor e mais humana do que por intermédio de contrabandistas.

A pergunta impactou Jakob e se cristalizou. Ele hesitou durante algum tempo antes de responder, ainda sem saber exatamente o que deveria dizer.

– Ajudar as pessoas a entrar ilegalmente na Europa é crime. Independentemente do que pensamos sobre isso, trata-se de um fato. E quer dizer que quem o fizesse estaria cometendo uma infração sujeita a punição, o que é suficiente para desencorajar até o mais nobre dos benfeitores.

Ele hesitou de novo.

– Mas ouvi dizer que as coisas podem estar começando a mudar. Que há pessoas identificadas o bastante com os refugiados para querer dar a eles uma chance de vir para a Europa por uma quantia consideravelmente menor. Mas, como disse, só ouvi dizer, não tenho certeza de nada.

Ele parou por um instante, sentiu o coração acelerar e fez uma oração em silêncio.

Depois concluiu a palestra como sempre concluía.

– Como disse, não acho que precisamos nos preocupar com o fato de haver tantas pessoas no mundo querendo viver num gueto na periferia de Estocolmo, sem trabalho ou residência fixa. Por outro lado, devemos pensar no seguinte: existe alguma coisa que um pai não faria para garantir condições seguras para o futuro dos filhos? Existe algum ato que um ser humano não cometeria para criar uma vida melhor para si mesmo?

No momento exato em que Jakob Ahlbin estava concluindo sua palestra e sendo aplaudido ruidosamente, um Boeing 737, que havia decolado de Istambul algumas horas antes, tocou o solo no Aeroporto de Arlanda, em Estocolmo. O comandante da aeronave informou aos passageiros que a temperatura local era de três graus negativos e que havia previsão de neve para a noite. Disse ainda que esperava receber de volta os passageiros em breve. Depois uma comissária pediu para os passageiros continuarem sentados, com o cinto de segurança afivelado, até que o sinal luminoso se apagasse.

Nervoso, Ali escutou os anúncios, mas não entendeu nem o inglês nem a outra língua falada pela tripulação, que ele imaginou ser sueco. O suor lhe escorria pelas costas, deixando a camisa, que comprara especificamente para a viagem, colada no corpo. Tentou não reclinar as costas no assento, mas também não queria chamar atenção inclinando o corpo para a frente como fizera no voo de Bagdá para Istambul. As comissárias de bordo perguntaram-lhe diversas vezes se estava tudo bem e se ele aceitava algo para comer ou beber. Ali negou com a cabeça, esfregou o dorso da mão no lábio superior para limpar o suor e fechou os olhos. Esperava que chegassem logo ao destino, que tudo aquilo acabasse e que ele saísse da aeronave em segurança.

Seu corpo formigava de ansiedade. Apertou os braços da poltrona com as duas mãos e travou o maxilar. Talvez pela centésima vez, olhou ao redor do avião, tentando descobrir quem era sua escolta. Quem seria a pessoa secreta sentada entre os passageiros apenas para garantir que ele estava se comportando e seguindo as instruções? Uma sombra mandada por seu libertador. Para seu próprio bem. Para o bem de todos. Desse modo os outros não teriam problemas, assim como ele, que teria a chance de ir para a Suécia em condições tão generosas.

O passaporte falso estava no bolso da frente da camisa. De início, tinha o colocado na bagagem de mão, mas precisou pegá-lo quando a comissária apareceu apontando para a placa dizendo que seu assento ficava perto de uma saída de emergência. Isso significava que ele não poderia deixar a bagagem de mão sob o banco da frente, mas teria de colocá-la no compartimento acima dos bancos. Ali, quase se entregando ao pânico, não suportava a ideia de se separar do passaporte. Com as mãos trêmulas, abriu o zíper da bolsa e a revirou procurando o documento, que havia deslizado para o fundo. Segurou a capa dura do passaporte, enfiou-o no bolso da camisa e entregou a bolsa para a comissária.

As instruções que precisava seguir quando chegasse à Suécia eram extremamente claras. Não deveria, de modo nenhum, pedir asilo enquanto ainda estivesse no aeroporto. Também não deveria deixar seus documentos para trás ou entregá-los à pessoa que o escoltava no avião antes de deixarem a aeronave. O passaporte havia sido emitido por um dos Estados do Golfo Pérsico e continha um visto de trabalho que lhe permitia entrar no país. O fato de não falar inglês não seria problema.

O avião pousou, taxiou suavemente na pista coberta de neve e se aproximou do Portão 37, onde os passageiros deveriam desembarcar.

– O que vai acontecer se eu errar? – perguntara Ali a seu contato em Damasco, o sujeito que havia lhe feito a oferta.

– Não se preocupe com isso – respondeu o contato com um sorriso no canto dos lábios.

– Eu preciso saber – disse Ali. – O que acontece se eu falhar em alguma dessas tarefas que preciso cumprir? Conversei com outras pessoas que vão para o mesmo lugar. Não é assim que geralmente funciona.

A aparência do sujeito ficou mais séria.

– Pensei que você fosse grato, Ali.

– Mas eu sou – disse rapidamente. – Só fico imaginando que...

– Pare de imaginar tanta coisa – interrompeu o contato. – E você não pode, sob quaisquer circunstâncias, falar sobre isso com ninguém. Ninguém. Precisa se concentrar apenas em uma coisa, que é entrar no país do jeito que combinamos, e depois cumprir com a tarefa que vamos lhe dar. Depois disso, pode encontrar sua família. É isso que você quer, não é?

– Mais do que qualquer coisa.

– Ótimo, então se preocupe menos e se concentre mais. Se não mantiver o foco, corre o risco de ser mais infeliz do que já foi em toda sua vida.

– Impossível ser mais infeliz do que já sou agora – suspirou, com a cabeça baixa.

– Ah, é possível sim – respondeu o contato com um tom de voz tão frio que Ali parou de respirar, sentindo um arrepio de pavor. – Imagine se você perder toda sua família, Ali. Ou se eles o perderem. Ficar sozinho é a única infelicidade verdadeira. Lembre-se disso, pelo bem da sua família.

Ali fechou os olhos e soube que jamais se esqueceria. Ele reconhecia uma ameaça quando a escutava.

Dez minutos depois, quando passou pelo controle de imigração e conseguiu entrar no país, o pensamento lhe voltou à mente. A partir daquele ponto, só havia um caminho adiante: o caminho que o levaria para longe da vida que agora, mais do que nunca, ele sabia ter deixado para trás, para sempre.

QUARTA-FEIRA, 27 DE FEVEREIRO DE 2008

ESTOCOLMO

Os croissants caseiros oferecidos no DIC, Departamento de Investigações Criminais, não se pareciam nada com croissants. Peder Rydh pegou dois de uma vez e sorriu, dando um cutucão no novo colega, Joar Sahlin, que respondeu com um olhar inexpressivo e se contentou em pegar apenas um.

– Rola – comentou Peder numa única palavra, segurando um dos croissants.

– Como? – disse o colega, olhando-o diretamente nos olhos.

Peder enfiou metade do croissant na boca e respondeu enquanto mastigava.

– Parece pau mole.

Depois se sentou ao lado da policial novata que começara a trabalhar no mesmo andar algumas semanas antes.

O outono e o inverno tinham sido difíceis para Peder. Comemorou o primeiro aniversário dos filhos gêmeos largando a esposa, e desde então enfileirava burradas. Não no trabalho, mas na vida pessoal. A mulher que queria namorá-lo, Pia Nordh, virou-lhe as costas de repente, dizendo que tinha encontrado outra pessoa.

– Agora é pra valer, Peder – disse ela. – Não quero estragar uma coisa que parece promissora.

Peder bufou e se perguntou o quanto uma boa companheira de transa como Pia Nordh poderia levar um relacionamento a sério, mas preferiu não expressar sua opinião em voz alta. Não naquele momento, pelo menos.

O que mais frustrava Peder depois que Pia lhe abandonara era se lembrar de como tinha sido difícil encontrar uma nova pessoa para se divertir. Até agora. A novata não devia ter mais de vinte e cinco anos, mas parecia mais madura. O mais importante é que sua chegada era recente demais para ela ter ouvido todas as histórias sobre o comportamento de Peder. Sobre o modo como deixara a esposa e fora infiel enquanto ainda estavam juntos. Sobre os filhos, tão novos e duplamente abandonados pelo pai, que, no meio da licença-paternidade, percebeu que não suportava ficar trancafiado em casa com os bebês e os devolveu à mãe. Que por sua vez resolvera começar a trabalhar durante meio período depois de um ano de depressão pós-parto.

Peder se sentou perto da novata, a uma distância suficiente para não parecer estranho, mas sabendo que estava perto demais mesmo assim. Ela, por sua vez, não se afastou, o que ele interpretou como um bom sinal.

– Belos croissants – disse ela, inclinando a cabeça.

Seu cabelo era curto e cheio de cachos irregulares, apontando para todas as direções. Se não tivesse o rosto bonito, pareceria um duende. Peder resolveu arriscar e abriu seu mais descarado sorriso.

– Parece um monte de rola, não parece? – disse, dando uma piscadinha.

A novata olhou longamente para ele, levantou-se e saiu andando. Os colegas sentados no sofá ao lado fizeram cara de gozação.

– Só você mesmo, Peder – disse um deles, balançando a cabeça.

Peder não disse nada. Ruborizado, concentrou-se novamente no croissant e no café diante de si.

Nesse momento, o superintendente Alex Recht colocou a cabeça na porta da sala.

– Peder e Joar, me encontrem no Covil em dez minutos.

Peder olhou discretamente ao redor e percebeu, para sua satisfação, que a ordem normal das coisas havia sido restabelecida. Não conseguia se livrar da reputação de ser o cara mais imprudente de toda a repartição, mas também era o único que havia sido promovido a inspetor-detetive aos trinta e dois anos, e definitivamente era o único a ocupar um posto permanente na equipe de investigações especiais de Alex Recht.

Levantou-se preguiçosamente do sofá, segurando a xícara de café. Colocou-a no escorredor de pratos, apesar de a lava-louças estar aberta e haver uma placa com letras vermelhas garrafais e os dizeres SUJOU, LAVOU, mostrando exatamente para onde a louça deveria ir.

Numa época que agora parecia tão distante quanto outra vida, Fredrika Bergman sempre se sentia aliviada ao anoitecer, quando o cansaço tomava conta de seu corpo e ela podia finalmente ir para a cama. Mas isso era passado. Agora ela sentia angústia quando o relógio marcava dez horas e a necessidade de sono se fazia presente. Como uma guerrilheira, rastejava-se diante do inimigo, pronta para lutar até que escorresse a última gota de sangue. Geralmente saía vitoriosa sem muita dificuldade. Seu corpo e sua alma estavam tão tensos que ela ficava acordada na cama até de madrugada.

A exaustão era quase uma dor física, e o bebê chutava impaciente, tentando fazer com que sua mãe ficasse quieta. Raramente conseguia.

A maternidade indicara-lhe um médico, que tentou tranquilizá-la dizendo que ela não era a única grávida atormentada por pesadelos.

– São os hormônios – explicou ele. – E isso geralmente acontece com mulheres que estão passando por problemas com hipermobilidade nas articulações e sentindo muita dor, como você.

O médico concluiu dizendo que lhe daria uma licença médica, mas nesse momento ela se levantou, saiu e foi para o trabalho. Se não pudesse trabalhar, certamente a gravidez a destruiria e dificilmente acabariam os pesadelos.

Uma semana depois ela voltou ao médico, insone e admitindo que precisava de um atestado para reduzir 25% de sua carga horária no trabalho. O médico fez o que ela pediu, sem questionar.

Fredrika caminhou lentamente pelo corredor estreito e curto do setor civil, território da equipe de Alex. Seu estômago parecia habitado por uma bola de basquete. Os seios haviam quase dobrado de tamanho.

– Parecem as belas colinas do sul da França, onde fazem todos aqueles vinhos maravilhosos – dissera Spencer Lagergren, pai da criança, quando se encontraram algumas noites antes.

Como se a dor nas articulações e os pesadelos não bastassem, Spencer era em si um problema. Os pais de Fredrika, totalmente alheios à existência do amante da filha, embora o relacionamento já durasse dez anos, ficaram assustados quando ela disse, um mês antes do Natal, que estava grávida. E que o pai da criança era casado e professor da Universidade de Uppsala.

– Mas, Fredrika! – exclamou a mãe. – Qual a *idade* desse homem?

– Ele é vinte e cinco anos mais velho que eu e vai assumir toda a responsabilidade – disse Fredrika, quase acreditando nas próprias palavras.

– Entendo – disse o pai, desanimado. – E o que isso significa no século XXI?

"Boa pergunta", pensou Fredrika, sentindo-se tão desanimada quanto parecia se sentir seu pai.

Em essência, significava que Spencer pretendia reconhecer voluntariamente o bebê e sustentá-lo, além de visitá-lo sempre que possível, mas sem abandonar a esposa, que agora tinha sido introduzida no segredo que de segredo não tinha nada.

– O que ela disse quando você contou? – perguntou-lhe Fredrika, cuidadosa.

– Que seria ótimo ter uma criança pela casa – respondeu Spencer.

– Ela disse *isso*? – perguntou Fredrika, sem saber se ele estava brincando ou não.

Spencer olhou-a com ironia.

– O que você acha?

Então ele precisou ir embora, e os dois não tocaram mais no assunto.

No trabalho, a gravidez de Fredrika gerou mais curiosidade do que ela esperava, e, como ninguém fazia nenhuma pergunta direta, muita fofoca e especulação corriam pelos corredores. Quem seria o pai da criança de Fredrika Bergman, solteira e concentrada na carreira profissional? A única funcionária da Divisão de Investigações Criminais sem treinamento policial e que, desde seu recrutamento, irritava todos os colegas de trabalho, fosse dando-lhes pouca atenção ou questionando sua competência.

"É uma surpresa", pensou Fredrika quando parou na porta fechada da sala de Alex. Uma surpresa que ela, inicialmente tão desacreditada do trabalho na polícia, parecesse ter encontrado ali o seu lugar e ali permanecido além do período probatório.

"Eu estava pronta para sair desde o início", pensou, colocando a mão na barriga. "Sair para nunca mais voltar. No entanto, aqui estou."

Bateu com força na porta de Alex. Havia notado que a audição dele não estava muito boa nos últimos dias.

– Entre – murmurou o chefe do outro lado.

Alex abriu um largo sorriso quando viu quem era. Fizera isso muitas vezes nos últimos dias, e certamente com muito mais frequência que qualquer outra pessoa daquele setor.

Fredrika sorriu de volta. Seu sorriso durou até perceber que a expressão dele tinha mudado para um semblante de preocupação.

– Você está dormindo direito?

– Dá para o gasto – respondeu ela, evasiva.

Alex assentiu em silêncio.

– Apareceu um caso razoavelmente simples que... – começou, mas parou no meio da frase e disse de outro modo. – Pediram para que investigássemos um atropelamento seguido de fuga na porta da Universidade de Estocolmo. Um estrangeiro foi encontrado morto no meio da Frescativägen e não foi possível identificá-lo. Precisamos colocar as impressões digitais no sistema para tentar descobrir alguma coisa.

– Ou esperar alguém dar queixa do desaparecimento?

– Sim, e investigar o que já foi feito, por assim dizer. Ele carregava consigo alguns objetos pessoais; peça para vê-los. Dê uma olhada no relatório, veja se não há nada de suspeito no caso. Se não houver, arquive-o e me informe.

Um pensamento passou tão rápido pela cabeça de Fredrika que ela não teve tempo de registrá-lo. Cerrou os olhos com força, tentando apreendê-lo.

– Muito bem, acho que é só isso – disse Alex devagar, olhando para o rosto contorcido de Fredrika. – Temos uma reunião no Covil sobre outro caso daqui a um ou dois minutos.

– Nos vemos lá, então – disse Fredrika, levantando-se.

Ao atravessar o corredor, percebeu que se esquecera de falar com Alex sobre o assunto que de fato a levara até a sala dele.

As cortinas da sala conhecida como Covil dos Leões estavam fechadas, e o lugar parecia uma sauna. Alex Recht as abriu e observou os flocos de neve caindo do céu nublado. No noticiário da TV daquela manhã, a garota do tempo havia previsto que o clima ruim duraria até a noite. Alex tinha sua própria opinião a respeito do assunto. O clima estava imprevisível desde o início do ano: dias de neve e temperaturas abaixo de zero alternados com outros de chuvas e tempestades, bastante propícios a xingamentos.

– Tempinho de merda – disse Peder enquanto entrava no Covil.

– Terrível – comentou Alex, sucinto. – Joar está vindo?

Peder assentiu sem dizer nada e Joar entrou na sala. A assistente do grupo, Ellen Lind, chegou logo depois, junto com Fredrika.

O ruído do projetor recém-instalado no teto ressoava ao fundo, e toda a atenção de Alex estava voltada para sua luta com o computador. O grupo esperou pacientemente; todos eram sábios o bastante para não demonstrar que lidavam melhor do que o chefe com tecnologia.

– Preciso dizer uma coisa para vocês – começou Alex bruscamente, deixando o laptop de lado. – Como devem ter notado, a equipe não está trabalhando como planejamos inicialmente. Esta equipe foi montada para cuidarmos de casos particularmente difíceis, sobretudo de pessoas desaparecidas e crimes violentos e brutais. Quando Fredrika começou a trabalhar apenas meio período, Joar entrou para a equipe como reforço, ao que somos muito gratos.

Nesse instante ele olhou para Joar, que retribuiu o olhar sem dizer nada. Para Alex, havia algo de reservado e reticente no jovem policial. O contraste com Peder, habilidoso, mas muitas vezes genioso, era notável. De início, encarou a discrepância como algo positivo, mas depois de poucas semanas começou a ter suas dúvidas. Era óbvio que Joar achava irritante e ofensivo o modo de falar de Peder, enquanto Peder parecia frustrado com a calma e a flexibilidade do novo colega. Comparar Joar com Fredrika talvez fosse melhor. Mas ela estava trabalhando menos por causa da licença e enfrentando problemas com a gravidez que lhe exigia demais. A mesa de Alex estava cheia de atestados alegando dor severa, distúrbios de sono e pesadelos; quando Fredrika conseguia aparecer na delegacia, parecia tão pálida e fraca que os colegas se impressionavam.

– Parece que na hora do aperto, como era de se esperar, não temos pessoal suficiente e precisamos de reforço, e estamos sempre ajudando o departamento de homicídios da Polícia de Estocolmo a resolver os casos deles. Fomos questionados: precisamos ser uma equipe permanente ou nos dissolvemos na Polícia de Estocolmo, ou no Departamento de Investigações Criminais da região?

Peder foi o que pareceu mais apavorado.

– Mas, mas...

Alex levantou a mão.

– Não há nenhuma decisão formal ainda – disse ele. – Só queria avisá-los de que é algo esperado.

Ninguém disse nada. O projetor parou de zunir.

Alex revirou os papéis que havia colocado sobre a mesa.

– De todo modo, temos um caso novo, ou melhor, dois casos, para os quais os colegas da Polícia de Norrmalm nos pediram ajuda. Um casal de sessenta e poucos anos, Jakob e Marja Ahlbin, foi encontrado morto no apartamento ontem à noite por outro casal que tinha sido convidado para jantar. Como ninguém atendeu a porta, nem o telefone, eles entraram com a chave que tinham e encontraram os dois mortos no quarto. Segundo o relato inicial da polícia, baseado principalmente numa carta de suicídio escrita pelo marido, ele atirou na esposa e depois em si mesmo.

O computador começou a colaborar e algumas fotografias da cena do crime surgiram na tela branca atrás de Alex. Ellen e Joar tomaram um susto com as imagens ampliadas dos corpos com ferimentos de bala; Peder, por sua vez, ficou admirado.

"Ele está mudado", pensou Alex. "Não é mais o Peder de antes."

– De acordo com a carta, ele tinha descoberto dois dias antes que a filha mais velha, Karolina, havia morrido de overdose de heroína. Por causa disso, ele sentiu que não tinha mais motivos para viver. Ele mesmo já havia passado por sérios tratamentos de depressão durante a vida. Mas agora em janeiro, começou um tratamento com ECT e estava tomando antidepressivos. Um doente crônico, na verdade.

– O que é ETC? – perguntou Peder.

– ECT – corrigiu Alex. – Eletroconvulsoterapia. É usada em casos particularmente graves de depressão. Como uma forma de estimular o cérebro.

– Eletrochoques – disse Peder. – Mas isso não é ilegal?

– Como disse Alex, quando feita de forma controlada, a terapia tem benefícios positivos para pacientes muito doentes – interpôs Joar, com um tom prosaico.

– O paciente é anesthesiado, e a grande maioria apresenta uma melhora notável.

Peder olhou para Joar, mas não disse nada. Depois voltou-se para Alex.

– Por que fomos chamados para esse caso? Já está resolvido, não?

– Pode não estar – respondeu Alex. – O casal que os encontrou disse que é impossível acreditar que o homem tenha matado a esposa e depois atirado em si mesmo. Eles reconheceram a arma, uma pistola de caça calibre .22, porque os dois homens costumavam caçar juntos. No entanto, foram inflexíveis quando disseram que o senhor jamais faria tal coisa, mesmo tomado pela dor.

– O que os amigos acham que aconteceu? – perguntou Fredrika, fazendo sua primeira contribuição.

– Que o casal foi assassinado – respondeu Alex, olhando para ela. – Os dois aparentemente mantinham postos na Igreja da Suécia: ele era pároco, e ela, diretora do coral. Jakob Ahlbin se destacou nos últimos anos por causa de debates sobre imigração. Os amigos dizem que a fé do casal era muito grande, por isso o suicídio está fora de questão. E também não entendem o fato de Jakob ter recebido a notícia da morte da filha e não ter dito nada à esposa.

– O que fazemos então? – perguntou Peder, ainda não convencido de que o caso fosse importante.

– Vamos interrogar de novo o casal que os encontrou – respondeu Alex, com firmeza. – E precisamos encontrar a filha mais nova deles, Johanna, que provavelmente ainda não soube da morte dos pais e da irmã. Essa tarefa pode ser difícil; ninguém conseguiu localizá-la até agora. Meu medo é que a imprensa divulgue o nome e a fotografia dos falecidos antes de encontrarmos a moça.

Olhou para Joar, depois para Peder.

– Quero que vocês dois, juntos, interroguem os amigos depois que passarem pela cena do crime. Vejam se há boas razões para levar o caso adiante. Depois se separem e interroguem outras pessoas que precisarem. Conversem com os conhecidos da igreja.

Enquanto se levantavam, Peder perguntou:

– E sobre o outro caso? Você disse que eram dois.

Alex franziu a testa.

– O outro eu já passei para Fredrika – disse ele. – Coisa de rotina, um homem não identificado foi atropelado na frente da Universidade. Parece que atravessou a rua no escuro e foi atingido por alguém que não se deu ao trabalho de parar ou se entregar. E não se esqueçam do que eu disse.

Peder e Joar esperaram.

– Encontrem logo a filha do casal. Ninguém deveria receber pela imprensa a notícia da morte dos pais.

BANGKOK, TAILÂNDIA

O SOL COMEÇAVA A DESAPARECER atrás dos arranha-céus quando ela percebeu que estava com um problema. O dia tinha sido inacreditavelmente quente, com a temperatura acima do normal, e ela sentia calor e o corpo grudento desde o início da manhã. Teve uma série de reuniões em salas lotadas sem ar-condicionado, e uma imagem começou a se formar. Talvez fosse mais uma suspeita. Não sabia exatamente o que era, mas o trabalho que faria quando chegasse em casa certamente responderia todas as suas perguntas.

Não faltavam muitos dias para ela voltar à Suécia. Na verdade, a data se aproximava com muita rapidez. Sua pretensão era acabar a longa viagem com alguns dias de folga sob o sol de Cha-Am, mas as circunstâncias fugiram de seu controle e arruinaram seu plano inicial; agora, o mais sensato era esperar em Bangkok a hora de voltar para casa.

Além disso, o último e-mail que recebera do pai a deixou preocupada: "Você precisa tomar cuidado. Não fique mais tempo do que o necessário. Seja discreta nas investigações. Pai."

Quando a última reunião do dia acabou, ela pediu para usar o telefone.

— Preciso telefonar para a companhia aérea e confirmar o voo de amanhã – explicou para o homem que acabara de interrogar, retirando da carteira os bilhetes que havia imprimido mais cedo.

O telefone tocou várias vezes até o operador atender.

— Gostaria de confirmar meu voo de volta na sexta-feira – disse ela, mexendo numa estatueta de Buda sobre a mesa diante de si.

— Qual o número do localizador?

Ela disse o número da reserva e o operador a colocou em espera. Uma música com sons metálicos começou a tocar e ela olhou despreocupadamente pela janela. Lá fora Bangkok fervilhava, preparando-se para o final da tarde e a noite adiante. Havia uma gama enorme de discotecas e casas noturnas, bares e restaurantes. Um ruído constante e uma onda interminável de pessoas caminhando para todas as direções. A poeira e a sujeira se misturavam às mais estranhas visões e fragrâncias. Havia uma multidão de lojistas e vendedores de rua, além dos elefantes enormes no coração da cidade, por mais que fossem proibidos. No meio desse labirinto urbano, o rio cortava a cidade em duas partes.

"Preciso voltar aqui", pensou. "Como turista, não a trabalho."

A musiquinha parou de tocar e o operador retomou a ligação.

– Desculpe-me, mas não conseguimos encontrar sua reserva. Poderia me dizer o número de novo?

Ela suspirou e repetiu o número. O homem que havia lhe emprestado a sala começava a perder a paciência. Uma batida discreta na porta deu a entender que ele precisava retornar à sala.

– Só um minuto – gritou ela.

A batida parou no momento em que a música recomeçou. Dessa vez ela esperou mais do que antes e se afundou em pensamentos, imaginando viagens futuras à Tailândia. De repente, a voz do operador interrompeu o devaneio.

– Sinto muito, senhora, mas não encontramos sua reserva. Tem certeza de que foi feita com a Thai Airways?

– Estou com o bilhete impresso na minha mão – disse ela, irritada, olhando para o papel. – O voo de Bangkok para Estocolmo, nesta empresa aérea, sai na sexta-feira. Paguei 4.567 coroas suíças. O dinheiro foi descontado da minha conta no dia 10 de janeiro.

Ela escutou o operador trabalhando do outro lado; dessa vez ele não a colocou em espera.

– Posso lhe perguntar como a senhora viajou para a Tailândia? – perguntou. – Foi conosco?

Ela hesitou, lembrando-se do início da viagem do qual não gostaria de falar.

– Não – respondeu ela. – Não viajei com vocês. E não cheguei à Tailândia vindo de Estocolmo.

O nome de uma série de cidades lhe passou rapidamente pela cabeça. Atenas, Istambul, Amã e Damasco. Não, ninguém precisava saber disso.

A ligação ficou em silêncio durante alguns minutos e o homem bateu na porta de novo.

– Ainda vai demorar muito?

– Houve um problema com minha passagem aérea – respondeu. – Não vai demorar para resolver.

O operador retomou a ligação.

– Fiz uma busca minuciosa e conversei com meu gerente – disse ele, com seriedade. – Não há nenhuma reserva em seu nome na nossa companhia, e pelo que entendemos, nunca houve.

Ela respirou fundo, pronta para reclamar. Mas ele se adiantou.

– Sinto muito, senhora. Posso ajudar a fazer outra reserva, é claro. Não para sexta-feira, mas para domingo. A passagem custará 1.255 dólares.

– Mas isso é ridículo – disse, indignada. – Eu não quero outra passagem, quero viajar com o bilhete que já comprei. Quero que você...

– Fizemos tudo que podíamos, senhora. A única coisa que posso lhe sugerir é que verifique seu e-mail para saber se realmente comprou sua passagem conosco e não com outra empresa. Há passagens falsas à venda, embora seja raro. Mas, como disse, verifique e entre em contato conosco novamente. Reservei um lugar para a senhora no voo de domingo. Tudo bem?

– Tudo bem – respondeu ela, desanimada.

Mas não estava tudo bem.

Sentiu-se exausta ao desligar o telefone. Era a última coisa de que precisava agora. A viagem inteira havia sido repleta de problemas administrativos. Mas jamais lhe ocorreu que teria de se preocupar com o voo de volta para casa.

Abriu a porta da sala e entrou no corredor.

– Me desculpe pela demora, mas parece que há um problema com meu voo de volta.

Ele pareceu preocupado.

– Posso lhe ajudar em alguma coisa?

– Tem algum computador com internet que eu possa usar? Para entrar no meu e-mail e conferir a reserva.

Ele balançou a cabeça.

– Sinto muito, senhora, não temos. Nossa conexão era tão ruim que preferimos ir ao cybercafé da esquina quando precisamos usar a internet.

Ela se despediu e agradeceu pela ajuda e por todas as informações importantes que ele corajosamente lhe confiara. Depois seguiu até a cafeteria recomendada.

Sentiu a perna esquerda bamba quando entrou no cybercafé e pediu para usar o computador por quinze minutos. O proprietário lhe indicou o computador de número três e perguntou se desejava um café. Ela recusou a oferta, esperançosa de que logo estaria de volta ao hotel.

O cooler do computador girava ruidoso enquanto o processador tentava abrir sua caixa de e-mail e exibi-la na tela. Impaciente, ela tamborilou com os dedos na mesa, fazendo uma oração silenciosa para que o sistema não caísse e ela tivesse de começar tudo de novo. Por experiência, sabia que a internet no exterior não era igual à da Suécia.

O ar-condicionado da cafeteria era tão barulhento quanto um tanque de guerra, lembrando-a da região que visitara antes de ir para a Tailândia. Ela colocou automaticamente a mão na corrente que usava no pescoço, por baixo da blusa. Tocou com os dedos o pendrive pendurado na corrente, encostado contra o peito. Presos naquele pequeno pedaço de plástico estavam todos os dados que coletara. Logo estaria de volta, e todas as peças do quebra-cabeça seriam colocadas em seus devidos lugares.

– Tem certeza de que vai ficar bem? – perguntou o pai, ansioso, na noite anterior à partida da filha.

– Sim, certeza.

Ele passou-lhe o dedo de raspão na bochecha e não disse mais nada. Os dois sabiam que ela era mais do que capaz de cuidar de si própria; além disso, a viagem tinha sido ideia dela, mas a pergunta tinha de ser feita de qualquer maneira.

– Telefone se precisar de ajuda – disse o pai quando se despediram no aeroporto principal de Estocolmo.

Ela telefonara apenas uma vez. A comunicação entre os dois foi toda feita por e-mail, e ela apagava as mensagens à medida que respondia, sem saber exatamente por quê.

O computador finalmente abriu o site, e uma mensagem apareceu na tela.

Senha inválida. Tente novamente.

Ela balançou a cabeça. O dia certamente não seria bom. Tentou de novo. O computador rosnava enquanto trabalhava. De novo, a mesma mensagem:

Senha inválida. Tente novamente.

Ela tentou mais três vezes e recebeu a mesma mensagem. Engoliu seco. "Tem alguma coisa errada, muito errada", pensou.

Outro pensamento lhe passou pela cabeça: será que tinha razão para estar com medo?

ESTOCOLMO

EM SILÊNCIO, PEDER E JOAR SEGUIRAM de carro pela Kungsholmen, passando pela ponte de St. Erik em direção à Praça Odenplan, perto de onde o casal de velhinhos foi encontrado morto. Peder estava no volante, correndo para fugir de todos os sinais vermelhos. Depois do incidente do croissant na sala dos funcionários, uma dúvida se instalou em sua mente. Joar não abriu nem um sorriso quando Peder fez a piadinha do pênis. Isso era péssimo. Um sinal claro. Peder melhorou sua capacidade de observação ao longo dos anos e percebia os sinais quando um colega era de orientação diferente. Quando descambava para o outro lado. Gay.

Não que ele tivesse alguma coisa contra, absolutamente. Mas se o sujeito tentasse fazer algo com ele, acabaria no inferno.

Examinou de soslaio o perfil de Joar. O rosto do colega tinha traços notavelmente finos, quase como uma pintura. Parecia uma máscara. Seus olhos eram azul-claros e as pupilas nunca se dilatavam. Os lábios eram bastante vermelhos, e os cílios, inacreditavelmente longos. Peder esfregou os olhos para enxergar melhor. Se Joar usasse maquiagem, não entraria no carro dele.

Os sinais de trânsito mudavam do verde para o vermelho e Peder pisava no acelerador para atravessar a tempo. Não precisava olhar para Joar para saber se o colega aprovava ou não seu comportamento.

– É difícil saber se a gente para ou continua quando o sinal está assim – disse Peder, tentando puxar conversa.

– Hum – resmungou Joar, olhando para o outro lado. – Qual é mesmo o nome da rua?

– Dalagatan. Eles moravam no último andar. Um apartamento grande, pelo visto.

– Os corpos ainda estão lá?

– Não, os peritos já devem ter terminado. Podemos entrar.

Os dois não disseram nada enquanto o carro era estacionado. Peder preencheu o papel do estacionamento rotativo e entrou no prédio logo atrás do colega. Joar ignorou o elevador e subiu os cinco lances de escada até o apartamento do casal. Peder o seguiu perguntando-se por que raios eles não tomaram o elevador para subir tantos andares.

A decoração do vão da escada era nova, com as paredes brancas e brilhantes. Os degraus eram de mármore, e os caixilhos das janelas, pintados de marrom. O poço do elevador no meio do corredor era antigo, de ferro forjado. Peder se lembrou da mulher de quem havia se separado, Ylva. Ela detestava lugares fechados. Peder uma vez tentou seduzi-la no banheiro social da casa dos pais durante um entediante jantar de família, mas Ylva achou tão estressante fazer amor num lugar tão pequeno que sua pele ficou toda vermelha e ela perdeu a respiração.

Eles riram dessa história inúmeras vezes.

"Mas não nos últimos dezoito meses", pensou Peder, contrariado. Nesse tempo, os dois praticamente não deram nenhuma risada.

Não havia sinal de arrombamento na porta da frente do apartamento do casal. A caixa de correio na entrada dizia apenas AHLBIN. Joar tocou a campainha e um policial sem uniforme abriu a porta. Só ele e um perito em cenas de crime estavam na residência.

– Tudo bem se entrarmos? – perguntou Peder.

O policial assentiu.

– Eles estão examinando as janelas, só falta isso para terminarmos a perícia forense.

Peder e Joar entraram no apartamento.

– Era alugado? – perguntou Joar.

O policial balançou a cabeça.

– Ocupado pelos proprietários. Os dois moravam aqui desde 1999.

Peder deu um assovio enquanto olhava ao redor. O lugar era espaçoso e tinha o pé direito bem alto. Todos os cômodos tinham trabalhos em estuque; nas paredes brancas, uma quantidade ideal de pinturas e fotografias.

Peder pensou que Fredrika teria adorado o apartamento, embora não fizesse ideia de como era a decoração do apartamento dela.

Por que será que hoje em dia as pessoas não iam mais à casa das outras? O fato de ele nunca ter ido à casa de Fredrika não era surpresa, mas em relação a outros colegas era difícil de entender. Odiava as noites solitárias que passava no apartamento para onde se mudara no outono anterior. Embora tivesse comprado o imóvel, Peder não mexeu em nada. Sua mãe confeccionou as cortinas e comprou almofadas e toalhas de mesa, mas como ele não demonstrou nenhum sinal de que precisava de ajuda, ela perdeu o interesse. Culpá-la por isso estava fora de questão.

O apartamento do casal tinha janelas voltadas para três lados e quatro cômodos principais. A cozinha e a área da sala de estar eram integradas. Um painel deslizante dividia a sala de estar da biblioteca. Havia também um quarto de hóspedes e o quarto onde os corpos foram encontrados.

Peder e Joar pararam na porta e examinaram o quarto. Os dois haviam lido o relatório da cena do crime escrito pelos policiais que chegaram antes deles. A avaliação inicial provavelmente seria confirmada mesmo depois que a perícia forense fosse finalizada. Jakob Ahlbin dera um tiro na nuca da esposa. Ela devia estar de costas para a porta, onde Jakob supostamente estava. Sendo assim, ela caiu abruptamente sobre a cama, mas depois tombou para o chão. O marido, então, deu a volta na cama, se deitou e deu um tiro na têmpora. A carta de despedida estava sobre a mesa de cabeceira.

Não havia nada no quarto que indicasse uma luta antes da morte. Os móveis não pareciam mexidos; não havia nada quebrado ou estilhaçado. A mulher estava de roupão quando a encontraram. Tudo indica que começava a se arrumar para receber os convidados que chegariam uma hora depois.

— Já sabemos a hora exata da morte? — perguntou Peder.

— Os amigos os encontraram às sete, e o legista estimou que estivessem mortos havia no máximo duas horas. Devem ter morrido por volta das cinco horas.

— Alguém interrogou os vizinhos? — perguntou Joar. — Os tiros devem ter ecoado no prédio inteiro.

O policial parado diante deles assentiu.

— Sim, conversamos com todos que estavam em casa, e eles ouviram os tiros. Mas tudo aconteceu muito rápido e os vizinhos são todos idosos, não conseguiram distinguir exatamente de onde vinha o barulho. Um deles telefonou para a polícia, mas quando a viatura chegou, ninguém soube dizer ao certo em qual apartamento os tiros foram dados, e depois disso não houve mais barulho nenhum. Ninguém notou a entrada ou a saída de outras pessoas depois disso. Daí a viatura foi embora.

— Então o som ressoa pelos apartamentos? E as pessoas têm certeza de que ninguém entrou ou saiu do prédio? — perguntou Joar.

— Sim, acho que sim — respondeu o policial sem uniforme.

Nesse momento, todos escutaram o som de um móvel sendo arrastado no andar de baixo.

— Viu só, o som viaja pelo prédio — disse o policial, agora com mais confiança na informação.

— Eles estavam aqui o tempo todo? — perguntou Peder.

– Quem?

– Os vizinhos que você interrogou, que moram aqui embaixo.

O policial deu uma espiada no bloco de anotações.

– Não – disse ele. – Só chegaram às oito da noite de ontem, infelizmente. E só há mais um apartamento nesse andar, e os moradores também não estavam em casa.

– Quer dizer que os vizinhos mais próximos não estavam em casa no momento dos tiros? – observou Peder.

– Não, não estavam. E isso resume mais ou menos tudo que sei.

Joar não disse nada, apenas saiu do quarto, franzindo a testa. De vez em quando olhava para Peder e para o policial, mas continuou calado.

"Ele tem alguma coisa estranha", pensou Peder. "Além do fato de ser gay, ele esconde outra coisa."

– Essa marca – disse Joar, interrompendo os pensamentos de Peder. – Sabemos alguma coisa sobre ela? – perguntou, apontando para um arco cinzento na parede sobre a cabeceira da cama, atrás do abajur sobre a mesinha de cabeceira.

– Não – disse o policial. – Mas pode estar aí há séculos, não é?

– Claro – disse Joar. – Ou o abajur pode ter tombado contra a parede, rolado e caído no chão. Se é o que aconteceu.

– Você quer dizer que pode ter havido uma luta violenta no quarto e o abajur saiu voando? – perguntou Peder.

– Exatamente, e quando a luta acabou, alguém o colocou no lugar. Podemos pedir aos peritos para dar uma olhada, caso ainda não tenham olhado – concluiu Joar, agachando-se. Depois acrescentou: – Não está plugado na parede. Talvez tenha se soltado da tomada quando caiu da mesa.

– Hum – disse Peder, aproximando-se da janela para olhar lá fora.

– Todas as janelas estavam fechadas quando chegamos – disse o policial. – E a porta da frente também estava trancada.

– Por dentro?

– Não temos como saber. Quer dizer, pode ter sido trancada por dentro ou por fora. Mas achamos que foi por dentro.

– Mas pode ter sido por fora... você sabe quem tem as chaves daqui?

– Segundo os amigos que encontraram os corpos, eles eram os únicos que tinham as chaves. E a filha que morreu. Por sinal, tem uma coisa que eles acharam extremamente perturbadora.

– O fato de ela ter as chaves do apartamento? – perguntou Peder, confuso.

– Não, o fato de ela supostamente ter morrido de overdose – explicou o policial. – Eles reconheceram que não a viam há semanas, mas disseram que ela tinha uma boa relação com os pais. Para eles, foi novidade saber que ela usava drogas.

Joar e Peder trocaram olhares.

– Precisamos conversar com esses amigos o mais rápido possível – disse Joar. – Eles moram aqui perto?

– Em Vanadisplan. Estão em casa.

– Vamos lá agora mesmo – disse Peder, saindo na direção da porta da frente.

– Me dê só um minuto – disse Joar. – Quero dar mais uma boa olhada antes de irmos.

Impaciente, Peder parou no meio da sala e esperou Joar acabar o que estava fazendo, fosse o que fosse.

– Olhando em volta, qual a sensação que você tem a respeito das pessoas que moravam aqui? – perguntou Joar.

Confuso, Peder olhou para ele, surpreso com a pergunta.

– Que não têm pouco dinheiro – respondeu, finalmente.

Joar, que estava parado a poucos metros de distância, olhou para Peder e inclinou a cabeça.

– É verdade – comentou. – Algo mais?

O tom de voz de Joar deixou Peder desconfortável, embora não conseguisse identificar o motivo. Era como se as perguntas despertassem algum complexo dentro dele, desconhecido até então.

– Não sei dizer.

– Tente.

Desafiado, Peder saiu pisando firme pela sala de estar e pela cozinha. Seguiu pelo corredor, entrou na biblioteca e no quarto de hóspedes, depois voltou para o ponto inicial.

– Eles têm muito dinheiro – comentou. – Há muito tempo. Talvez tenham herdado. Parece até que não moravam aqui. Não exatamente.

Joar esperou.

– Explique melhor.

– Quase não há fotografias dos filhos. Apenas algumas de quando eram pequenos. As fotografias nas paredes não são de pessoas, mas de paisagens. Não conheço muito de arte para falar dos quadros, mas parecem muito caros.

– Há alguma exceção para o que acabou de dizer? Sobre o fato de talvez não morar ninguém aqui?

– O quarto, talvez. Há fotografias deles que parecem ser bem recentes.

O assoalho rangeu à medida que Joar atravessou a sala.

– Pensei exatamente o mesmo que você – disse ele, satisfeito. – E fico pensando no que isso quer nos dizer, porque em Vanadisplan tem um casal que afirma conhecer muito bem a família. Embora eu tenha a impressão de que os moradores deste apartamento eram frios e impessoais demais para terem amigos tão íntimos. Acho que precisamos nos lembrar disso quando os interrogarmos. Isso, e o fato de que a impressão que tivemos também pode significar alguma coisa.

– Como o quê? – perguntou Peder, interessado, apesar de relutante, na análise de Joar.

– Que eles tinham outra casa onde se sentiam mais à vontade e onde supostamente poderíamos descobrir mais coisas a respeito deles.

ELA TRABALHAVA NUM AMBIENTE ESTRANHO. Não era a primeira vez que lhe ocorria essa ideia, mas aparecia sempre de surpresa. Fredrika Bergman geralmente era bem cuidadosa em frisar para si e para os outros que escolhera trabalhar na polícia como parte de uma estratégia de carreira a longo prazo e não via a profissão como algo a que se dedicaria por muito tempo. O motivo de salientar esse fato com tanto cuidado era simples, mas também deprimente: não gostava muito do trabalho que fazia.

Como encarregada civil no meio de um mar de oficiais da polícia, uniformizados ou não, ela era constantemente lembrada do quanto era diferente dos colegas e de como eles a achavam estranha. Pensara diversas vezes na peculiaridade disso, pois raramente era vista como estranha ou diferente em outros contextos. No entanto, era inegável que as coisas tinham melhorado. Pelo menos no que se referia a Alex e Peder; eles pareciam encará-la sob uma luz diferente desde o caso em que trabalharam juntos no verão anterior. Um batismo de fogo para todos eles.

Fredrika também estava ciente de que ela mesma havia mudado desde então. Agora tentava escolher as brigas que comprava. Antes explodia diante de qualquer situação, mas as atribulações da gravidez contribuíram intensamente para que ela pensasse duas vezes antes de morder uma isca. No entanto, havia momentos em que o conflito era inevitável. Como aconteceu na sua última visita ao setor de impressões digitais do DNIC. Ela fizera uma pergunta simples: Os peritos encontraram registro correspondente com as impressões digitais do homem não identificado atropelado na rua da universidade, seja nos próprios arquivos ou nos da Agência de Migração?

A pergunta provocou uma resposta extremamente defensiva da mulher que a atendeu. Será que Fredrika não sabia do acúmulo de trabalho desde que Gudrun se afastara no mês anterior? Será que não percebia que a investigação sobre a gangue da motocicleta, iniciada na semana anterior pelo DNIC, tinha prioridade?

Fredrika não foi particularmente receptiva, e não sabia nada sobre Gudrun e sua licença médica, muito menos sobre a investigação das motocicletas. Mas sabia muito bem que não havia razões específicas para o atraso; a mulher simplesmente tinha se esquecido de verificar as impressões digitais da vítima.

– Você não pode chegar aqui exigindo um monte de coisas – gritou a mulher atrás do computador. – Típico de gente como você, sem nenhuma experiência na polícia, sem noção das prioridades.

Fredrika apenas disse que sentia muito pela sobrecarga da colega, e que podia esperar mais alguns dias pelo resultado. Assim a mulher poderia examinar as impressões quando tivesse tempo. Agradeceu e saiu na direção dos elevadores o mais rápido que podia.

Fredrika jogou o corpo pesado na cadeira giratória. Sua mãe achava que ela ainda estava excepcionalmente magra para alguém num estágio já avançado de gravidez, mas ela não levou a sério o comentário. O bebê chutava freneticamente e ela sentia a fúria do pezinho da criança contra a parede interior do abdômen.

– Está começando a ficar impaciente, não é? – murmurou Fredrika, colocando a mão na barriga. – Eu também.

Os pais perguntaram-lhe se a gravidez tinha sido planejada, e ela disse que sim. Mas evitou entrar em detalhes. Seus planos se concretizaram no final do verão, um verão de chuvas intermináveis. Fredrika estava com quase trinta e cinco anos e precisava tomar uma decisão sobre como lidar com a falta de filhos. Ou melhor, precisava decidir que passos daria. Não havia muitas opções. Ou adotava uma criança como mãe solteira, ou ia até Copenhagen e resolvia o problema com uma inseminação artificial. Ou encontrava um companheiro e engravidava naturalmente.

A última opção não era tão simples assim. Os anos se passavam e Fredrika era incapaz de manter um relacionamento sério. Depois de cada tentativa frustrada, ela sempre voltava para Spencer, que parecia eternamente acorrentado a um casamento no qual nem ele nem a esposa eram felizes.

Foi somente quando os dois viajaram para passar férias em Skagen que Fredrika conseguiu tocar no assunto.

– Estou pensando em adotar uma criança – disse ela. – Quero ser mãe, Spencer. E entendo que você não possa e não queira fazer parte disso, mas eu precisava lhe dizer como me sinto.

A reação de Spencer pegou Fredrika totalmente de surpresa. Ele ficou chateado e fez um discurso repreendendo quem arrancava crianças de outras partes do mundo simplesmente para mandá-las para pessoas carentes de amor na Suécia.

– Você vai mesmo se inscrever num sistema como esse? – perguntou ele.

Fredrika começou a chorar e soluçar.

– Que opção eu tenho? Me diga, Spencer, que raios eu vou fazer?

E os dois conversaram sobre o assunto. Durante um longo tempo.

Fredrika sorriu. Era infantil da parte dela pensar daquela maneira, mas ela se divertia vendo os pais tão mexidos com sua gravidez.

– Mas Fredrika, o que deu em você? – perguntou a mãe, cética. – E quem é esse Spencer? Há quanto tempo você o conhece?

– Há mais de dez anos – respondeu, olhando firmemente nos olhos da mãe.

Fredrika engoliu seco. A gravidez e todos os hormônios provocavam-lhe oscilações extremas de humor. Num momento ela estava rindo e no minuto seguinte, chorando. Talvez devesse reavaliar sua autoimagem. Estava nítido que não só os colegas policiais a consideravam anormal; sua própria família começava a achar a mesma coisa.

Frustrada, pegou o relatório rascunhado na cena da morte do homem não identificado. Sem documentos de identidade. Ainda não havia queixa de desaparecimento. Carregava pouquíssimos objetos pessoais. O médico que examinou o corpo no hospital disse no laudo preliminar que não tinha encontrado nada no corpo que indicasse violência física antes do impacto. Fredrika notou que havia sido feito um pedido de autópsia completa.

Vasculhou a pasta de plástico sobre a mesa, contendo as coisas encontradas com a vítima. Um panfleto escrito em árabe. Um cordão de ouro. Um anel com uma pedra preta, enrolado num pedaço de papel. Uma bolinha de papel amassado que demorou séculos para ser desfeita. Mais letras em árabe, dos dois lados. E um mapa. Parecia que alguém tinha arrancado a página de uma antiga lista telefônica e amassado numa bola. Fredrika franziu a testa: era um mapa do centro de Uppsala. Na borda do papel, alguém escrevera alguma coisa, aparentemente também em árabe.

O cansaço que esporadicamente paralisava seu cérebro cedeu lugar a uma dúvida. O que deveria fazer com aquele material? Provavelmente não levaria a lugar nenhum, mas era melhor verificar. Caminhou até a sala ao lado para falar com Ellen.

– Onde encontro uma pessoa que leia e traduza árabe? – perguntou.

Foi o próprio Alex Recht que atendeu o telefonema do pastor da Paróquia de Bromma. Os dois trocaram alguns elogios antes de o pastor dizer o motivo da ligação.

– É sobre Jakob Ahlbin, que foi encontrado morto ontem.

Alex esperou.

– Queria lhe garantir, em nome da igreja, que vamos ajudar em tudo que for preciso. Tudo. É um dia muito triste para todos nós. O que aconteceu é inconcebível.

– Nós entendemos – disse Alex. – Vocês costumavam se encontrar socialmente?

– Não – disse o pároco. – Mas ele era um membro muito estimado da nossa congregação. Assim como Marja. Ambos deixaram para trás uma lacuna enorme.

– Seria incômodo se fôssemos visitá-lo ainda hoje? – perguntou Alex. – Precisamos conversar com o máximo de pessoas que os conheciam.

– Estou à sua disposição – respondeu.

Quando desligou o telefone, Alex pensou seriamente em telefonar para o pai. Um impulso que sentiu cada vez maior nos últimos dias, e o único motivo de ter voltado naquele instante era a clara ligação do caso com a igreja. O pai de Alex era clérigo da Igreja da Suécia, assim como seu irmão mais novo. Alex teve de brigar muito no passado para justificar a escolha de sua carreira para os pais. Todos os primogênitos da família tornaram-se sacerdotes, um costume que remontava a gerações.

O pai acabou cedendo. Afinal de contas, seguir carreira na polícia também era um tipo de chamado.

– Escolhi fazer isso porque não consigo me ver fazendo nada melhor – dissera Alex.

Com essas palavras, ganhou a batalha.

O telefone sobre a mesa tocou. Sentia-se acalentado por dentro ao ouvir a voz da esposa, Lena, mesmo que também causasse certo desconforto nos últimos tempos. Algo a preocupava, mas ela não dizia o que era.

– Você vai demorar hoje à noite? – perguntou ela.

– Provavelmente não.

– Não vai se esquecer da fisioterapia, hein?

– Claro que não – respondeu, resmungando.

Eles conversaram sobre o que comeriam durante o jantar e sobre o que acharam do novo namorado da filha, que parecia roqueiro e falava como político. "Um desastre", foi o veredicto sucinto de Alex, que levou Lena às risadas.

Sua risada continuou ecoando na cabeça dele depois que desligaram o telefone.

Alex olhou para as cicatrizes nas mãos. Foram gravemente queimadas naquele caso insano da garota desaparecida no verão anterior. Havia poucos sequestros de crianças seguidos de morte na capital. A busca pelo assassino durou menos de uma semana, mas foi mais intensa que qualquer outra de sua carreira. O incêndio no apartamento do criminoso foi como um grande final bizarro para um caso igualmente bizarro.

Alex contraiu os dedos. Os médicos prometeram que ele recuperaria todos os movimentos se fosse paciente, e estavam certos. Alex não se lembrava de nada do incêndio em si, e sentia-se feliz por isso. Nunca havia tirado uma licença médica tão longa, e poucas semanas depois de voltar ao trabalho, ele e Lena foram à América do Sul visitar o filho.

Deu uma gargalhada, como sempre fazia quando pensava na viagem. Caramba, como a polícia de lá é incompetente. O telefone tocou de novo. Para sua surpresa era Margareta Berlin, chefe do setor de Recursos Humanos.

– Alex, precisamos conversar sobre Peder Rydh – disse, categórica.

– É mesmo? – perguntou, hesitante. – O que houve?

– Croissants.

EMBORA ESTIVESSE NA SUÉCIA HAVIA ALGUNS DIAS, ainda não tinha conhecido nada do país. Seguindo as instruções que recebera, tomou o ônibus no Aeroporto de Arlanda, foi direto para o centro de Estocolmo e ficou esperando na estação, sentado num banco diante de uma banca de jornal.

Esperou meia hora até a mulher chegar. Ela não se parecia nada com o que tinha imaginado. Era muito mais baixa e tinha a pele mais escura do que pensava ser característica das mulheres suecas, e estava usando um terno masculino, com calça em vez de saia. De repente, não soube o que dizer.

– Ali? – perguntou a mulher.

Ele assentiu.

A mulher olhou para trás, pegou um telefone celular na bolsa e o entregou para ele. Sentiu um alívio por todo o corpo e uma vontade de chorar. A entrega do telefone era o sinal que esperava, a certeza de que tinha encontrado o lugar certo.

Colocou o telefone de qualquer jeito no bolso; com a outra mão, tateou o passaporte no bolso da camisa e o entregou para ela. A mulher assentiu e folheou-o rapidamente. Depois fez um gesto para que ele a seguisse.

Ela atravessou junto com ele a estação de ônibus, chamada Terminal da Cidade, até chegarem a uma rua cheia de carros. À esquerda da entrada, ao longo da calçada, havia mais bicicletas do que Ali vira na estação de ônibus. Os suecos devem usá-las o tempo todo.

A mulher pediu para ele andar mais rápido; quando chegaram ao carro, fez um sinal para que se sentasse no banco de passageiro. Fascinado, ele a observou segurar o volante e dar partida. Estava muito mais frio do que imaginava, mas dentro do veículo estava quente.

Transitaram pela cidade em silêncio. Ali supôs que ela não falava árabe, e ele não falava inglês. Olhou pela janela, absorvendo tudo que via. Estocolmo era cheia de pontes e rios por todo canto. Prédios baixos e muito menos barulho do que nas cidades com as quais estava acostumado. Perguntou-se onde os vendedores de rua vendiam seus produtos.

Quinze minutos depois a mulher estacionou numa rua vazia e fez um gesto para que saísse do carro. Entraram num prédio baixo e subiram as escadas até o segundo andar. Foi preciso usar três chaves para abrir a porta do apartamento. Ela entrou primeiro, e ele a seguiu, de cabeça baixa.

O lugar cheirava a produto de limpeza com um leve ranço de fumaça de cigarro. Ali também sentiu cheiro de tinta fresca. O apartamento não era grande, e imaginou que depois conseguiria um lugar maior, quando sua família chegasse para ficar com ele. Sentiu uma fincada no peito ao se lembrar da esposa e das crianças. Esperava que todos estivessem bem e pudessem se virar até ele conseguir o visto de residência. Seu contato havia prometido que não demoraria muito; receberia o visto assim que cumprisse sua parte no acordo com quem financiou sua fuga.

A mulher lhe mostrou o quartinho e a sala. A geladeira estava cheia de comida e havia pratos, panelas e outros utensílios no armário da cozinha. Ali mal sabia cozinhar, mas esse era o menor de seus problemas. A mulher lhe entregou um papel dobrado e foi embora. Desde então, não a viu mais.

Já se passaram três dias.

A ansiedade fazia seu corpo estremecer. Talvez pela centésima vez, pegou o papel que recebeu da mulher e leu o texto curto, escrito em árabe.

Ali, esta será sua casa durante suas primeiras semanas na Suécia. Esperamos que tenha feito uma boa viagem, logo você estará instalado em seu apartamento. Fizemos o possível para que você tenha tudo de que precisa. Não saia daí até entrarmos em contato de novo.

Ali suspirou e fechou os olhos. É claro que não sairia do apartamento – afinal de contas, estava trancado. Seus olhos se encheram de lágrimas, embora não chorasse desde pequeno. Não havia telefone no apartamento, e o celular que recebera da mulher parecia não funcionar. A TV só exibia canais que ele não entendia; o Al Jazeera não estava na grade. Também não havia computador. As janelas não abriam e o exaustor da cozinha não funcionava. Já havia fumado alguns maços de cigarro e não fazia a menor ideia do que faria quando acabassem.

Havia outros problemas além desses. Ele já tinha tomado todo o leite e suco disponíveis e comido quase todo o pão que estava na geladeira porque não se via cozinhando nada decente. Os hambúrgueres embalados em plásticos na geladeira estavam escurecidos, e quando começou a descascar batatas para cozinhar, percebeu que estavam esverdeadas.

Ali encostou a cabeça na janela e tamborilou no vidro com os dedos.

"Isso deve acabar logo", pensou. "Eles precisam voltar para que eu cumpra minha parte do acordo".

O chamado de Alex pegou Fredrika de surpresa. Explicou em poucas palavras que havia chamado Peder de volta ao Casarão, e que ele, Alex, queria que ela fosse junto com Joar entrevistar o casal que encontrou os corpos do reverendo Ahlbin e de sua esposa.

Sentaram-se numa espécie de círculo. Quatro poltronas amplas em volta de uma mesinha octogonal de madeira. Fredrika, Joar e Elsie e Sven Ljung. Os dois nasceram em meados da década de 1940 e tinham se aposentado havia sete anos. Fredrika pensou no quanto as pessoas podem ser diferentes. Elsie e Sven de fato pareciam pensionistas, mesmo que mal tivessem atingido a idade em que as pessoas costumam receber pensão. Será isso que acontece quando paramos de trabalhar e ficamos em casa o dia todo?

– Vocês sempre moraram perto uns dos outros? – perguntou Fredrika, referindo-se à proximidade entre o casal e os amigos mortos.

Elsie e Sven trocaram olhares.

– Bom, sim – disse Sven. – Na verdade, sim. Nossa casa sempre foi perto da deles desde a época em que morávamos em Bromma. Depois que as crianças saíram de casa nós nos mudamos para a cidade, com alguns anos de diferença. Mas ninguém planejou morar perto assim um do outro. Sempre ríamos de como o destino colocava a mão em algumas coisas.

Ele franziu o canto da boca num sorriso que não chegou a se refletir em seus olhos escuros. Fredrika pensou que Sven deve ter sido muito bonito quando jovem. Seu rosto era bem marcado, parecido com o de Alex Recht, e o cabelo um tanto grisalho não deixava de revelar o castanho escuro de antigamente. Era alto e forte; comparada com ele, sua esposa era diminuta.

– Como vocês se conheceram? – perguntou Joar.

Fredrika percebeu que, de vez em quando, a voz de Joar a deixava surpresa. Ele tinha um jeito de falar genuinamente interessado em tudo, e ao mesmo tempo muito acertado. "Cara chato", Fredrika escutou Peder murmurar em algumas ocasiões. Não era o que ela achava.

– Na igreja – disse Elsie, sem pestanejar. – Jakob era auxiliar da paróquia local, assim como Sven, e Marja cuidava da música da igreja. Eu era leitora leiga.

– Então todos vocês trabalharam na mesma paróquia? Por quanto tempo?

– Quase vinte anos – disse Sven, com certo orgulho na voz. – Eu e Elsie trabalhamos em Karlstad antes, mas nos mudamos para a região de Estocolmo quando as crianças entraram no ensino médio.

– Os filhos de vocês também eram amigos? – perguntou Fredrika.

– Não, não exatamente – respondeu Elsie, hesitante, olhando na direção oposta ao marido, por algum motivo. – As filhas de Marja e Jakob eram um pouco mais novas que nossos filhos, então não frequentaram a escola juntos. É claro, todos se encontravam socialmente em ocasiões familiares, e às vezes na igreja. Mas não diria que eram amigos.

"Por que não?", pensou Fredrika. "Os garotos não podem ser tão mais velhos."

Deixou a questão de lado por ora, mas teve a sensação de ver Elsie ruborescer.

– Vocês podem nos falar um pouco sobre Jakob e Marja? – perguntou Joar, com um leve sorriso. – Sei que a situação é muito difícil para vocês, e sei que contaram tudo para os policiais que cuidaram do caso antes de nós, mas eu e Fredrika ficaremos muito agradecidos se puderem responder algumas perguntas.

Elsie e Sven assentiram lentamente. Havia algo de estranho na linguagem corporal dos dois, pensou Fredrika. Algo diferente. Nem nos seus piores pesadelos ela imaginaria que os dois estivessem envolvidos no que aconteceu, mas estavam se comportando, mesmo antes de Joar começar o interrogatório, como se escondessem alguma coisa.

– A relação de Jakob e Marja era muito sólida – disse Elsie. – Um casamento maravilhoso. E tinham filhas adoráveis. As duas eram muito boas no que faziam, embora de maneiras diferentes.

Fredrika se viu querendo virar os olhos para cima como sinal de ironia. "Um casamento maravilhoso". O que quis dizer exatamente com isso?

– Eles se conheceram muito jovens? – perguntou Joar.

– Sim – disse Elsie. – Ele tinha dezessete anos, e ela, dezesseis. Na época foi um pouco escandaloso. Mas depois que se casaram e tiveram filhos, todos se esqueceram de como o relacionamento havia começado.

– Mas, como disse, isso foi antes de os conhecermos – interpôs Sven. – Só sabemos disso porque Jakob e Marja nos contaram.

– Vocês eram amigos íntimos? – perguntou Fredrika, delicadamente, percebendo que havia tocado no ponto certo. Sven e Elsie se mexeram na poltrona, parecendo desconfortáveis.

– Éramos íntimos, claro que sim – disse Sven. – Quer dizer, tínhamos a chave do apartamento um do outro, por exemplo. Principalmente por razões práticas, levando em consideração que morávamos tão perto.

"Mas", pensou Fredrika. Havia um *mas* pronto para ser dito. Esperou. Elsie se manifestou primeiro:

– Mas éramos mais íntimos no passado – disse ela, com a voz baixa.

– Alguma razão específica para isso? – perguntou Joar, em tom suave. Elsie pareceu entristecer-se.

– Na verdade, não. Quer dizer, como posso falar... acho que nos afastamos com o tempo. Não acontece só quando somos jovens, depois de adultos também nos afastamos dos amigos.

Sven concordou entusiasmado, talvez até demais, como se Elsie tivesse dito algo de fato brilhante, embora não necessariamente verdadeiro.

– Frequentamos círculos diferentes nos últimos anos – disse ele, demonstrando certa cordialidade enquanto falava, como se as palavras fluíssem de maneira mais fácil do que imaginava que fluiriam. – E depois que eu e Elisa paramos de trabalhar, a igreja deixou de ser nosso centro de atenção.

– Mas eles convidaram vocês para jantar ontem? – perguntou Fredrika.

– Ah, sim. Ainda nos encontrávamos socialmente de vez em quando.

De maneira natural, a pergunta levou a conversa para os acontecimentos da noite anterior. Eles tocaram a campainha diversas vezes e bateram com força na porta. Esperaram, depois bateram de novo. Ligaram para o telefone residencial, depois para os celulares de Jakob e Marja. Ninguém atendeu.

– Comecei a ter um pressentimento – disse Elsie, com a voz trêmula. – A sensação de que alguma coisa terrível tinha acontecido. Não sei explicar por que senti isso, mas falei que deveríamos entrar no apartamento com nossa chave. Sven falou que eu estava sendo boba, que deveríamos voltar para casa e esperar. Não concordei e disse que se ele fosse embora, eu entraria sozinha.

Elsie o convenceu e abriu a porta da frente com a chave que tinha na bolsa.

– Por que vocês carregavam a chave deles? – perguntou Fredrika. Sven suspirou.

– Porque acho que chaves são objetos que devemos ter sempre conosco – respondeu Elsie, irritada, olhando para Sven.

– Então vocês carregam sempre todas as chaves? – perguntou Joar, com um sorriso afável.

– Sim, é claro – disse Elsie.

– As chaves da nossa casa, da casa do nosso filho mais novo, do barco – murmurou Sven, balançando a cabeça.

Joan inclinou-se para frente na poltrona e disse:

– O que vocês pensaram quando os encontraram?

Todos ficaram em silêncio.

– Pensamos que alguém havia atirado neles – sussurrou Elise. – Saímos do apartamento e telefonamos imediatamente para a polícia.

– Mas vocês sabem que a polícia encontrou uma carta de despedida? – arriscou Fredrika.

Pela primeira vez no interrogatório, Elsie deu a impressão de que começaria a chorar.

– Jakob lutava com sua saúde desde que o conhecemos – disse ela, com a voz mais alta. – Mas jamais teria feito a loucura de atirar em Marja e em si mesmo. *Jamais.*

Sven concordou com a cabeça.

– Jakob era um homem da igreja e jamais trairia Deus dessa forma.

Joar bateu com os dedos na xícara de café que lhe foi servida quando chegou.

– A gente gosta de pensar que conhece nossos amigos por dentro e por fora – disse, controlando a voz. – Mas há alguns fatos nesse caso em particular que não podem ser ignorados.

Para a surpresa de Fredrika, Joar se levantou e começou a caminhar lentamente pela sala.

– Primeiro: Jakob Ahlbin sofria de depressão crônica. Já havia se submetido a diversas sessões de eletrochoque. Segundo: Jakob estava tomando medicamentos. Encontramos comprimidos e receitas no apartamento. Terceiro: há poucos dias ele soube que a filha tinha morrido de overdose.

Joar fez uma pausa.

– Vocês acham mesmo inconcebível que ele tenha sido tomado pelo sofrimento a ponto de atirar na esposa e depois em si mesmo?

Elsie balançou a cabeça vigorosamente.

– Está tudo errado! – gritou Elsie. – Tudo errado. Lina, justo ela, tomar uma overdose? Conheço aquela menina desde criança e sou capaz de jurar por tudo que há de mais sagrado que ela nunca se envolveria com nenhum tipo de vício.

Sven assentiu de novo.

– Para nós, que conhecemos a família há décadas, tudo soa muito estranho – disse ele.

– Mas todas as famílias têm problemas e segredos, não é? – comentou Fredrika.

– Não esse tipo de segredo – disse Elsie, convicta. – Se alguma das meninas estivesse usando drogas, nós saberíamos.

Fredrika e Joar se entreolharam, concordando tacitamente em mudar de rumo. A filha estava morta; não havia necessidade de discutir isso. E o estado de saúde de Jakob seria mais bem avaliado por um médico do que por um casal de idosos que por acaso o conhecia.

– Muito bem – disse Fredrika. – Se desconsiderarmos a hipótese mais óbvia, de que Jakob é o autor dos tiros, quem mais poderia sê-lo?

Silêncio.

– Marja e Jakob tinham inimigos?

Elsie e Sven se olharam surpresos, como se a pergunta os tivesse pegado desprevenidos.

– Sabemos que eles foram mortos – disse Joar, com delicadeza. – Mas se não foi Jakob, quem foi? Vocês sabem dizer se eles estavam envolvidos em alguma disputa?

Elsie e Sven balançaram a cabeça e olharam para o chão.

– Não pelo que sabemos – disse Elsie, entristecida.

– O trabalho de Jakob com refugiados fazia dele uma figura de destaque, é claro – disse Fredrika. – Ele já teve problemas com isso?

Sven endireitou o corpo instantaneamente. Elsie colocou para trás da orelha uma mecha de cabelo grisalho que lhe caía sobre o rosto pálido.

– Não que seja do nosso conhecimento – respondeu Sven.

– Mas ele se importava muito com essa questão, não é?

– Sim, com certeza. A mãe dele veio da Finlândia para cá. Acho que ele mesmo se considerava membro de uma família de imigrantes.

– E o que esse trabalho envolvia exatamente? – perguntou Joar com a testa franzida, encostando-se na poltrona.

Elsie pareceu distraída, como se não soubesse o que dizer.

– Bom, ele estava envolvido com todos os tipos de organizações – respondeu. – Dava palestras para muitos grupos. Era ótimo nisso, em transmitir uma mensagem, como fazia enquanto pregava.

– Fiéis costumam esconder imigrantes ilegais – continuou Joar, com uma falta de sutileza que surpreendeu Fredrika. – Ele era um desses?

Sven tomou um gole de café antes de responder; Elsie não disse nada.

– Não que eu saiba – respondeu Sven, por fim. – Mas havia rumores sobre isso.

Fredrika olhou para o relógio, depois para Joar, que fez um gesto positivo com a cabeça.

– Bom, obrigado por nos atender – disse ele, colocando um cartão de visitas sobre a mesa. – Provavelmente precisaremos voltar para fazer novas perguntas.

– Vocês podem vir sempre que quiserem – respondeu Elsie rapidamente. – É importante para nós podermos ajudar.

– Obrigada – disse Fredrika, seguindo Joar até a entrada.

– Por sinal, vocês sabem onde podemos encontrar a outra filha deles, Johanna? Fizemos de tudo para contatá-la, pois não queremos que ela receba a notícia da morte dos pais pela imprensa – disse Joar.

Elsie piscou, hesitante.

– Johanna? Imagino que tenha viajado para o exterior, como costuma fazer.

– Vocês sabem o número do celular dela?

Elsie franziu os lábios e balançou a cabeça.

Eles vestiram o casaco e já estavam saindo quando Elsie disse:

– Por que não cancelaram?

Fredrika parou a meio metro da porta.

– Como?

– Se a filha tinha morrido de overdose – disse Elsie, com a voz tensa –, por que não cancelaram o jantar? Conversei ontem com Marja e ela parecia ter a mesma calma e alegria de sempre. E ouvi Jakob tocando clarineta no fundo, como costumava fazer. Por que se comportariam desse jeito sabendo que morreriam dali a algumas horas?

BANGKOK, TAILÂNDIA

A ESCURIDÃO JÁ TINHA TOMADO CONTA de Bangkok quando ela desistiu. Passara por nada menos que três cybercafés na esperança de que pelo menos uma de suas duas contas de e-mail funcionasse. O sistema continuava dizendo que o nome de usuário ou a senha estavam incorretos.

Pingava de suor enquanto caminhava pelas ruas de Bangkok. Era coincidência, é claro. O fato de a Thai Airlines não encontrar sua reserva deve ter sido causado por alguma pane no sistema da companhia. E a mesma coisa aconteceu com suas contas de e-mail, pensou. Deve ser algum problema no servidor. Quando tentasse de novo no dia seguinte, daria tudo certo.

Mesmo pensando assim, sentiu um nó no estômago, uma dor irradiando-se em todas as direções. Não conseguia se livrar do mal-estar. Tomara todos os cuidados exigidos pelo projeto. Pouquíssimas pessoas sabiam da viagem, e menos ainda sabiam do verdadeiro motivo da viagem. O pai era uma delas, obviamente. Fez um cálculo mental e concluiu que devia ser uma da tarde na Suécia. Com a mão escorregadia por causa do suor, pegou na bolsa o telefone celular no qual havia colocado o chip de uma empresa tailandesa no dia em que chegou.

Escutou um chiado ao telefone, ofuscado pela buzina dos carros e pela voz das pessoas que gritavam para serem ouvidas em meio à vibração da cidade de Bangkok. Apertou o telefone contra o ouvido e tampou o outro para escutar melhor. Ouviu um chamado e em seguida a voz de uma mulher desconhecida informando que o número não existia.

Parou de repente no meio da calçada sem levar em consideração as pessoas que trombavam com ela por trás e pela frente. O coração batia forte e o suor escorria-lhe por todo o corpo. Telefonou de novo. E de novo.

Olhou desconfiada para o aparelho e tentou ligar para sua mãe. A ligação caiu imediatamente na caixa-postal. Não fazia sentido deixar recado, pois a mãe praticamente não usava o celular. Em vez disso, tentou telefonar para o número residencial dos pais. Fechou os olhos e imaginou os aparelhos tocando simultaneamente na biblioteca e na sala, e os pais atendendo-os quase ao mesmo tempo, como costumava acontecer. O pai geralmente atendia primeiro.

A ligação ecoou no vazio. Um toque, dois, três. Até que uma voz feminina anônima disse que aquele número também não existia mais.

O que estava acontecendo?

Não conseguia se lembrar de nenhuma ocasião em que sentira tanto medo assim. Era impossível evitar a ansiedade que lhe provocava arrepios por todo o corpo. Quebrou a cabeça tentando encontrar uma explicação racional para não conseguir entrar em contato com os pais. Eles não estavam apenas sem telefone; não eram mais assinantes. Por que cancelariam a linha sem falar com ela? Disse a si mesma para se acalmar. Precisava comer e beber alguma coisa, talvez dormir um pouco. O dia tinha sido longo e ela tinha de resolver o que faria para voltar para casa.

Segurou com força o telefone celular. Para quem mais podia ligar? Se considerasse apenas as pessoas que sabiam onde ela estava, a lista seria curta. Além disso, ela não tinha os números, pois eram amigos de seu pai. E pelo que sabia, nenhum deles constava da lista telefônica para garantir que não fossem incomodados fora do trabalho. Sentiu os olhos se encherem de lágrimas. A bolsa estava pesada e suas costas começaram a doer. Esgotada pela preocupação, voltou para o hotel.

Na verdade, havia mais uma pessoa para quem ela podia telefonar. Só para ter certeza de que estava tudo bem, só para conseguir ajuda para falar com os pais. Mesmo assim, hesitou. Estavam afastados por muitos anos, e, pelo que sabia, ele estava muito pior do que jamais estivera. Por outro lado, não lhe restavam muitas opções. Se convenceu assim que parou para comprar algo para comer numa barraquinha de churrasco de frango.

– Olá, sou eu – disse ela, aliviada por ouvir a voz familiar. – Preciso de ajuda.

Para si mesma, acrescentou:

"Estou sendo desligada do mundo."

ESTOCOLMO

Alex Recht reuniu sua equipe no Covil logo depois do almoço. Fredrika entrou na sala assim que a reunião começou. Alex percebeu que ela parecia um pouco mais animada. Ele evitou olhar Peder nos olhos. Ainda não havia comunicado por que o colega tinha sido chamado de novo ao Casarão; apenas mandou um recado por intermédio de Ellen para que ele desse uma olhada nas informações que obtiveram sobre o caso dos Ahlbin. Como a identidade do casal ainda não tinha sido divulgada na imprensa, a quantidade de telefonemas era muito pequena.

– Muito bem – começou Alex, bruscamente. – O que temos até agora?

Fredrika e Joar se olharam, Joar olhou para Peder, que assentiu em silêncio para que Joar apresentasse o que descobriram ao longo do dia. Joar fez um resumo da conversa com Sven e Elsie Ljung, que estavam convencidos de que os amigos tinham sido assassinados.

– Eles falaram a mesma coisa para vocês? – perguntou Alex, inclinando-se na cadeira.

– Sim – respondeu Fredrika. – E citaram um argumento bem importante, aliás.

Alex esperou.

– Eles foram à casa dos amigos porque receberam um convite para jantar. Por que o jantar não foi cancelado se o casal tinha acabado de saber que a filha havia morrido?

Alex endireitou o corpo.

– Muito bom – disse ele, franzindo a testa. – Mas, segundo a carta de despedida, apenas Jakob sabia da notícia. Nesse caso, não surpreende que Marja tenha mantido o convite.

– Mas eles também questionaram a história da morte da filha – comentou Joar. – E não podemos ter certeza se Marja sabia ou não sobre a filha.

– Mas não deve ser tão difícil verificar isso, não é? – disse Alex, desconfiado. – Se a filha está morta, quero dizer.

– Não, de jeito nenhum – disse Fredrika. – Conseguimos cópias do laudo médico e do atestado de óbito no Hospital de Danderyd. Ela aparentemente morreu de overdose, e o laudo deixou claro que era usuária havia alguns anos. O hospital telefonou para a polícia, mas não havia indícios de que a morte não tivesse sido causada pela própria moça. Por isso nenhuma providência foi tomada. Mas não sabemos quem deu a notícia aos pais. Os amigos não pareciam saber que ela usava drogas.

– O fato de o casal Ljung não ser mais tão amigo do casal Ahlbin é interessante – disse Alex, mudando o rumo. – Eles disseram o motivo?

Fredrika hesitou.

– Não exatamente – respondeu, devagar. – Havia algo que não quiseram nos dizer, mas não tive a sensação de ser algo relevante para o caso.

Todos ficaram em silêncio. Fredrika tossiu discretamente e a assistente deles, Ellen Lind, anotou algo no caderno.

– Muito bem, então – disse Alex. – O que fazemos agora? Acho que não vou me contentar até entrevistarmos outros amigos e conhecidos da família Ahlbin. Será uma vergonha se não encontrarmos ninguém que discorde da visão do casal Ljung sobre Jakob Ahlbin ter efetuado os disparos e a filha ser usuária de drogas.

Balançou a cabeça, irritado.

– O que mais sabemos sobre a morte da filha? – perguntou, fechando o rosto. – Alguma coisa estranha?

– Não tivemos tempo de investigar os detalhes – afirmou Joar. – Mas eu estava planejando... desculpe, *estávamos* planejando fazer isso na parte da tarde. Acho que vai valer a pena.

Alex bateu de leve na mesa com a caneta.

– Quero sugerir outra coisa. Fredrika, como está sua tarde?

Fredrika piscou várias vezes, como se estivesse cochilado na reunião.

– Vou tentar encontrar alguém para traduzir uns pedaços de papel – respondeu. – Aquilo que lhe contei pelo telefone. Não tenho mais nada agendado.

– Pedaços de papel – repetiu Peder, desconfiado, basicamente para não ficar sem dizer nada.

– No bolso da vítima de atropelamento na Universidade havia vários pedaços de papel amassados, com coisas escritas em árabe.

– Como tocamos no assunto – disse Alex, olhando para Fredrika –, existe alguma coisa que indique se tratar de um crime proposital?

– Não – disse ela. – Pelo menos, não segundo o médico responsável pelo laudo inicial, mas eles vão realizar uma autópsia completa.

Alex assentiu.

– Mas dificilmente você vai perder a tarde toda resolvendo isso, pelo que conheço de você. Que tal investigar melhor a morte da filha de Ahlbin e escrever um resumo do que aconteceu para que todos tenhamos uma sequência dos eventos? Não por achar que vamos descobrir algo revolucionário; só para garantir que analisemos a situação de todos os lados.

Fredrika abriu um sorriso cauteloso, evitando olhar para Joar. Talvez ele fosse como Peder, do tipo que detesta ser ignorado. Ainda não tivera tempo de formar opinião sobre ele, mas a primeira impressão que teve era boa. Muito boa. Uma rápida olhadela na direção dele a tranquilizou: parecia totalmente tranquilo. Sim, ela estava admirada.

– Acho ótimo investigar a morte da moça – comentou –, mas talvez não consiga fazer muita coisa durante a tarde.

– Não importa. Você continua amanhã de manhã – acrescentou Alex rapidamente.

Peder tentou olhar para ele do outro lado da mesa, perguntando-se o que estava acontecendo.

Alex sentiu a raiva fervilhar no peito e engoliu seco diversas vezes.

– Eu e Joar vamos visitar a paróquia onde os Ahlbins trabalhavam – continuou. – Recebi um telefonema do pároco de lá mais cedo, e ele se prontificou a nos ajudar. Vamos interrogá-lo antes de decidir o que fazer depois, ver se há motivos para pensar que existe um culpado, ou se podemos concluir que Jakob efetuou realmente os disparos. E vamos todos rezar para encontrar a outra filha, Johanna, até o fim do dia.

Peder olhou para Alex.

– E o que eu vou fazer? – perguntou, tentando não deixar transparecer sua queixa.

Fracassou.

– Você vai se encontrar com a chefe do RH às duas da tarde – disse Alex, impassível. – E se eu fosse você, não me atrasaria.

O coração de Peder acelerou de ansiedade.

– Alguém quer dizer mais alguma coisa? – perguntou Alex.

Joar hesitou, mas prosseguiu.

– Tivemos a impressão de que o apartamento não é a residência deles – disse.

– Como assim? – perguntou Alex.

Joar olhou de soslaio para Peder, mas viu que o colega, imóvel, olhava fixamente para a parede.

– Como disse, é só uma impressão – retomou Joar. – É que o apartamento parece impessoal demais, como se o espaço fosse montado apenas para momentos de lazer.

– Precisamos investigar isso – disse Alex. – Casas de veraneio e coisas do tipo nem sempre estão no nome dos pais; uma das filhas pode muito bem ser a proprietária. Fredrika, você pode verificar isso também?

Depois disso, Alex declarou a reunião como encerrada.

Com um pressentimento ruim, Peder foi se encontrar com a chefe do RH, Margareta Berlin, às duas horas em ponto. Não conseguia tirar da cabeça o olhar ríspido de Alex. Teve de esperar alguns minutos do lado de fora até Margareta o mandar entrar. *O que será que ela quer comigo?*

– Entre e feche a porta – disse a sra. Berlin com sua voz robusta inimitável, provavelmente produto do alto consumo de uísque e da gritaria com os subalternos, proporcional à ascensão na carreira.

Peder obedeceu. Sentia um respeito enorme pela mulher alta e poderosa atrás da mesa. Tinha o cabelo curto, mas mesmo assim continuava muito feminina. Ela fez um gesto com a mão pedindo para Peder se sentar na cadeira do outro lado da mesa.

– O nome Anna-Karin Larsson significa alguma coisa pra você? – perguntou de maneira tão brusca que Peder levou um susto.

Ele balançou a cabeça e engoliu.

– Não – respondeu, envergonhado por ter de limpar a garganta antes de falar.

– Não? – repetiu Margareta, de repente menos áspera, mas ainda com raiva no olhar. – Hum, foi o que pensei.

Fez uma pausa antes de prosseguir.

– Mas talvez você saiba dizer se gosta de tomar café com croissants?

Peder quase suspirou de alívio. Se o assunto era o comentário estúpido que fizera, a reunião acabaria num instante. Mas ele continuava sem saber quem era Anna-Karin Larsson.

– Então – disse Peder, com um sorrisinho nos lábios que costumava usar para desarmar mulheres de todas as idades. – Se você se refere ao incidente dos croissants ocorrido hoje de manhã, preciso dizer que não tive a intenção de fazer mal a ninguém.

– Reconfortante ouvir isso, Peder – disse Margareta, irônica.

– Não, eu não quis mesmo – respondeu generosamente, erguendo as mãos. – Se alguém na sala dos funcionários se sentiu ofendido com meu... como devo dizer... meu modo levemente grosseiro de me expressar, peço desculpas. É claro.

Do outro lado da mesa, Margareta olhou para ele, que retribuiu o olhar com a mesma obstinação.

– Levemente grosseiro? – comentou.

Peder hesitou.

– Muito grosseiro, talvez?

– Na verdade, sim – disse ela –, acho que extremamente grosseiro. E é lamentável que Anna-Karin tenha sido confrontada com esse tipo de comportamento na terceira semana conosco.

Peder levou um susto. Anna-Karin Larsson. Era esse o nome dela, a novata atraente com quem ele fez papel de idiota?

– Vou procurá-la e pedir desculpas pessoalmente – disse ele tão rápido que quase gaguejou. – Eu...

Margareta levantou a mão, interrompendo-o.

– Naturalmente você vai pedir desculpas para ela – disse, em tom enfático. – Isso é tão óbvio que não conta como reparação.

"Que idiotice. Uma mulher de quinta categoria que não sabe lidar com pressão e corre para o RH na primeira oportunidade", pensou Peder. Como se pudesse ler seus pensamentos, Margareta disse:

– Não foi Anna-Karin que nos contou.

– Não? – retrucou Peder, desconfiado.

– Não. Foi outra pessoa que achou seu comportamento ofensivo – disse Margareta, que agora inclinava-se sobre a mesa com o olhar preocupado. – Você está bem, Peder?

Ele ficou tão desconcertado com a pergunta que não conseguiu encontrar nada para dizer. Margareta balançou a cabeça.

– Isso tem que parar, Peder – disse em alto e bom som, com a voz que geralmente usamos para repreender uma criança. – Eu e Alex sabemos o que você tem passado nos últimos dezoito meses e como está afetado por isso. Mas acho que não justifica. Para dizer a verdade, você tem cometido muitas mancadas ultimamente, mas o episódio do croissant foi a gota d'água.

Peder quase começou a rir e levantou os braços, fazendo um gesto de protesto.

– Mas o que é isso, espere aí...

– Não – gritou Margareta, batendo a palma da mão na mesa com tanta força que Peder teve a sensação de sentir o chão tremer. – Não, já esperei demais. Fiquei pensando se deveria ter interferido quando você ficou bêbado na festa de Natal e apertou a bunda de Elin, mas soube que vocês dois resolveram a situação entre si e supus que você tivesse entendido que tinha ido longe demais. Mas é claro que não entendeu.

O silêncio que se instalou depois disso era tão grande que daria para ouvir um alfinete cair no chão. Peder sentiu suas objeções crescendo e se transformando num grito, que preferiu manter preso na garganta. Aquilo não era justo, e ele ia enforcar o desgraçado que falara sobre os croissants.

– Matriculei você num curso sobre igualdade no trabalho. Acho que vai abrir seus olhos, Peder – disse ela, com franqueza.

Ao notar a reação dele, continuou rapidamente:

– Minha decisão é inegociável. Você faz o curso, ou levo o problema para o próximo nível. Também quero que procure um psicólogo conveniado conosco.

Peder abriu a boca e a fechou de novo, sem dizer nada. Seu rosto flamejava.

– Não podemos aceitar esse tipo de conduta, simplesmente não podemos – disse ela com a mesma firmeza, empurrando sobre a mesa, na direção dele, uma folha de papel. – A força policial não é lugar de assédio. Tome, as datas e os horários do curso e das consultas.

Por um momento, pensou em não pegar o papel, mandá-la enfiá-lo naquela bunda gorda e sair correndo. Mas então se lembrou de que Alex sabia da história e talvez fizesse parte da conspiração. Peder cerrou a mão com tanta força que as juntas ficaram esbranquiçadas. Com a outra mão, pegou o papel.

– Mais alguma coisa? – perguntou, fazendo um esforço sobre-humano.

Margareta balançou a cabeça.

– Por ora, só isso – respondeu. – Mas vou ficar atenta a como você trata seus colegas daqui em diante. Tente encarar isso como um novo começo, uma segunda chance. Aproveite a oportunidade para aprender alguma coisa, principalmente nas conversas que tiver com o psicólogo.

Peder assentiu e saiu da sala, convencido de que teria matado aquela mulher se ficasse ali mais um segundo.

Alex Recht e Joar Sahlin não disseram uma única palavra enquanto percorriam o curto trecho entre a delegacia em Kungsholmen e a Igreja de Bromma, onde Jakob e Marja Ahlbin trabalhavam. Ragnar Vinterman, o pároco, havia prometido se encontrar com eles às duas e meia.

Alex começou a pensar em Peder. Sabia que pegara pesado com ele na reunião no Covil, mas não fazia ideia do que mais poderia fazer. O episódio do croissant era ridículo e inaceitável, e revelava o discernimento falho de um colega que, no passado, conquistara a total confiança do chefe. Alex sabia que Peder estava atravessando um longo período de dificuldades. É natural que esse tipo de coisa afete o juízo das pessoas, e se Peder tivesse feito algum comentário sobre sua própria conduta, demonstrando que sabia ter se comportado mal, as pessoas talvez fossem mais tolerantes. Mas ele não o fez. E a cada dia se envolvia mais e mais em situações complicadas, constrangendo o chefe na frente de outros funcionários.

Na frente de *outras* funcionárias.

Alex reprimiu um suspiro. E ainda havia o fato de Peder ter uma péssima noção de tempo. A última coisa de que precisavam naquele momento era publicidade negativa, uma vez que a existência do grupo de investigações especiais estava sendo discutida. Já bastava que sua única funcionária civil e única investigadora estivesse trabalhando meio período por causa de uma gravidez dos infernos, cujas complicações os superiores de Alex interpretaram inicialmente como sintomas de stress e exaustão. Ele mais que agradeceu no dia em que Fredrika finalmente pediu uma redução de carga horária dentro das regras, ou seja, amparada por um atestado médico.

Enquanto isso, o grupo recebeu uma injeção de ânimo na forma de Joar. Ainda que por tempo limitado. A decisão em si era um indício de que a equipe não seria desfeita. Como detetive especialmente talentoso, não demorou muito para Joar conquistar a admiração de Alex. Comparado a Peder e Fredrika, ele também parecia psicologicamente estável. Não tinha o pavio curto como o de Peder e não parecia interpretar mal as coisas como

Fredrika tendia a fazer. Estava sempre calmo e parecia ser de uma integridade infinita. Pela primeira vez depois de meses, Alex sentiu que tinha alguém com quem podia conversar no trabalho.

– Você se importa se eu perguntar sobre seu sobrenome? – disse Joar, de repente. – É alemão?

Alex deu uma risada; estava acostumado a ouvir essa pergunta.

– Se retrocedermos bastante na árvore genealógica, acho que a origem é alemã, sim – respondeu. – Judaica.

Olhou de soslaio para Joar, louco para ver se ele reagiria. Não reagiu.

– Mas a origem é muito remota – acrescentou Alex. – Os homens que tinham esse sobrenome casaram-se com cristãs, e os laços judeus de sangue entre mães e filhos se quebraram.

Estavam chegando perto da igreja. Alex estacionou na frente da paróquia, como combinado. Um homem alto e elegante, usando camisa de manga comprida e colarinho clerical, esperava-os de pé na escada da frente. Contra a fachada branca da casa e o céu cinza, sua silhueta parecia uma estátua escura. "Impõe respeito", foi a avaliação de Alex antes mesmo de sair do carro.

– Ragnar Vinterman – disse o clérigo, apertando a mão de Alex, depois a de Joar.

Alex notou que Ragnar não devia estar esperando na escada há muito tempo, pois sua mão estava quente. E era grande. Nunca vira mãos tão grandes em toda sua vida.

– Vamos entrar – disse Ragnar Vinterman, com a voz grave. – Alice, nossa assistente, preparou um lanche para nós.

Havia xícaras de café e pratos com pãezinhos sobre uma das grandes mesas na sala da paróquia. O lugar parecia deserto e Alex sentiu a frieza do ambiente antes mesmo de tirar o casaco. Joar não tirou o seu.

– Me desculpem pelo frio – disse Ragnar, com um suspiro. – Há anos tentamos arrumar o aquecimento daqui; já perdemos a esperança de fazê-lo funcionar. Café?

Os dois aceitaram felizes a bebida quente.

– Antes de mais nada, devo lhe dar meus pêsames – disse Alex, cuidadoso, repousando a xícara sobre a mesa.

Ragnar assentiu lentamente, com a cabeça abaixada.

– É uma perda enorme para a paróquia – disse ele, baixinho. – Vamos demorar muito tempo para superar. O luto será difícil para todos nós.

A postura e a voz do homem encheram Alex de uma confiança intuitiva. A filha de Alex teria dito que o pároco tinha o corpo de um atleta aposentado.

O pároco passou a mão pelos cabeços grossos e escuros.

– Aqui na igreja seguimos sempre aquele ditado: "Espere pelo melhor, mas prepare-se para o pior", ou seja, faça o que for preciso para ter uma visão clara do que poderia ser o pior cenário concebível.

Parou de falar de repente e mexeu na xícara de café.

– Temo que nós, que trabalhamos aqui, não nos preparamos.

Alex franziu a testa.

– Acho que não entendi.

– Todos sabíamos dos problemas de saúde de Jakob – disse ele, olhando para Alex. – Mas poucos sabiam de como as coisas pioravam muito às vezes. Pouquíssimos colegas e paroquianos sabiam que ele se submetia a um tratamento com eletrochoque, por exemplo. Quando ia para a clínica, geralmente dizia que estava num balneário ou viajando de férias. Ele preferia assim.

– Ele tinha medo de ser visto como fraco? – perguntou Joar.

Ragnar olhou na direção do jovem.

– Acho que não – respondeu, recostando-se um pouco na cadeira. – Mas ele sabia, assim como nós, da existência de muitos preconceitos sobre a doença.

– Descobrimos que ele convivia com ela havia muito tempo – disse Alex, lamentando ainda não ter conversado com o médico de Jakob.

– Décadas – suspirou o pároco. – Desde adolescente, na verdade. Graças a Deus o tratamento nessa área obteve progressos com o passar do tempo. Pelo que entendo, os primeiros anos foram muito duros. A mãe aparentemente sofria do mesmo mal.

– Ela ainda é viva? – perguntou Joar.

– Não – respondeu, tomando um gole de café. – Cometeu suicídio quando Jakob tinha quatorze anos. Foi então que ele decidiu se ordenar.

Alex sentiu um calafrio. Alguns problemas pareciam passar de geração a geração como segredos de família.

– O que você acha que aconteceu ontem à noite? – perguntou Alex, hesitante, buscando olhar o pároco nos olhos.

– Se eu acho que Jakob fez aquilo? Atirou em Marja e depois se matou?

Alex assentiu.

Ragnar engoliu seco algumas vezes, olhando para a neve que cobria as árvores e o solo lá fora, além da janela atrás de Alex e Joar.

– Acho que foi exatamente isso que aconteceu.

Como se acabasse de perceber que estava desconfortável na cadeira, mudou de posição, cruzou as pernas e repousou as mãos no colo.

O único som que se ouvia era o da caneta de Joar, escrevendo numa página do caderno já preenchida até a metade.

– Ele andava muito triste nos últimos dois dias – disse Ragnar, com a voz trêmula. – E me arrependo profundamente por não ter alertado pelo menos Marja, contando-lhe tudo.

– Tudo o quê? – perguntou Alex.

– Sobre Karolina – respondeu, inclinando-se sobre a mesa e repousando o rosto nas mãos por alguns instantes. – Pobre Lina, teve a vida abreviada tão cedo.

Alex percebeu que Joar havia parado de escrever.

– Você a conhecia bem? – perguntou.

– Não depois de adulta; só quando era mais nova – disse Ragnar. – Mas sempre ouvia Jakob falar de como ela vivia e lutava para se livrar do vício.

Balançou a cabeça.

– Jakob só soube do problema de Karolina há poucos anos – prosseguiu. – Quer dizer, ela sempre exigiu demais de si mesma, e quando não conseguiu superar as próprias expectativas nos estudos, começou a usar vários tipos de drogas. Primeiro para melhorar o desempenho, mas depois o vício se tornou mais um de seus problemas.

– A mãe, Marja, também sabia do problema da filha, não sabia? – disse Alex, em dúvida.

– Sim, claro – respondeu. – Mas a garota era muito mais próxima do pai, por isso ele era o único que conhecia toda a situação. E como a família tinha outros problemas, ele preferiu não contar para a esposa os detalhes do que acontecia com a filha.

– Mas ela deve ter percebido alguma coisa – disse Joar. – Pelo que entendi, a moça era usuária pesada há alguns anos.

– Sim, é verdade – disse Ragnar, com a voz mais acentuada. – Mas, com um pouco de determinação, é possível maquiar as coisas muito bem, principalmente porque a mãe não conseguia lidar com a verdade, ainda que tivesse escolhido enxergá-la.

– Você quer dizer que ela fechou os olhos para a situação da filha? – perguntou Alex.

– Sim, exatamente – respondeu com firmeza. – Não acho que seja algo tão surpreendente. Eles passavam por dificuldades há muitos anos por causa da doença de Jakob, e de repente a filha se tornou mais um problema. Imagino que devia ser uma carga muito pesada para Marja. Muitas vezes a vida é assim.

Alex, pai de dois filhos, não sabia se concordava com o clérigo, mas também não tinha nenhuma experiência do que seria conviver com alguém que sofre de depressão profunda. Certamente cada pessoa tinha o próprio limite para suportar o sofrimento. Nesse aspecto, Ragnar Vinterman estava correto.

– Ele soube da notícia no domingo à noite – prosseguiu Ragnar. – Me telefonou logo depois e parecia chocado, desesperado.

– Quem contou para ele? – perguntou Alex.

Ragnar pareceu confuso por um instante.

– Na verdade, não sei. É importante?

– Provavelmente não – disse Alex –, mas queria saber mesmo assim.

Incomodado, Joar interpôs:

– Mas ele não contou nada para a esposa?

Ragnar mordeu o lábio inferior e balançou a cabeça.

– Não contou nada. E me implorou para que também não falasse nada. Disse que precisava tentar entender as implicações da situação antes de contar para Marja. Não vi motivos para contrariá-lo e dei minha palavra de que esperaria até hoje, quarta-feira.

– Até hoje? – repetiu Alex.

O clérigo mexeu com a cabeça, concordando.

– Marja viria para uma reunião paroquial hoje, e se Jakob ainda não tivesse contado nada para ela, eu mesmo o faria. Ela tinha de saber.

A cabeça de Alex revirava em pensamentos. Uma imagem começou a tomar forma lentamente.

– Você falou com ele depois ou essa foi a última vez?

– Falamos mais uma vez depois disso – disse Ragnar, de novo com a voz trêmula. – Ontem. Ele parecia estranhamente aliviado ao telefone, disse que contaria para Marja durante a noite e que tudo ficaria bem.

O pároco respirou fundo. Alex não esperava vê-lo chorar; nem ele mesmo esperava.

– Tudo ficaria bem – repetiu, tenso. – Eu devia ter imaginado, devia ter feito algo. Mas não fiz. Não fiz nada.

– Isso é bem comum – disse Joar num tom tão prosaico que Alex e o pároco olharam imediatamente para ele.

Joar colocou a caneta e o caderninho sobre a mesa.

– A gente acha que vai ser racional e compreensivo em todas as situações, mas infelizmente o ser humano não funciona assim. Não conseguimos ler pensamentos; na verdade, a única coisa em que somos *bons mesmo* é em entender a posteriori o que deveríamos ter feito, quando todos os fatos estão diante de nós. Aí sim nos responsabilizamos. Quando não é mais necessário.

Balançou a cabeça.

– Acredite, você carecia de informações vitais que, olhando agora para trás, está convencido de que tinha o tempo todo.

Alex olhou admirado para o colega mais novo.

"A gente não sabe tanta coisa um do outro", pensou.

– Alguns amigos de Marja e Jakob dizem ser inconcebível que ele tenha efetuado os disparos – disse ele, prosseguindo com a conversa.

Ragnar Vinterman pareceu hesitar.

– Você se refere a Elsie e Sven? – perguntou, gentilmente. – Há muito tempo eles não são tão amigos e há muita coisa de que não sabem.

"Como o vício da filha", pensou Alex.

– Mas por quê? – perguntou Joar. – Por que eles deixaram de ser bons amigos?

– Ah, eles ainda eram bons amigos – disse Ragnar. – Só não eram mais tão próximos, pelo que Jakob dizia. Por quê? Não sei. Se desentenderam há alguns anos, e a amizade mudou um pouco depois disso. Acabou que Elsie e Sven se aposentaram mais cedo, e quando saíram da paróquia, passaram a ter menos contato com Jakob e Marja.

Joar voltou a fazer anotações.

– E a outra filha, Johanna? Ela também passa por algum problema? – perguntou Alex.

O pároco balançou a cabeça.

– Não, nenhum – disse. – Sempre escutei coisas boas a respeito dela. Por outro lado – acrescentou, incerto –, acho que nunca tive muitas notícias. Desde nova ela deixou bem claro que não tinha interesse na igreja como o resto da família, que não acreditava, e por isso tomou certa distância.

– Você sabe o que ela faz hoje? – perguntou Alex, curioso.

– É advogada – respondeu Ragnar. – Acho que é só o que sei.

– Então você não sabe onde podemos encontrá-la? – perguntou Joar.

– Não, infelizmente não.

Os três ficaram em silêncio por um momento. Alex tomou um pouco de café e refletiu sobre o que descobrira. O caso agora parecia bem lógico. Jakob não cancelou o jantar porque Marja desconfiaria de que tinha alguma coisa errada. E o motivo de parecer tão aliviado ao telefone poderia ser clássico: tinha decidido acabar com a vida dele e da esposa e, assim, encontrar paz.

A única dúvida era sobre a filha Johanna. Será que tinha se afastado tanto da família a ponto de Jakob considerar legítimo privá-la dos próprios pais? Eles precisavam encontrá-la o mais rápido possível.

Resolveu fazer uma última pergunta.

– Digamos que Jakob não estivesse perturbado o suficiente para tirar a própria vida e da esposa. Quem mais o teria feito? Você consegue pensar em alguém?

Ragnar franziu a testa.

– Você quer dizer uma pessoa que possa ter assassinado Jakob e Marja por causa de algum conflito extremo?

Alex assentiu.

– Não tenho a menor ideia.

– Jakob fazia muitos discursos sobre a questão dos refugiados... – começou Joar.

– Sim, é provável que tenha se envolvido em confusão por causa disso – completou Ragnar. – Mas não sei nada a respeito.

Dito isso, a visita chegou ao fim. Os três comeram o último pãozinho, tomaram o resto do café e falaram sobre a neve, que causava diversos transtornos. Depois se despediram com um aperto de mão.

– Temo que a avaliação dele esteja correta – disse Alex no carro, pensativo, no caminho de volta para Kungsholmen. – Mas precisamos encontrar primeiro a filha e comparar a história dela com a dele. Também precisamos falar com o médico que cuidava de Jakob.

Ao saírem do trabalho algumas horas depois, Alex e Joar ainda não tinham encontrado nenhum dos dois. E embora Alex pensasse ter tudo sob controle, começava a desconfiar de que talvez não fosse o caso.

FREDRIKA CORRIA PARA SE SALVAR. Protegendo a barriga com a mão, atravessava a floresta escura mais rápido do que já correra na vida. Os galhos das árvores batiam-lhe no rosto e no corpo, os pés afundavam no musgo úmido e a chuva quente de verão ensopava-lhe o cabelo.

Eles estavam chegando mais perto, os perseguidores. E ela sabia que perderia a corrida. Chamavam o nome dela.

– Fredrika, desista! Você sabe que não vai conseguir fugir. Pare! Pelo bem da criança!

As palavras impulsionaram sua corrida como se fossem uma chicotada. Era o bebê que eles queriam, era o bebê que tentavam pegar. Viu que um dos homens segurava uma faca comprida e brilhante. Quando a alcançassem, arrancariam o bebê de sua barriga e a deixariam morrer na floresta. Assim como fizeram com todas as mulheres que encontrou largadas entre as árvores.

Não conseguia correr muito mais e sentiu o desespero aumentar. Morreria ali, incapaz de salvar o bebê ainda não nascido. As lágrimas a fizeram perder a força, desacelerando seus passos que, no início, eram longos e ligeiros.

Tropeçou numa árvore e caiu com força no chão. Jogada no solo, de barriga para baixo, sentiu o bebê gelar e parar de se mover.

Poucos segundos depois eles a alcançaram e formaram um círculo ao seu redor. Eram altos e sombrios. Cada um com uma faca na mão. Um deles agachou perto dela.

– Venha, Fredrika – sussurrou. – Para que dificultar tanto se pode ser simples? – Aglomeraram-se em volta de seu corpo cansado, forçaram-na a se virar de costas, seguraram-na no chão.

– Respire, Fredrika, respire – disse a voz enquanto ela via uma das facas suspensas diante de si.

Gritava a plenos pulmões, lutava para se libertar.

– Mas que droga, Fredrika, você me matou de susto – disse uma voz familiar.

Ela fez força para abrir os olhos, olhando ao redor sem entender onde estava. Spencer a abraçava com força; ela estava com as pernas enroscadas no edredom. Seu corpo estava ensopado de suor, e o rosto, cheio de lágrimas.

Spencer a sentiu relaxar e se sentou na beirada da cama. Abraçou-a em silêncio.

– Meu Deus, o que está acontecendo comigo? – suspirou Fredrika, soluçando com a cabeça encostada no ombro de Spencer.

Ele não disse nada, apenas continuou abraçando-a firmemente.

– Desculpe por não ter chegado mais cedo – disse, calmamente. – Me desculpe.

Fredrika, sem se lembrar de que haviam combinado de se ver, sentiu-se alegre com a presença dele e não disse nada durante um longo tempo.

– Que horas são? – perguntou, por fim.

– Onze e meia – suspirou Spencer. – O avião de Madri atrasou.

Uma memória veio surgindo aos poucos. Madrid. Ele estava numa conferência em Madrid. Deveria chegar às seis e meia e os dois sairiam para jantar. Mas ele acabou chegando pouco antes da meia-noite e entrou no apartamento com a própria chave. Antes da gravidez eles sempre se encontravam no antigo apartamento do pai de Spencer, mas agora, com o bebê e as dificuldades que Fredrika enfrentava, viam-se com mais frequência no apartamento dela. Novos desafios significavam novas rotinas.

Lágrimas de decepção encheram os olhos de Fredrika.

– Estou tão farta disso tudo. Pensava que a gente ficava feliz quando engravidava; tranquila; plácida, talvez.

Spencer deu aquele sorriso sardônico que a fazia desejá-lo mais do que já havia desejado qualquer outro homem.

– Plácida, você? – ele riu, começando a tirar a roupa de frio.

– Você nem pendurou o casaco quando entrou? – perguntou Fredrika, tolamente.

– Não, você estava fazendo um estardalhaço tão grande que achei melhor vê-la primeiro.

Voltou rapidamente para a cama, com o cabelo desarrumado e os olhos cansados. Spencer não era jovem. E logo seria pai pela primeira vez.

– Meu Deus, Fredrika, isso acontece toda noite?

– Quase toda noite – respondeu, evasiva. – Mas você já me viu assim.

– Sim, mas achava que era só de vez em quando. É terrível pensar que isso acontece enquanto não estou aqui.

"Então esteja aqui", pensou em dizer Fredrika. "Largue sua esposa chata e se case comigo".

As palavras se paralisaram dentro dela, engolidas pelo oceano do hábito. Sua relação com Spencer era tão transparente como sempre fora: os dois formavam um casal, é claro, mas dentro de certos limites. Ele nunca a fez acreditar que as coisas seriam diferentes só porque assumiria seu papel de pai.

Fredrika se levantou e foi ao banheiro. Spencer esgueirou-se até a cozinha para preparar um sanduíche. Jogou a camisola ensopada de suor no cesto de roupas sujas e entrou embaixo do chuveiro. Sua pele agradeceu o jato morno e gentil da água. Ela se mexia e virava o corpo sob o fluxo, mas estava cansada demais para se dar conta de que chorava. Quando terminou, enrolou-se numa toalha comprida.

Pelo menos ela tivera um bom dia de trabalho. Curto, mas bom. Foi difícil encontrar uma pessoa para traduzir as palavras escritas em árabe nos pedaços de papel porque todos os profissionais estavam trabalhando num caso de contrabando de imigrantes, cheios de materiais para traduzir para o DNIC. Por fim, um deles aceitou o pedido e disse que retornava no dia seguinte.

Fredrika suprimiu um suspiro. Com certeza haveria muita coisa para fazer no dia seguinte. Precisaria examinar a tradução, quando a recebesse; e o médico responsável pela internação de Karolina Ahlbin, morta por overdose, também dissera que retornaria no dia seguinte. O único resultado concreto do dia de Fredrika havia sido uma anotação sobre uma grande propriedade em Ekerö, uma casa e um terreno, registrada no nome das irmãs Ahlbin e que anteriormente estavam no nome dos pais. Seria essa a casa onde a família se reunia?

Fredrika sentiu um aperto na garganta ao pensar em Johanna Ahlbin, que agora estava sozinha. Não resistiu e procurou o nome dela no registro nacional. Johanna Maria Ahlbin, nascida em 1978, um ano depois da irmã. Solteira, sem filhos. Não havia mais ninguém registrado no endereço em que morava.

Poderia haver algo pior? O bebê se moveu, como se estivesse preocupado em ser esquecido. Fredrika tentou acalmá-lo colocando a mão na barriga. Estava por nascer; existia, mas também não existia. Se alguém batesse em sua porta e dissesse que seus pais e seu irmão estavam mortos, ela desmoronaria. Sentiria mais falta do irmão. Novas lágrimas brotaram-lhe nos olhos. Além de Spencer, não havia mais ninguém a quem tivesse em alta estima.

Enxugou as lágrimas que escorreram perdidas pelo rosto. Seu bebê dificilmente teria irmãos.

– Você vai ter que lidar com isso – sussurrou ela.

Levantou a cabeça e se deparou com os próprios olhos avermelhados no espelho do banheiro. E sentiu vergonha. Afinal de contas, por que estava assim, tão transtornada? Sua vida era maravilhosa, cheia de amigos e familiares; além disso, estava esperando um filho do homem que amava há muitos anos.

"Cresça", pensou, irritada. "E pare de sentir pena de si mesma. As pessoas só ficam mais felizes que isso nos contos de fadas".

Com a toalha enrolada na cabeça, saiu do banheiro e foi até a cozinha ver Spencer.

– Faz um sanduíche para mim também?

O TOQUE DO TELEFONE ATRAVESSOU O APARTAMENTO logo depois da meia-noite. Correu para atender o mais rápido que podia, antes que sua esposa também acordasse. Passou com cuidado pela porta do quarto dela, agradecido por não compartilharem mais a mesma cama. Os pés descalços ressoaram no assoalho. Com um movimento suave, fechou silenciosamente a porta do escritório.

– Sim? – falou ao atender.

– Ela telefonou – disse a voz do outro lado. – Hoje mais cedo.

Ele não respondeu imediatamente. Ainda que estivesse esperando a ligação, sentiu um incômodo. Concluiu que era uma reação saudável. Nenhum ser humano seria capaz de participar de um projeto desse tipo sem sentir nada.

– Tudo de acordo com o planejado, então.

– Tudo de acordo com o planejado – confirmou a voz. – Amanhã partimos para o segundo estágio.

– Acha que ela suspeitou de alguma coisa? Entendeu a amplitude da situação, por assim dizer?

– Ainda não. Mas entenderá amanhã.

– Quando for tarde demais – concluiu com um suspiro.

– Sim, e tudo estará acabado.

Brincou com um caderno novo que estava sobre a mesa de carvalho, passando as páginas. O brilho das luzes da rua coloriu de amarelo o parapeito da janela.

– E nosso amigo que chegou no Arlanda outro dia?

– Está no apartamento onde seu contato o deixou. Amanhã deve estar preparado para a tarefa.

Carros passavam na rua. Os pneus esmigalhavam a neve. A fumaça do escapamento ficava branca no frio. Que estranho. Lá fora, tudo parecia fluir exatamente como antes.

– Talvez possamos fazer uma pausa nas operações quando terminarmos? – disse, tranquilo. – Até baixar um pouco a poeira desse estardalhaço, quero dizer.

Conseguiu ouvir a respiração do outro lado da linha.

– Não está ficando com medo, está? – perguntou a voz.

Mexeu a cabeça de um lado para o outro.

– É claro que não – disse, com a voz calma e enfática. – Mas um pouco de cuidado não faria mal nesse momento, com todos os holofotes voltados para nós.

Escutou uma gargalhada do outro lado.

– Você é o único que eles podem ver, meu amigo. O resto de nós é invisível.

– Exatamente – comentou, com a voz rouca. – E é isso que queremos, não é? Seria uma vergonha se eles encontrassem algum motivo para vir atrás de mim. Aí seria só uma questão de tempo até encontrarem você também, *meu amigo*.

Enfatizou especificamente as últimas palavras e não escutou mais a risada do outro lado.

– Estamos no mesmo barco – disse a voz, monótona.

– Exato – insistiu. – E será ótimo se eu não for o único a me lembrar disso.

Desligou. Acendeu um cigarro, mesmo que a esposa odiasse a fumaça dentro de casa. Lá fora, a neve caía como se os deuses tentassem desesperadamente enterrar todo o mal do mundo sob a chuva congelada.

QUINTA-FEIRA, 28 DE FEVEREIRO DE 2008

ESTOCOLMO

ELA TINHA O CABELO RUIVO, um vestido malva disforme e uma linguagem corporal muito irritante. Sua voz era estridente; suas palavras, duras e exasperadas. Peder Rydh teve certeza de que ela também cheirava mal e não depilava as axilas.

Peder estava sentado bem atrás, numa das últimas fileiras de cadeiras, perguntando-se o que fazia num curso sobre igualdade no trabalho quando havia tantas outras coisas mais importantes para fazer. Se Margareta Berlin também estivesse ali, sentiria vergonha de sua decisão. De todos os cursos sobre igualdade do mundo, esse devia ser o pior.

Peder sentiu pena. Pela sra. Berlin.

Começou a se mexer na cadeira. A impaciência tremelicava-lhe as pernas, subia-lhe pelo corpo e fazia seu sangue ferver. "Que merda, isso não é justo", pensou.

Sentiu o rosto enrubescer ao se lembrar da bronca de Margareta Berlin. Parecia muito determinada, impondo uma sentença do outro lado da mesa. Como se *ela* fosse a pessoa certa para *ensiná-lo* a se comportar na força policial.

E ainda teve a cara de pau de citar aquele pequeno mal-entendido na festa de Natal.

Peder fez força para engolir. Sentia-se nervoso e envergonhado, mas também sentia raiva, muita raiva. Não foi sua culpa. Todos sabiam. Além disso, Margareta Berlin interpretou errado os fatos. A força policial não era diferente de outros lugares de trabalho; você pode ir para a cama com quem quiser.

Outras imagens vieram-lhe à mente, dessa vez da festa de Natal.

Corpos quentes numa pista de dança apertada e improvisada na sala dos funcionários. Muito mais álcool do que planejaram, músicas para dançar que não faziam parte do programa. Como disse o colega Hasse no dia seguinte, a festa foi intensa. Peder aproveitou ao máximo. Muita diversão, muita dança. Seus pés se moviam sozinhos enquanto rodopiava na pista com uma ou outra colega de trabalho.

Até que começou a dançar com Elin Bredberg. Rosto reluzente, cabelos escuros e olhos brilhantes. Sim, Peder já tinha visto olhos como os dela: famintos, provocantes. Caçadores. Desejosos.

E Peder Rydh não fazia o tipo tímido e retraído. Se via alguma porta aberta, entrava. Era seu jeito de ser. Primeiro puxou Elin para perto de si. Seus olhos se apequenaram, mas ainda sorriam. Tentadores, sedutores. Então desceu a mão pelas costas dela até chegar na bunda. Apertou e beijou-a no rosto.

Antes de se dar conta, a mão dela atravessou o ar e o acertou em cheio no rosto. E a festa acabou.

Peder pensou que a vida tinha algumas regras tácitas. Elin Bredberg precisava entender que, naquele instante, estava transmitindo uma mensagem. Ele disse isso a ela e pediu para que assumisse sua parcela de culpa, ou toda a culpa, que era dever dela fazer isso. Por fim, ele acabou aceitando que a culpa era dele. Mas só no dia seguinte, quando estavam sóbrios e capazes de manter uma conversa normal. Pelo menos resolveram a questão entre si.

Mas Peder ainda achava que a culpa era dela.

E veja só aonde isso o levou. Numa sala de aula na hora do expediente, fazendo um curso sobre igualdade ministrado por uma mulher que parecia um espantalho e provavelmente não transava direito desde que Cristo andava de sandálias por aí.

Peder rosnou internamente. Tudo era muito injusto. Sempre havia uma experiência ruim para secar a última gota de felicidade. Quem quer que o tivesse dedurado sobre o episódio dos croissants precisaria tomar cuidado, pois acabara de ganhar um inimigo na corporação. Desconfiou de uma pessoa durante a noite, e quanto mais pensava no assunto, mais sua suspeita fazia sentido.

– Gênero é poder – disse a palestrante, com vigor na voz. – E as mulheres, de certa forma, são cidadãs de segunda classe nesse país. Mesmo a Suécia sendo uma das principais democracias do mundo.

Respirou fundo. Seu cabelo esvoaçava.

– Vamos fazer um pequeno exercício – prosseguiu animada, examinando a sala. – Preciso de um voluntário, um jovem da plateia.

Ninguém se moveu.

– Vamos lá, gente – disse, aumentando o tom de voz. – Não é difícil. Só um exercício que existe há milênios. É divertido, vocês vão ver.

Peder suspirou e deixou os pensamentos voarem até Ylva, de quem se separara seis meses antes. Seis meses de noites solitárias em seu apartamento, onde os filhos iam passar os finais de semana a cada quinze dias. Noites ou semanas em que, esporadicamente, ele tinha encontros insignificantes que não levavam a nada além de sexo, picante da primeira vez, mas sem graça logo em seguida.

Sentiu o peito apertar, os olhos arderem e afundou um pouco o corpo na cadeira. Será que Ylva sentia a mesma coisa? Será que também se sentia vazia?

Pois era isso que se sentia, um vazio.

Um vazio de merda.

A voz do médico fez Fredrika se sentir observada, mesmo que soubesse que a ideia era ridícula. Estava falando com ele pelo telefone, não pessoalmente. Se tivesse que adivinhar sua aparência, diria que usava óculos e tinha o cabelo ralo, além de olhos verdes e pequenos.

– Karolina Ahlbin foi trazida para o hospital numa ambulância na terça-feira passada – disse o médico, que se chamava Göran Ahlgren. – Foi diagnosticada com o que popularmente chamamos de overdose, nesse caso de heroína injetada na curva do braço. Fizemos o que podíamos para salvá-la, mas seus órgãos já estavam tão afetados que foi impossível trazê-la de volta. Faleceu menos de uma hora depois.

Fredrika anotou o que o médico lhe disse.

– Posso enviar uma cópia do atestado de óbito – acrescentou.

– Já conseguimos uma – disse Fredrika –, mas ficarei feliz se você nos enviar uma cópia de todos os prontuários da paciente, se não se importar.

Percebeu a hesitação na voz de Göran Ahlgren.

– Há alguma circunstância suspeita?

– Não no caso dela – disse Fredrika. – Mas a morte está conectada a outro caso, então...

– Eu mesmo mandarei os papéis de que precisa hoje à tarde – disse o médico.

Fredrika teve a sensação de que ele queria muito desligar o telefone.

– Ela já era paciente do hospital? – perguntou.

– Não – respondeu Ahlgren. – Nunca esteve aqui.

Fredrika ouviu uma batida na porta e Ellen Lind entrou com alguns papéis, deixando-os sobre a mesa. Elas se cumprimentaram com a cabeça e Ellen saiu.

“Devíamos nos ver mais fora do trabalho”, pensou Fredrika, e sentiu-se cansada só de imaginar.

Ela mal tinha energia para socializar com os amigos antigos.

Ahlgren limpou a garganta para lembrá-la de que ainda estava no telefone.

– Desculpe-me – disse Fredrika. – Tenho só mais algumas perguntas sobre como Karolina foi identificada. Ela tinha documento de identidade?

– Sim. A carteira de motorista estava na mochila. A identificação foi feita pela fotografia da carteira de habilitação e confirmada pela irmã, que veio com ela na ambulância.

Fredrika levou um susto.

– Como?

– A irmã. Só um momento, tenho o nome dela anotado – disse o médico, folheando alguns papéis. – Sim, aqui está. Johanna Ahlbin. Ela identificou a irmã.

Os pensamentos giravam como um turbilhão na cabeça de Fredrika.

– Não conseguimos entrar em contato com ela – disse. – Você sabe onde ela está?

– Não falei mais com ela – disse Ahlgren, já impaciente. – Mas me lembro que ela mencionou uma viagem para o exterior. Acho que partiria no final de semana.

Fredrika sentiu a frustração crescer dentro de si. Na documentação que recebera do hospital e da polícia, não havia nenhuma referência à presença da irmã.

– Os policiais que foram ao hospital conversaram com ela?

– Rapidamente – disse o médico. – Não havia nenhuma irregularidade aparente. Quer dizer, a paciente chegou com a irmã, que nos passou um histórico. E a identificação também foi normal.

A fadiga que geralmente desacelerava a mente de Fredrika dissipou-se de repente. Segurou a caneta com força e olhou para a frente. Então Johanna Ahlbin estava presente quando Karolina morreu. Depois viajou para o exterior e agora está incomunicável. Há dois dias, o sofrimento do pai o levou a se matar.

– Quem comunicou a morte de Karolina aos pais dela? – perguntou, com a voz desnecessariamente dura.

Se não soubesse das coisas, diria que o médico respondeu sorrindo.

– Não sei ao certo – respondeu. – Mas Johanna Ahlbin disse que os avisaria.

– Você sabe se ela comunicou a morte para mais alguém? Ela telefonou para alguém enquanto estava no hospital?

– Não – respondeu o médico. – Não que eu tenha visto.

Desorientada, Fredrika tentou entender a história que começava a surgir.

– Qual era o estado emocional de Johanna enquanto esteve com ela?

O médico fez uma pausa, como se não tivesse entendido a pergunta.

– Ela estava abalada, é claro – disse. – Mas nada muito dramático.

– E o que isso significa?

– Bem, ela não estava inconsolável como muitos parentes ficam quando alguém morre de repente. Tive a impressão de que a família sabia que Karolina Ahlbin usava drogas, e que o problema era de longa data. Isso não quer dizer necessariamente que a morte da moça fosse esperada, é claro, mas sim que os parentes já estavam preparados para essa possibilidade.

"Não o pai", pensou Fredrika, entristecida. Ele estava totalmente despreparado. Atirou na esposa, depois em si mesmo.

Desligou o telefone, sem entender direito o que acabara de descobrir. Que família estranha. Muito estranha, na verdade.

Uma rápida olhada no relógio mostrou que estava quase na hora da reunião matinal no Covil. Pegou os papéis que Ellen deixara sobre a mesa: a cópia do relatório de acompanhamento da vítima de atropelamento. Folheou rapidamente o material e não viu nada de novo. O legista responsável pela autópsia enviaria o laudo mais tarde.

Pensou nos pedaços de papel com escritos em árabe que tinha mandado traduzir. Provavelmente não significavam nada, mas era preciso verificar.

O tradutor atendeu depois do terceiro toque.

– Não foi fácil decifrar a caligrafia – disse ele.

– Mas você conseguiu? – perguntou imediatamente.

– Sim, é claro – disse o tradutor, parecendo ofendido.

Fredrika segurou um suspiro. Como era fácil pisar no calo dos outros, ultrapassar limites que nunca ficavam evidentes desde o início.

– Vou falar primeiro da parte óbvia, o panfleto – começou o tradutor. – É um livro de orações. Uma série de versos do Alcorão, nada de estranho. E não havia nada escrito nele. Até que examinei os pedaços de papel.

Fredrika escutou um farfalho do outro lado da linha.

– O primeiro tem o nome de dois lugares em Estocolmo: Globe e Enskede. Duas palavras suecas, mas escritas foneticamente em árabe. Deve ser isso; do contrário, não faço ideia do que signifique. E como sou árabe, deveria saber.

Deu uma risada breve, e Fredrika abriu um sorriso.

O outro, que estava embrulhando o anel, diz: "Farah Hajib, Sadr, Bagdá, Iraque".

– E o que significa? – perguntou Fredrika.

– Não tenho a menor ideia – respondeu. – Provavelmente não significa mais que o óbvio: que no bairro Sadr, em Bagdá, há uma mulher chamada Farah Hajib. Talvez o anel seja dela.

– Que tipo de lugar é Sadr?

– Um distrito pouco conhecido de Bagdá, controlado, ou que pelo menos costumava ser controlado, quase totalmente por um grupo xiita conhecido como Exército de Mehdi – explicou o tradutor, objetivo. – Um lugar bem complicado, diria. Muita gente teve de fugir de lá por causa do conflito entre xiitas e sunitas depois da queda do regime de Saddam.

Fredrika se lembrou das imagens mostradas nos noticiários do inferno dos antagonismos e conflitos internos ocorridos no Iraque depois de 2003. Milhões de pessoas migrando para o interior do país e Estados vizinhos. Acrescente-se a isso as pouquíssimas pessoas, no final das contas, que atravessaram fronteiras até chegar à Europa e à Suécia.

– Será que ela está aqui? – disse Fredrika. – Pode ser requerente de asilo.

– Vou mandar minha tradução no malote para que você verifique na Agência de Migração – disse o tradutor. – Mas acho difícil localizá-la apenas pelo nome. É impossível saber se ela deu o mesmo nome às autoridades daqui.

– Eu sei – disse Fredrika –, mas mesmo assim preciso verificar. E o mapa? Conseguiu decifrar alguma coisa?

– Ah, sim, o mapa. Tinha me esquecido dele.

Fredrika escutou outro farfalho.

– Os escritos dizem "Fyristorg, 8".

– Um endereço em Uppsala, não é?

– Sim, parece que sim. Não há mais nada. Mas, como disse, vou mandar o material e você me retorna se tiver mais alguma pergunta.

Fredrika agradeceu a ajuda e resolveu que sua prioridade era verificar o endereço em Uppsala, cidade em que ela e Spencer se conheceram.

Faltavam poucos minutos para o início da reunião, marcada para as dez horas. Hora de tirar Spencer da cabeça para poder se concentrar. Fez uma careta ao descobrir o que havia na Rua Fyristorg, 8: Forex, uma casa de câmbio.

Fredrika franziu a testa e tentou descobrir o que a fizera reagir com tanta veemência ao ver o nome Forex. Não conseguiu pensar em nada, então entrou no Vilma, sistema da Agência de Migração, para tentar encontrar Farah Hajib na base de dados. Talvez a mulher estivesse na Suécia. E talvez estivesse dando falta de um anel.

QUANDO ESCUTOU O BARULHO DA CHAVE na porta, sentiu um alívio tão profundo que quase chorou. A noite havia sido interminável, e o apartamento estava muito frio. A neve desenhando a paisagem do lado de fora era a única coisa esteticamente atraente no apartamento insípido e temporário.

Ali não estava se sentindo bem. Teve dor de estômago e diarreia durante vários dias. O ar do apartamento estava pesado por causa da fumaça de cigarro e das janelas fechadas, não dava para respirar direito. Também sentia os efeitos da insônia prolongada. Depois de apenas duas noites sem dormir, o cansaço começou a distorcer seus sentidos. Perdia a linha de raciocínio o tempo inteiro e às vezes parecia adormecido, ainda que acordado.

Não pagou para ter uma vida assim. Ainda que tivesse pagado muito menos do que outras pessoas.

Encontrou com eles na entrada e demonstrou estar feliz em vê-los, apesar de tudo.

Ainda era cedo. Não passava de nove e meia da manhã.

Era a mesma mulher que o buscara na estação de ônibus. Havia um homem com ela, baixo e bem loiro. Difícil estimar sua idade, talvez uns sessenta anos. Ali perdeu todo o ânimo. Tinha esperanças de encontrar alguém que falasse árabe. Para sua surpresa, o homem abriu a boca e o cumprimentou em sua língua:

– *Salaam aleikum*, Ali – disse, tranquilo. – Como tem passado?

Ali engoliu e limpou a garganta diversas vezes. Há muito tempo não tinha ninguém para conversar.

– Tudo bem – disse ele, com a voz áspera.

Engoliu de novo na esperança de que não percebessem sua mentira. Seria um desastre se pensassem que estava sendo insolente. O pior seria se o mandassem para casa, o que colocaria ele e a família de volta na estaca zero.

O homem e a mulher entraram no apartamento e Ali os seguiu. Sentaram-se na sala. A mulher colocou alguns maços de cigarro sobre a mesinha de café e cumprimentou Ali com a cabeça. Ele sorriu e tentou mostrar-se agradecido. O cigarro tinha acabado na noite anterior, o que só aumentou seu nível de stress.

– Obrigado – sussurrou em árabe. – Obrigado.

O homem disse alguma coisa e ela riu.

– Espero que não pense que o abandonamos – disse o homem, reclinando-se no sofá, com o olhar preocupado. – Precisamos fazer um intervalo entre as visitas, sei que você entende.

Como Ali não respondeu de imediato, acrescentou:

– Foi para o seu próprio bem, você sabe.

Ali deu a primeira tragada no cigarro, sentindo-se mais calmo por causa da nicotina.

– Sem problema – disse rapidamente, colocando o cigarro na boca de novo. – Passei bem esses dias.

O homem assentiu e pareceu tranquilizado. A mulher pegou a maleta que levara consigo e colocou sobre os joelhos. Encostou na tranca e a abriu com um único clique.

– Viemos discutir a última parte do pagamento para sua residência na Suécia – disse o homem, com autoridade. – Para você conseguir o visto permanente e trazer sua família, começar uma vida nova. Assim poderá se mudar para outra casa, aprender sueco e procurar emprego.

Ali assentiu, empolgado. Estava esperando por isso desde que saíra do avião.

A mulher entregou a ele uma pasta de plástico com alguns papéis.

– Essa é a casa em Enskede onde você pode morar com sua família – disse o homem, encorajando Ali a pegar os papéis. – Achamos que você gostaria de vê-la.

As imagens mostravam uma casinha comum ao lado de outras. Era branca e tinha um gramado muito verde na frente. Havia cortinas nas janelas. Ali não conseguiu evitar o sorriso. Sua família adoraria morar lá.

– Gostou?

Ali assentiu. O homem falava árabe muito bem, melhor que qualquer estrangeiro que Ali conhecera desde o início da Guerra do Iraque. Será que algum dia conseguiria falar bem o sueco? A esperança encheu-lhe o peito. Apenas quem não fazia nenhum esforço corria o risco de perder tudo.

A mulher esticou a mão para pegar a pasta e Ali a devolveu rapidamente.

– O que quer que eu faça? – perguntou, mexendo o corpo na poltrona, impaciente.

Seus olhos ardiam de cansaço e a fome piorava sua dor no estômago.

– O que lhe disseram no Iraque?

Ali suspirou.

– Não muito. Apenas que a forma de pagamento de vocês era diferente da de outras redes. Que pagávamos menos dinheiro, e o resto era baseado em...

Fez uma pausa, buscando as palavras exatas.

– ... favores de ambos os lados.

O homem abriu um sorriso ainda maior.

– Exatamente – disse em tom aprobatório, como se Ali tivesse feito algo notável. – Favores de ambos os lados, é exatamente isso.

Tossiu rapidamente e seu olhar de tensão retornou.

– Como espero que entenda, estamos fazendo isso porque queremos você e seus compatriotas. Mas tudo custa dinheiro. A casa custa dinheiro, o passaporte falso que você usou custa dinheiro. E lembre-se, no nosso sistema, você não pode, em hipótese nenhuma, pedir por conta própria seu visto permanente. Nós temos contatos que vão resolver tudo para você.

Foi exatamente essa parte do acordo, por parecer tão maravilhosa, que levou Ali a aceitar seus termos incomuns: não poderia dizer para ninguém, nem para a família, para onde estava indo. Também não poderia dizer quem eram os seus contatos. E precisava garantir que nunca tinha ido à Suécia e que não conhecia ninguém lá.

A primeira condição foi a única que de fato lhe causou problemas: não poder contar nada para a família. Precisou fugir da própria casa como um ladrão de madrugada e partir para a Europa e a Suécia sozinho. No entanto, ele não cumpriu a terceira condição: tinha um amigo na Suécia, na cidade de Uppsala, e o avisou, da maneira mais discreta possível, que estaria chegando. Sem dúvida o amigo esperava que ele entrasse em contato, embora Ali tivesse explicado que demoraria um pouco para se encontrarem.

Os outros contrabandistas de refugiados pareciam menosprezar os imigrantes. Cobravam de cinco a dez vezes mais, e os termos eram miseráveis. Não se podia nem levantar a questão do visto permanente, e Ali conhecia muito bem as suas chances. A Agência de Migração da Suécia inicialmente concedia vistos permanentes a quase todos os solicitantes do Iraque, mas agora diminuíra as aprovações para setenta por cento. É possível recorrer se o pedido for negado, mas a decisão final pode demorar anos. Quando se perde a causa, é preciso viver na clandestinidade para não ser pego e deportado pelas autoridades.

Não conseguia imaginar nada pior. A própria ideia de ficar tanto tempo separado da esposa, Nadia, dificultava-lhe a respiração.

Por isso assentiu avidamente para o homem que falava em favores mútuos e da necessidade de financiar seu visto permanente.

– O que você quer que eu faça? – perguntou de novo.

O homem observou Ali em silêncio durante um longo tempo. Inclinou o corpo para frente e começou a falar.

ANTIGAMENTE AS COISAS ERAM muito diferentes. Alex Recht tinha entrado havia pouco tempo para a polícia quando se estabeleceu como um nome promissor. Depois de alguns anos usando uniforme, foi transferido para o DIC e lá ficou. Sempre teve certeza de que era feliz ali.

A ideia de chefiar uma equipe de investigações especiais com pessoal selecionado na polícia de Estocolmo não fora sua. Na verdade, recebeu a notícia com bastante ceticismo. Imaginou um futuro em que casos gigantescos e complicados cairiam na sua mesa e nunca haveria pessoal suficiente para solucioná-los, e entre uma investigação e outra, a equipe não teria o que fazer. Ao que se revelou, ele estava correto, e essa continuava sendo sua opinião. Depois da enorme investigação sobre o desaparecimento e assassinato de Lilian Sebastiansson no verão passado, o fluxo de trabalho foi irregular. A frase inicial era sempre a mesma: "Alex, sua equipe pode dar uma olhada nisso?".

Às vezes os casos provavam-se tão extravagantes quanto pareciam à primeira vista, mas muitas vezes não havia motivo lógico para a equipe especial de Alex assumi-los.

No momento, sua equipe cuidava de dois casos: a morte do casal Ahlbin e a vítima não identificada de um atropelamento seguido de fuga na Frescativägen, na entrada da Universidade. Quando deu início à reunião no Covil, Alex já tinha tomado uma decisão. Se Fredrika não tivesse descoberto nada de importante sobre o segundo caso, eles o passariam para os colegas da polícia de Norrmalm.

Alex deu um longo suspiro. Estava começando a se convencer de que a marca de preocupação na testa se tornaria permanente. Além disso não estava tão certo se ainda gostava de seu trabalho.

— Muito bem, estamos todos aqui — disse, em voz alta, para que todos se sentassem.

Eram poucos, como de costume. Fredrika, Joar e Ellen. Faltava Peder, mas Alex não fez nenhum comentário.

— Mas e o Peder... — comentou Ellen.

— Ele vai chegar mais tarde — respondeu, nitidamente irritado.

Ele e Joar ouviram atentos ao que Fredrika tinha a dizer sobre o telefonema do médico.

– Então foi a irmã de Karolina que a identificou? – disse Joar, surpreso.

– Não só isso – respondeu Fredrika. – Ela foi para o hospital na ambulância e estava lá enquanto tentavam ressuscitá-la. Falei com os policiais que conversaram com ela no hospital. Parecia tranquila e contou para eles, com muita naturalidade, todos os problemas da irmã. Disse que foi um alívio ela ter encontrado paz.

Alex encostou a mão no queixo. Seus dedos doíam um pouco, mas a fisioterapia promovia lentamente uma melhora.

– Então o que isso nos diz? – perguntou ele, pensativo, inclinando-se na cadeira. – Karolina morre no hospital na quinta-feira. O pai só recebe a notícia no domingo, provavelmente da filha, Johanna, de acordo com o médico do hospital. Mas a mãe não sabe de nada. E Johanna desaparece.

Ele balançou a cabeça.

– Conseguimos descobrir alguma coisa sobre o local de trabalho de Johanna Ahlbin? Onde *está* essa mulher?

– Está de licença no momento – respondeu Joar. – Finalmente consegui descobrir a empresa em que trabalha e conversei com uma pessoa da diretoria. Está fora do trabalho há quinze dias e parece que deve voltar daqui a três semanas.

– Então ela já estava de licença quando a irmã morreu? – perguntou Fredrika.

– Sim – respondeu Joar. – Mas a pessoa não soube me dizer o motivo do afastamento. Motivos pessoais, pelo que parece. Eles nem sabiam se ela estava no país.

– Que tipo de patrão concede uma licença de cinco semanas sem saber o motivo? – perguntou Fredrika.

– Pelo visto, ele concedeu – disse Joar, desconfiado. – Expliquei a ele por que a procurávamos e que era urgente. Mas ele não me disse mais nada.

– Não temos o e-mail dela, não é? – interpôs Ellen.

– Não podemos dar uma notícia como essa *por e-mail* – disse Alex, consternado.

– Não, mas podemos dizer que precisamos falar com ela – disse Ellen.

– Consegui o e-mail de trabalho – disse Joar. – Mas não há como saber se ela vai acessá-lo estando de licença. O celular de trabalho está desligado.

Ninguém disse nada. Alex pensou no que acabara de escutar, desejando que suas ideias se encaixassem e formassem um quadro mais claro.

– Ainda tem alguma coisa errada – disse enfaticamente. – Por que ela daria uma notícia tão terrível para o pai e deixaria o país em seguida? Sem trocar uma palavra sequer com a mãe?

Joar assentiu consigo mesmo.

– Parece estranho, mesmo quando levamos em conta que a família sabia do vício da filha, de modo que a morte não seria totalmente inesperada.

– O que nos leva a outra coisa estranha – continuou Fredrika. – Como alguém do círculo de conhecidos não saberia do vício de Karolina? Seu consumo era pesado havia muito tempo.

– Acho que Ragnar Vinterman nos deu uma pista a esse respeito – disse Alex. – Eles escolheram não falar sobre o vício de Karolina.

– Mas se tiveram tempo para se acostumar ao fato de que a filha poderia morrer, isso torna a reação do pai muito estranha – disse Joar, trazendo de volta a discussão para a linha de raciocínio anterior. – Segundo Ragnar Vinterman, o vício de Karolina era um transtorno para os pais havia um bom tempo, e também concluímos que Johanna não ficou exatamente abalada com a morte da irmã.

– Talvez não fossem tão próximas – sugeriu Fredrika. – Sabemos alguma coisa sobre a relação delas?

– Ou sobre a relação de Johanna com os pais, a propósito – acrescentou Alex. – Por que ela viajou imediatamente após dar a notícia para o pai? Ela sabia que ele era instável. Ser distante da família, como sabemos que ela era, não justifica um comportamento totalmente irresponsável como esse.

Estavam todos concentrados nas próprias ideias. Impaciente, Alex tamborilava a mesa com os dedos.

– Mas não podemos confundir uma coisa com a outra – disse, com firmeza. – O fato de a relação familiar ser estranha não é tão importante nesse caso. Não acho que os pontos que discutimos mudam alguma coisa crucial.

Os outros assentiram, concordando. De rabo de olho, Alex viu Fredrika mexendo nos papéis que tinha diante de si. Quase se esqueceu da vítima de atropelamento.

– Vamos mandar um e-mail para Johanna Ahlbin – disse ele. – E vamos pedir ao chefe dela para conversar com os colegas e ver se algum deles era seu amigo fora do trabalho. Talvez alguém saiba onde ela está. Joar vai comigo até a outra casa, registrada no nome das irmãs, para tentarmos descobrir alguma coisa útil. O que sabemos sobre o lugar, Fredrika?

Fredrika deixou de lado a pilha de papéis em que mexia e pegou outra.

– A casa fica em Ekerö – disse. – É propriedade da família de Marja Ahlbin há muito tempo: foi comprada originalmente pelos avós maternos na década de 1930. Em 1967, foi transferida para o nome de Marja, e há quatro anos para o nome das filhas.

– As duas tinham parcelas iguais na casa? – perguntou Joar.

Fredrika assentiu.

– Sim, segundo as informações que obtive, cada uma era dona de metade da propriedade.

– E os pais de Marja? – perguntou Alex. – Espero que não estejam mais conosco, pois do contrário nós nos esquecemos de comunicá-los que a filha levou um tiro na cabeça dado pelo próprio marido.

Fredrika concordou veementemente.

– Sim, tanto os pais de Jakob quanto os de Marja morreram há alguns anos – disse. – Jakob tinha um irmão, que migrou para os Estados Unidos. Marja era filha única.

– É grande essa casa em Ekerö? – perguntou Joar, pensativo.

– Imprimi um mapa – disse Fredrika, mostrando-o. – A casa fica no final de uma rua pequena. O terreno é bem grande; a propriedade inteira está avaliada em dois milhões e meio de coroas.

Alex assoviou.

– Então suponho que, com a morte de Karolina, a casa seja de Johanna?

– Acho que sim – disse Fredrika. – Mas não sei se pode ser considerada uma herança inesperada. Há uma hipoteca para pagar.

– Por que a casa foi transferida tão cedo para o nome delas? – perguntou Joar. – Por que colocar um patrimônio como esse nas mãos de uma viciada?

– É melhor darmos uma olhada na escritura – disse Fredrika.

– Vamos ver a casa primeiro – declarou Alex. – Depois examinamos a papelada.

Ele olhou para Fredrika para verificar se ela não tinha se ofendido com seu tom autoritário. Tiveram alguns problemas de comunicação dessa natureza quando ela começou a trabalhar na equipe.

Mas Fredrika não parecia nem um pouco incomodada.

Alex prosseguiu.

– O que você descobriu sobre o homem não identificado?

Fredrika fez um resumo do que conseguira: o fato de o homem ter escrito o nome de vários lugares e endereços em pedaços de papel, e embrulhado um anel em outro papel com o nome de uma mulher escrito. A mulher não parecia estar na Suécia, ou pelo menos a base de dados não continha registro de nenhuma requerente de asilo vinda de Sadr, Bagdá, registrada com esse nome.

– Não há necessariamente algo de estranho em ser uma casa de câmbio Forex – disse Alex, hesitante. – Talvez ele tivesse dinheiro para trocar, alguma coisa desse tipo.

– Mas por que fazer isso em Uppsala? – questionou Fredrika.

– Talvez por que morasse lá? – sugeriu Joar, com um sorriso.

Um sorriso tímido brotou no rosto normalmente sombrio e sério de Fredrika. Em diversas ocasiões, Alex ficara surpreso ao se dar conta do quanto ela era bonita.

– Mas o que ele estaria fazendo na rua principal de acesso à Universidade de Estocolmo no meio da noite? – prosseguiu ela. – Tenho a sensação de que ele morava aqui, não em Uppsala.

Alex endireitou o corpo.

– Existe alguma coisa que sugira assassinato? – perguntou, indo direto ao ponto.

– Não – respondeu Fredrika. – Não no estado atual. Mas estou esperando o DNIC me passar o resultado do exame de impressão digital. E ainda não recebi o resultado da autópsia.

– Muito bem – disse Alex –, depois que você receber os resultados nós decidimos como continuamos a investigação. Isso *se* continuarmos – acrescentou.

Por efeito da gravidez ou algum outro motivo, Fredrika não pareceu ter nenhuma objeção.

"Deve estar fora de si", pensou Alex, remoendo a questão. "Fredrika costuma defender suas ideias com muita tenacidade".

Peder bateu na porta interrompendo a reunião e entrou. Não olhou no rosto de ninguém, apenas se jogou numa cadeira vazia.

– Olá – disse.

Logo depois dele chegou um homem que Alex sabia trabalhar no setor técnico.

– Desculpe incomodá-los – disse, arrastado, parando na porta. – Acho que vocês vão gostar de ver isso – acrescentou, passando para Alex algumas folhas de papel.

– O que é isso? – perguntou Alex.

– Cópias de e-mails enviados para a caixa de Jakob Ahlbin, no servidor da igreja – disse o técnico. – Conseguimos o acesso hoje. Parece que ele vinha recebendo ameaças há algum tempo. Guardou os e-mails numa pasta separada.

Alex franziu a testa.

– Sério? – comentou.

O técnico assentiu.

– Veja você mesmo – acrescentou. – Estavam ameaçando fazer coisas terríveis se ele não parasse suas atividades. Parece que se envolveu em algum assunto que não lhe dizia respeito.

Joar levantou-se imediatamente e se aproximou de Alex para ler os papéis.

– Veja as datas – disse, apontando. – O último foi enviado há menos de uma semana.

Alex sentiu o coração acelerar enquanto lia as mensagens.

– Então ele estava sendo ameaçado... – declarou.

Com isso, o caso de Jakob e Marja Ahlbin tomou um novo rumo.

BANGKOK, TAILÂNDIA

O AMIGO HAVIA PEDIDO QUE ESPERASSE até voltar com novas instruções. Prometeu entrar em contato às duas da tarde do dia seguinte. Nesse momento, ela estava apreensiva; já passava das três. Na Suécia, ainda era nove da manhã.

Pela milésima vez, pegou o telefone celular na bolsa. Nenhuma chamada perdida. Por outro lado, ficar medindo o tempo nunca foi seu ponto forte.

O proprietário da cafeteria ofereceu-lhe outro café. Ele já a conhecia e lamentou a recusa.

– Posso ajudar? – perguntou em inglês.

Ela tentou sorrir e balançou a cabeça.

– Não, mas obrigada.

Voltou os olhos para a tela do computador. Instintivamente desejou que seus problemas pudessem ser solucionados pela intervenção do tailandês, dono do cybercafé. Continuava ligando para os pais, em vão. A única coisa que havia mudado desde o dia anterior é que agora seu celular também tinha sido cortado. O e-mail continuava sem funcionar e a Thai Airways continuava dizendo que não havia reserva no nome dela.

– Não se preocupe – dissera-lhe seu contato. – Vou resolver isso para você. Se puder esperar até amanhã, vai ficar tudo bem.

Pensou em telefonar para ele de novo e perguntar por que ainda não tinha entrado em contato.

Sentiu o estômago roncar e a cabeça pesar. Precisava comer e beber alguma coisa, recuperar a energia. Resolveu voltar para o hotel e tentar encontrar alguma coisa para comer no caminho.

Foi atingida pelo calor ao pisar na calçada. Seguiu pela Sukhumvit, avenida principal que corta Bangkok, aliviada por saber que o hotel ficava a apenas duas quadras dali. Sentiu a alça da bolsa raspando no ombro e aumentou o passo. Entrou numa rua transversal para fugir do sol. Olhou de um lado para o outro, procurando um lugar adequado para comer.

Concentrada na comida, só percebeu a presença dele quando já era tarde demais. De repente ele apareceu na calçada com uma faca na mão e os lábios comprimidos. A barulheira dos carros e das pessoas ocorria a menos de trinta metros de distância, mas na rua lateral não havia ninguém além dos dois.

"Não vou me salvar dessa", pensou, e de início não sentiu medo algum.

O medo só apareceu quando ele começou a falar.

– A bolsa – gritou, ameaçando-a com a faca. – A bolsa.

Parada, achou que começaria a chorar. Não porque estava sendo assaltada pela primeira vez na vida, mas porque com isso teria problemas ainda maiores. Tudo que tinha estava na bolsa. Carteira, cartão de crédito, celular. Havia tomado essa decisão durante toda a viagem: carregaria tudo consigo, pois achava mais seguro do que deixar coisas de valor no hotel. A única exceção era o computador: não conseguia se imaginar carregando-o para todo canto. Mas ela havia apagado todas as informações.

Respirava ofegante. Relutante, deixou a bolsa deslizar do ombro para o braço.

– Rápido, rápido – exigiu o homem armado, gesticulando com a mão livre para que ela soltasse a bolsa.

Como não a entregou de imediato, ele se lançou contra ela, forçando-a a dar dois passos atrás para evitar uma facada no braço. Tropeçou numa saliência da calçada e caiu no chão. A bolsa escorregou no asfalto e, um segundo depois, o homem a segurou pela alça.

Mas não foi embora. Abriu a bolsa e começou a vasculhá-la.

– Pendrive – pediu.

Ela olhou para ele sem entender.

– O pendrive – gritou. – Onde está o pendrive?

Engoliu diversas vezes, tremendo da cabeça aos pés.

– Não tenho – respondeu, tentando arrastar-se para trás, ainda de costas.

O homem inclinou-se sobre ela e a levantou com um puxão. Ela tentou se soltar, debatendo-se como uma cobra. Até sentir a faca encostada no rosto. Deu um solavanco quando sentiu o metal frio pressionando-lhe a pele.

Destacando cada sílaba, ele perguntou de novo:

– Onde está?

Em pânico, ela pensou quais eram suas opções. Nenhuma, considerando-se a expressão do homem. Ele estava com raiva e agressivo, mas sob controle. Sabia muito bem o que queria.

Procurou desajeitada pelo pendrive preso no cordão em volta do pescoço. Ele continuava segurando-a com muita força. Quando percebeu o que ela fazia, agarrou o cordão e o arrebentou. O pendrive caiu no asfalto e o homem se jogou no chão para pegá-lo.

Impossível haver melhor chance de fuga do que essa.

Correu como nunca havia corrido. Suas sandálias ecoavam contra o asfalto. Se conseguisse chegar à Sukhumvit, estaria segura.

– Pare! – gritou o homem atrás dela. – Pare!

Naturalmente, ela não parou, convencida de que seria a coisa mais perigosa a fazer. O sujeito tinha sido contratado por alguém, e sua tarefa não era apenas assaltá-la. Percebeu imediatamente o que havia de estranho no comportamento dele. Assaltantes não vasculham a bolsa de ninguém procurando um pendrive. Como ele sabia que ela tinha um?

Voltou correndo para o hotel, fazendo um caminho pelas ruas principais. Não saberia dizer quando ele desistiu de persegui-la, mas parou de gritar assim que ela pisou na Sukhumvit. Só olhou para trás quando chegou na entrada do hotel, quase desmaiando e ensopada de suor. Ele não estava lá.

Desesperada, jogou-se ao chão do lobby do hotel.

Um segurança e uma das recepcionistas vieram correndo.

– Está tudo bem? Podemos ajudar?

Desejou de todo coração poder despejar a história toda nos ouvidos dos dois. Estava cansada, incapaz de reunir forças para compreender o problema. Fazer essa viagem sozinha de repente pareceu ter sido uma péssima ideia. O que estava pensando? Não entendia os riscos, não sentiu que havia um perigo iminente?

– Fui assaltada.

A equipe do hotel se assustou. Assaltada? À luz do dia em Bangkok? Uma mulher branca? Olharam para ela chocados, dizendo que nunca viram isso acontecer. A recepcionista pegou um copo d'água e o segurança telefonou para a polícia.

Enquanto tomava a água, a recepcionista perguntou-lhe se precisava de mais alguma coisa.

– Não – respondeu, tentando sorrir. – Queria apenas minha chave para subir e tomar um banho.

A recepcionista foi até o balcão e o segurança começou a andar de um lado para o outro, impaciente.

– A polícia vai chegar em meia hora – garantiu.

Tentou demonstrar gratidão, sabendo que a polícia dificilmente poderia ajudá-la.

A recepcionista voltou. Parecia preocupada.

– Desculpe-me, mas qual é mesmo o número do quarto?

– 214 – respondeu, preocupada.

Tomou mais um gole de água, recompôs-se e caminhou até o balcão.

– Sinto muito, senhora – disse a recepcionista. – No 214 está hospedado um homem que deu entrada antes de ontem. Tem certeza de que o número é esse?

Parou de respirar de repente. Olhou para o logotipo do hotel, espalhado na recepção para lembrar os convidados de onde estavam.

Manhattan. Justamente o hotel onde passara as últimas cinco noites.

Sentiu o pânico crescer dentro de si. A equipe agora a observava com olhos atentos. Tentou manter a calma enquanto falava:

– Desculpe – disse, fazendo um esforço. – Eu devo ter me confundido. Você está certa, não me lembro o número do quarto.

– Senhora, queremos ajudá-la, mas seu nome não está no sistema. Em quarto nenhum.

Fez força para engolir.

– Tudo bem, talvez vocês tenham dado minha saída por engano.

A recepcionista suspirou, lamentando-se.

– De acordo com o sistema, a senhora não esteve neste hotel.

Alguns segundos se passaram. Ela piscou para retrair as lágrimas.

Insistente, olhou nos olhos da recepcionista.

– Mas você deve me reconhecer. Estou entrando e saindo daqui há vários dias.

A recepcionista trocou olhares com o segurança, como se perguntasse alguma coisa. Depois, balançou a cabeça.

– Sinto muito, senhora – disse, parecendo que de fato sentia muito. – Nunca vi você antes. Nem os outros funcionários. Quer que eu chame um táxi para a senhora?

ESTOCOLMO

Peder Rydh tentou disfarçar a raiva quando Joar e Alex saíram para ir à casa das irmãs Ahlbin, em Ekerö. Alex atribuíra-lhe a tarefa de vasculhar os e-mails descobertos e trabalhar com os técnicos para tentar descobrir quem os mandou. Fredrika tentaria descobrir quais eram as atividades realizadas por Jakob com as organizações de defesa dos refugiados. Até isso parecia mais empolgante do que perscrutar e-mails intimidadores.

Peder pegou o celular e tentou ligar para o irmão, Jimmy. Ninguém atendeu e ele jogou o aparelho sobre a mesa. É claro que não atenderia: tudo estava dando errado ultimamente, por que logo isso daria certo?

Sentiu imediatamente uma sensação de culpa. Deveria agradecer por Jimmy não atender o telefone, pois significava que estava ocupado, fazendo algo de aprazível.

– Jimmy é muito sortudo por ter um irmão que se importa tanto com ele – diziam os cuidadores da casa de assistência toda vez que Peder aparecia.

Às vezes parecia que a casa era o único lugar do mundo onde Peder causava boa impressão e se sentia bem recebido. Jimmy morava lá desde os vinte anos e parecia feliz. Seu mundo era do tamanho certo para suas limitações e estava cercado de pessoas como ele, que não conseguiam se virar sozinhas.

– Você não pode se esquecer de que, apesar de todos os contratempos, ainda tem uma vida extremamente privilegiada – sua mãe costumava dizer.

Peder entendia o que a mãe queria dizer, mas mesmo assim suas palavras o incomodavam. Fredrika Bergman, por exemplo, não tinha um irmão que sofrera uma lesão cerebral aos cinco anos numa brincadeira idiota que deu errado; isso significava que sua obrigação moral de aproveitar ao máximo a própria vida era menor que a de Peder?

Às vezes, sentado com um dos filhos no colo, Peder pensava no quanto a vida é inacreditavelmente frágil. Imagens indeléveis da infância não o deixavam se esquecer do acidente com o balanço que destruíra a vida do irmão e mostravam a facilidade com que determinadas coisas podem ser perdidas de maneira irreversível quando não se é cuidadoso.

Cuidadoso. Confiável. Consciente.

Sabe Deus a última vez em que Peder foi uma dessas três coisas.

Sua mãe, que assumira mais ou menos a função de babá dos gêmeos, passou a olhá-lo preocupada quando chegava em casa tarde fedendo a cerveja ou saía para beber depois do trabalho durante três noites seguidas. Alguma coisa havia transformado Peder num sujeito menos atencioso e mais negligente. Aconteceu quando os meninos nasceram e Ylva se afundou naquela maldita depressão pós-parto que não passava nunca.

Agora parecia que era ele quem não conseguia colocar a própria saúde nos trilhos, não ela. Quando se separaram, Peder se sentiu forte e responsável. Havia se libertado de uma situação insuportável e feito algo radical para melhorar sua vida.

Agora tudo tinha escorrido pelo ralo.

Rangeu os dentes, como costumava fazer. Pelo menos tinha outras coisas com que se preocupar no trabalho.

Examinou a lista com todas as ameaças recebidas por Jakob Ahlbin no e-mail da igreja nas últimas duas semanas. O tom foi ficando mais hostil com o tempo, e as ameaças pareciam ter começado depois que o clérigo se intrometeu numa discussão que, segundo o remetente, não era da conta de Jakob. Os e-mails não tinham assinatura, mas duas iniciais: FP. As letras também compunham o endereço de e-mail do remetente.

Peder franziu a testa. Não entendeu o que significava FP.

Leu o e-mail de novo. O primeiro foi enviado em 20 de janeiro.

Prezado Reverendo Scumbag, caia fora enquanto pode. FP

"Cair fora de onde?", pensou Peder.

O e-mail seguinte chegou alguns dias depois, 24 de janeiro:

Nós avisamos, pároco. Fique longe da nossa gente, de uma vez por todas. FP

Então FP era uma espécie de grupo, concluiu Peder. E o que mais? Os outros e-mails não davam pistas contextuais, mas Peder percebeu que o tom de ameaça ficava progressivamente mais pesado. Um e-mail de 31 de janeiro dizia:

Se você está cagando para os nossos amigos, a gente está cagando para os seus. Tua vida vai virar um inferno. Olho por olho, seu pastor filho da puta. FP

Mal escrito, mas com uma mensagem clara. O que será que Jakob Ahlbin pensou ao ler essas mensagens? Não tinha dado queixa de nenhuma ameaça. Será que não as levou a sério? Ou tinha algum motivo para não mostrar as mensagens para a polícia?

Os últimos dois e-mails foram enviados na semana em que Jakob morreu. Em 20 de fevereiro, a pessoa escreveu:

Você precisa ouvir a gente, pároco. Vai seguir o mesmo caminho de Jó se não parar suas atividades agora mesmo.

E o último, em 22 de fevereiro:

Não se esqueça de como tudo acabou para Jó; sempre dá tempo de mudar de ideia e fazer a coisa certa. Pare de procurar.

Peder refletiu. Pare de procurar o quê? O nome Jó soava familiar, mas não conseguiu se lembrar de nada. Supôs que fosse bíblico. Uma busca rápida na internet confirmou sua intuição.

Aparentemente, Jó foi o homem que Deus testou, mais do que qualquer outro, para mostrar ao demônio até que ponto poderia pressionar aqueles que viviam honradamente.

Jó perdeu todo mundo, pensou Peder, fechando o rosto. Mas ele mesmo sobreviveu.

Pegou o telefone e ligou para o departamento técnico para confirmar se haviam descoberto quem enviou os e-mails anônimos.

A viagem de Estocolmo a Ekerö durou menos de meia hora. A estrada estava vazia no meio do dia, diferentemente dos horários de pico.

– O que você acha? – perguntou Joar, evasivo.

– Eu não acho nada – respondeu Alex, com firmeza. – Prefiro saber. E sei muito pouco desse caso para dizer alguma coisa. Mas precisamos dar atenção às ameaças que Jakob recebeu antes de morrer.

Alex não precisou explicar por que precisavam fazer isso. O problema não estava claro. Se fosse provado que Jakob não efetuou os disparos, a equipe teria um caso sério para investigar. A perícia passou um pente fino no apartamento e não encontrou nenhum indício de que outra pessoa estivera no apartamento no momento dos tiros. No fundo, Alex esperava que Jakob fosse o culpado. Do contrário, a situação se complicaria ainda mais.

Estacionaram na entrada e saíram do carro. O céu estava limpo, e a neve, congelada. A melhor fase do inverno, ao contrário das condições climáticas que espontaneamente associamos a morte e adversidades.

Depositada na frente e em volta da casa, a neve estava impecável.

– Ninguém aparece por aqui há um bom tempo – disse Joar.

Alex não disse nada. Sem razão específica, pensou em Peder. Talvez tenha pegado pesado demais com ele; afinal, o caso era dele no início. Mas quem trabalha nesse meio precisa aprender que comportamentos inadequados geram reprimendas severas. Era irrelevante que sua vida pessoal estivesse uma merda; não se pode levar problemas particulares para o trabalho. Principalmente quando se é policial.

– Vamos entrar assim que os técnicos chegarem – disse Alex em voz alta, interrompendo os pensamentos que o perturbavam. – Acho que estavam atrás da gente na estrada.

Foi fácil conseguir um mandado de busca com o promotor, uma vez que havia suspeita de crime. Encontrar a chave da casa foi mais difícil. Elsie e Sven Ljung podiam ter uma chave reserva do apartamento de Jakob e Maria na Odenplan, mas não tinham da casa, e obviamente não tinha como conseguir uma cópia com as filhas. Por fim, pediram permissão para procurá-la no apartamento do casal e no de Karolina, mas não encontraram nada. Os técnicos iriam ajudá-los a abrir a porta da frente danificando-a o menos possível.

– Como era o apartamento de Karolina? – perguntou Alex a Joar, que havia realizado a busca.

De início, Joar não soube muito bem como responder.

– Com certeza não posso dizer que parecia o apartamento de uma viciada – disse finalmente. – Tiramos algumas fotos, dê uma olhada depois.

– Você acha que alguém arrumou o apartamento? – perguntou pensando em Johanna, que poderia tê-lo limpado depois da morte da irmã.

– Difícil dizer – respondeu Joar, sincero. – Parece mais que não morava ninguém lá havia algum tempo. Como se alguém tivesse dado uma faxina geral e depois ido embora.

– Hum – disse Alex, pensativo.

Enquanto isso, as rodas do carro dos técnicos trituravam a neve pela estrada. Chegaram dez minutos depois.

A primeira coisa que Alex notou foi que a casa era quente. A segunda, que a mobília era agradável e rústica, bem diferente dos móveis que Joar e Peder disseram ter visto no apartamento do casal Ahlbin. O ambiente estava limpo e asseado. Nas paredes, fotografias da família em diversas épocas. Havia caminhos de mesa artesanais sobre as mesas, e as cortinas nas janelas eram bem modernas.

Andaram pela casa em silêncio, sem saber pelo que procuravam. Alex entrou na cozinha, abriu os armários e as gavetas. Encontrou um litro de leite na geladeira; a embalagem estava aberta e o produto tinha vencido havia duas semanas, ou seja, provavelmente havia pelo menos duas semanas que não entrava ninguém ali.

A casa tinha dois andares. Nos dois quartos do andar de cima havia beliches. A passagem entre os quartos era usada como sala de TV. No andar de baixo havia uma cozinha, uma sala de jantar e uma sala de estar ampla. Os dois andares tinham banheiro.

– Dois beliches – lembrou Alex. – Estranho, não? Antes de a casa ser passada para o nome das irmãs, supostamente eles moravam aqui como uma família. Parece estranho que o sr. e a sra. Ahlbin dormissem em camas separadas.

Joar refletiu.

– Talvez nem sempre tenha sido assim – disse.

Alex deu um suspiro.

– Bom, esperamos que sim – disse ele, descendo as escadas.

Perambulou pelos cômodos, analisou as fotografias. Alguma coisa o incomodou, embora não soubesse exatamente o que era. Olhou de novo. Mãe, pai e as duas filhas sentadas no jardim. A fotografia devia ser antiga, porque as meninas estavam pequenas. Mais fotos de jardim, com as meninas mais velhas. Karolina e os pais, Karolina montada num cavalo.

Alex entendeu o que o incomodou.

– Joar, venha cá – chamou.

Os passos de Joar ecoaram das escadas.

– Dê uma olhada nessas fotos – disse Alex, apontando para a parede da sala de estar. – Olhe e me diga o que acha.

Joar olhou as fotos em silêncio, andando pela sala inteira.

– Você estava pensando em alguma coisa específica? – perguntou, incerto.

– Johanna – disse Alex, resoluto. – Não está vendo? Ela desaparece de repente das fotografias, e fica apenas Karolina. Que por sinal esbanja saúde, eu acrescentaria.

– Mas essas fotos são muito antigas, não? – disse Joar, em dúvida.

– É verdade – disse Alex. – Mas as mais recentes devem ter no máximo cinco anos.

Deram mais uma volta pela casa. Karolina aparecia em diversas fotos, incluindo uma ampliação ocupando lugar de destaque na sala de TV. Era evidente a ausência de Johanna.

– Talvez eles não gostassem dela – disse Alex, falando consigo. – Talvez tenham brigado por algum motivo.

Mas essa teoria também não parecia fazer sentido. Johanna era coproprietária da casa, afinal de contas. Por que não estaria nas fotografias da própria casa?

Um dos técnicos enfiou a cabeça na porta da frente.

– Parece que nos fundos tem uma entrada para um porão – disse ele. – Querem que eu abra a porta?

A fechadura estava totalmente emperrada e não colaborou com o trabalho, como a da porta da frente. Demorou quase vinte minutos para o técnico conseguir abri-la. Alex olhou para baixo e viu um lance curto de degraus levando ao porão. Estava prestes a pedir uma lanterna quando clicou no interruptor na parede, enquanto descia os degraus. Uma lâmpada acendeu.

O porão estava todo mobiliado e provavelmente não era usado há muito tempo. A cozinha havia claramente sido montada na década de 1980 e o ar estava repleto de poeira, mas conseguiram enxergar o que precisavam. Havia um sofá-cama num dos cantos, junto de algumas poltronas e uma mesinha de café. Três beliches encostados nas paredes. Um banheiro bem simples cheirando a mofo. Outro quarto pequeno, sem janelas, e um conjunto completo de beliches. Os colchões não estavam cobertos, mas em todas as camas havia cobertores e travesseiros.

Alex deu uma risada.

– Mas que maravilha! – murmurou. – Parece que os rumores são verdadeiros. Se Jakob Ahlbin não escondia imigrantes ilegais aqui, *vou adorar* saber com que fim ele usava esse porão.

Joar olhou em volta.

– Aulas de crisma, talvez – disse, irônico.

Alex não evitou um sorriso, mas voltou a ficar sério logo depois.

– Armário de armas – disse ele, apontando com a cabeça para um armário alto de metal no canto do cômodo.

Seguiram adiante e abriram as portas: estavam destrancadas.

– Precisamos verificar se alguém da família, além de Jakob, tinha licença para uso de arma – disse Alex.

A posição do armário deixou Alex pensativo. Por que estava no porão e não na casa, se o porão era usado para esconder fugitivos? Alex concluiu que, em determinado momento, o armário foi levado lá para baixo, talvez quando o porão passou a não ser mais usado.

– Será que foi daqui que ele tirou? – perguntou Joar, em voz baixa.

– Tirou o quê?

– A arma do crime – explicou Joar. – Será que guardava aqui a pistola de caça?

– Ou onde outra pessoa a guardava... – disse Alex, pensativo.

Cerca de uma hora depois que os policiais deixaram a casa em Ekerö, outro carro dobrou a entrada da casa, estacionando exatamente sobre a marca dos pneus deixada pela polícia. Dois homens saltaram.

– Que droga eles terem chegado aqui antes da gente – disse um deles.

O outro, mais jovem, estava menos nervoso.

– Não houve dano nenhum, tenho certeza – comentou, ríspido.

– Não, mas foi por um triz – sussurrou o colega, chutando a neve.

O mais jovem colocou a mão no ombro do outro.

– Vai acontecer tudo conforme o planejado – insistiu.

O outro bufou.

– Não tenho essa impressão – disse. – Alguns de nós já até deixaram o país, você sabe. Quando ela vai voltar, por sinal?

– Logo – disse o homem. – E aí tudo isso vai acabar.

Fredrika Bergman teve uma dificuldade imensa para reunir informações sobre o trabalho de Jakob Ahlbin com os grupos de refugiados. A maior parte do material não estava disponibilizada eletronicamente, e ela foi obrigada a vasculhar os antigos arquivos da biblioteca.

O engajamento de Jakob com a causa dos refugiados remontava a décadas e fora motivo de algumas brigas até mesmo com a igreja. Houve um problema específico quando Jakob liderou ativamente um caso de asilo bastante peculiar, deixando que a família morasse na igreja para evitar ser deportada.

"O dia em que a polícia cruzar a soleira da minha igreja empunhando armas será o dia em que perderei meu país", dizia uma frase sua, citada em um dos muitos artigos de jornal sobre a história.

A família passou meses na igreja até conseguir um visto permanente.

O que causava controvérsia não eram tanto as visões de Jakob Ahlbin, mas sim suas ações. Jakob não se contentava apenas em escrever textos e artigos de opinião; ele também defendia sua causa nas ruas e praças de várias cidades. Debatia publicamente com neonazistas e outros grupos de extrema-direita.

Na verdade, Jakob Ahlbin era um dos poucos que ousavam se envolver no debate com grupos xenófobos da Suécia, e fontes não oficiais diziam que ele fazia parte de um grupo de apoio a rapazes em Estocolmo (pois o problema dos extremistas de direita era quase exclusivamente masculino) que queriam sair de algum grupo ou rede de que faziam parte. Esse fato fazia sentido frente às mensagens dizendo para Jakob não se meter no que não era de sua conta, pensou Fredrika. Ela fez uma cópia de todo o material que encontrou sobre o assunto. Peder ficaria feliz ao ver o que ela conseguiu reunir.

Logo depois do almoço ela recebeu um telefonema do legista responsável pela autópsia da vítima de atropelamento. Ele foi breve e, como de costume, usou expressões que Fredrika não entendia. Desejou que ele não entrasse muito em detalhes; agora que estava grávida, parecia muito mais sensível a especificidades sobre ferimentos e corpos destroçados.

"Virei uma fresca", pensou Fredrika, sem saber o que poderia fazer a respeito.

– Sua morte foi o resultado direto de uma violência externa muito forte, possivelmente causada pelo impacto de um veículo –, disse o legista. – Os ferimentos correspondem a um impacto muito violento que o atirou a uma distância de sete metros.

– Ele foi atingido pela frente ou por trás? – perguntou Fredrika.

– Pela frente – respondeu o médico. – Mas talvez tenha escutado o carro e se virado. O que pode lhe interessar não é tanto o atropelamento, mas o fato de terem também passado por cima dele.

Fredrika prendeu a respiração.

– Primeiro temos os ferimentos do impacto inicial, que provocaram a morte. Depois vêm os ferimentos nas costas, estômago e pescoço, que devem ter sido causados depois, por esmagamento. Meu palpite é que quem o atropelou deu ré em cima dele no meio da rua.

Fredrika sentiu uma onda de mal-estar passando-lhe por todo o corpo e precisou se preparar para continuar. Era justamente esse tipo de coisa que não queria ouvir.

Respirou fundo longamente.

– O que quer dizer então, de maneira direta, é que provavelmente não foi um acidente.

– Exatamente isso – disse o legista.

Fredrika ficou nervosa de repente. Agora havia mais um caso de assassinato para investigar. Droga.

Alex e Joar voltaram para a delegacia no início da tarde. Para irritação de Peder, Joar foi direto para a própria sala e não lhe contou a menor novidade. Peder levantou-se decidido da cadeira e foi até ele.

– Como foi em Ekerö? – perguntou, sem se preocupar em ser delicado.

Estava com os braços firmemente cruzados no peito e tentava parecer casual.

– Foi bom – disse Joar depois de observar Peder na porta por alguns segundos.

– Descobriram alguma coisa?

– Sim e não – respondeu Joar enquanto mexia nuns papéis. – Não sabíamos exatamente o que procurar. Mas encontramos alguma coisa.

Com o rosto começando a arder, Peder insistiu:

– Como o quê?

– Um porão que parece justificar a história de que Jakob Ahlbin escondia imigrantes ilegais.

Peder assentiu, sem saber o que fazer em seguida.

– Eu e Fredrika também descobrimos algumas coisas – disse.

Joar sorriu, mas não olhou para Peder, tampouco perguntou o que tinham descoberto.

– Ótimo – comentou. – Você pode nos contar tudo na próxima reunião no Covil.

Peder não respondeu e saiu. Nunca teve um colega de trabalho tão convencido em toda sua vida. Joar conseguia ser ainda mais presunçoso do que Fredrika. Peder ainda se lembrava claramente de como foi trabalhar com ela no começo. Ela podia ser um pouco mais tranquila, menos dona de si, mas não. Estava sempre bonita, é verdade, mas isso era tudo que tinha a seu favor.

Peder não conseguia entender. Afinal, a despeito de Fredrika, Joar era bom policial e excelente detetive. Os dois juntos formariam uma dupla excelente. Para ele, era inexplicável que a corporação tivesse decidido, há alguns anos, recrutar investigadores civis para trabalhar na polícia. Para Peder, tratava-se de uma afronta à competência coletiva da força policial. Quando transferido para a equipe de Alex, ficou surpreso por encontrar civis trabalhando com ele. O tempo passou e Fredrika não fazia mais escândalos por causa de detalhes. No início, além de questionar tudo, assumia um papel desproporcionalmente importante em algumas investigações. Peder se sentiu pressionado ao ponto de mencionar para Alex a incompetência de Fredrika em certas áreas. Até que a gravidez a transformou numa pessoa totalmente diferente.

Peder não conseguia evitar um sorrisinho sempre que pensava na gravidez; havia muitos rumores sobre quem era o pai: um homem casado e mais velho. Peder se matou de rir quando ouviu o comentário pela primeira vez e disse que duvidava que fosse verdade. Jamais a senhorita Bergman, toda respeitosa, se entregaria a alguém que já tivesse outra pessoa. Jamais. Depois de algum tempo, começou a mudar de opinião: a ideia já não parecia tão inconcebível assim. E explicaria por que Fredrika falava tão pouco do bebê e da gravidez. Deu uma risada consigo mesmo e lembrou-se do avô dizendo: "Há uma puta em toda Madona".

– Tem um minuto? – perguntou ao bater na porta aberta da sala de Fredrika.

Ela estava sentada atrás da mesa e levou um susto, mas sorriu quando viu quem era.

– Entre – disse.

Seu sorriso incomum e o cabelo escuro e comprido muitas vezes despertavam devaneios obscenos em Peder, e não fazia diferença que ela estivesse grávida.

Entrou e se sentou do outro lado da mesa.

– Descobriu alguma coisa? – perguntou, sem rodeios.

– Ah, sim – respondeu ela, satisfeita, pegando uma pilha de fotocópias dentro de uma pasta. – Descobri bastante coisa sobre as atividades de Jakob Ahlbin com os refugiados. E algumas informações sobre sua participação numa rede de apoio a ex-extremistas de direita. O grupo ainda está ativo e é formado por policiais, assistentes sociais e pessoas de diversas associações de imigrantes.

Ela empurrou o papel sobre a mesa.

– Ótimo – disse ele, categórico, perguntando-se por que nunca tinha ouvido falar desse grupo. Adoraria trabalhar numa coisa desse tipo.

– Já entrei em contato com o grupo – continuou Fredrika. – Eles confirmaram que Jakob Ahlbin era membro. Na verdade, Jakob foi um dos que tomaram a iniciativa de fundar o grupo, há alguns anos.

Peder assoviou.

– E as atividades irritaram tanto um tal de Tony Svensson que ele começou a mandar cartas de ameaça. Ou e-mails.

– Tony Svensson? – perguntou Fredrika, confusa. – É esse o nome da pessoa que mandou os e-mails?

Peder assentiu, satisfeito.

– Sim, segundo os rapazes do departamento técnico e da Comhem, provedora de internet. Conseguimos rastrear os IPs das mensagens e a maioria converge para ele.

– Não tinha muita gente envolvida? – perguntou Fredrika. – Você disse que os e-mails foram enviados de IPs diferentes.

– Os outros eram de uma biblioteca em Farsta e uma loja da 7-Eleven no distrito de Söder. Esses dois, portanto, não tinham proprietários. Mas parece óbvio que Tony Svensson tenha mandado e-mails de outros lugares. O conteúdo das mensagens era o mesmo, o que parece indicar que todos foram escritos pela mesma pessoa.

Fredrika assentiu, pensativa.

– Ainda não li todos. Você me passa uma cópia?

– Claro – disse Peder.

– O que sabemos sobre Tony Svensson? Ele tem ficha na polícia?

O rosto de Peder se abriu num largo sorriso.

– Achei que você não ia perguntar nunca – disse, triunfante, endireitando-se na cadeira para contar o que tinha descoberto. – Já ouviu falar de uma organização chamada FP?

Alex convocou uma reunião no Covil quando ele e Joar voltaram de Ekerö. Sentiu-se animado quando Peder contou sobre o homem que fizera ameaças a Jakob Ahlbin por e-mail. Quando deixava de lado seu comportamento estúpido, Peder era um detetive muito habilidoso.

– Tony Svensson nasceu e cresceu em Farsta – disse ele. – Tem 27 anos e teve o primeiro conflito com a polícia aos 12 anos. Furto de loja e vandalismo. A polícia de Söder e o serviço social trabalharam juntos no caso até ele completar 18. Cumpriu algumas sentenças socioeducativas, sendo a primeira aos 17, quando bateu no padrasto. Quase o matou.

– Hum, deixe-me adivinhar – disse Alex, conformado. – O padrasto estava batendo na mãe dele?

– Não – respondeu Peder. – O padrasto se recusou a emprestar 3 mil coroas para umas férias em Ibiza.

– Caramba! – disse Alex, pego de surpresa. – Então o garoto é só um arruaceiro esquentado?

– Sim – respondeu Peder. – A outra infração foi uma briga de gangues. Ele bateu num outro cara enchendo-o de hematomas e depois quebrou uma garrafa de vinho vazia na cabeça dele. Aí usou um pedaço do vidro para cortar...

– Por favor – disse Fredrika, já pálida –, podemos deixar os detalhes para depois?

Ela pareceu pouco à vontade e colocou a mão protetora na barriga. Como se imaginasse alguém entrando na sala e atacando o bebê com uma garrafa quebrada.

Peder continuou, embora um pouco irritado por não poder contar os detalhes sórdidos.

– Muito bem – continuou. – Ele também foi acusado de estupro, mas o promotor abandonou o caso por falta de provas, pois a vítima se recusou a colaborar. Como sempre – acrescentou.

– Provavelmente intimidada a manter a boca fechada – interpôs Joar em voz baixa, quase como se tentasse não perturbar ninguém na sala, mas ciente de que agia assim.

Peder cerrou a mão por baixo da mesa e continuou como se Joar não tivesse dito nada.

– Além disso, Tony Svensson se envolveu numa série de furtos e arrombamentos, e é suspeito de assalto à mão armada. Para finalizar, é conhecido como extremista de direita e membro antigo de uma organização neonazista chamada Filhos do Povo, a mesma que assinou os e-mails para Jakob Ahlbin.

Repousou sobre a mesa a caneta que segurara durante todo o relato, demonstrando agora que tinha acabado de falar.

– Muito bem, Peder – disse Alex automaticamente. – Temos muitos elementos para analisar. Há alguma coisa de mais concreta sobre o conflito entre Jakob e esse grupo?

– Estamos procurando neste momento – respondeu Peder. – Talvez Fredrika possa agora nos dizer o que ela descobriu.

Fredrika endireitou o corpo e abriu o computador, como costumava fazer. Alex teve de reprimir um sorriso que poderia ser interpretado como escárnio. Ela sempre estava bem preparada.

– Jakob Ahlbin chamou atenção em dois contextos específicos – começou ela, falando sobre a família refugiada a quem ele dera abrigo na igreja enquanto a Agência de Migração julgava o caso. – E tem também o grupo de apoio – prosseguiu. – Entrei em contato com o líder, Agne Nilsson. Pareceu bastante perturbado com a morte de Jakob e quer vir aqui conversar conosco amanhã de manhã. Eu disse que ele poderia vir.

– Você falou alguma coisa sobre as ameaças que Jakob estava recebendo? Ele sabia delas? – perguntou Alex.

– Sim, sabia – respondeu. – Mas ninguém as levou a sério. Quer dizer, eles sabiam que faziam um trabalho que despertava o ódio em muita gente. De todo modo, Agne achava que os e-mails tinham parado.

Alex pareceu surpreso.

– Por que ele pensava isso? – perguntou Peder.

– Porque eles conversaram semana passada e Jakob disse que não recebia nada havia semanas.

Peder começou a folhear os papéis diante de si.

– É mentira – disse. – Jakob recebeu três e-mails na última quinzena de vida.

– Estranho – disse Alex. – É melhor perguntarmos para ele sobre isso, amanhã.

Parou e fez uma anotação no caderno.

– E tem ainda outra coisa estranha – disse Alex –, o fato de supostamente ninguém saber das ameaças. Nem Sven Ljung, que encontrou os corpos, tampouco Ragnar Vinterman. Por que será que Jakob não contou a ninguém?

Joar inclinou a cabeça para o lado.

– Talvez não seja tão estranho assim – disse, calmamente. – Não se Jakob não estivesse levando os e-mails a sério. Talvez tenha acontecido a mesma coisa antes, enquanto trabalhava em outros casos.

– Há mais alguma ameaça na caixa de e-mails? – perguntou Alex para Peder.

Peder balançou a cabeça.

– Não, mas isso não significa que não exista nenhum e-mail. Só que ele não os guardou.

Alex olhou para o relógio e decidiu terminar a reunião.

– OK – concluiu. – Ainda não sabemos se as ameaças são relevantes para o caso, mas definitivamente não podemos descartar essa informação até conversarmos com o grupo de apoio e, é claro, com o próprio Tony Svensson. Quero um relatório com todas as ligações recebidas e efetuadas de todos os números que Jakob Ahlbin usava; talvez esse Tony tenha telefonado para ele, além de mandar os e-mails. Depois eu vejo com o promotor se conseguimos acusá-lo de ameaça, para começar. Há mais alguma coisa nesse caso que precisamos discutir?

Peder hesitou, mas depois levantou a mão.

– O fato de Jó ter sido mencionado num dos últimos e-mails – disse, comentando o que pensava sobre a questão.

De repente, se sentiu o maior dos estúpidos. Mas Alex prestou atenção.

– Interessante – disse. – O que vocês acham disso?

Joar se mexeu na cadeira.

– Pode ser interessante, mas não é espantoso. É óbvio que Tony Svensson sabia muito bem que escrevia para um pároco – disse Joar, provocando raiva e desconforto em Peder.

– Isso supondo que uma pessoa com o histórico de Tony Svensson saiba quem é Jó – disse Fredrika. – Não acham que esse detalhe é o mais importante de todos?

– O que quer dizer? – perguntou Alex.

– Exatamente o que disse, que a probabilidade de alguém como Tony Svensson citar um nome bíblico numa correspondência e encaixá-lo tão bem em seu propósito não parece ser muito alta.

Alex parecia ligeiramente constrangido.

– Preciso confessar que não sabia exatamente quem era Jó até Peder começar a falar.

Fredrika sorriu e não disse nada.

– Por sinal, alguém descobriu alguma coisa sobre Johanna, a filha? – perguntou Alex para mudar de assunto. – É cada vez mais importante que a encontremos o mais rápido possível. Principalmente por causa da nossa visita à casa em Ekerö.

Ninguém respondeu. Ninguém sabia de nenhuma novidade.

Alex olhou para os colegas à sua volta.

– Mais alguma coisa? – perguntou.

Fredrika levantou a mão.

– Sim?

– Então, eu descobri algumas coisas sobre a vítima de atropelamento – disse.

– Ah! – disse Alex. – Conte, então.

– Parece que foi assassinato – disse Fredrika. – Ele não foi apenas atropelado, entende? O carro também passou de ré em cima dele.

Alex soltou um gemido de frustração.

– Mas que droga – disse. – Era só o que faltava, mais uma investigação de assassinato.

A sensação de que o trabalho se amontoava na frente dele aumentou. A bagunça ficava mais evidente e ele não conseguiria arrumá-la tão cedo.

Enquanto saía do trabalho, Fredrika tentou telefonar para Spencer. Ele não atendeu, o que a deixou preocupada. A necessidade de ouvir a voz dele com mais regularidade crescia a cada dia, principalmente quando começava a anoitecer, e o tempo que lhe restava antes dos terrores noturnos era curto.

"Como cheguei a esse ponto?", perguntou a si mesma talvez pela milésima vez. "Como pode todos os meus sonhos e planos terem me levado a essa miserável encruzilhada na vida?"

Chegou à mesma resposta que costumava chegar. Havia décadas ela não era guiada por sonhos profundos. Deixava-se navegar por soluções temporárias e tomava decisões fazendo escolhas secundárias.

"Sou aquilo em que nos transformamos quando roubam nossa liberdade de escolha", pensou, cansada. "Sou um produto residual, marcado por aquele acidente desgraçado".

Eis que voltava a pensar no acidente. Seu limite mais tangível.

Quando era bem jovem, Fredrika estabelecera para si mesma o objetivo de ser violinista. A música era o ambiente natural da família; Fredrika e o irmão praticamente cresceram nos bastidores de um palco e outro enquanto esperavam, junto com o pai, o fim de concertos e recitais da mãe.

– Está vendo a mamãe tocar? – sussurrava o pai, com os olhos cheios de orgulho. – Está vendo como ela vive para fazer o que gosta?

Na época, Fredrika era nova demais para entender o que o pai dizia, mas depois começou a refletir sobre a frase. Viver para fazer o que gosta; seria mesmo possível?

Que sonhos e visões tinha seu pai? Sentiu horror ao perceber que não fazia ideia de quais eram. Talvez seu único desejo fosse seguir a esposa pelo mundo e observá-la encantando o público. Mas as coisas mudaram quando as crianças começaram a frequentar a escola. A mãe aceitou alguns compromissos fora do país e pela primeira vez as crianças tiveram uma ideia clara da identidade profissional do pai. Ele tinha um emprego que exigia o uso de terno, e vendia coisas. Era um sucesso, parecia. Porque certamente a família era próspera.

Fredrika começou a aprender violino aos seis anos. Talvez tenha sido sua primeira experiência do que chamamos amor à primeira vista. Ela adorava tanto o violino quanto o professor, que devia considerá-la boa aluna, pois continuou ensinando-lhe até a data do maldito acidente. E ficou ao lado dela durante toda a recuperação, encorajando-a e garantindo que ainda seria possível tocar como antes.

"Mas ele errou", pensou Fredrika, fechando os olhos por um momento.

Muitos anos tinham se passado, mas ainda era muito fácil se lembrar das imagens. Como o carro derrapou, capotou e voou pelos ares. O chão duro, os esquis sendo arremessados para fora da caixa presa no topo da carroceria. O grito interminável da amiga ao ver o rosto da mãe esmagado contra a janela lateral do carro. E a luta desesperada dos bombeiros: "O carro pode explodir a qualquer minuto, temos que tirá-las daí agora!".

Às vezes Fredrika pensava que teria sido melhor se eles a tivessem deixado dentro do carro, pois a vida que se seguiu depois do acidente não valia a pena. Seu braço esquerdo ficou gravemente ferido e jamais voltaria a ser o mesmo. Os médicos tentaram tanto que sua vida passou a girar em torno da recuperação de seu braço.

– Não vai ser como antes – disse o médico que dera o diagnóstico. – Você vai poder tocar algumas horas por semana, mas várias horas por dia está fora de questão. Você sentiria uma dor que, a longo prazo, ficaria insuportável. E o desgaste do braço poderia acabar revertendo o processo, piorando ainda mais seu estado.

Ele não fazia ideia do que estava dizendo, é claro. Teve a ilusão de que ela estava agradecida e feliz por ter sobrevivido. Que estava feliz por não ter morrido, embora o irmão da amiga tivesse morrido. Mas ela não sentia nada disso.

"Nem naquela época, nem agora", pensou, aborrecida, sentada no sofá, na quietude de seu apartamento.

Fredrika nunca tocou violino por diversão, e sim como um modo de vida, um modo de sobrevivência. Desde o acidente, não tocara mais em momento nenhum. Em cima de um armário, atrás de onde ela estava, ficava o violino desafinado dentro do estojo, esperando.

Fredrika passou a mão na barriga, onde o bebê descansava.

– Um dia, se você me pedir gentilmente, talvez eu toque alguma coisinha para você – sussurrou. – Talvez.

Seis horas da tarde. Alex chegou em casa. Sua esposa abriu a porta. Sentiu um forte aroma de alho.

– Noite italiana – disse ela, sorrindo enquanto ele a beijava. – Trouxe uma garrafa de vinho.

– Vamos comemorar alguma coisa? – perguntou ele, surpreso.

Dificilmente tomavam vinho durante a semana.

– Não, só pensei que a gente merecia se divertir um pouco – respondeu Lena. – Hoje cheguei mais cedo do trabalho.

– Estou vendo. O que aconteceu?

– Nada de especial. Mas como tive a chance de sair, resolvi vir para casa e preparar um jantar bacana para nós.

Lena deu uma risada estridente na cozinha, onde preparava uma salada.

Alex olhou a correspondência do dia. Havia um cartão do filho, enviado da América do Sul.

– Bonito esse cartão, não é? – gritou.

– Sim, eu vi – respondeu Lena. – É tão bom receber notícias dele.

E deu a mesma risada de novo.

Alex foi até a cozinha e a observou, de costas para ele. Ela sempre fora a mais sincera e atraente dos dois. Poderia ter ficado com qualquer um, mas escolheu Alex. Mesmo que ele tivesse mechas de cabelo branco desde cedo e marcas profundas de expressão no rosto. Por alguma razão, sempre se incomodou um pouco com o fato de ele ser quase sempre o escolhido da relação. Com o passar dos anos, sentia-se extremamente enciumado quando outros homens se aproximavam dela ou quando ele se achava inadequado por algum motivo. Esse ciúme era um problema para os dois e uma vergonha para ele. O que havia de errado com ele para não confiar em Lena, que lhe proporcionara um lar fantástico e dois filhos maravilhosos?

Com o tempo, adquiriu segurança. Parcialmente graças ao emprego. Sua profissão o ajudara a desenvolver uma boa intuição, e isso quase sempre o ajudava a vencer os demônios que o assombravam com fantasias de que a esposa o traía pelas costas.

A intuição lhe deu certeza. A certeza de quando estava tudo bem e de quando não estava. Naquele momento, não estava.

A sensação provocava-lhe arrepios havia algumas semanas. Ela estava falando diferente, mexendo os braços de um jeito que ele nunca tinha visto. Falava sobre assuntos que os dois não conheciam. Sobre lugares que queria visitar e pessoas com quem gostaria de ter mantido contato. E ainda tinha aquela risada, que mudava rapidamente do intenso e profundo para o estridente e superficial.

Observando-a de costas para ele, Alex pensou que até a postura de Lena tinha mudado. Ela parecia mais dura. E tremeu um pouco quando ele a segurou, deixando escapar outra risada e se afastando. Às vezes o celular tocava e ela o atendia em outro cômodo.

— Posso ajudar em alguma coisa? — perguntou ele.

— Pode abrir o vinho — respondeu, tentando parecer feliz e tranquila.

Tentando. Esse era o ponto. Ela estava tentando ser ela mesma, como se executasse um estranho papel teatral cujo texto acabara de receber. O estômago de Alex começou a doer à medida que o medo revirava suas entranhas e os demônios acordavam mais uma vez.

"Devíamos falar no assunto agora", pensou. "Por que não conseguimos?"

— E o trabalho, foi bom? — perguntou ela, depois de passarem alguns minutos sentados em silêncio.

— Sim — respondeu, gentil. — Foi bom. Muito trabalho.

De modo geral, ela aproveitaria a deixa e perguntaria mais. Não agora. Ultimamente parecia perguntar apenas coisas com as quais não parecia se importar.

— E o seu, como foi? — perguntou.

— Foi bom também — respondeu, abrindo o forno para olhar o que estava cozinhando.

O cheiro estava ótimo, mas Alex não estava com fome. Fez mais algumas perguntas sobre o trabalho dela, como costumava fazer, e ela respondeu lacônica, olhando para o outro lado.

Quando se sentaram para apreciar o jantar maravilhoso e o bom vinho, Alex teve de forçar para engolir enquanto mastigava.

— Saúde! — disse ela.

— Saúde!

Ao levantar a cabeça e olhá-la nos olhos, poderia jurar que Lena estava quase chorando.

SEXTA-FEIRA, 29 DE FEVEREIRO DE 2008

ESTOCOLMO

ERA MANHÃ E FAZIA UM FRIO CONGELANTE no apartamento. O cheiro da fumaça do cigarro não estava tão forte quanto antes porque eles haviam arrumado o exaustor e lhe dado a chave de uma das janelas. Estava quase na hora do almoço, mas Ali não queria se levantar. A bolsa continuava no chão ao pé da cama, um lembrete hostil e descarado de sua nova realidade.

Ainda não sabia a quem culpar pela tragédia de sua vida. Talvez os pais por terem-no trazido ao mundo num país como o Iraque. Talvez o presidente dos Estados Unidos, amado e odiado por todos, que havia derrubado o grande líder Saddam e depois abandonado o povo enquanto o país entrava em ruínas. Ou talvez a Europa, que lhe recusava entrada sob quaisquer circunstâncias, exceto aquela em que se encontrava agora.

Por mais que analisasse a situação por vários ângulos, não conseguia perceber que a culpa era sua. Não foi ele quem começou a maldita guerra, muito menos se desempregou ou se fez indefeso. Tudo que fizera foi arcar com a responsabilidade de marido e pai decente.

Sua esposa deveria estar se perguntando onde ele estava. E seu amigo, que ainda não tivera notícias, também deveria estar preocupado. Olhou para a janela fria. O amigo deve estar lá fora, em algum lugar. Numa cidade que ele não conhecia, numa terra onde era um total estranho. Começariam uma vida nova ali, ele e a família. Era pelo bem de todos que cumpriria sua tarefa no domingo. Jamais faria algo parecido de novo. Enquanto vivesse.

– Existem algumas regras básicas, meu caro – dissera-lhe o pai na infância. – Não brigar e não matar. Simples, não é?

Seu pai morreu na época em que o Iraque ruiu como Estado e nação, e a vida de todos se tornou um caos. Talvez até ele tivesse entendido que agora era impossível obedecer as regras. Não porque antes as coisas eram melhores, mas porque eram mais calmas e aparentemente mais seguras. Mas só aparentemente. Muita gente conhecia a sensação de ouvir uma viatura parar na porta de casa de manhã e ter sua casa e privacidade invadidas por desconhecidos armados a mando do governo para realização de interrogatório. Algumas dessas pessoas nunca foram vistas de novo. Outras voltaram para suas famílias num estado tão estarrecedor que nem mesmo os parentes mais próximos teriam palavras para descrever.

Mas as coisas agora eram diferentes no Iraque. A violência inesperada vinha de outra direção e provocava uma insegurança ainda maior. O dinheiro adquiriu importância de uma maneira nunca vista, e de repente o sequestro passou a fazer parte da vida quotidiana, bem como roubos, incêndios criminosos e assaltos à mão armada.

Será que ele tinha se transformado nesse tipo de pessoa? Com uma bolsa ao pé da cama contendo um revólver e uma balaclava, qualquer comparação era plenamente justificada.

"Não podíamos continuar", pensou Ali. "Me perdoa pelo que vou fazer, meu Deus, mas não podíamos continuar".

Esticou a mão trêmula e pegou o oitavo cigarro do dia. Logo tudo estaria acabado e ele teria a garantia de um futuro melhor.

BANGKOK, TAILÂNDIA

A EMBAIXADA DA SUÉCIA ABRIU ÀS DEZ HORAS. Ela esperava na porta. Passara uma noite longa e lamentável. Acabou tendo de se hospedar num *hostel* barato na periferia de Bangkok e passou a noite em claro, ansiosa. O dinheiro que tinha consigo, o pouco que restara depois do assalto, não foi suficiente para pagar a conta. Perguntou ao recepcionista onde ficava o caixa eletrônico mais próximo e disse que voltaria em poucos minutos com o dinheiro. Ele disse que ficava a três quarteirões de distância, o que lhe permitiu sair do *hostel* sem criar uma cena.

A embaixada ficava num prédio alto perto do Landmark Hotel, na Sukhumvit, e ocupava dois andares inteiros. Ficou tão aliviada ao ver a bandeira da Suécia na porta que seus olhos se encheram de lágrimas.

Havia planejado cuidadosamente uma história para contar. De modo nenhum poderia dizer por que estava na Tailândia, mas esse era o menor dos problemas. Era turista, pura e simplesmente. Como todas as outras centenas de milhares de suecos que visitavam o país todo ano. E não poderia deixar de falar que alguém roubara todos os seus pertences. No bolso da calça havia uma cópia do boletim de ocorrência policial para reforçar a história. O resto do que tinha acontecido – alguém ter cancelado seu voo de volta, fechado suas contas de e-mail e dado saída no hotel – ela decidiu não contar. Levantaria muitas perguntas que ela não estava preparada para responder.

A perda de todo seu material de trabalho era difícil de suportar. Sentiu todo o peso do que isso implicava durante a noite. Até a câmera com todas as fotografias foi roubada. Engoliu para evitar as lágrimas. Logo estaria em casa e poderia cuidar da desordem. Pelo menos era o que esperava, de coração.

Talvez tenha previsto que não fosse dar certo. Que a pessoa que se dera o trabalho de destruir sua vida pedaço por pedaço naturalmente pensara na possibilidade de ela procurar a embaixada. Mas ela não se preveniu e não percebeu o olhar sério da recepcionista seguindo-a enquanto entrava e pedia para falar com um membro da equipe diplomática.

O primeiro-secretário Andreas Blom a cumprimentou com um frio aperto de mão. Tinha o rosto inexpressivo e pediu para ela se sentar. Quando a assistente entrou para perguntar se a convidada aceitava um café, ele acenou com a mão e pediu para que saísse e deixasse a porta aberta. De soslaio, ela viu que um segurança vigiava o corredor sem se afastar da sala onde ela estava sentada.

– Não sei com o que você acha que eu posso ajudá-la – disse Andreas Blom, recostando-se na cadeira.

Ele manteve as mãos cruzadas sobre o colo e olhou para ela com os olhos semicerrados. Como se fosse muito experiente em não desperdiçar energia.

Limpou a garganta diversas vezes na esperança de que ele a oferecesse um copo d'água. O que ele ofereceu, no entanto, foi silêncio.

– Como disse, estou com um problema grave – começou ela, cautelosa.

E contou a história que tinha planejado. Sobre o assalto e o que chamou de "engano" do hotel, resultando na perda de toda sua bagagem.

– Preciso voltar para casa – disse ela, começando a chorar. – Não consigo falar com meus pais e um amigo que ia me ajudar não telefonou de volta. Preciso de passaporte e de dinheiro emprestado. Posso pagar assim que chegar em casa, só preciso que me ajude.

Deixou as lágrimas caírem livremente, incapaz de sustentar uma fachada. Só depois de um longo silêncio ela levantou a cabeça e olhou para Andreas Blom. Seu rosto permanecia imóvel; estava ali, apenas sentado.

– Essa é a sua versão dos fatos? – perguntou.

Ela olhou para ele.

– Como?

– Perguntei se essa é a história que você pretende contar para as autoridades tailandesas quando forem cuidar do seu caso.

– Não entendi – perguntou ela.

– Qual é mesmo o seu nome? – interrompeu.

Ela repetiu automaticamente seu nome e sobrenome.

– Você não está facilitando as coisas em nada – disse ele.

Recebeu as palavras dele em silêncio; não fazia ideia do que ele queria que ela dissesse.

– O que posso fazer por você, Therese, é o seguinte: representação legal e um contato aqui na embaixada. Mas se você não se entregar imediatamente à polícia tailandesa, sua situação vai ficar cada vez pior. Você já se prejudicou demais dando nome falso a uma autoridade.

Ela não disse nada quando ele parou de falar. As ideias rodopiavam na sua cabeça como pássaros selvagens.

– Não entendo, estou com medo – sussurrou, embora começasse a suspeitar da extensão de seus problemas. – E meu nome não é Therese...

Andreas Blom pegou um pedaço de papel sobre a mesa e colocou na frente dela.

– Esta é a cópia do boletim que você registrou com a polícia ontem?

Ela olhou rapidamente para a cópia que tinha consigo e as comparou. Era o mesmo documento.

– Mas esse não é seu nome – disse ele, apontando.

– Sim, é sim – respondeu ela.

– Não – disse Andreas Blom –, não é. Porque *este aqui* é o seu nome – completou, entregando-lhe outro papel.

Ela olhou para a folha sem entender o que via. A cópia de um passaporte com o nome dela, mas um número de identidade diferente e o nome de outra pessoa: Therese Björk.

Sentiu a sala inteira girar.

– Não, não, não – disse. – Essa não sou eu. Por favor, deve ter um jeito de resolver isso...

– Pode ser resolvido facilmente – disse Andreas Blom, com firmeza. – Este é seu passaporte e sua identidade. Telefonei para a polícia sueca e eles verificaram. Esta é você, Therese. E esse passaporte foi encontrado com todas as suas coisas no hotel em que você *realmente* está, Hotel Nana. No quarto que você abandonou quando o esquadrão antidrogas invadiu o hotel e encontrou meio quilo de cocaína nas suas coisas.

Ela sentiu um enjoo repentino e achou que ia vomitar no chão. Conseguiu captar apenas fragmentos do que Andreas Blom dissera e teve uma dificuldade imensa de juntá-los para formar um todo.

– Cá entre nós, você tem uma boa chance no julgamento se fizer o seguinte: Um: entregue-se imediatamente. Dois: diga quem a avisou da invasão para que você tivesse tempo de sair do hotel. Duas coisas muito simples.

Ele levantou dois dedos para salientar a simplicidade.

Ela começou a se mexer inquieta na cadeira, incapaz de segurar as lágrimas.

– Por que eu viria até aqui em vez de deixar o país se fosse culpada de tudo que me disse? – perguntou, olhando-o nos olhos.

Ele recostou o corpo na cadeira de novo e abriu um sorriso de desdém.

– Porque isto aqui é a Tailândia – disse –, e você sabe tanto quanto eu que você não tem saída.

ESTOCOLMO

A NOITE TROUXERA NOVOS PESADELOS, variações do mesmo tema. Agora ela não era perseguida, mas amarrada a uma árvore, cercada por homens de capuz que queriam feri-la. Fredrika Bergman não fazia ideia de onde se originavam esses cenários absurdos. Não se pareciam com nada que ela conhecesse ou de que já tivesse ouvido falar. E odiava acordar com os próprios gritos, noite após noite, pingando de suor e à beira das lágrimas. Além de cansada. Terrivelmente cansada.

Mesmo assim, continuava trabalhando. Jamais suportaria ficar em casa.

– Como você está? – perguntou Ellen Lind, séria, depois que as duas se encontraram na sala dos funcionários.

Fredrika sequer tentou mentir.

– Péssima, eu diria – reconheceu. – Estou dormindo muito mal.

– E por que veio trabalhar? – perguntou Ellen. – Não deveria estar em casa, descansando?

Fredrika balançou a cabeça, teimosa.

– Não mais do que já descansei – disse, com a aparência exausta. – Prefiro estar aqui.

Ellen não perguntou mais nada. Ela, como todos os outros, se perguntava como Fredrika imaginou que seria esperar um bebê praticamente sozinha e depois dar à luz sem a presença do pai.

Fredrika se sentiu culpada porque, ao contrário dela, Ellen sempre fazia perguntas. Fredrika nunca perguntou como Ellen estava, ou sobre as crianças, ou sobre como estava o relacionamento com o amor da sua vida. Eles se conheceram numa viagem de férias no ano anterior e Ellen estava totalmente apaixonada.

Apaixonada.

Até engravidar, Fredrika sempre se contentou com o acordo que fizera com Spencer. O fato de ele entrar e sair de sua vida não a preocupava; às vezes ela se comportava da mesma maneira. Encontrava um amante e deixava outro. Depois perdia o amante e voltava para Spencer. O problema só se tornou mais óbvio agora que ela havia mudado e costumava se sentir melhor perto dele. É claro que ele ficava com ela o máximo que podia, e nos últimos dias atendera todos os telefonemas. Mesmo assim, a presença de Spencer não era constante na sua vida diária.

– Simplesmente não entendo nada da sua situação – disse-lhe um dia a amiga Júlia.

A mesma amiga que perguntava com frequência como Fredrika suportava transar com um homem muito mais velho.

– Há muita coisa que não entendemos na vida – retrucou Fredrika rispidamente, e nunca mais elas tocaram no assunto.

Havia tantos e-mails na sua caixa de entrada que ela mal conseguiu ver todos. De todo modo, a maioria não tinha a menor importância.

Está na hora de fazer um novo curso de tiros, dizia o assunto de um deles. *Alguém interessado em dividir carona?*

Curso de tiros. Como se todos na corporação precisassem ser lembrados disso.

Alguns e-mails eram do representante sindical, perguntando se ela não queria ajudar a melhorar as condições dos trabalhadores civis. Ao que parecia, a força policial de vez em quando realizava campanhas virtuais para fazer com que os trabalhadores civis se sentissem deslocados na corporação, e, para Jusek, estava na hora de agir. Fredrika não tinha energia para isso, por mais que quisesse ajudar.

"Fiz meu caminho", pensou, letárgica. "Escolhi ficar aqui. Por enquanto. E, no momento, não posso me preocupar com o sentimento dos outros".

Vasculhou despropositadamente os papéis sobre a mesa. Precisava juntar forças para fazer pelo menos o que era necessário. Alex dissera que o caso da morte do pároco e da esposa teria prioridade em relação ao da vítima de atropelamento. Na verdade, Alex dissera que ia tentar passar o caso adiante. Era impossível que sua equipe limitada lidasse com duas investigações ao mesmo tempo.

Mas as descobertas continuavam sendo enviadas para Fredrika, e não para outra pessoa. Ela leu um laudo do laboratório médico-legal confirmando que o carro primeiro atingiu a vítima, depois passou por cima dela. Havia traços da tinta do carro na jaqueta. Eles estavam tentando identificar o tipo de tinta para comparar com algum carro suspeito, caso aparecesse algum.

Começou a clicar no assunto dos e-mails. Nenhuma notícia do DNIC sobre as impressões digitais. Frustrada, pegou o telefone.

– Eu ia telefonar pra você – disse a mulher, ansiosa, do outro lado da linha.

Fredrika foi pega de surpresa pelo tom de animação da moça, a despeito de como a recebeu dois dias antes.

– Claro! – respondeu, tentando não parecer igualmente animada.

Não conseguiu, mas a mulher não pareceu ter percebido.

– Joguei as impressões digitais na base de dados e apareceu uma coisa.

Fredrika sentiu o impacto da voz, que atravessou o fio com grande clareza.

– Sério? – perguntou, surpresa.

– Sim, apareceu – disse a mulher, triunfante. – Você se lembra que semana passada o carro-forte da Forex, em Uppsala, sofreu um assalto à mão armada?

Fredrika sentiu o coração saltar dentro do peito. *Forex*.

– É claro – disse ela, rapidamente.

– No fim de semana um homem saiu para caminhar com o cachorro e encontrou uma arma que provavelmente foi usada no assalto. Isso é muito peculiar, visto que todo o resto foi planejado minuciosamente. Enfim, eles conseguiram colher as impressões digitais da arma.

– E elas são do homem não identificado – disse Fredrika, tensa.

– Exatamente.

Ela agradeceu à mulher e desligou. O assalto à Forex tinha sido o último de uma série de grandes assaltos em Estocolmo e arredores. Sentiu-se inspirada, como se tivesse descoberto algo importante, apenas dando um telefonema. Isso eliminava a confusão sobre a quem pertencia o caso; agora fazia pleno sentido que ele fosse entregue ao DNIC, Departamento Nacional de Investigações Criminais, que estava cuidando dos assaltos.

Fredrika sorriu ao bater na porta de Alex.

Quando soube da facilidade com que se livraria do caso de atropelamento, Alex começou a se movimentar numa rapidez incomum. Assim que o caso fosse transferido para o DNIC, Fredrika poderia se dedicar totalmente ao caso Ahlbin. Já eram quase onze da manhã e ela e Joar precisavam se reunir com Agne Nilsson do grupo de apoio a ex-extremistas de direita. Era estranho ter Joar ao seu lado. Não parecia errado, de jeito nenhum; mas estranho.

Ele bateu na porta da sala dela no horário marcado para descerem e receber o visitante.

– Está pronta? – perguntou, abrindo um sorriso educado, formal e preciso.

"Não transmite nada", pensou Fredrika. "Um sorriso desenhado no meio do rosto, como uma máscara".

Pensou no que poderia haver atrás da máscara. Ele não usava aliança, mas talvez morasse com alguém. Será que tinha filhos? Morava em casa ou apartamento? Tinha carro ou andava de ônibus?

Fredrika não sentiu curiosidade, mas isso porque ela era muito boa em ler os outros. Não precisava imaginar as coisas; as pessoas geralmente traziam as informações estampadas no corpo inteiro, mesmo que não tivessem consciência ou não quisessem admitir.

– Olhe e verá – respondeu, como costumava dizer sua mãe.

Para Fredrika, era a mais pura verdade.

Agne estava na recepção, parecia perdido. Sua aparência não era nada do que Fredrika tinha imaginado. Ele era baixo e atarracado, tinha a pele pálida e o cabelo ralo. Mas os olhos – ela se pegou olhando atentamente para ele – eram fortes e penetrantes, brilhantes e cheios de energia.

"Parece uma criança teimosa e desobediente", pensou enquanto o cumprimentava com um aperto de mão.

Ela percebeu que os olhos dele baixaram imediatamente para sua barriga, mas não comentou nada. Sentiu-se agradecida. Erroneamente, as pessoas pareciam supor que não havia mal nenhum em tocar mulheres grávidas de um jeito que jamais tocariam uma mulher não grávida: acariciando-lhes de leve o estômago, com uma ou duas mãos. Fredrika sentia pânico quando encontrava com alguns colegas de trabalho no corredor porque percebia que o olhar deles a penetrava. Chegou a pensar em tocar no assunto numa reunião de equipe, mas não conseguiu encontrar as palavras certas.

Eles levaram Agne Nilsson para uma das salas de visitas com janelas. As salas sem janelas não eram o tipo de ambiente apropriado para conversas razoáveis. Também não havia motivo para tratar pessoas comuns da mesma maneira que tratavam suspeitos de algum crime. Então Joar preparou um café enquanto Fredrika batia papo com Nilsson.

– Você pode nos contar um pouco mais sobre seu grupo? – perguntou Joar depois que todos estavam sentados, cada um com seu café.

Nilsson mexeu na cadeira, como se não soubesse por onde começar.

– Começou há dois anos – disse. – Eu e Jakob éramos amigos há muito mais tempo. Crescemos juntos no mesmo quarteirão.

Ele deu um sorriso e prosseguiu. A ideia tinha sido de Jakob Ahlbin, como costumava ser em relação a assuntos desse tipo. Tudo começou depois que foi abordado por um jovem que assistia a uma de suas palestras. Estava vestido como a maioria dos jovens se vestem, mas o cabelo, ou a falta dele, e a quantidade de tatuagens, revelavam sua ideologia.

"Não pense você que é simples assim, velho", dissera ele para Jakob. "Você fica aí, falando sobre como é a vida para aqueles imigrantes e sobre como o mundo deveria agir, mas muitos de nós não temos escolha. Pode ter certeza disso."

Era o início de uma longa conversa. O rapaz estava com medo e infeliz. Envolvera-se em círculos distorcidos de extrema-direita aos quatorze anos através do irmão mais velho. Agora estava com dezenove, prestes a terminar os estudos. O irmão abandonara o movimento alguns anos antes, se mudou e arrumou um emprego. Ele estava empacado em Estocolmo, com notas escolares inúteis e sem lugar para ir, condenado a um círculo de conhecidos com os quais não tinha mais nada em comum. E tinha acabado de conhecer uma moça. Nadima, da Síria.

"Os pais dela, e não os meus, é que deveriam ser contra nosso namoro", disse o rapaz para Jakob. "Mas o pai dela não vê problema nenhum na filha conhecer um garoto sueco. Já os meus matariam nós dois se descobrissem."

O garoto já tinha suportado muito mais do que qualquer um suportaria na idade dele. Isso levou Jakob a querer agir.

"Me dê alguns dias", disse Jakob. "Conheço umas pessoas. Vou perguntar sobre o que poderia fazer alguém na sua situação."

Mas, ao que se constatou, ele não tinha alguns dias. A gangue ficou sabendo que um de seus membros estava se encontrando com uma imigrante e pensando em deixar o grupo. Um dia, quando os dois voltavam de um passeio, lá estava a turma, esperando por eles.

Os olhos de Nilsson se encheram de lágrimas.

– Jakob ficou muito chocado – disse, com a voz rouca. – Pelo fato de não ter considerado a urgência.

– O que aconteceu? – perguntou Joar, deixando Fredrika nervosa.

Ela não queria detalhes macabros. Temia que fosse demais para ela.

– Eles a estupraram, um depois do outro, e fizeram o rapaz assistir. Depois o espancaram. Ele anda de cadeira de rodas hoje. E também teve um dano cerebral.

Fredrika achou que ia chorar.

– E a garota? – perguntou, tentando ser profissional.

Nilsson sorriu pela primeira vez desde que tinha chegado. Foi um sorriso leve, mas de coração.

– Ela participa da nossa rede – disse ele. – Publicamente. Dá um duro absurdo. É a única para quem o conselho local deu um cargo em tempo integral. Acho que tem sido útil para que ela siga adiante.

As palavras foram recebidas com alívio por Joar e Fredrika.

– Qual era a função de Jakob, em termos mais concretos? – perguntou Joar. – Você falou alguma coisa sobre dinheiro do conselho.

Nilsson assentiu, dando a entender que sabia aonde Joar queria chegar.

– Como disse, Nadima é a única que trabalha em tempo integral. E é paga pelo conselho, mas tirando ela, eles preferem trabalhar com grupos mais estabelecidos. Encontramos diversas maneiras de nos envolver, contando com algum apoio de nossos empregadores. Jakob era o único que não tinha apoio; na verdade, o trabalho dele era totalmente voluntário. Não me pergunte o motivo, só sei que era assim. Sua principal contribuição era ser nosso porta-voz e nosso principal "olho vivo", como a polícia costuma dizer. Vocês já viram Jakob palestrando?

Fredrika e Joar negaram com a cabeça.

Nilsson piscou algumas vezes.

– Era fantástico – continuou, radiante. – Ele era capaz de fazer qualquer pessoa pensar em outros termos. Seu propósito era apresentar coisas que o público tinha ouvido uma centena de vezes, mas de uma nova perspectiva. E a energia que ele dedicava ao que fazia... As pessoas ficavam comovidas.

Mexeu num dos botões da camisa.

– Ele devia ter sido político – disse. – Estava começando a deixar sua marca nesse universo.

"Eu teria gostado de Jakob", pensou Fredrika.

– E a doença dele? – perguntou ela. – Parecia afetá-lo de alguma maneira?

– Não... não sei muito bem como falar – disse Agne, fazendo uma careta. – É claro que muitas vezes a doença o consumia, e ele era muito franco em nos contar. Pelo que entendi, era pior quando Jakob era mais jovem.

– Mas vocês nunca falaram detalhadamente sobre o assunto? – perguntou Joar, em tom de surpresa. – Mesmo que se conhecessem há tanto tempo.

– Não – afirmou Nilsson. – Nunca falamos. Jakob costumava dizer que perder tempo falando disso não melhorava sua condição, e acho que ele tinha razão. Então só falava no assunto de maneira muito superficial.

Limpou a garganta.

– Praticamente só falávamos de trabalho, quando nos víamos. Parecia ser o correto para nós.

– Você sabia das ameaças que Jakob estava recebendo?

– Sim, sabia – respondeu Agne. – Vários de nós recebemos as mesmas ameaças na mesma época.

Fredrika parou de escrever no meio de uma anotação.

– Como?

Nilsson assentiu, enfático.

– Exatamente isso que falei – disse ele. – E não foram apenas essas mais recentes. Já tínhamos recebido outras ameaças antes.

– Do mesmo remetente? – perguntou Joar.

– Não, mas com o mesmo objetivo, por assim dizer. As outras foram feitas porque pensavam que a gente ia se meter em situações que não nos diziam respeito.

Joar apanhou uma cópia dos e-mails enviados a Jakob.

– Reconhece estes aqui?

– Com certeza – disse Agne. – Recebi alguns muito parecidos, como disse. Mas os meus não dizem "pastor filho da puta", dizem "socialista de merda".

Abriu um sorriso triste.

– Você não tinha medo? – interpôs Fredrika.

– Não, por que teria? – respondeu Nilsson, como se não tivesse previsto a pergunta. – Essas ameaças nunca deram em nada. E de certa forma eram esperadas. A gente sabia que nossas atividades irritavam e incomodavam algumas pessoas.

– Mas quem escreveu isso aqui parece mais do que irritado – disse Joar, segurando a folha de papel.

– Sim, mas essas mensagens estavam dentro do contexto do último caso em que trabalhávamos. Um jovem procurando uma maneira de sair da Filhos do Povo. A gente sabia que seria difícil. E se os e-mails não parassem, a gente ia procurar a polícia. Sim, há policiais no grupo com quem podemos conversar, estou querendo dizer que faríamos uma queixa formal; não deu tempo.

Fredrika suprimiu um suspiro. Esperava que, da próxima vez, não demorassem tanto.

– O que quer dizer com "se os e-mails não parassem"? – perguntou Joar, franzindo a testa. – Jakob os recebeu praticamente até o dia de sua morte.

Agne levantou as mãos.

– Isso não sei explicar – disse ele. – Conversei com Jakob na semana passada e ninguém estava recendo mais e-mails. Não recebi nenhum depois disso, por isso nem toquei no assunto. E ele também não disse nada.

Ele pareceu incomodado.

– Mas devo dizer que não trocamos muitas palavras nos últimos dez dias. Ele tinha várias palestras marcadas e eu também estava bastante ocupado.

– Você pode nos mandar uma cópia dos e-mails que recebeu? – perguntou Joar.

– Sim, é claro – disse Nilsson.

– Você conhece um sujeito chamado Tony Svensson? – perguntou Joar.

Nilsson franziu o rosto.

– Sim, é claro – disse de novo. – Bem como todos os assistentes sociais e policiais do bairro onde mora.

– Você sabia que era ele quem mandava os e-mails para vocês? Bom, pelo menos para Jakob.

Nilsson balançou a cabeça em silêncio.

– Quer dizer, a gente sabia que ele fazia parte da organização. Mas eu não sabia que era o responsável pelas ameaças. A assinatura era somente FP.

Joar pareceu pensativo.

– E o que aconteceu depois? – perguntou depois de um tempo. – Com o rapaz que estava tentando sair da Filhos do Povo, quero dizer.

– Deu uma merda dos infernos, para ser sincero – disse Agne. – O nome dele é Ronny Berg, por sinal. Mas eu não estava muito envolvido no final do caso; Jakob assumiu o controle na última fase. E não teve tempo de nos contar o que aconteceu. Mas acho que havia uma dúvida muito grande sobre os verdadeiros motivos do rapaz para querer sair.

Interessada, Fredrika inclinou o corpo para frente, até se dar conta de que devia estar ridícula, pois a barriga impediu-lhe o movimento. Teve de endireitar a coluna de novo.

– Como assim?

– Parece que ele não queria deixar a organização por razões ideológicas, mas sim porque se apaixonou por uma pessoa lá de dentro. Mas, como disse, não sei muito mais do que isso. Talvez um dos colegas do grupo possa dar mais detalhes. Eu posso perguntar.

Joar assentiu.

– Sim, por favor – disse.

Enquanto Joar juntava os papéis, Fredrika sugeriu, hesitante:

– Talvez você precise de proteção, Agne. Até sabermos como tudo de encaixa. *Se* encaixar.

Nilsson não respondeu de imediato, mas depois disse, com a voz baixa:

– Então vocês acham que pode não ter sido suicídio?

– Sim – disse Joar. – Mas não temos certeza.

– Ótimo – disse Nilsson, olhando diretamente para eles. – Porque ninguém acredita que Jakob faria isso: atirar na esposa e depois nele mesmo.

Joar inclinou a cabeça.

– Muitas vezes as pessoas não são o que dizem ser – afirmou, em tom suave.

Pouco depois de uma da tarde, a notícia caiu como uma bomba no site de um jornal: PÁROCO E ESPOSA MORTOS A TIROS: POLÍCIA SUSPEITA DE LIGAÇÃO COM EXTREMISTAS DE DIREITA.

– Mas que merda! – gritou Alex Recht, dando um soco na mesa. – Como é que essa notícia vazou?

Na verdade, nem era preciso perguntar – as coisas sempre vazavam na fase de investigação preliminar. Mas Alex achava que, dessa vez, tinha feito mais esforço que o normal para evitar. E a verdade é que pouquíssimas pessoas sabiam de sua nova linha de investigação.

– A imprensa não para de telefonar – disse Ellen, colocando a cabeça na porta. – O que digo a eles?

– Nada – vociferou Alex. – Nada por enquanto. Já conseguiram localizar Johanna Ahlbin?

Ellen balançou a cabeça.

– Não.

– E por que não? – bramiu Alex. – Em qual inferno essa garota foi se meter?

Alex mal conseguia olhar para a tela do computador, cheia de fotografias de Jakob Ahlbin olhando-o de volta. Agora seria impossível dar a notícia pessoalmente para a filha mais nova. A única coisa que os jornalistas deixaram passar foi o nome e a fotografia das duas filhas.

"Pelo menos a gente tentou", pensou Alex, sentindo-se exausto.

Ellen fez tudo que podia para localizar Johanna. O chefe e os colegas da moça passaram-lhe o telefone de amigos que poderiam ter notícias, mas ninguém sabia onde estava, como estava ou do que já sabia.

– Que situação terrível – disse Alex, entre os dentes. – Saber uma notícia dessas pela imprensa.

– Mas a gente tentou – disse Ellen, entristecida.

– Sim, acho que sim – disse Alex, afastando-se do computador.

– A propósito, trouxe algo que o assistente técnico mandou – disse Ellen, colocando uma pasta de plástico sobre a mesa. – Cópia do material usado nas palestras de Jakob. Encontraram no computador dele.

– Alguma coisa útil?

– Não, acho que não. Mas o nome no bloco de anotações pode ser relevante. Mas não tenho certeza.

– Bloco de anotações? – murmurou Alex, vasculhando as folhas de papel que tirou da pasta.

Encontrou bem no final. Um bloquinho de capa marrom com apenas uma palavra escrita, Muhammad, e um número de telefone.

– Onde esse bloco foi encontrado? – perguntou Alex.

– Numa gaveta trancada, na mesa. Estava embaixo de um estojo de canetas.

Algo que ele escondia, concluiu Alex.

Talvez Muhammad fosse um imigrante ilegal que conhecera pessoalmente, ou alguém que o procurara por alguma razão qualquer.

– Alguém verificou o número na base de dados?

– Acabei de verificar – disse ela, satisfeita. – Apareceu um boletim de ocorrência de passaporte perdido. Consegui o nome completo e o endereço dele – completou, entregando-lhe outro papel.

Alex respondeu com um sorriso.

– Sem ficha criminal – acrescentou Ellen, e saiu para atender o celular.

Alex pensou no que deveria fazer em seguida. Olhou para o nome e o número no papel, depois para a pasta com o resto do material. Olhou para o boletim da perda do passaporte, que Ellen tinha imprimido. Pensou em todos aqueles passaportes que "desaparecem". Sem eles, a rede de imigrantes ilegais estaria em maus lençóis, Alex sabia disso.

"Transformamos a Europa numa fortaleza tão impenetrável quanto Fort Knox", pensou, contraindo o rosto. "E o preço é a perda do controle das pessoas que entram e saem do país. Uma vergonha para todos os envolvidos."

Olhou para fora da janela. O céu estava azul, o sol brilhava. Faltavam poucas horas para o fim de semana. Piscou. Não havia a menor chance de passar o fim de semana em casa com Lena se comportando como uma estranha. Ela estava um tanto inacessível. Por motivos que não conseguia verbalizar, Alex sentia que não conseguiria conversar com ela sobre o que tinha acontecido ou sobre como se sentia afetado por toda a situação.

"Por que não?", pensou. "Sempre conseguimos conversar sobre tudo".

Talvez devesse tentar. Talvez. Mas, de todo modo, certamente ele trabalharia durante algumas horas no fim de semana.

De início, parecia que a semana ia acabar tão ruim quanto começara. Peder Rydh foi incumbido de verificar todas as listas de ligações que a polícia recebeu da empresa de telefonia Telia e da operadora de celular de Jakob

Ahlbin, enquanto Joar e Fredrika interrogariam Agne Nilsson. Peder sentiu que ia explodir de tanta frustração, mas se acalmou quando soube que teria de interrogar Tony Svensson durante a tarde. Enquanto vasculhava a lista, chegou a sorrir de animação.

Toda vez que tinha de analisar grampos telefônicos ou registros de ligações, Peder ficava maravilhado com a enorme quantidade de telefonemas que as pessoas faziam todos os dias. Era possível identificar algum tipo de padrão, é claro, como casais que se ligam todos os dias, e às vezes não. Mas havia muitos outros números e contatos para analisar. Como ligações que pareciam extremamente interessantes em termos de horário, mas depois de uma pesquisa mais detalhada descobria-se ser o número da pizzaria da esquina, por exemplo.

A tarefa foi bem simples no caso do telefone de Jakob Ahlbin e algum possível telefonema para Tony Svensson. Peder sorriu e deu um soco no ar ao encontrar um registro.

Svensson telefonara para Jakob Ahlbin em três ocasiões. As ligações foram todas bem curtas, dando a entender que foi atendido pela secretária eletrônica de Jakob. Eles jamais conseguiriam recriar o conteúdo real, mas o fato de Svensson ter telefonado para Ahlbin já era prova suficiente.

Saiu correndo até a sala de Alex. Mas parou hesitante na porta; o chefe parecia mais mal-humorado que o de costume. Sendo assim, tossiu discretamente, sem entrar.

– Sim? – respondeu Alex, sério, mas suavizou o tom quando viu quem era. – Ah, pode entrar.

Um pouco animado, Peder entrou e mostrou a Alex as listas de telefone.

– Muito bom – disse Alex. – Muito bom. Redija um requerimento para o promotor agora mesmo; quero esse cara preso por ameaça até o fim do dia. Principalmente agora que a imprensa já divulgou tudo.

Peder sentiu um calor perpassando-lhe todo o corpo. Agora sabia que não estava sendo deixado lá fora, no frio. Mas com o calor, veio o stress. Quem deixara escapar a questão dos extremistas para a imprensa?

Estava caminhando na direção da porta quando Alex disse:

– Você tem mais um minuto?

Estava muito bom para ser verdade, é claro. Mesmo antes de se sentar, sabia o que Alex estava pensando. Mas as palavras que escolheu para dizer foram uma surpresa completa.

– Aqui dentro, enquanto eu estiver no comando – disse –, um croissant é só um croissant. Nada mais – completou, enfatizando cada sílaba.

“Vou morrer”, pensou Peder. “Vou morrer de vergonha e o pior é que mereço”.

Mal conseguia olhar para Alex, que continuou implacavelmente:

– E quando uma pessoa da minha equipe, por motivos pessoais ou não, encontra-se num estado tal que não consegue distinguir um pãozinho de outra coisa qualquer, minha esperança é de que essa pessoa caia na real e resolva a questão.

Alex parou e olhou fixamente para Peder.

– Entendido?

– Entendido – sussurrou Peder.

E se perguntou de que jeito conseguiria continuar trabalhando.

Encontraram-se na sala do homem mais velho. Era o terceiro encontro seguido, e nenhum dos dois sentia-se particularmente confortável na companhia do outro. Mas não tinha como evitar, tendo-se em conta os últimos acontecimentos.

– A gente sabia que ia chamar muita atenção – disse o mais jovem. – A gente sabia que o suicídio de um pároco não passaria em branco pelas investigações.

Não havia sentido em retrucá-lo. Planejar e preparar o terreno para uma operação como aquela era uma coisa. Executá-la era outra totalmente diferente. Manter a calma e a serenidade era fundamental.

– Precisamos tomar cuidado com uma série de circunstâncias infelizes – disse o homem mais velho. – Para começar, a imprensa. Imaginei que só veria alguma matéria com a fotografia e o nome dos mortos amanhã de manhã, pelo menos.

– Não acho que foi um dos nossos.

– Polícia dos infernos. Parece uma peneira, sempre deixa escapar as investigações.

Houve uma pausa.

– Isso bagunça todo o nosso calendário – suspirou o mais velho. – Principalmente para nossa amiga no exterior. Quando ela deve voltar?

– Segunda-feira, acho.

– E parece verossímil? Quer dizer, se a notícia já saiu.

– A maior parte pode ser explicada – disse o mais jovem, em tom prosaico.

Parecia horrível quando tentava abrir um sorriso. O resultado de uma série de operações para corrigir os ferimentos foi metade do esperado. Agora tinha resolvido se conformar com a própria aparência. O sorriso torto tornou-se sua marca registrada.

O homem mais velho se levantou e foi até a janela.

– Não estou muito feliz com a deserção que tivemos antes disso tudo acontecer. Me incomoda muito, devo dizer. O fato de lá fora haver alguém que sabe demais. Espero que você esteja certo, que a gente ainda possa considerá-lo nosso amigo. Do contrário, a coisa vai ficar muito feia para nós.

– Você sabe que ele ainda não recebeu a parte dele – disse o mais novo.

– Isso deve mantê-lo na linha. E ele estava atolado na merda quando recuou. E nunca vai conseguir entregar a gente sem se entregar junto.

O argumento pareceu tranquilizar o homem mais velho, que mudou bruscamente para o próximo assunto.

– Acho que houve um problema com nossa última margarida – disse ele, sentando-se na poltrona perto da estante cheia de dicionários e enciclopédias.

O homem mais novo ficou sério. Pela primeira vez desde que chegou, parecia visivelmente preocupado. Suas palavras foram uma confirmação:

– Mais que um problema. Infelizmente não conseguimos colher a flor antes que ela espalhasse a boa notícia, por assim dizer, para alguns amigos. Ou um, de todo modo. Que depois entrou em contato com o pároco.

O mais velho franziu a sobrancelha.

– Temos alguma maneira de avaliar o tamanho dos danos? – perguntou.

– Sim, é claro. E, como disse, não revelei nada para muitas pessoas. Infelizmente, não sabemos o nome do amigo. Mas estou tentando descobrir.

Os dois fizeram silêncio. Era como se o som fosse absorvido pelas estantes que cobriam quase todas as paredes e pelos tapetes caros no chão. O homem mais velho falou primeiro:

– E a próxima margarida?

O sorriso deformado do mais novo apareceu de novo.

– Vai pagar no domingo.

– Ótimo – disse o mais velho. – Ótimo.

E acrescentou:

– Ele vai viver?

Silêncio de novo.

– Provavelmente não. Parece que ele também falou demais, quebrou as regras.

O mais velho empalideceu.

– Não foi assim que planejamos. Não podemos mais ter falhas como essa. Não seria melhor suspendermos a operação por enquanto?

O mais novo não parecia capaz de entender que o desastre talvez fosse iminente.

– Vamos esperar e ver como nosso amigo do outro lado joga as cartas hoje.

O mais velho mordeu os lábios.

– Provavelmente não será um problema. Ele sabe o que vai acontecer se cometer o erro de trair a gente.

Sentiu uma dor no estômago ao dizer a frase, como se as palavras o fizessem ter medo de si próprio.

Tony Svensson era uma criatura de hábito. Seu mundo consistia basicamente em três lugares: a sede da rede, a oficina e sua casa. Escolheram a oficina.

Tudo foi resolvido sem muito alarde. Ele brigou e gritou quando as viaturas frearam na entrada de onde trabalhava, mas quando entendeu a seriedade da situação, parou de resistir. Os policiais que foram prendê-lo disseram que ele chegou a sorrir quando o metal frio das algemas envolveu-lhe os punhos. Como se a sensação despertasse memórias de uma época quase esquecida.

O promotor concluiu que havia provas suficientes para acusar Svensson de ameaça. Os e-mails e a relação de telefonemas eram mais que suficientes. Restava saber se conseguiriam instaurar o processo; isso dependia do nível de cooperação de Agne Nilsson. A despeito de Jakob Ahlbin, ele ainda estava vivo e era capaz de testemunhar sobre as ameaças. Se quisesse. Pouquíssimas pessoas ousam testemunhar contra grupos como o de Svensson.

Peder e Joar conduziriam a entrevista. O vigor que os interrogatórios costumavam injetar em Peder não vinha à tona quando tinha de trabalhar com Joar. Olhou de soslaio para o colega enquanto esperavam o elevador em silêncio. Camisa rosa por baixo da jaqueta. Como se aquele fosse o tipo de roupa que se deve usar na corporação. Mais um daqueles sinais.

"Tem alguma coisa estranha nesse rapaz", pensou Peder. "E eu vou descobrir o que é, mesmo que tenha que arrancar dele."

Svensson estava esperando por eles na sala de interrogatórios para onde o levaram depois dos procedimentos comuns de detenção.

– Você sabe por quais crimes está sendo acusado? – perguntou Joar.

Svensson sorriu e assentiu. Estava óbvio que já tinha passado aquilo antes, e por isso agia com desdém. Como se reconhecesse que às vezes as coisas davam errado e as consequências eram inevitáveis.

Se não fosse tão desleixado, poderia até passar como um sujeito de boa aparência. Mas a cabeça raspada, os braços tatuados e as unhas sujas de óleo faziam-no parecer justamente com o bandido que era. Tinha os olhos escuros. Como duas balas de revólver apontadas para Peder e Joar.

"É inteligente", pensou Peder, instintivamente. "Por isso é tão sereno. E porque já conseguiu que seu advogado fosse à delegacia."

– Seria útil se você respondesse com palavras, para que a gente consiga escutar na gravação – apontou Joar de maneira amistosa.

Talvez amistosa demais.

Peder sentiu o corpo esfriar. Havia algo sombrio no papel adotado por Joar. Equilibrado demais para ser verdade. Como se a qualquer momento fosse perder as estribeiras, jogar-se sobre a mesa e matar a pessoa do outro lado.

Psicopata, surgiu a palavra na cabeça de Peder.

– Jakob Ahlbin – disse ele, em tom neutro. – Esse nome lhe diz alguma coisa?

Svensson hesitou. Seu advogado tentou olhar nos olhos dele, mas Svensson evitava encará-lo.

– Devo ter escutado esse nome antes – respondeu.

– Em que contexto? – continuou Joar.

Tony Svensson animou-se de novo.

– Ele interferiu em negócios particulares meus e de alguns amigos; foi assim que nos conhecemos.

– Interferiu como? – perguntou Peder.

De cabeça raspada, sentado do outro lado da mesa, Tony Svensson deixou escapar um suspiro.

– Ele tentou entrar no meio, gerar discórdia.

– De que jeito?

– Enfiando o nariz num conflito que não tinha nada a ver com ele.

– Que conflito?

– Nada do que eu queira falar.

Silêncio.

– Um conflito referente a alguém que não queria continuar no grupo? – disse Joar, reclinando-se na cadeira, com os braços sobre o peito.

Exatamente como Tony Svensson estava sentado.

– Sim, talvez – respondeu Tony.

– E o que você fez? – perguntou Peder.

– Quando?

– Quando Jakob começou a se interessar por coisas que não lhe diziam respeito.

– Ah, você está falando daquilo.

Tony se mexeu na cadeira enquanto o advogado folheava discretamente os papéis. Nos pensamentos dele, já estava se preparando para o encontro com o próximo cliente.

– Tentei fazê-lo entender que deveria cuidar da própria vida e não da dos outros – disse Svensson.

– E como fez isso?

– Telefonei e o mandei pro inferno. E também mandei alguns e-mails.

Joar e Peder imediatamente começaram a folhear as cópias que tinham consigo.

– Você disse mais alguma coisa nos e-mails? – perguntou Peder.

– Você está com eles na sua frente, porra! – disse Svensson, perdendo de repente a paciência. – Por que não lê em voz alta?

Joar limpou a garganta e leu em voz alta:

– "A coisa vai ficar feia para você, Ahlbin. Caia fora dessa merda enquanto pode."

– Você escreveu isso? – perguntou Peder.

– Sim – respondeu Tony Svensson. – Mas não sei como isso pode parecer uma ameaça.

– Espere – disse Peder, gentilmente. – Temos outros.

Ele leu:

– "Uma pena que você não pare de foder com a gente, pároco filho da puta. Uma pena que não entenda que quem vai se arrepender mais disso tudo é você."

Svensson começou a rir.

– Continua não sendo uma ameaça.

– Não tenho tanta certeza assim – disse Joar. – A expressão "você vai se arrepender" não costuma ser usada em sentido positivo.

– Mas é difícil demais de cravar, não é? – disse Tony, dando uma piscada.

O gesto de Tony foi demais para Joar, e Peder sentiu uma mudança repentina no clima da sala.

– Muito bem, então – disse, tentando assumir o controle do interrogatório. – Vamos tentar algo mais exuberante: "Você precisa ouvir a gente, pároco. Vai seguir o mesmo caminho de Jó se não parar suas atividades agora mesmo."

Svensson não disse nada. Seu rosto congelou.

Então ele inclinou-se sobre a mesa e levantou o dedo.

– Eu não escrevi essa merda, não – disse, destacando cada sílaba.

Peder ergueu uma sobrancelha.

– Ah, não? – disse ele, simulando surpresa. – Então você quer dizer que de repente alguém começou a mandar e-mails para Jakob Ahlbin do seu computador com a assinatura "FP"?

– Esse e-mail saiu do meu computador? – perguntou Svensson, em voz alta.

– Sim – disse Peder, olhando para o papel e descobrindo que estava errado.

O e-mail que acabara de citar era um dos que não tinham sido mandados do computador do suspeito.

Svensson viu a expressão de Peder mudar e relaxou, reclinando-se de novo na cadeira.

– Imaginei mesmo que não tivessem saído do meu computador – disse.

– Então quer dizer que alguém estava mandando e-mails para Jakob com o mesmo assunto? Alguém além de você?

– É exatamente isso que estou falando – retrucou Svensson. – Só usei o computador que tenho em casa para mandar e-mails para o pastor.

– O computador que acabamos de trazer – corrigiu Joar, sarcástico. – Vasculhamos sua casa e trouxemos algumas coisas para análise.

Os olhos sombrios do sujeito ficaram ainda mais sombrios e Peder o viu engolir seco diversas vezes. Mas não disse nada.

"Ele é esperto", pensou Peder. "Sabe quando deve ficar quieto."

– E então, querem perguntar mais alguma coisa? – disse Tony, impaciente. – Estou com pressa agora.

– Mas nós não estamos – disse Joar, assertivo. – O que você disse quando telefonou para Jakob Ahlbin?

Tony deu um longo e exagerado suspiro.

– Deixei três recados na secretária eletrônica do velho – respondeu. – Quase idênticos ao que estava escrito nos e-mails. Os que mandei do meu computador, não os outros.

– Teve mais algum tipo de contato com Jakob Ahlbin? – perguntou Joar.

– Não.

– Nunca esteve no apartamento dele?

– Não.

– Então por que encontramos suas impressões digitais na porta? – perguntou Joar.

Peder entesou-se da cabeça aos pés. *Mas que merda é essa?* Não tinha visto nenhum relato disso.

Svensson pareceu pego de surpresa.

– Fui até lá e toquei a campainha, ok? Bati na porta. Mas ninguém abriu e eu dei o fora.

– Quando foi isso?

– Hum – disse Svensson, como se pensasse. – Deve ter sido há uma semana. Acho que no sábado.

– Por quê? – perguntou Joar. – Se você sentiu que não devia mandar mais e-mails, então...

– Fiquei com medo de ter interpretado mal – disse Svensson, com raiva. – Mandei os e-mails para sossegar o velhaco, para fazer ele tirar o nariz de onde não era chamado. E isso resolveu a questão, a diferença de opinião que a gente tinha no grupo. Pelo menos foi isso que entendi. O cara com quem a gente se desentendeu, a gente resolveu entre nós. Mas os problemas começaram a aparecer de novo e tive certeza de que era o pároco de novo. Daí fui até a casa dele. Mas foi só dessa vez.

Joar assentiu calmamente.

– Foi só dessa vez? – repetiu.

– Juro – disse Svensson. – E se você disser que encontrou minhas digitais dentro do apartamento, é mentira. Porque nunca entrei lá.

Joar ficou mudo e Peder fervilhava de ódio. Como Joar teve coragem de começar um interrogatório sem passar para o colega todos os fatos?

Joar pareceu satisfeito.

– Pode nos dar o nome dos outros, para confirmar sua versão? – perguntou.

– Claro – disse Svensson, transparecendo uma positividade exagerada. – Pode começar falando com Ronny Berg.

Berg. O nome que Agne Nilsson dera para eles.

Tony continuou:

– Isso se ele quiser falar com vocês. Daí vocês vão ficar sabendo o que o pároco queria em troca.

As últimas palavras ricochetearam na sala de interrogatórios. *Em troca?*

Assim que Peder e Joar começaram a interrogar Tony Svensson, Alex bateu na porta de Fredrika Bergman e perguntou se ela poderia acompanhá-lo.

– Aonde vamos? – perguntou ela enquanto juntava suas coisas.

Alex explicou sobre o nome e o telefone escritos no bloquinho encontrado na gaveta trancada na mesa de Jakob Ahlbin.

– Resolvi arriscar – continuou. – Telefonei para o sujeito, disse o que tinha acontecido e perguntei qual era a relação dele com Jakob Ahlbin. No início ele se recusou a responder, não queria se envolver com a polícia. Depois disse que Ahlbin lhe telefonara para falar de alguma coisa; foi assim que tiveram contato. Mas não disse o assunto.

– Ele não queria falar pelo telefone ou não queria falar de jeito nenhum?

– Não queria falar de jeito nenhum, mas imaginei que se chegássemos lá sem avisar, talvez ele acabe falando.

Tomaram o elevador até a garagem. Fredrika viu o quanto Alex estava cansado. Cansado e preocupado. Se fosse outra hora, e outro local de trabalho, Fredrika teria perguntado como ele estava, dando a entender que ficaria feliz em ouvir se ele quisesse falar. Mas naquele momento, ela não tinha forças.

Seguiram em silêncio pela Kungsholmen e pegaram a E4 South até Skärholmen. Alex ligou o rádio.

– A imprensa tem enchido muito sua paciência? – perguntou Fredrika, sabendo qual seria a resposta.

– E como! – disse Alex, mal-humorado. – E eles simplesmente não aceitam que não falemos nada sobre o caso. Precisamos nos concentrar nisso e pelo menos dizer uma ou duas coisinhas para deixá-los felizes e terem o que publicar à noite.

Fredrika não disse nada. Apenas refletiu.

– Tem uma coisa que não consigo entender – disse, por fim.

– O quê?

– A hipótese de Tony Svensson e os colegas terem entrado num apartamento numa região movimentada da cidade, às cinco da tarde, atirado em duas pessoas e saírem sem serem vistos e sem deixarem um rastro sequer para trás. E, além disso, fazerem parecer que foi suicídio.

Alex olhou para ela.

– A mesma coisa que pensei – disse. – Mas preciso reconhecer que tenho cada vez mais dificuldade de achar que foi suicídio.

– Eu também – concordou Fredrika.

– Como você pôde ser tão irresponsável? – perguntou Peder assim que voltaram para o departamento.

Joar pareceu tenso.

– O relatório das impressões digitais chegou no último minuto, não deu tempo de lhe contar – disse ele, dando levemente de ombros. – Me desculpa, essas coisas acontecem.

Peder não acreditou em nenhuma das duas coisas.

– Eu podia ter parecido um idiota – continuou, indignado. – Foi sorte eu não ter estragado tudo falando alguma bobagem.

Ficou parado, esperando o contra-ataque de Joar, tão chocante quanto a reprimenda de Alex mais cedo.

– Sorte? – disse Joar, com os olhos tão sombrios que a boca de Peder secou. – Sorte?

O ar ficou denso como fumaça por causa da tensão. Joar deu um passo adiante.

– Sorte é o que esperamos ter o tempo todo trabalhando com você. Não tenho ideia de como você conseguiu ser promovido para chegar até aqui, dado o quanto é insensível e pouco profissional.

Peder cerrou os punhos, equilibrou-se sobre os calcanhares e pensou se conseguiria sair da sala sem dar uma surra no colega.

– Tome cuidado, rapaz – disse Peder, em voz baixa. – Sou o único que faz parte da equipe permanente; ninguém sabe quanto tempo Alex vai suportar sua provocação.

Joar olhou para ele com desprezo.

– A gente sabe que você vai perder seu tempo, Peder. Alex está mais do que feliz com meu desempenho. Como ele avalia o seu é mais duvidoso. Você e seus croissants.

Quando Joar terminou a frase, Peder percebeu que aquela seria a primeira vez na vida que, motivado pela raiva, atacaria outro homem.

"Vou acabar com ele outra hora, esse maluco filho da puta", prometeu a si mesmo enquanto virava de costas e saía.

Já em sua sala, pensou no que realmente sabia do colega. Não muito, concluiu. Apenas que tinha trabalhado em casos para a Agência de Crimes Ambientais, e no ano anterior fizera parte da polícia de Södermalm. Assim como Peder no ano retrasado. Franziu a testa. Estranho: de vez em quando se encontrava com os ex-colegas de trabalho para tomar uma cerveja, mas eles nunca mencionaram Joar.

Os pensamentos giravam rápido na sua cabeça; era impossível impedir o fluxo.

Pia Nordh ainda trabalhava em Söder.

O nome trazia tantas lembranças que quase machucava. Começou com uma aventura sexual com uma colega de trabalho para fugir da rotina que mais parecia uma viagem no deserto, sem água ou miragens. Depois virou hábito. E depois, nada. Até que se entediou de novo, no decorrer da intensa e maldita investigação sobre a garota desaparecida, no verão anterior.

Com os dedos trêmulos, procurou o telefone dela na agenda. Discou ofegante e ouviu a voz:

– Pia, boa tarde!

Sentiu uma onda de calor se espalhar por todo o peito. Ela se transformara numa pessoa séria. A palavra fez seu estômago embrulhar: "séria". O que era ser sério?

– É... olá. É o Peder.

Sua voz soou patética. Mais fraca do que queria. Não houve resposta.

– Olá, Peder – disse, por fim.

– Como estão as coisas?

Tossiu e tentou se acalmar. Alguma coisa lhe dizia que seu comportamento com ela tinha sido péssimo, mas dificilmente ele melhoraria as coisas fingindo nesse instante ser seu animal de estimação.

– Estão bem, obrigada – disse.

Ainda cautelosa.

– Então, queria saber se você pode me ajudar com uma coisa – disse, baixando a voz, extremamente nervoso por temer que Joar fosse perturbado o bastante para estar de espreita no corredor. Sentia o sangue correr por todo o corpo e nada diminuía sua agitação. Como conseguiu estragar tanto as coisas?

Escutou a risada de Joar no corredor. De súbito, voltou ao mundo real e começou de novo a pensar no colega que tanto o amargurava.

– Sim, estou ouvindo – disse Pia, com a voz suave.

– Joar Sahlin – disse Peder. – Sabe quem é?

Silêncio.

– Ele é novo aqui – continuou Peder –, e aparentemente trabalhou um bom tempo com a sua equipe. Tivemos alguns problemas e queria que alguém o investigasse para mim. Preciso saber se ele tem um passado negro.

Escutou um longo e profundo suspiro de Pia.

– Pelo amor de Deus, Peder.

– Mas não precisa perder muito tempo com isso – acrescentou rapidamente.

Ela deu uma risada seca e ele conseguiu visualizá-la balançando a cabeça, o cabelo loiro esvoaçando para os lados.

– Não precisa perder muito tempo com isso? – repetiu rispidamente. – Ora, muito gentil de sua parte.

– Eu não quis... – começou Peder, surpreso com a reação dela.

– Não se meta nisso, Peder – interpôs.

Ele piscou, transtornado, mas não teve tempo de responder.

– Você acha que não sei o que está tramando?

De repente, teve a sensação de que ela começaria a chorar.

– Não se meta, Peder – repetiu. – Não se meta.

Depois, as palavras que fizeram o tempo e o espaço congelarem:

– Joar é o primeiro homem com quem eu realmente consegui ter uma boa relação em anos. Estamos procurando um apartamento para morar juntos. Ele é um homem maravilhoso, um ser humano incrível. E aí você aparece e faz isso.

Pronto. A fúria explodiu, fervilhou por todo seu corpo quase a ponto de fazê-lo perder a cabeça. Estava trabalhando com aquele maldito psicopata havia semanas. E o tempo todo, *o tempo todo*, esteve do lado mais fraco. Joar tinha procurado a chefe do RH para falar dos croissants. Joar estava transando com sua ex.

– Você precisa superar isso e seguir adiante – suspirou ela, enquanto ele continuava em silêncio. – Para o seu bem.

A vergonha se apoderou dele. Ela jamais acreditaria se ele dissesse que não sabia que os dois eram namorados.

– Esqueça que eu liguei – sibilou, desligando o telefone.

Depois se sentou atrás da mesa e esperou a raiva passar.

Muhammad Abdullah havia ido para a Suécia mais de vinte anos atrás. O regime de Saddam Hussein tornara impossível sua vida no Iraque, disse ele para Fredrika e Alex depois de terem-no convencido a recebê-los em seu apartamento.

Havia bastante espaço para Muhammad e a esposa. Os filhos não moravam mais com eles.

– Mas os dois moram aqui perto – disse ele, feliz com o fato.

Sua esposa serviu café e biscoitos. Alex olhou em volta. Alguém teve bastante trabalho para combinar as cortinas com as toalhas de mesa e os quadros. Sentiu um cheiro adocicado que não conseguiu identificar.

Quando o homem pareceu mais tranquilo, Alex aproveitou a oportunidade.

– Só estamos de fato interessados em saber o que Jakob Ahlbin queria quando entrou em contato com você – disse, em tom amistoso.

Muhammad empalideceu.

– Não sei de nada – disse, balançando a cabeça. – Nada.

– Não acredito nisso – disse Alex, gentilmente. – Mas nós, da polícia, não achamos que você esteja envolvido no que aconteceu.

Ele tomou um pouco do café.

– Você e Jakob Ahlbin tinham muito contato? – perguntou Fredrika, cordial.

– Não – respondeu. – Só daquela vez. Ele me telefonou. Depois nos encontramos. Foi a única vez.

Alex sentiu o cheiro de informações relevantes. Melhor que isso, sabia que Muhammad também as considerava importantes. Mas estava com medo, muito medo.

Até que entendeu não haver escolha. Inclinou-se um pouco no sofá, e olhou ao redor, piscando os olhos.

– Era apenas um boato – disse, com a voz baixa.

– O que era boato? – perguntou Fredrika.

– Que havia um novo jeito de chegar à Suécia, se você precisasse de ajuda.

A esposa retornou com mais biscoitos. O silêncio só acabou depois que todos foram servidos.

– Você sabe como é hoje em dia – disse, hesitante. – Pode custar quinze mil dólares para chegar à Suécia. Muita gente que precisa fugir não tem tanto dinheiro. Quando cheguei aqui era diferente. A *Europa* era diferente, e as rotas não eram as mesmas. O filho de um amigo no Iraque me disse que estava vindo para a Suécia em condições diferentes.

Alex franziu a testa.

– Que condições?

– Outras condições – disse Muhammad. – Custaria menos e seria muito mais fácil conseguir um visto permanente.

Respirou fundo e tomou mais um gole de café.

– Mas eles eram muito exigentes.

– Quem?

– Os contrabandistas. Tinham regras muito duras e seria muito ruim para quem não as obedecesse. Ou contasse para alguém. Por isso não quis dizer nada. Não até que o filho do meu amigo estivesse aqui.

– Ele ainda não chegou? – perguntou Fredrika, cautelosa.

Muhammad balançou a cabeça.

– Um dia o pai dele me disse que ele tinha partido de manhã. Mas nunca chegou. Ou se chegou, deve estar escondido.

– Mas ele não deveria ter procurado a Agência de Migração? – perguntou Alex.

– Talvez tenha procurado – sugeriu Muhammad. – Mas não entrou em contato.

– Ele tinha família no Iraque? – perguntou Alex.

– Uma noiva – disse Muhammad. – Eles iam se casar, mas ele teve de sair às pressas. E não contou para ela que estava partindo.

– Você tem certeza que ele saiu de lá? – perguntou Fredrika. – Será que não aconteceu alguma coisa com ele no Iraque?

– Talvez – disse Muhammad, evasivo. – Mas não acho. Não é o que costuma ocorrer. As notícias correm rápido quando acontece alguma coisa com alguém. Se ele tivesse sido sequestrado ou algo do tipo, a gente saberia.

Alex refletiu sobre as informações.

– Por que Jakob telefonou pra você? Ele sabia que você tinha essa informação?

Muhammad franziu o rosto.

– Tenho alguns contatos – disse, cuidadoso, e Alex percebeu que havia tocado no ponto certo. – Era sobre eles que Jakob Ahlbin queria falar. Depois conversamos sobre o outro assunto. Eu que mencionei o fato pra ele.

– Jakob ainda não sabia?

– Não, eu que contei pra ele. Depois que recebi o telefonema, nós nos encontramos e contei tudo.

Muhammad pareceu quase orgulhoso.

– E esses contatos que você tem, quem são? – perguntou Alex, tentando manter o tom casual.

– Outras pessoas que querem vir para a Suécia – disse Muhammad calmamente, olhando para as mãos. – Não estou envolvido nesse negócio, só sei para quem podem telefonar.

Alex tinha colegas no DNIC que venderiam os próprios pais para saber da existência de pessoas como Muhammad, mas resolveu não falar nada. Eles teriam de descobrir sozinhos.

– Você acha que isso tem alguma coisa a ver com a morte de Jakob Ahlbin? – perguntou Muhammad, curioso.

A resposta de Alex foi curta e direta.

– Talvez, ainda não sabemos. E será ótimo se você não contar pra ninguém que estivemos aqui.

Muhammad garantiu segredo. E serviu-lhes mais café.

– Espero que seu amigo apareça – disse Fredrika na porta enquanto saíam.

Muhammad parecia preocupado.

– Sim, também espero – respondeu. – Pelo bem de Farah, pelo menos.

Fredrika parou de repente.

– Pelo bem de quem?

– Farah, a noiva dele. Ela deve estar fora de si em Bagdá, tenho certeza.

Suspirou, abatido.

– Como será possível alguém desaparecer assim da face da Terra?

ELES TINHAM MAIS UMA REUNIÃO NO COVIL antes do início do fim de semana. Peder e Joar ainda estavam transcrevendo o interrogatório quando Alex os chamou. Teve certeza de que se um olhar pudesse matar, Joar já estaria morto. Alex nunca viu tanto ódio num olhar quanto agora, nos olhos de Peder. O que será que aconteceu?

– Bom, o caso inteiro já está na imprensa – disse Alex, indignado. – E eles já tiraram suas próprias conclusões: o pároco não se matou, mas foi assassinado por extremistas por defender a questão dos imigrantes, a maior batata quente do momento.

Fez uma pausa.

– E então? Tony Svensson é o nosso cara?

– Acho que vale a pena investigá-lo – disse Joar, pensativo –, mas não acredito que Svensson tenha cometido os crimes. Há um monte de figuras interessantes em volta dele.

– Me dê um exemplo – disse Alex.

– Consegui algumas informações depois do interrogatório – disse. – Uma pessoa que conheço no DNIC me ajudou; eles estão de olho nesses caras há muito tempo porque suspeitam que façam parte de uma rede avançada de crime organizado. Svensson é o líder do grupo, e abaixo dele, ou no mesmo nível, há vários outros criminosos. Um deles é ladrão profissional, por exemplo. Com certeza seria capaz de entrar no apartamento de Ahlbin no meio da tarde sem ser percebido. E outro parece ser muito bom em receptação de armas.

– Mas o casal foi morto com a arma do próprio Jakob Ahlbin – disse Alex.

– É verdade – respondeu Joar. – Mas talvez tenham usado outras armas para ameaçá-los, uma vez dentro do apartamento.

Alex pensou e olhou para Peder. Certamente ainda não tinha escutado o conteúdo da fala de Joar.

– Peder, você também estava no interrogatório. Qual sua primeira impressão?

– Acho que tudo isso pode fazer sentido – disse, sucinto, e Alex pôde perceber a tensão manifestando-se em veias protuberantes em seu pescoço.

Peder se levantou e assentiu para Joar.

– Terminou então? Quero mostrar uma coisa pra vocês.

Uma imagem surgiu na tela branca atrás dele: o início de uma apresentação de slides que tinha preparado.

– Este é Ronny Berg – anunciou Peder, orgulhoso. – Ele é o desertor do Filhos do Povo com quem Jakob Ahlbin tinha tido uma discussão.

Triunfante, olhou fixamente para Joar.

– Resolvi conversar com ele durante a tarde – prosseguiu. – E ele me deu algumas informações.

– Você foi sozinho? – perguntou Alex.

Peder inspirou fundo.

– Sim – respondeu. – Não achei que seria problema.

Mas era um problema, e Alex sabia que Peder tinha ciência disso. Todos os interrogatórios precisavam da autorização prévia de Alex.

– Jakob Ahlbin impôs apenas uma condição a Ronny – prosseguiu Peder. – Que ele interrompesse imediatamente qualquer atividade criminosa em que estivesse envolvido. E aparentemente, isso era problemático.

– É mesmo? – disse Alex, levantando a sobrancelha.

– A política do grupo de apoio é muito restrita – disse Peder. – Eles se prontificam a ajudar quem quiser colocar a vida de volta nos trilhos, mas insistem para que as pessoas interrompam *todas* as atividades criminosas em que estiverem envolvidas. Foi isso que Tony Svensson quis dizer sobre Jakob ter pedido a Berg alguma coisa em troca.

Respirou fundo e exibiu a próxima imagem.

– Ronny Berg, antigo ladrão, tinha um roubo planejado que daria muito dinheiro e queria manter os colegas do grupo fora dos planos. Mas os Filhos do Povo descobriram e criaram confusão. Foi então que Berg resolveu deixar a organização e procurou ajuda do grupo de apoio, bancou o pecador arrependido e fingiu que não se identificava mais com o objetivo e a ideologia da organização.

– Eles acreditaram? – perguntou Fredrika.

– Totalmente – respondeu Peder. – No início, pelo menos. Até que os Filhos do Povo deduraram para a rede que seu novo protegido não estava tão disposto a abandonar o crime afinal de contas, e Jakob Ahlbin resolveu desistir dele.

– Então Berg voltou para o FP? – perguntou Alex.

– Não, de jeito nenhum – disse Peder. – Ele arriscou tudo no sonhado assalto e pretendia sair do país. Mas Jakob Ahlbin previu a ação e contou para um dos policiais da rede, que repassou a informação para os colegas.

Peder parecia satisfeito consigo mesmo.

– Onde ele está agora? – perguntou Fredrika, confusa.

– Aqui em Estocolmo, na penitenciária de Kronoberg – disse Peder.

– E ele contou a história toda? – perguntou Alex, admirado.

– Ele me contou até onde quis – disse Peder. – O resto eu escutei dos policiais que souberam do assalto através de Jakob.

Alex tamborilou na mesa com os dedos.

– O que Berg acha de Jakob Ahlbin atualmente? – perguntou.

– Ele odeia Jakob – disse Peder.

– E tem álibi para a noite do assassinato?

– Sim, já estava preso. No dia, o assalto à mão armada já tinha dado errado. Foi na quinta-feira, acho.

– Alguns dias antes de Jakob e a esposa serem encontrados mortos – disse Alex, pensativo. – Tempo suficiente para planejar um duplo assassinato e dar ordens de execução.

Peder balançou a cabeça.

– Em teoria, sim – disse. – Mas e na prática? Não, acho que não. Berg não tem esse tipo de rede. Principalmente agora, que não tem mais o apoio e a proteção do FP.

Fredrika olhava para o caderno com os olhos pesados, e Joar não movia um músculo sequer. Mas parecia estar rangendo os dentes, achou Alex.

– Não boto fé nisso – disse Fredrika com uma urgência na voz que Alex não escutava há muito tempo.

– Não bota fé em quê? – perguntou.

– Na hipótese dos extremistas – disse ela, com um novo foco nos olhos.

– É como eu lhe disse mais cedo, Alex, tudo parece aperfeiçoado demais. Não a entrada no apartamento e os tiros, mas o modo como foi feito. E ainda temos o histórico da doença de Jakob Ahlbin. Quem realizou o assassinato devia saber disso, o que fica claro pela suposta carta de suicídio.

Ela continuou:

– Se a gente parte do pressuposto de que foi um conhecido, tudo parece menos forçado. Daí não pareceria estranho que fossem deixados no apartamento, ou que não houvesse sinais de luta violenta.

– E explicaria a carta e o conhecimento da vida privada dos dois – acrescentou Peder.

– E qual seria o motivo, nesse caso? – questionou Alex, frustrado.

Fredrika o observou por um instante.

– Não sei. Mas acho que devemos analisar melhor a ligação entre Jakob Ahlbin e o homem atropelado na Frescativägen, Yusuf.

Um homem que eles finalmente conseguiram nomear e que tinha uma ligação indireta com Jakob Ahlbin. Jakob entrara em contato com Muhammad, que por sua vez conhecia Yusuf.

– Esse elo teria alguma coisa a ver com os extremistas? – perguntou Joar.

– Não pelo que sabemos.

– Mas Muhammad estava com medo – disse Fredrika, certa de si. – O filho de seu amigo veio para a Suécia e morreu antes de conseguir contatar a Agência de Migração.

– Tendo antes corrido para assaltar um banco – completou Peder.

– O que nos coloca no centro dessa teia confusa do assalto ao banco – disse Alex, fazendo uma careta.

Fredrika defendeu seu ponto de vista e demonstrou que ainda não tinha terminado.

"Lá vamos nós", pensou Alex. Finalmente ela se despertou.

– Tem mais uma coisa – disse ela.

Alex notou que Joar olhava para Fredrika. Ainda não tinha visto aquele lado da colega, concluiu Alex.

– Os e-mails – disse ela. – Acho que Svensson não mentiu quando disse que não os mandou.

Todos olharam para ela, ansiosos.

– Percebi quando li as mensagens de novo – continuou. – Desde o início eu achei um tanto inadequado que Svensson fizesse aquelas referências a Jó. Os e-mails que não foram enviados do computador dele tinham um tom diferente.

Alex parecia desconfiado.

– Quem mais teria acesso à conta de e-mail dele? – disse Alex. – O remetente é o mesmo, independentemente do computador de origem.

– Os e-mails enviados do computador de Svensson não foram mandados da conta pessoal dele – disse Fredrika. – São de uma conta à qual todos os membros do FP têm acesso. Isso quer dizer que muita gente deve ter acesso ao nome de usuário e à senha.

Folheou as cópias dos e-mails que levara consigo.

– Estou convencida disso – continuou. – Quem escreveu esses e-mails de outro computador tentou imitar o tom dos anteriores, mas não conseguiu. Há referências bíblicas em todos eles, mas nenhuma nos enviados do computador de Tony. Os e-mails do FP são muito mais grosseiros e diretos.

– Então você está dizendo o quê? – perguntou Alex, apoiando o queixo na palma de uma das mãos.

– Não tenho certeza – afirmou Fredrika. – Mas talvez outra pessoa soubesse das ameaças que Jakob já tinha recebido e as usou para dar consistência ao cenário de ameaça. Talvez assim não procuraríamos em outro lugar e ninguém seria rastreado. Mas Jakob percebeu, tenho certeza.

– Percebeu o quê? – perguntou Alex, parecendo mais irritado do que queria.

– Que as ameaças vinham de diferentes fontes. E que tinham a ver com coisas diferentes. Isso explicaria por que Jakob resolveu não dizer nada para Agne Nilsson sobre os últimos e-mails.

Fredrika afastou algumas mechas de cabelo que lhe caíram sobre o rosto.

– Nós podemos rastrear o e-mail enviado da Biblioteca de Farsta – disse ela. – Você precisa colocar o nome numa lista e mostrar a identidade antes de usar os computadores de lá. Começaram a fazer isso para inibir os usuários que acessavam sites pornográficos.

– Você pode verificar isso na segunda-feira, então – disse Alex para acabar a reunião, acrescentando: – E fiquem de olho no caso do homem atropelado na universidade. Quero saber o que o DNIC descobriu a respeito.

Fredrika assentiu e todos se levantaram, pois a reunião parecia ter acabado.

– Ótimo, chegou o fim de semana – declarou Alex. – Vamos para casa.

Casa. Foi tomado pela angústia quando pensou nos dois dias que o esperavam. Que droga, ele precisava tomar alguma decisão. Saiu do Covil sem dizer mais nada e caminhou lentamente até sua sala.

Queria que o filho telefonasse da América do Sul.

"Volte para casa", pediu mentalmente. "Sua mãe não tem sido ela mesma nas últimas semanas."

Fez força para engolir e tocou a cicatriz nas mãos. A América do Sul era longe demais.

Por fim, tomou uma decisão. Se Lena não lhe desse nenhuma explicação por si só até domingo, ele falaria de sua preocupação no início da próxima semana.

E na sombra de sua angústia particular, outra angústia, relacionada ao trabalho, tomava forma. Se não foi Tony Svensson que matou Jakob e Maria Ahlbin, quem pode ter sido?

A ESCURIDÃO, O FRIO E O CÉU NEGRO DA NOITE acolheram Fredrika quando saiu da delegacia, que os colegas chamavam de Casarão, para ir embora. Spencer só chegaria mais tarde; precisaria matar horas e horas de solidão.

"Preciso de um passatempo", pensou enquanto caminhava de Kungsholmen até seu apartamento, atravessando o Vasaparken. "E de mais amigos".

Nenhuma das duas coisas era verdade. Tinha mais amigos do que tempo para eles, e mais atividades ociosas do que deveria. Mas como começaram esses vazios de estrema solidão e inatividade? Fredrika pensava nisso havia anos e concluiu que a resposta na verdade era bem simples: ela nunca estava em primeiro lugar na lista de ninguém. Nunca era prioridade para as pessoas, e por isso, de tempos em tempos, sentia-se sozinha e abandonada quando a agenda dos amigos estava cheia e não tinham tempo para encontrá-la quando ela mais precisava de companhia.

Mas aquela noite era como outras, de outras épocas? Tinha sido sua decisão não marcar nada com ninguém enquanto estivesse esperando Spencer. Por outro lado, ninguém a telefonou.

O sentimento de solidão e desamparo cresceu bastante desde que engravidara. O cansaço e os pesadelos também influenciavam. Além daquela maldita dor que muitas vezes lhe dava vontade de gritar.

Chegou e encontrou o apartamento vazio e silencioso. Como adorou aquele lugar quando o encontrou. Janelas grandes permitiam uma imensa entrada de luz; o piso era de madeira polida. No fundo da cozinha, um quartinho de empregada que ela poderia transformar numa pequena biblioteca.

"Aqui eu renasci", pensou Fredrika.

As luzes deram vida ao apartamento à medida que as foi acendendo, uma a uma. Encostou a mão no aquecedor e percebeu que estava frio. Spencer sempre reclamava que o apartamento era frio demais. Ela gostava assim.

Spencer. Sempre Spencer. *O que significa o fato de sermos destinados a nos conhecer?*

O som do telefone tocando atravessou o apartamento. Sua mãe certamente pensava algo a respeito disso.

– Está dormindo melhor? – foi a primeira pergunta.

– Não – disse Fredrika. – Mas a dor passou. Pelo menos não senti nada hoje.

– Tive uma ideia – aventurou-se a mãe.

Silêncio.

– Talvez você se sinta melhor se voltar a tocar.

O tempo congelou por um instante enquanto Fredrika se afundava em memórias de acontecimentos anteriores ao acidente.

– Não falo em tocar muito – acrescentou a mãe, rapidamente. – Só um pouco, para ajudá-la a se sentir em harmonia consigo mesma. Você sabe que eu sempre toco quando não consigo dormir.

Houve uma época em que conversas desse tipo seriam naturais para Fredrika e sua mãe, uma época em que costumavam tocar juntas e fazer planos para o futuro de Fredrika. Mas isso foi antes do acidente. Agora sua mãe não tinha mais o direito de falar se ela deveria ou não tocar novamente, e entendeu sua posição quando a filha não respondeu.

Decidiu mudar de assunto.

– Nós precisamos conhecê-lo, Fredrika.

Firme, mas com um tom de súplica. Um pedido para fazer parte da vida da filha de novo.

Fredrika sentiu um baque.

– Eu e seu pai estamos realmente tentando aceitar a situação que você nos apresentou. Estamos tentando entender seu jeito de pensar e como planejou isso tudo. Mas nos sentimos excluídos, Fredrika. Além de você ter uma relação secreta com um homem há mais de dez anos, agora está esperando um filho dele.

– Não sei o que dizer – suspirou Fredrika.

– Você não, mas eu sei – respondeu a mãe, ríspida. – Traga-o aqui em casa. Amanhã.

Fredrika ponderou e concluiu que não podia mais manter Spencer e sua família separados.

– Vou falar com Spencer quando ele chegar à noite – prometeu. – E aviso vocês.

Sentou-se no sofá por um longo tempo, remoendo a questão fatídica que a assombrava havia tantos anos. Qual era o sentido de se apaixonar por um homem vinte anos mais velho e que, casado ou não, a deixaria muito antes que ela terminasse de viver a própria vida?

Junto da escuridão, do cansaço e do tédio, Fredrika escutou um chamado vindo de um lugar que ela havia trancado há anos.

"Toque", sussurrou a voz. "Toque."

Não conseguiria explicar o impulso que finalmente a colocou de pé, levou-a até a sala e a fez pegar o violino pela primeira desde que recebera a sentença depois do acidente. De repente lá estava ela com o instrumento, sentindo seu peso nas mãos, algo tão familiar e do qual ela sentia uma saudade infernal.

Isso era tudo que eu queria ser.

Quando Spencer chegou algumas horas depois, o instrumento já havia voltado para o estojo. Afinado e tocado.

Vieram buscá-lo tarde da noite, como em outros episódios do passado de que Ali se lembrava. Estranhos chegavam na escuridão e abriam uma porta que só ele deveria ser capaz de abrir. Estava estático na cama, enrolado nos lençóis, sem ter para onde ir. Até que ouviu a voz do homem, o sueco que falava árabe muito bem.

– Boa noite, Ali – disse a voz. – Está acordado?

É claro que estava acordado. Quanto tinha dormido desde que deixara o Iraque? Seu palpite era de que, somando-se todas as horas, o resultado não seria maior do que dez.

– Estou aqui – disse, levantando-se da cama.

Entraram no quarto, todos juntos. A mulher não estava com ele dessa vez, mas o homem estava acompanhado de outros dois, que Ali ainda não conhecia. Sentiu-se envergonhado, só de cueca. E meias, pois seus pés estavam constantemente frios. Tinha deixado de se preocupar com o ar esfumaçado do apartamento. O cheiro de tinta fresca que o envolvera quando chegou ao apartamento não existia mais.

– Vista suas roupas – disse o homem, sorrindo. – Você vai ficar em outro lugar até domingo.

Sentiu o alívio passar por todo o corpo. Ele ia sair dali, finalmente. Sentir o frio no rosto, respirar ar fresco. Mas a notícia também o pegou de surpresa. Ninguém tinha mencionado uma mudança de acomodações.

Olhou para o relógio enquanto vestia a calça jeans e a blusa. Era quase meia-noite. Os homens andavam pelo apartamento como almas penadas. Escutou o barulho deles na cozinha, abrindo armários e geladeira. A comida tinha acabado. Teve a esperança de haver outras coisas para comer no novo lugar.

Desceram as escadas, primeiro o sueco que fala árabe, depois Ali e os outros. Seguiram até a calçada. Ali levantou a cabeça e sentiu a neve cair-lhe nos olhos. "Neva muito nessa parte do mundo", pensou.

Dessa vez o carro era grande, mais parecido com um micro-ônibus. Ali se sentou no fundo entre os dois estranhos. Os homens colocaram no porta-malas a bolsa que ele havia recebido antes. Um deles usava um sobre-tudo comprido e Ali pensou consigo que o homem se parecia com tipos que ele via nos filmes. A aparência do outro era pavorosa: seu rosto tinha uma deformação estranha. Era como se alguém o tivesse cortado bem no meio com uma faca e depois costurado. O homem sentiu que Ali o olhava e virou levemente o rosto, dando de cara com ele. Instintivamente, desviou o olhar.

Passaram por um lugar em que todos os prédios de apartamentos eram iguais. Depois seguiram até uma via onde os carros andavam mais rápido. Ali olhou para a direita, depois para a esquerda. E de repente olhou de novo para a direita. Estava distante, mas claramente visível. Algo que parecia uma bola de golfe gigantesca, acesa como um templo.

– O Globo – disse o homem ao lado.

Ali voltou a olhar para a frente. Com que frequência andamos num carro sem saber para onde vamos?

A noite envolvia o veículo. Sentiu as pálpebras pesadas.

"Não vai demorar", pensou, exausto. "Não vai demorar para que eu chegue ao fim dessa jornada interminável."

BANGKOK, TAILÂNDIA

ELES NÃO PODIAM FORÇÁ-LA a se entregar à polícia. Mas também não podiam lhe oferecer proteção. Depois de aconselhá-la a procurar imediatamente as autoridades locais, eles a jogaram na rua. Ela correu como nunca havia corrido, indo aleatoriamente na direção da Sukhumvit. O esforço foi muito pesado. Sem comer e beber, e com a temperatura beirando os quarenta graus, conseguiu avançar apenas algumas quadras até parar, tentando se localizar. Estava desorientada; não tinha ideia de que direção tomar.

"Alguém", pensou ingenuamente, "alguém, não importa quem, deve ser capaz de testemunhar sobre quem eu sou."

Seus planos haviam escorrido pelo ralo. Não se tratava mais de uma questão de escolher entre amigos e familiares e ponderar em quem poderia confiar. Agora ela precisava de toda ajuda que pudesse conseguir.

Seus joelhos não aguentaram e ela se jogou na calçada. Tentou se prender ao último fio de pensamento racional.

"Pense, pense, pense", gritava consigo mesma. "Qual é o problema principal?"

A falta de dinheiro era grave, mas resolvível. A perda das informações de contato das pessoas mais próximas e queridas, agora que não tinha acesso ao telefone celular e ao e-mail, era pior. Mas havia outras formas de conseguir números de telefone, e ela podia abrir outras contas de e-mail.

A prioridade era entrar em contato com o pai. Talvez ele também estivesse correndo perigo.

Seus olhos se encheram de lágrimas ao pensar no pai. Por que não atendia ao telefone? E a mãe? Para onde os dois tinham ido?

Contou o dinheiro que tinha no bolso. Tinha bahts suficientes para meia hora de internet e alguns telefonemas internacionais.

"E é isso, não tenho mais nada", pensou, tentando acalmar a onda de pânico crescente que ameaçava tomar conta de si.

O proprietário da cafeteria era um homem gentil que servia café enquanto os clientes usavam o computador. Ela foi rápida e eficaz. Encontrou o número do telefone de algumas pessoas em quem confiava e os anotou. Abriu a página do Hotmail e criou uma nova conta. Depois de pensar um pouco, resolveu não usar seu próprio nome no endereço e escolheu um pseudônimo mais enigmático. Seus dedos se moviam ágeis pelo teclado, escrevendo uma mensagem breve e concisa para o pai. Enviou-a para seus dois e-mails, o particular e o da igreja. Ficou em dúvida se falava com o amigo que não retornara sua ligação. Seria um erro descartá-lo nesse momento? Seus pensamentos fervilhavam como um enxame de abelhas em sua mente cansada. Escreveu-lhe algumas palavras:

Preciso urgente de ajuda. Entre em contato com a embaixada sueca em Bangkok e envie um fax com cópia da minha identidade e passaporte.

Quando terminou de escrever, sentiu um impulso que não conseguiria explicar. Acessou a página de um jornal sueco. Talvez para se sentir mais próxima de seu país por um instante, talvez para se sentir menos uma fugitiva.

Mas não teve nenhuma das duas sensações quando o site abriu e lhe mostrou a notícia de que os pais haviam sido encontrados mortos três dias antes, e que a polícia não descartava a hipótese de assassinato. De maneira mecânica, convencida de que o que lia não podia ser verdade, começou a clicar em várias notas anteriores. "Possível suicídio", "histórico de problemas mentais", "devastado pela morte da filha". Sua mente parou de funcionar. Rapidamente ela abriu a página de outro jornal. Depois de outro. Ragnar Vinterman era citado em várias matérias. Estava transtornado e muito triste, disse que a igreja tinha perdido uma de suas principais figuras.

O grito que tentava se projetar para fora dos pulmões ficou preso na garganta. Sentiu que ia sufocar. As manchetes a atingiram de frente com a força de um caminhão desgovernado, que não consegue parar no sinal vermelho e avança, chocando-se com um veículo muito menor. O pavor tomou conta de todos os seus poros, fazendo-a arrepiar de frio, apesar do calor.

"Cuida de mim", implorou em silêncio, desesperada. "Me tira desse pesadelo."

Palavras desconectadas passavam-lhe pela cabeça, formando orações que ela fazia com os pais quando criança e que, naquele instante, fizeram-na ter vontade de se ajoelhar diante do computador.

"Não chore", sussurrou para si mesma, sentindo o rosto flamejar e os olhos umedecerem. "Por Deus, não comece a chorar. Se começar, não vai conseguir parar."

Seu desespero para respirar a levou diretamente para a rua, onde inalou o ar poluído e superaquecido da cidade.

Voltou para o cybercafé um minuto depois. Sentou-se na frente do computador. O proprietário parecia incomodado, mas não disse nada. Leu mais duas matérias. "Jakob Ahlbin supostamente soube da morte da filha no final de semana..." Ela balançou a cabeça. Impossível. Coisas assim não acontecem. Perder a família inteira de uma vez só.

Com as pernas trêmulas, dirigiu-se ao balcão e pediu para usar o telefone. Imediatamente. *Emergência. Por favor, rápido.* Ele entregou o gancho para ela, insistindo em ajudá-la a completar a ligação.

Ela passou o número, um dígito por vez. O número que há muito tempo não discava, mas nunca se esquecia.

Irmã, minha irmã querida...

Chamou, chamou, sem resposta. Até a secretária eletrônica se fazer ouvir: a voz que lhe trazia lembranças inacreditavelmente distantes. Não conseguiu conter as lágrimas. Entre todos os pensamentos que fluíam na sua cabeça, apenas um se mantinha: de que talvez não tivesse lido direito as notícias e por isso não entendeu quem supostamente morreu. Quando ouviu o sinal para deixar um recado, estava soluçando:

– Por favor, por favor, atenda se estiver ouvindo.

SÁBADO, 1º DE MARÇO DE 2008

ESTOCOLMO

A CONSCIÊNCIA DE QUE A IDADE começava a pesar surgiu à noite e o acordou cedo. Nunca tinha sido perseguido por pensamentos desse tipo, portanto não sabia como lidar com eles. Começou com a esposa dizendo que suas linhas de expressão na testa haviam se transformado em sulcos. E que o cabelo grisalho estava ainda mais branco. Uma olhada no espelho confirmou o veredito: estava envelhecendo rápido. E junto com a palavra *envelhecer* veio a palavra *medo*.

Sempre fora muito seguro de si. Seguro em relação a tudo. Primeiro quanto a aonde os estudos o levariam. Depois em relação à carreira. E à escolha de sua esposa. Ou será que *ela o* escolheu? Quando as coisas estavam bem, algo cada vez mais raro, os dois costumavam discutir amistosamente a questão.

Pensar na esposa afastou temporariamente as ideias sobre envelhecer. Talvez isso revelasse alguma coisa sobre o nível de sua ansiedade em razão dos problemas no casamento. Os dois se conheceram no meio do verão, pouco depois de completarem vinte anos. Dois jovens ambiciosos com uma vida toda pela frente, imaginando que compartilhariam tudo. Os interesses dele eram dela, os valores dela eram dele. Tinham uma sólida plataforma sob seus pés. Lembrou-se disso no decorrer dos anos, quando não conseguia encontrar uma única razão racional de ter escolhido a esposa como companheira de vida.

Por mais que a relação tivesse chegado a um momento crítico, eles ainda riam juntos de vez em quando. Mas o limite entre o riso e as lágrimas era frágil, e os dois silenciaram-se de novo. Voltaram ao ponto de partida.

Os problemas começaram na época em que ele conheceu o sogro. Ou talvez tenha sido só nessa época que ele veio a conhecer a esposa de fato. De todo modo, a conclusão era a mesma: jamais devia ter aceitado aquele maldito empréstimo. Jamais.

Por mais que sentissem, na juventude, que tinham muito em comum, certamente havia coisas sobre as quais eles discordavam. E quase sempre, como acontecia agora, tinha a ver com dinheiro; ou com a falta de dinheiro e a exigência da esposa de viver de acordo com sua posição de vida e ser sustentada pelo marido, mesmo que planejasse trabalhar. Dinheiro era uma coisa que ele nunca teve ou mesmo cobiçou. Nem quando criança, nem quando jovem. Parecia que a falta de dinheiro seria seu infortúnio, e a mulher que pensava amar escolheria outra pessoa.

O sogro, no entanto, sabia tanto do senso de prioridades da filha quanto da confusão financeira do genro, e propôs uma solução simples para um grande dilema: o genro podia aceitar um empréstimo para comprar a casa e tudo estaria resolvido.

Parecia uma grande ideia. O dinheiro foi discretamente transferido para sua conta e, também discretamente, os dois fizeram um plano de pagamento. Nada foi dito para a noiva. Revelou-se que, ao assinar a nota promissória, ele estava hipotecando a própria vida. A nota veio acompanhada de um estrito acordo pré-nupcial. Quando o amor acabou e a primeira crise tornou-se realidade, o sogro teve uma conversa séria com ele. O divórcio estava fora de questão. Se se separasse, teria de pagar imediatamente o empréstimo e não teria direito à sua parte na propriedade. Quando disse estar preparado para isso, o sogro detonou a bomba que guardara desde o início.

– Eu sei do seu segredo – disse.

– Não tenho nenhum segredo.

Uma única palavra:

– Josefine.

E esse foi o fim da discussão.

Suspirou profundamente. Por que esses pensamentos desprezíveis sempre apareciam no meio da noite? Na hora em que todo ser humano, se quisesse dormir, precisava se livrar de pensamentos mal escondidos.

Olhou para a mulher adormecida ao seu lado como se fosse sua esposa. Mas não era. Não enquanto continuasse agarrado a medos antigos. Mas ela estava carregando um filho seu, e por isso faria tudo certo. Ou pelo menos, o mais certo possível. O amor sempre existiu entre os dois e ele perdia o ar quando pensava no quanto a amava, e há quanto tempo a amava, embora raras vezes tenha verbalizado o que sentia. Como se tivesse medo de que tudo desabasse se ele dissesse o quanto ela era importante para ele. Se não tivessem se conhecido e a vida não tivesse acontecido como aconteceu, ele não teria suportado. Para ele, isso estava bem claro.

Mas e o futuro? Impossível dizer. Impossível.

Alguém dissera uma vez que não há nada mais solitário do que se relacionar com a pessoa errada. Poucas pessoas sabiam disso melhor do que o homem que é privado de seu sono. Com a mente e a alma inflamadas por pensamentos obscuros, ele estava deitado ao lado da mulher que, para ele, era o grande amor de sua vida. Delicadamente, beijou-a no ombro.

Havia uma luz na vida de Spencer Lagergren, afinal. E amor. Seu nome era Fredrika Bergman.

Uma memória de outros tempos veio-lhe à mente. A consulta obrigatória com um psicólogo quando se candidatou para trabalhar no exterior.

Psicólogo: Qual a pior coisa que poderia lhe acontecer hoje?
Alex: Hoje?
Psicólogo: Sim, hoje.
Alex: [Silêncio]
Psicólogo: Não pense demais, diga algo espontâneo.
Alex: Perder minha esposa, Lena. Acho que essa seria a pior coisa.
Psicólogo: Vi no seu formulário que você tem dois filhos, de quatorze e doze anos.
Alex: Sim, também não quero perder nenhum dos dois.
Psicólogo: Mas não foram eles que lhe vieram à mente quando fiz a pergunta.
Alex: Não, não foram. Mas isso não quer dizer que eu não ame meus filhos. Só que é um amor diferente.
Psicólogo: Tente explicar.
Alex: Filhos são algo que a gente toma emprestado. E a gente sabe disso desde o início. Eles não foram feitos para ficar com a gente em casa eternamente. O objetivo da minha presença na vida deles é prepará-los para cuidarem da própria vida. Com Lena não é assim. Ela é "minha" de um modo totalmente diferente. E eu sou dela. Vamos estar sempre juntos.
Psicólogo: Sempre? É isso que você acha hoje?
Alex (enfático): É o que sempre achei. Desde que nos conhecemos. Vamos estar sempre juntos.
Psicólogo: E pensar nisso lhe dá segurança ou ansiedade?
Alex: Segurança. Se eu acordasse amanhã e Lena não existisse mais, eu não conseguiria continuar. Ela é minha melhor amiga, a única mulher que amei incondicionalmente.

Alex engoliu seco. Por que era tão difícil descobrir o que estava errado? Todo dia era a mesma história. Ela se esquivava quando ele tentava olhá-la nos olhos e recuava quando a tocava. Dava aquela risada alta e sem alegria e ia dormir inacreditavelmente cedo.

Esperava que algumas horas de trabalho pudessem ajudá-lo a se distrair.

Deu de cara com o corredor deserto ao sair do elevador. Caminhou arrastado até sua sala e afundou-se na cadeira giratória. Folheou aleatoriamente as pilhas de papel sobre a mesa.

O caso tinha sido publicado na capa de um portal de notícias no dia anterior; agora Alex percebeu que a notícia havia se espalhado para os principais jornais diários. "Mas que merda quando essas informações vazam!", pensou. E não fazia diferença se o círculo de trabalho fosse fechado; sempre tinha alguém que, por acaso, escutava alguma coisa que não devia.

A situação piorou ainda mais quando o promotor decidiu, na noite anterior, que Tony Svensson não podia continuar detido, tendo em vista as informações que Ronny Berg dera a Peder sobre Jakob Ahlbin.

– Não temos provas técnicas, nenhum motivo, nada que se sustente para mantê-lo detido por ameaça – resumiu o promotor, aborrecido. – A não ser que você consiga provar que ele também mandou as mensagens dos outros computadores.

– Mas talvez ele tenha enviado e-mails de outros computadores só para dizer depois que não foi ele. Talvez tenha dado um tom diferente aos e-mails justamente porque sabia que assim conseguiria se safar.

– Pode ser, mas o ônus da prova continua sendo seu. E você não tem a prova.

Frustrado, Alex leu a decisão do promotor. Não, eles não conseguiram provar nada. Mas não fazia diferença, ainda tinha alguma coisa muito suspeita no caso. A pergunta era: o quê?

"Alguma coisa nesse grupo extremista tem conexão direta com a morte do casal Ahlbin", pensou Alex. "Mas não sei o que é."

Insatisfeito, seguiu adiante. A arma do crime era relevante. Fazia parte da coleção de armas de fogo que Jakob Ahlbin mantinha na casa de férias transferida para o nome das filhas alguns anos antes. Não havia motivos para supor que a pistola de caça tivesse sido separada do resto da coleção, então ela deve ter sido retirada da casa em algum momento. Ou pelo próprio Jakob Ahlbin, ou pela pessoa responsável pelos disparos. Jakob era o único da família que tinha porte de arma. E seu único armário de armas ficava na casa de férias.

Será que Jakob retirou a arma de lá porque se sentia ameaçado? Alex achava que não. Ninguém parecia levar a sério as ameaças de Tony Svensson.

Mas outras coisas ainda precisavam ser explicadas. Apanhou uma pilha de fotografias que tiraram do lado de fora da casa em Ekerö.

Nenhum dano à propriedade. Nenhuma marca na neve, nenhuma pegada ou marcas de pneu.

Alex sentiu o pulso acelerar. *A neve impecável.* Já nevava havia duas semanas. A neve cobria o chão desde então; estava muito frio. Quando ele e Joar estiveram na casa na quinta-feira, não havia marca nenhuma.

Obviamente havia caído neve nos dias anteriores, mas não o suficiente para esconder pegadas ou marcas de pneu. Então a arma deve ter sido retirada de lá antes de Jakob Ahlbin saber da morte da filha, antes de ter motivos para se matar. O que isso significava? Alex hesitou. Se a equipe pensasse que a pistola tinha sido retirada de Ekerö para matar Jakob e a esposa, não seria lógico concluir que Jakob não o fizera?

Mas, nesse caso, quem pegou a arma devia ter acesso às chaves, pois não havia indícios de arrombamento. Ou a pessoa era um ladrão tão experiente que se deu ao trabalho de fechar todas as portas ao sair. Isso o levava de volta aos colegas de Tony Svensson.

E havia a filha, Johanna. Que dera a trágica notícia para o pai e fugira para o exterior. Que desaparecera como um fantasma de todas as fotos de família na casa em Ekerö. E que não respondia e-mails, nem atendia ao telefone.

Passos no corredor despertaram Alex de seus pensamentos. De repente, Peder apareceu na porta.

– E aí? – disse Alex, surpreso.

– Olá – respondeu Peder. – Imaginei que não teria ninguém aqui.

– Eu também – disse Alex, seco. – Estou revendo o material do caso Ahlbin.

Peder suspirou.

– Achei que devia fazer a mesma coisa – disse, evitando os olhos de Alex. – Ylva está com as crianças, então...

Alex assentiu. Havia muitas pessoas problemáticas na repartição. Com frequência faltava energia para dividir entre a família e o trabalho. E com frequência todos optavam por priorizar o último.

Limpou a garganta.

– Acho que precisamos falar com Ragnar Vinterman de novo – disse ele. – Quer me acompanhar?

Peder assentiu, ávido.

– Claro – disse. – E o casal Ljung, que encontrou os corpos na terça?

– O que tem eles?

– Devíamos falar com eles também. Sondar a diferença de opinião que fez a relação entre eles esfriar.

Alex sentiu alívio. Haveria bastante coisa para mantê-lo ocupado o sábado inteiro.

– Por sinal, alguém conseguiu falar com o médico de Jakob Ahlbin? – perguntou Peder enquanto Alex se levantava para vestir o casaco.

– Ah, sim! – disse. – Ele telefonou ontem, já tarde. Estava fora da cidade, tinha acabado de chegar. Disse que mandaria os prontuários por fax.

Peder foi conferir o aparelho de fax na sala de Ellen. Voltou com uma pilha de papel.

Desculpem-me por não estar disponível. Por favor, entrem em contato comigo imediatamente no celular abaixo. Preciso falar sobre esse assunto com a polícia o mais rápido possível.

Atenciosamente, Erik Sundelius.

Peder sentiu o corpo esquentar por baixo da roupa de frio.

– Vamos para o carro – disse Alex. – Telefono pra ele no caminho.

Erik Sundelius atendeu o telefone no segundo toque. Por educação, Alex pediu desculpas por ligar tão cedo. Ainda não era dez da manhã, muita gente ainda devia estar dormindo.

Sundelius pareceu bastante aliviado por conseguir falar com a polícia.

– Finalmente – exclamou. – Tentei entrar em contato com você assim que cheguei em casa e vi as notícias. Espero que possamos nos ver pessoalmente para conversar. Mas há uma coisa que preciso dizer de imediato.

Alex esperou.

– Fui responsável pelo tratamento de Jakob Ahlbin durante doze anos – disse Erik Sundelius, dando um longo suspiro. – Posso dizer com toda honestidade que não existe a menor chance de ele ter feito o que os jornais dizem que fez. Jamais atiraria em si mesmo ou na esposa. Você tem minha palavra como profissional.

PELA PRIMEIRA VEZ EM MESES, Fredrika sentia-se descansada ao acordar. Não teve nenhum pesadelo durante a noite. Acordou cedo, por volta das sete. Spencer dormia ao seu lado. E o violino estava guardado no estojo, no chão, afinado. A manhã parecia abençoada de muitas maneiras.

Ele estava muito atraente, ali deitado. E mesmo na cama, parecia extraordinariamente alto. O cabelo grisalho, geralmente penteado com perfeição, estava desgrenhado.

Aconchegou-se embaixo do edredom, pressionando o corpo contra o dele. Sentiu um nó no estômago ao pensar no jantar com seus pais. Spencer concordou em conhecê-los.

– Vai ser um teste – murmurou ele, pouco antes de adormecer.

Como se tivesse nos ombros o peso do destino de Jó.

A cadeia de ideias de Fredrika foi interrompida, pois involuntariamente começou a pensar no trabalho. No caso Ahlbin e no último e-mail que Jakob recebera antes de morrer.

Não se esqueça de como tudo acabou para Jó; sempre dá tempo de mudar de ideia e fazer a coisa certa. Pare de procurar.

Feliz porque os assuntos de trabalho afastaram-lhe da cabeça o receio sobre o jantar com os pais, Fredrika levantou-se cuidadosamente da cama. Grávida ou não, seu corpo era bastante flexível.

O bebê espreguiçou, um protesto silencioso aos movimentos súbitos da mãe.

A Bíblia ficava no meio da estante, fácil de ser localizada por causa da lombada vermelha com letras douradas. Surpresa com o peso nas mãos, sentou-se e começou a folheá-la. Jó, o homem com um livro só seu dentro da Bíblia.

O texto era desafiador. Longo e escrito de uma maneira que exigia a interpretação constante do verdadeiro significado das palavras. A história em si era simples. O demônio desafia Deus, que considerava Jó a pessoa mais honrada do mundo. Não surpreende que Jó seja honesto, diz o diabo, já que Deus dera-lhe uma vida de poucas preocupações. Deus então dá ao diabo o direito de roubar a riqueza, a saúde e os dez filhos de Jó para mostrar que ele continuaria sendo fiel.

"Caramba. O Antigo Testamento é cheio de histórias inexplicavelmente sádicas", pensou.

Jó superou as adversidades muito bem, pelo que se viu. Permitiu-se sentir dúvida sobre o que motivara as maldades de Deus, mas desculpou-se depois. E foi generosamente recompensado. Deus lhe deu o dobro do gado que ele já possuía e vinte crianças para substituir as dez que Ele deixara o diabo levar.

"Bem está o que bem acaba", pensou Fredrika, irônica.

E repetiu para si própria a mensagem que Jakob havia recebido:

... *sempre dá tempo de mudar de ideia e fazer a coisa certa.*

Queimou os neurônios para entender o que significava aquilo à luz do que acabara de ler sobre o destino de Jó.

"Jakob Ahlbin não era como eu", pensou. "Não precisava ler a Bíblia para entender o que o remetente queria dizer. E o remetente também sabia disso.

Levantou-se e começou a andar pela sala. A pergunta era: quão familiarizado o remetente era com a Bíblia? Se o e-mail fosse lido com cuidado, podia ser interpretado como uma oferta de negociação. Uma chance para mudar de ideia e fazer a coisa certa. Jó teve dúvidas, mas pediu desculpas. E foi recompensado.

Fredrika parou no meio de uma passada.

Eles deixaram aberta a possibilidade de um acordo até na última mensagem. E Jakob Ahlbin não aceitou. Recusou-se a prestar atenção no alerta para que parasse de procurar.

Mas o que ele estava procurando? E como sabiam que ele não queria negociar? A investigação mostrou que Jakob Ahlbin não respondeu nenhum dos e-mails que recebera.

Ele deve ter sido contatado de outra maneira.

Fredrika se concentrou. E lembrou-se de que haviam encontrado as impressões digitais de Tony Svensson na porta de Jakob.

Alex resolveu que primeiro veriam Erik Sundelius, depois iriam para a casa de Ragnar Vinterman.

Erik Sundelius, principal psiquiatra do Hospital de Danderyd, em Estocolmo, atendeu-os em seu escritório: era um cômodo pequeno, mas decorado de modo a maximizar o espaço. As prateleiras compactas ao longo de uma parede estavam abarrotadas de livros. Na parede atrás da mesa, uma fotografia ampliada em tons de marrom de um cruzamento movimentado, com carros parados no sinal vermelho.

– Cidade do México – descreveu o psiquiatra, seguindo o olhar de Alex. – Eu mesmo a tirei alguns anos atrás.

– Muito bonita – disse Alex, assentindo.

Perguntou-se se aquela era a sala onde atendia os pacientes.

– Aqui é meu escritório. O consultório fica do outro lado do corredor – disse o médico, prevendo a pergunta.

Afundou-se na cadeira.

– Mas devo admitir que o meu contato com pacientes tem sido muito pequeno nos últimos anos. Infelizmente.

Alex olhou para ele. Sua experiência com psicólogos e psiquiatras era curta, e seu julgamento de como devia ser a aparência de profissionais dessa área baseava-se amplamente em ideias preconcebidas; em muitos aspectos, no entanto, Erik Sundelius não se parecia em nada com o que ele tinha imaginado. Parecia mais um clínico geral, com o cabelo impecável, partido de lado.

– Jakob Ahlbin – disse Alex, sério. – O que pode nos dizer sobre ele?

A expressão do homem do outro lado da mesa entristeceu-se. Olhou primeiro para Alex, depois para Peder.

– Que era o doente mais saudável que já conheci.

Erik Sundelius inclinou o corpo para a frente e apoiou as mãos sobre a mesa, uma em cima da outra, como se pensasse por onde continuava.

– Ele tinha suas fases ruins – disse. – Muito ruins, na verdade. Severas o suficiente para que fosse tratado com eletrochoques.

Peder se contorcia só de mencionar tratamento com eletrochoques; mas, para o alívio de Alex, ele não fez comentários.

– Nos últimos três anos, achei que começava a notar uma mudança – continuou o psiquiatra. – Parecia que ele tinha tirado um peso das costas, de alguma maneira. Ele sempre se preocupou com a questão dos refugiados, mas acho que a procura crescente por suas palestras deu-lhe uma nova maneira de fazer algo pela causa que significava tanto para ele. Uma vez fui assisti-lo. Ele era brilhante. Escolhia com cuidado suas batalhas e ganhava as que tinha que ganhar.

Um leve sorriso brotou no rosto de Alex, enrugando-lhe a testa.

– Poderia dar um exemplo dessas batalhas? Acho que nesse caso temos pouquíssimas informações dessa área.

Erik Sundelius suspirou.

– Bom, por onde começo? Desnecessário dizer que sua posição radical sobre a questão dos imigrantes irritava alguns grupos na sociedade. E também afetava sua família e as relações profissionais.

Peder, que estava fazendo anotações, ergueu os olhos.

“Sven Ljung”, pensou Alex imediatamente. O homem que encontrou Jakob e a esposa mortos.

– O aspecto mais preocupante, sem dúvida, era o impacto de seu trabalho na relação com a filha mais nova – disse Erik Sundelius.

– Johanna? – perguntou Alex, surpreso.

O psiquiatra assentiu, aborrecido.

– Jakob odiava não ser capaz de colocar nos trilhos a relação com a filha.

As fotografias na casa em Ekerö. A filha mais jovem não aparecia na sequência de fotos de família.

– Johanna Ahlbin deu as costas para o pai quando ele levou aqueles refugiados para a igreja? – perguntou Alex.

– Não, antes disso, pelo que sei. As opiniões dela sobre o assunto eram bem diferentes das ideias do pai, o que inevitavelmente gerou um conflito.

– Soubemos que Johanna se distanciou da família porque não era religiosa como eles – disse Peder.

– Sim, esse era outro problema – confirmou Erik Sundelius. – Jakob era muito feliz por ter sua filha mais velha, Karolina, como apoiadora dedicada de sua campanha para ajudar os refugiados e como alguém que compartilhava da crença dos pais, mesmo que não fosse tão devota quanto eles. Jakob a mencionava com frequência nas sessões, falava do prazer que tinha em relação ao que Karolina se tornara.

Alex ergueu as sobrancelhas e percebeu que Peder estava tenso.

– Mas imagino que a relação com Karolina devia ser um peso muito grande para Jakob Ahlbin, tendo em vista sua condição – disse.

O médico franziu a testa.

– Como assim?

– Estou falando do fato de ela ser viciada em drogas.

Por um momento, Erik Sundelius deu a impressão de que cairia na gargalhada, mas voltou a ficar sério.

– Viciada? Karolina?

Balançou a cabeça.

– Impossível.

– Infelizmente, não – disse Alex. – Vimos o resultado da autópsia e a certidão de óbito. O corpo continha traços de abuso de drogas de longa data.

Erik Sundelius olhou seriamente de Alex para Peder.

– Desculpe, você quer dizer que ela está morta?

O médico claramente não tinha lido as reportagens com muita atenção. Alex resolveu informá-lo sobre o caso. Falou de como o corpo foi encontrado, sobre a carta de suicídio supostamente escrita por Jakob Ahlbin, e deu a notícia da morte da filha, que aparentemente o havia levado a atirar na esposa e depois em si mesmo.

Erik Sundelius ouviu em silêncio. Quando abriu a boca, tinha a voz trêmula, como se de raiva ou pesar. Outra vez pareceu que cairia na gargalhada.

– OK – disse, colocando as mãos sobre a mesa. – Deixem-me entender esse caso parte a parte. Primeiro, posso ver a cópia da carta de suicídio que Jakob deixou?

Alex assentiu, pegando o papel na bolsa.

Erik Sundelius leu a mensagem datilografada e olhou para a assinatura à mão. Depois soltou o papel como se fosse se queimar.

– A assinatura é de Jakob. Mas o resto...

Alex abriu a boca para dizer alguma coisa, mas o médico levantou a mão.

– Deixe-me terminar – disse. – Jakob foi meu paciente durante muitos anos. Acreditem em mim, essa carta *não foi* escrita por ele. Não tem nada de verdadeiro na carta, nem o tom, nem o conteúdo. Mesmo que passasse pela cabeça dele fazer o que diz a carta, ele não diria dessa maneira. A quem a carta se dirige? Não foi escrita para ninguém. Johanna, talvez, ou algum amigo. Palavras vazias para qualquer pessoa.

Parou para respirar.

– Como disse antes, vocês precisam acreditar quando digo que Jakob não faria isso. Vocês estão cometendo um erro enorme se pensarem desse jeito.

– Você não acha que ele poderia ter feito depois de saber que a filha estava morta?

Nesse momento, Erik Sundelius não conseguiu mais se conter. O riso que vinha se formando explodiu numa gargalhada.

– Absurdo – disse, rindo. – Tudo isso é um absurdo.

Pegou a carta de novo, tentando se controlar.

– Quero enfatizar isso: *se* Jakob tivesse sabido da morte de Karolina, ele jamais teria escondido a notícia da esposa. E teria me procurado, ele sempre me procurou quando alguma coisa o perturbava mentalmente. Sempre. Ouso dizer que, nesse aspecto, ele confiava incondicionalmente em mim.

– Você está falando como se tivéssemos todos os motivos para duvidar de que ele sabia da morte da filha – comentou Alex.

O médico jogou o papel sobre a mesa.

– É exatamente o que estou fazendo – disse. – Karolina esteve aqui algumas vezes com o pai. Bem como a mãe dela.

– Como paciente? – perguntou Alex, desconcertado.

– Não, não – disse Erik, olhando para eles. – De jeito nenhum. Só para apoiar o pai. Ela sempre se mantinha informada sobre como ele estava e a que tratamento estava sendo submetido. Para mim é inconcebível que ela usasse drogas há dez anos sem que eu percebesse.

Alex e Peder trocaram olhares.

– Mas – disse Peder –, temo dizer que não há fundamento para discutir isso. Quer dizer, a morte da moça pode ser verificada. E temos o relatório da autópsia, assinado por um médico que conversou com uma pessoa da nossa equipe.

– Quem identificou o corpo? – perguntou Erik Sundelius, esfregando os olhos.

– A irmã, Johanna – respondeu Alex. – Ela encontrou Karolina inconsciente e chamou a ambulância. Por sinal, precisamos encontrá-la de qualquer maneira.

Erik Sundelius balançou a cabeça de novo.

– Nada disso faz sentido – disse. – Vocês estão falando que Johanna foi à casa de Karolina?

Balançou a cabeça mais uma vez.

– Em todos esses anos que Jakob esteve comigo, Johanna só veio aqui uma vez. E ela era tão jovem que não teve escolha, por assim dizer. Esteve aqui porque tinha de estar. Enxerguei isso nela sem demora nenhuma. E baseado no que Jakob dizia, as irmãs não eram nada próximas. O que para ele também era motivo de grande tristeza.

Hesitou.

– Não sei qual ideia vocês fizeram de Johanna, mas a impressão que tenho, pelo que Jakob me contava, é que ela não estava muito bem.

Houve uma pausa. O cérebro de Alex trabalhava sem parar para processar todas as informações.

– Ela também sofria de depressão?

Erik Sundelius mordeu os lábios e deu a entender que Alex havia tocado no ponto certo.

– Não – respondeu. – Não de depressão. Mas vale lembrar que me encontrei pessoalmente com Johanna uma ou duas vezes. Ela não era só distante, segundo Jakob. Era cheia de ódio e desrespeitava abertamente a família. As coisas que ele me contava faziam a filha parecer doentia e perturbada.

– Talvez ela tivesse motivos para isso – disse Alex. – Para sentir raiva, digo.

Erik Sundelius deu de ombros.

– Bom, se tinha, a razão não estava clara nem para Jakob. De todo modo, a única coisa que posso dizer com certeza é que a falta de paz de espírito da filha deixava Jakob profundamente incomodado.

Alex resolveu que já estava na hora de parar o interrogatório.

– Então, para resumir, você está dizendo que...

– Que não defendo de jeito nenhum a teoria de que Jakob Ahlbin matou a esposa e depois se matou. É claro que não posso afirmar que uma pessoa morta esteja viva, mas digo, sem precisar pensar, que Karolina não era viciada.

– Você parece mesmo ter certeza disso – comentou Alex.

– E tenho – disse Erik Sundelius, deliberadamente. – A pergunta é: o quanto vocês têm certeza das *suas* conclusões?

Enquanto falava, virou a cabeça para o lado e olhou pela janela. Como se esperasse ver Jakob Ahlbin se aproximando, atravessando a neve derretida.

O INVERNO RESOLVEU CHEGAR por partes. Quando caiu a primeira nevada no início do ano, ele imaginou que seria a única. Mas nunca era, é claro.

Suspirou, sentindo-se de repente muito cansado.

Preocupava o fato de Jakob ter entendido a extensão de seu problema só quando já era tarde demais, mas, de certa forma, isso era típico dele. Muitas vezes achava que o homem tinha feito a escolha positiva de viver a vida de acordo com o significado de seu nome cristão: Jakob, nome controverso de origem hebraica, que alguns diziam significar "que Deus proteja". Que ironia do destino: no momento em que mais precisou, ninguém o ajudou.

Eles sempre acharam que seria possível encontrar uma solução antes que a situação saísse do controle. Acreditaram que ele agiria racionalmente, mas não agiu. Jakob era um sujeito emotivo e impulsivo, e quando percebia que estava envolvido em determinado caminho, recusava-se a desviar dele. Como que por graça divina, eles descobriram as ameaças que Jakob estava recebendo da organização Filhos do Povo e decidiram, a partir delas, amedrontá-lo ainda mais. Mas Jakob desconfiou e não admitiu ser dissuadido.

E aconteceu o que aconteceu, disse para si mesmo posteriormente. Acabou com um desastre que teria sido ainda maior se Jakob tivesse se aprofundado mais no que inicialmente chamara sua atenção.

– Esse é um ponto de virada. Tenho excelentes notícias! – disse ele, convencido de que conversava com um amigo.

Mas o amigo ficou abalado e quis saber mais. Infelizmente, Jakob não disse mais nada, provavelmente porque tinha começado a desconfiar que o amigo tinha duas caras. Por isso a identidade de sua fonte original continuou desconhecida para o círculo. O único problema que ainda precisava ser resolvido.

O telefone tocou.

– Descobri um nome – disse a voz.

– Finalmente – respondeu ele, sentindo um alívio muito maior do que seria capaz de confessar.

A voz do outro lado não disse nada por alguns momentos.

– A polícia foi ver um homem em Skärholmen. Talvez ele seja o cara que estamos procurando.

Anotou cuidadosamente alguns detalhes do que acabara de ouvir. Depois agradeceu e desligou.

Estava quase tudo se encaminhando. No dia seguinte, outra margarida faria um pagamento; na segunda-feira, a principal protagonista desse drama estaria de volta. Sua chegada era aguardada calorosamente.

Ele balançou a cabeça. Às vezes sentia medo só de pensar nela. Que tipo de pessoa ela era? Uma figura disposta a sacrificar tanta coisa e tanta gente por um único objetivo que precisava de atenção especial. Pessoas normais não fazem o que ela fez.

Foi acometido de novo pela angústia. A sensação de que tudo podia ter sido diferente voltou. Se ao menos as coisas não tivessem acontecido tão rápido e todos tivessem obedecido as regras...

Se ao menos tivessem sido capazes de confiar uns nos outros...

Peder Rydh telefonou para Ragnar Vinterman para avisá-lo que estava a caminho, enquanto Fredrika ligava para o celular de Alex.

– Estou na delegacia – disse ela com uma estranheza na voz que Alex não escutava havia meses.

– Mas fazendo o quê? – foi tudo que conseguiu dizer, preocupado com a saúde da colega.

– Me passou uma coisa pela cabeça, então vim pra cá pensar em paz. É sobre as ameaças que Jakob recebeu.

Alex prestou atenção nas conclusões de Fredrika sobre o conteúdo dos e-mails.

– Então você está convencida de que Tony Svensson não mandou os e-mails dos outros computadores? – perguntou Alex, hesitante.

– Sim, absolutamente – respondeu Fredrika. – Por outro lado, não tenho certeza de que ele não sabia que outras pessoas pressionavam Jakob Ahlbin. Acho que devemos interrogá-lo de novo, entender direito por que ele foi ao apartamento de Jakob. Ele podia ser um mensageiro, querendo ou não.

– Mensageiro mandado por alguém que não queria se revelar, você diz?

– Isso mesmo. O que também explicaria por que Tony Svensson visitou Jakob Ahlbin quando Ronny Berg já estava detido. Deixamos isso passar na reunião de ontem; quer dizer, Tony Svensson pode ter mentido sobre o que realmente o levou ao apartamento.

Alex engoliu. Desde o princípio, Fredrika mostrara a rapidez com que era capaz de analisar teorias e chegar a conclusões confiáveis. Se ela fosse uma policial treinada, Alex diria que ela tinha tato para o trabalho. Mas ela não era, então Alex não tinha um termo exato para defini-la, para descrever seu dom. Intuição, talvez?

Seu silêncio deu a ela espaço para prosseguir.

– Então dei uma olhada de novo na lista de telefones de Svensson para ver se encontrava alguma coisa. Ele telefonou para Viggo Tuvesson duas vezes.

– Como? – disse Alex, confuso, aliviado por Peder finalmente ter desligado o celular. – E quem é ele?

– Um policial, colega nosso.

Alex freou de repente no sinal vermelho.

– E como você sabe disso? Quer dizer, você tem certeza?

– Certeza – disse Fredrika, e Alex foi capaz de ouvir que ela estava sorrindo. – Tony telefonou para o celular de trabalho dele. Encontrei o número na nossa lista interna.

Um carro buzinou atrás deles e Peder olhou para Alex, atônito.

– Abriu – disse ele, como se o fato tivesse passado despercebido por seu superior.

Alex imediatamente tirou o pé do freio e pisou no acelerador.

– Mas que droga – murmurou. – Deve haver um motivo lógico para esse telefonema. Quer dizer, não necessariamente tem a ver com o caso. Nunca ouvi falar de Viggo Tuvesson.

Peder levantou a sobrancelha e começou a prestar mais atenção no que Alex dizia.

– Ele trabalha no distrito de Norrmalm – comentou Fredrika. – Ele e outro policial foram os primeiros a chegar na cena do crime depois que o casal Ljung encontrou os corpos e ligou para a polícia.

Alex sentiu a boca seca e olhou para Peder, cuja expressão denunciava sua ansiedade para saber o que Fredrika tinha acabado de dizer.

– OK – disse Alex. – Vamos falar sobre isso na segunda-feira de manhã. Antes de você ir pra casa, poderia escrever um resumo dessa merda toda e deixar na minha mesa? E perdoe a infeliz escolha de palavras desse exausto investigador.

"No caso de você não estar presente na segunda", pensou em dizer.

– Combinado – disse Fredrika. – No caso de eu não vir na segunda.

Ele abriu um sorriso.

Enquanto se dirigiam a Bromma, Alex atualizou Peder.

– Às vezes ela é mais afiada que uma faca – disse Peder, espontaneamente.

– Com certeza ela é – concordou Alex.

Como se nunca tivesse questionado a competência dela, embora o tivesse feito mais do que qualquer coisa nos seus primeiros meses na equipe.

Dessa vez Ragnar Vinterman não estava parado na escada para receber as visitas. Tiveram de bater com força na porta da frente até o pastor finalmente abri-la.

Peder e Alex conversaram no caminho sobre como conduziriam a entrevista. De todas as pessoas com quem eles conversaram, Vinterman era a única que achava que Jakob Ahlbin tinha se matado. Ele também era o mais convencido de que Karolina Ahlbin tinha problemas com drogas. Só isso já era motivo de preocupação, pois ele era próximo demais de Jakob: suas impressões e opiniões não podiam ser ignoradas.

– Infelizmente não poderei recebê-los por muito tempo – disse no momento em que apontou a biblioteca para os convidados, onde aparentemente iriam conversar. – Recebi o telefonema de uma paroquiana; o marido dela estava doente há muito tempo e acabou de falecer. Ela está me esperando.

Alex assentiu.

– Acredito que não vamos tomar muito seu tempo – garantiu ele para o clérigo. – Acontece que surgiram novas perguntas, por isso viemos até aqui.

Dessa vez, Vinterman assentiu.

Alex prestou atenção nele. Sentado com a coluna reta e as mãos apoiadas nos braços da poltrona. Um caçador pronto para o ataque. Armado até os dentes. A imagem parecia familiar, como de algum filme que Alex tinha visto.

"O poderoso chefão", pensou, quase deixando escapar uma gargalhada. Como se aquela fosse uma reunião da máfia italiana em que a primeira ação fosse colocar as armas sobre a mesa.

Alex ficou confuso com a mudança de atitude do pastor. Mas também não estava disposto a fazer concessões; queria respostas adequadas para suas perguntas. E tinha certeza de que Peder, calado ao seu lado, sentia a mesma coisa.

– Da última vez que nos vimos, nós conversamos sobre o vício de Karolina Ahlbin – começou Alex, reclinando-se no sofá. – Você teria um palpite de quando ela começou a se envolver com drogas?

Ragnar também se recostou na poltrona. Seu olhar era quase insolente.

– Como acredito ter deixado claro da última vez – disse –, tudo que sei foi Jakob que me contou. Então é difícil dizer quando.

Olhou para Alex para garantir que estivesse ouvindo e entendendo. Ele estava.

– Mas, fazendo uma estimativa cautelosa, eu diria que os problemas começaram na adolescência.

– Ela começou a usar drogas pesadas logo de início?

– Isso eu não sei dizer.

– Então Jakob costumava conversar com você sobre o assunto? – perguntou.

– Sim – respondeu Ragnar, com firmeza. – Conversava sim.

– Durante quantos anos Jakob escondeu imigrantes ilegais em Ekerö? – perguntou Alex, como se fosse uma extensão natural da conversa sobre o uso de drogas da filha.

– Infelizmente também não sei responder – disse o pastor, cruzando as pernas.

– Mas você sabia que ele fazia isso?

– *Todo mundo* sabia disso – respondeu, ríspido.

– Mas preferiu não mencionar nada quando estivemos aqui.

– Imaginei que não fosse importante para o caso como um todo. E eu não queria macular a memória de Jakob na frente da polícia.

Alex sorriu.

– Que nobre da sua parte – disse, sem conseguir se conter.

Sério, Vinterman contraiu o rosto e Alex prosseguiu.

– Você estava envolvido nessas atividades?

– Jamais.

– Talvez alguém da paróquia?

– Honestamente, não sei.

Alex sentiu sua frustração aumentar. Olhou para Peder.

– Agora que você já teve alguns dias para pensar – disse Peder –, continua convencido de que Jakob se matou?

O pastor estava quieto. Sua postura e sua expressão mudaram, como se uma sombra de repente tivesse passado sobre ele.

– Sim – disse ele, nitidamente. – Continuo convencido.

Sem conseguir disfarçar a impaciência, Alex inclinou o corpo para a frente.

– Então nos diga por quê.

Vinterman, imitando mais uma vez a linguagem corporal de Alex, inclinou-se para a frente.

– Não posso dizer que eu e Jakob tivéssemos uma relação muito íntima. Mas, como colegas, éramos bem próximos. Trocávamos confidências diariamente e tínhamos a mesma visão sobre muitas questões de fé. Por isso posso dizer que eu *conhecia* Jakob. E podem acreditar, ele não estava muito bem. Nada bem, na verdade.

– O psiquiatra dele pensa o contrário – disse Alex, sem rodeios.

Ragnar bufou.

– Erik Sundelius? Perdi a confiança nele há muitos anos. Marja e eu imploramos para que ele mudasse de médico. Mas ele era teimoso demais.

– E por que vocês queriam que ele mudasse de médico?

– Erik é um irresponsável – respondeu o clérigo. – Nunca adaptava os próprios métodos, mesmo que Jakob não estivesse respondendo ao tratamento. Fiquei tão preocupado que resolvi investigar a vida dele, e digo isso abertamente.

"Era só o que faltava, um pastor dando uma de detetive particular", pensou Alex, impaciente.

– O que você descobriu? – perguntou Peder.

– Que minha impressão estava correta. O Conselho de Medicina o advertiu duas vezes por... como posso dizer... "métodos perigosos" usados em pacientes de alto risco; nos dois casos, os pacientes acabaram cometendo suicídio. Ele também foi acusado de matar o amante da esposa.

Vendo a expressão de surpresa no rosto de Alex e Peder, ele recostou na poltrona com grande satisfação.

– Mas a polícia já sabia disso, é claro – acrescentou, em tom moderado.

"Não", pensou Alex, com o maxilar travado. "Não sabíamos."

– Que merda! – disse Alex, exasperado, ao dar partida no carro e sair de ré, apressado demais, da casa do pároco. – Como é que deixamos isso tudo passar?

– Não tínhamos nenhum motivo para verificar, não é? – disse Peder, interrompido pelo toque do celular.

Ylva. Dificilmente tinha boas notícias quando ela telefonava.

– Peder, Isak está com uma febre muito alta – disse, ansiosa. – E está com uma mancha avermelhada na barriga. Estou indo para o médico, mas queria saber se você pode cuidar do David enquanto eu estiver lá, no hospital.

Sem querer, Peder foi pego pelo medo. Seu filho adoeceu e ele não estava presente. A culpa tomou conta de sua consciência mais uma vez.

– Estou indo praí – disse, bruscamente. – Estou no carro com Alex. Ele me deixa aí no caminho de volta para o Casarão.

Enquanto Peder desligava, Alex o olhou.

– Um dos garotos adoeceu – disse. – Pode me deixar na casa de Ylva? Como Fredrika está trabalhando, talvez ela possa acompanhá-lo até a casa dos Ljungs?

Alex assentiu.

– Por mim, tudo bem.

No curto trajeto até o que antes fora a casa de Peder e Ylva, Peder pensou na sua situação de vida pela centésima vez. A notícia de que Pia Nordh ia morar com o repulsivo Joar perdeu todo o sentido. "Pode me deixar na casa de Ylva?", perguntara a Alex. Como se fosse um endereço qualquer.

Houve uma época em que Peder sentia o coração prestes a explodir dentro do peito. Já fazia muito tempo que não amava ninguém daquela maneira.

O telefone tocou de novo. Dessa vez era o irmão.

– Ooooi – disse Jimmy como costumava fazer, bem lentamente.

– Olá – respondeu Peder, ouvindo a risada do irmão.

A facilidade com que Jimmy conseguia se divertir era uma verdadeira bênção para Peder. Era muito fácil fazer o irmão feliz.

– Aconteceu uma coisa – disse Jimmy, empolgado.

Peder riu. "Aconteceu uma coisa" podia significar desde a visita real a um novo abajur colocado no quarto.

– Arrumei uma namorada.

Peder emudeceu de susto.

– O quê? – disse, apático.

– Uma namorada. De verdade.

Peder deixou escapar uma gargalhada.

– Ficou feliz com a notícia? – perguntou Jimmy, ansioso.

Peder sentiu um calor perpassar-lhe no peito, desfazendo alguns nós que haviam se multiplicado lá dentro.

– Sim – disse Peder. – Veja só você, fiquei muito feliz, apesar de tudo.

Pouco tempo depois, Fredrika e Alex estacionaram o carro na entrada do prédio dos Ljungs, na Vanadisplan. Alex sempre gostou da região de Vasastan, foi o que disse a Fredrika num dos raros momentos de informalidade. Ele e Lena haviam jurado que, quando ficassem velhos, comprariam outro apartamento nessa parte da cidade só para passarem a noite, evitando assim o longo trajeto até a casa deles em Vaxholm. Fredrika pareceu preocupada quando a expressão descontraída de Alex se transformou em angústia por falar de si e da esposa.

"Como são as coisas", pensou ela. "Está preocupado com a esposa".

Alex tomou a dianteira enquanto subiam os mesmos lances de escada que Fredrika e Joar haviam tomado alguns dias antes.

Encontraram a porta dos Ljungs entreaberta.

Alex bateu confiante na porta e Elsie Ljung veio recebê-los.

– Deixamos a porta aberta para ouvir vocês chegando – disse ela.

Ela os conduziu até a sala, onde o marido os esperava. Os dois pareciam cansados e infelizes.

– Garanto a vocês que não ficaremos aqui mais do que o necessário – disse Alex, sentando-se numa das poltronas em volta da mesa de café.

– Nós queremos ajudar – suspirou Sven Ljung, abrindo dramaticamente os braços. – E já está tudo na imprensa. Vocês encontraram Johanna?

– Infelizmente não – disse Alex. – Mas esperamos que ela entre em contato quando souber da notícia.

O casal se entreolhou e assentiu. Sim, ela vai entrar em contato, pareciam dizer um para o outro.

– Temos mais algumas perguntas sobre sua relação com os Ahlbins – disse Alex com a voz suave, mas inconfundivelmente firme. – Então gostaríamos de conversar com vocês. Separadamente.

Como nem Elsie nem Sven responderam, Alex prosseguiu.

– Se eu conversar com Sven aqui, talvez Fredrika possa conversar com Elsie em outro cômodo. Assim ninguém terá de passar pelo incômodo de ir à delegacia.

Ele estava sorrindo, mas a mensagem era clara. Os dois pareciam confusos e ansiosos. Alex os tranquilizou dizendo que, em circunstâncias como aquela, o procedimento era de rotina.

Fredrika foi para a cozinha com Elsie, fechou a porta e se sentou junto à mesinha de jantar. O bebê estava quieto, por enquanto.

"Você deve estar com sono", pensou, tentando esconder um sorriso.

– É o primeiro? – perguntou Elsie, apontando com a cabeça para a barriga de Fredrika.

O sorriso se transformou numa careta. Ela preferia não conversar sobre o bebê com estranhos.

Mas respondeu que sim, para evitar ser rude.

Por um instante, Fredrika temeu que a senhora começasse a falar de quando engravidou, mas por sorte não teve de escutar nenhuma história do tipo.

– Jakob e Marja Ahlbin – disse Fredrika, num tom mais exigente, mostrando que não gostaria de responder novas perguntas sobre o bebê.

A entrevistada parecia tensa e desconfiada.

– Então, como *estavam* as coisas entre vocês quatro, recentemente?

Elsie parecia confusa.

– Não tão diferentes de como sempre foram, acho – disse ela, por fim. – Não tão boas quanto já foram, mas boas o suficiente para nos encontrarmos de vez em quando.

– Mas por quê? – perguntou Fredrika. – Por que as coisas não estavam mais tão amigáveis, digo.

Elsie pareceu incomodada.

– Sven pode falar disso melhor do que eu – disse. – Ele e Jakob que tiveram um desentendimento.

– Por que se desentenderam?

A senhora não disse nada.

Fredrika a tranquilizou.

– Não precisa ter medo de me dizer coisas mais delicadas – disse, colocando a mão no braço de Elsie. – Prometo ser a mais discreta das criaturas.

Mesmo assim, Elsie não disse nada. A torneira da cozinha pingava na pia. Fredrika teve de se segurar para não se levantar e fechá-la direito.

– Eles brigaram há alguns anos – disse Elsie, com a voz tênue. – Foi por causa das atividades de Jakob.

Fredrika esperou.

– O fato de esconder refugiados – explicou Elsie. – Ou de planejar escondê-los.

– Sven era contra?

– Hum, não era tão simples assim. O caso é que Sven... bem, ele tem uma maneira muito prática de pensar, e acho que, para ele, Jakob estava se arriscando demais. E sem ter nada em troca.

Fredrika franziu a testa.

– Esconder imigrantes ilegais nunca envolveu dinheiro?

– Não, e era exatamente por isso que Sven achava injusto – disse Elsie, agora com a voz mais alta. – Achava injusto que Jakob quisesse abrir a própria casa para fugitivos sem ganhar um centavo. Sven achava que grande parte das pessoas que acabavam na Suécia tinha recursos. Afinal, custa uma fortuna fugir para cá hoje em dia. Sven achava que se tinham tanto dinheiro para fugir, deviam ter um pouco mais. Jakob ficou furioso. Chamou Sven de egoísta e idiota.

"Com toda razão", pensou Fredrika. Mas manteve a boca fechada.

– Por isso ficamos um ano sem nos falar – disse Elsie, limpando a garganta. Mas nós moramos tão perto, quer dizer, não tem como evitar isso, de vez em quando encontramos sem querer. Depois de nos esbarrarmos assim algumas vezes, fomos voltando a nos encontrar. E tudo ficou bem. Não como antes, mas bem.

A cozinha estava fria e Fredrika sentiu um arrepio pelo corpo. Olhou para suas anotações e pensou numa coisa.

– Você disse que Jakob queria "abrir a própria casa"? – perguntou.

– Sim.

– Mas ele já estava fazendo isso, e não pensando em fazer.

Elsie pareceu confusa por um instante, mas balançou a cabeça com firmeza.

– Não – disse ela. – Nenhuma das duas coisas. Ele tinha feito isso no passado e estava pensando em fazer de novo.

– Acho que não entendi.

– Jakob e Marja estiveram muito envolvidos com grupos de refugiados nas décadas de 1970 e 1980, e também envolvidos numa rede que abrigava pessoas necessitadas. Uma das coisas que faziam era esconder pessoas no porão de sua casa em Ekerö. Continuaram fazendo isso na década de 1990 até 1992, acho. Depois resolveram adotar uma abordagem que os preservasse mais. Até que Jakob começou a mudar de opinião há alguns anos. Mas nunca deu em nada.

Fredrika se perguntou se Elsie sabia mais do que dizia. Era um pouco suspeito que continuasse dizendo "eu acho", mas em seguida desse informações concretas, como datas.

Sua curiosidade foi maior e ela deixou de lado a ideia de que poderia haver algo errado.

– Por que os planos dele não deram certo?

– Não sei – disse Elsie, evasiva. – Mas acho que as ideias dele dividiram a família. Marja não era tão engajada na causa quanto Jakob. Depois ficamos sabendo que a casa em Ekerö tinha sido transferida para o nome das filhas. Nenhuma das duas se envolvia nas atividades do pai, que eu saiba. Principalmente Johanna.

– Não – disse Fredrika. – Achamos que ela não tem a mesma visão da família sobre essa questão.

Elsie baixou a voz.

– Sven não quer que eu comente nada disso, ele acha que coisas desse tipo devem ficar em família, mas vou contar assim mesmo, visto que a família Ahlbin praticamente não existe mais. Uma vez fomos jantar na casa de Jakob e Marja, mais ou menos na época em que ele falava em retomar as atividades, e as duas filhas estavam lá. Quando começamos a falar sobre a situação dos requerentes de asilo, o ar ficou tão denso que dava para cortar com uma faca.

– Explique um pouco melhor.

– Johanna ficou muito nervosa. Não lembro exatamente o que desencadeou seu nervosismo, talvez uma combinação de coisas. Ela começou a chorar e saiu da mesa. Jakob pareceu abalado também, mas conseguiu se conter com mais facilidade.

– E você não sabe o motivo do conflito?

– Não, não sei. Parecia que tinha a ver com algo de anos antes. Quer dizer, Johanna só se encontrava com a família raramente. Lembro-me de ela ter gritado algo do tipo: "Então você vai destruir tudo de novo?", mas não tenho ideia do que quis dizer com isso. Não tinha como eu saber.

Elsie deu uma risada forçada.

– De todo modo, foi aí que Sven e Jakob se desentenderam – concluiu.

Fredrika cruzou as pernas, reequilibrando-se na cadeira. Seria ótimo quando o bebê nascesse e ela tivesse o próprio corpo de volta.

Olhou para as mãos de Elsie, que seguravam um copo de água. As mãos tremiam, e também havia um leve estremecer nos olhos.

"Ela quer me contar alguma coisa", pensou Fredrika, decidindo dar um tempo a mais para Elsie.

Como ela não disse nada, Fredrika resolveu ajudar.

– Tem certeza que não quer me dizer mais nada? – perguntou, quase sussurrando.

Elsie mordeu os lábios e balançou a cabeça. As mãos pararam de tremer.

– E a outra filha, Karolina? – perguntou Fredrika, conformada.

Os olhos de Elsie marejaram.

– Continuo dizendo o que disse antes. É impossível que ela tenha morrido de overdose.

"Mas morreu", pensou Fredrika. "O que estamos deixando passar sobre a morte dela?"

– Mas vocês não eram tão próximos nos últimos anos – aventurou-se. – Talvez não tenha percebido os sinais.

Elsie balançou a cabeça.

– Não – disse, calmamente. – Não deixamos passar nada. Veja bem, Karolina andou saindo com nosso filho mais novo, Måns, durante alguns anos.

– Mas...

– Eu sei – interrompeu Elsie –, nós não dissemos nada da última vez em que estiveram aqui. Principalmente por ser um assunto muito delicado, e porque tínhamos muita esperança que o namoro daria certo. E estava tudo tão às avessas quando vocês vieram...

– Entendo – disse Fredrika, tentando não parecer incomodada.

O ímpeto das pessoas para decidir o que vale e o que não vale a pena ser dito para a polícia costuma causar mais estragos do que elas imaginam.

– Eles não estavam mais juntos, seu filho e Karolina?

Elsie balançou a cabeça e começou a chorar.

– Não, infelizmente não – disse. – Karolina não conseguiu aguentá-lo, com todos os problemas que ele tinha, e nós entendemos perfeitamente. Mas era nosso maior desejo que ela fosse a solução para a vida dele. Que fosse capaz de dar a ele a força para se libertar.

– Se libertar do quê?

– Do vício – soluçou Elsie. – É por isso que sei que Karolina não passava pela mesma coisa. Mas acabou carregando os problemas de Måns como se fosse uma cruz a vida inteira. Até o dia em que não aguentou mais. Terminou com ele, mudou-se e foi morar sozinha num apartamento. Eu sentia falta dela como se fosse nossa filha. Nós dois sentimos.

– E Måns?

– Quando o relacionamento entre eles começou a ficar sério, ele estava bem melhor, tinha começado a trabalhar e estava andando na linha. Mas... depois que aquele veneno maldito corre no sangue da pessoa, é como se ela nunca conseguisse de fato se livrar dele. Teve uma recaída e hoje é apenas uma sombra do que era na época de Karolina. Está irreconhecível.

Fredrika pensou com cuidado no que diria, pesando as próprias palavras.

– Elsie – disse, finalmente. – Por mais que tentemos ver a situação de outro modo, Karolina morreu. A própria irmã identificou o corpo dela.

– Bom, nesse caso acho melhor vocês pensarem nela como Lázaro, da Bíblia, aquele que Jesus ressuscitou – declarou Elsie, tirando um lenço do bolso. – Porque eu sei, do fundo da minha alma, que aquela moça não morreu de overdose.

Fredrika olhou desconfiada para Elsie. Estava em dúvida e tentou organizar as próprias ideias. Sentiu em todos os poros que Elsie ainda estava escondendo alguma coisa. Como se Jó não fosse o suficiente, a polícia acabara de ganhar um Lázaro.

O COMPRIMIDINHO BRANCO estava perturbando-o tanto quanto uma mosca no meio da noite. Olhou para o medicamento com raiva, desejando que se dissolvesse diante de seus olhos.

– Você precisa tomá-lo à noite, antes de dormir – disse o homem que falava árabe, antes de sair. – Senão vai estar cansado demais para cumprir sua tarefa amanhã.

Eles o deixaram no novo apartamento na noite anterior e voltaram naquela tarde para repassar o roteiro do dia mais uma vez. De alguma maneira, no meio de toda sua miséria, sentiu um alívio. Sua jornada estava chegando ao fim e logo ele seria um homem sem dívidas, que poderia reencontrar a esposa e entrar em contato com o resto da família para dizer que estava tudo bem. E com seu amigo, que o esperava em Uppsala.

Saber que o amigo estava lá fora em algum lugar, preocupado com seu paradeiro, deixava-o nervoso. Eles disseram que ele não podia, de jeito nenhum, dizer para amigos ou familiares para onde estava indo. Não conseguiu manter a promessa, no entanto. Tomara que seu amigo não tente procurá-lo. Seria um desastre se de repente alguém começasse a questionar onde ele estaria escondido no país. Sabia que se os outros descobrissem que ele os decepcionara, a punição seria severa.

Sentia o coração acelerado, batendo no ritmo de sua ansiedade crescente. A noite ainda nem tinha começado; como ele aguentaria esperar até o dia seguinte? Preferiria que o plano fosse executado de uma vez para ser liberado à noite. Mas hoje ele sabe que, naquela tarde, era inútil pensar dessa maneira.

Eles viriam apanhá-lo às nove da manhã seguinte. Conheceria seu cúmplice, que ia dirigir o carro usado para a fuga. Os dois iriam para o lugar onde aconteceria o assalto. Leu o bilhete que deixaram na mesinha de café. Estava escrito Västerås, que não significava nada em árabe. O que será que significava em sueco?

Concluído o assalto, ele e o motorista voltariam para Estocolmo para se encontrar com os outros não muito longe da bola de golfe gigantesca que tinha visto outro dia de dentro do carro. O Globo. Depois de entregar o material, seria um homem livre.

– Você está fazendo isso pelo bem dos seus compatriotas – disseram-lhe. – Sem esse dinheiro, não conseguiríamos financiar nosso trabalho. O governo sueco não quer pagar nossas atividades, então tiramos dinheiro de quem tem demais.

Era uma lógica conhecida e desgastada. Tira-se dos ricos para dar aos pobres. Quando criança, ouvia muitas histórias assim, a maioria do avô, o único da família que já tinha ido aos Estados Unidos. Ele contava histórias incríveis sobre a quantidade de dinheiro que as pessoas tinham lá e o que faziam com ele. Falava de carros cujo comprimento se equiparava à largura do rio Tigre, e de casas do tamanho do palácio de Saddam, onde moravam pessoas comuns. Sobre a universidade, aberta a todos, mas muito cara. E sobre enormes campos petrolíferos não pertencentes ao governo.

"Meu avô devia me ver agora", pensou Ali. "Numa terra quase tão rica quanto a América. Um pouco mais fria."

Sentiu um arrepio e aconchegou-se no sofá. Não que tivesse visto carros enormes ou palácios. Mas isso não fazia diferença, porque, como todas as pessoas que conhecia, estava totalmente convencido: a Suécia era o melhor lugar possível para um novo começo.

Olhou furioso para o comprimido sabendo que teria de tomá-lo. Jamais conseguiria dormir se não o engolisse. Uma boa noite de sono era pré-requisito para um bom desempenho no dia seguinte.

Em nome da esposa e dos filhos; do pai e do avô.

Quando saíram para ir à casa dos pais, Fredrika pensou seriamente em cancelar o compromisso. Mas Spencer, sabendo de sua relutância, segurou-a gentilmente pelo braço e a conduziu até o carro.

Com isso a relação dos dois entrou numa nova fase.

Sempre tinha sido apenas os dois. Sozinhos numa bolha de vidro sem jantares ou almoços em família. Um espaço de sobrevivência mútua onde se recarregavam e renovavam sua vontade de viver. Um espaço que agora teria de acomodar um bebê e os avós do bebê. Pensar em sogros era bizarro, obviamente, uma vez que Spencer, a despeito de Fredrika, já tinha um sogro e uma sogra.

– Então quando vou conhecer *seus* pais? – perguntou enquanto Spencer estacionava o carro diante da casa onde ela passara a infância.

– De preferência nunca, se não tiver problema para você – respondeu indiferente, abrindo a porta do carro.

A arrogância dele fez Fredrika rugir com uma gargalhada.

– Você não vai dar um ataque histérico agora, né? – disse Spencer, preocupado.

Ele deu a volta para abrir a porta do outro lado, mas Fredrika não perdeu tempo e empurrou-a antes que ele terminasse o trajeto.

– Olha só – disse ela, triunfante e irônica. – Consigo sair do carro sozinha!

– A questão não é essa – murmurou Spencer. Para ele era uma questão de princípios que o homem abrisse a porta do carro para a mulher sair.

"Que ele abra a porta para a outra mulher", pensou Fredrika, sarcástica, mantendo a boca fechada.

Avistou a mãe na janela da cozinha, que tinha acabado de olhar para a rua. As duas estavam acostumadas a ouvir que eram parecidas. Fredrika acenou. A mãe acenou de volta, mas a julgar pela expressão de seu rosto – apesar de ter se preparado –, ela estava chocada por ver a filha grávida com um homem da idade de seu marido.

– Tudo bem? – perguntou Fredrika, dando a mão a Spencer.

– Acho que sim – respondeu, segurando a mão dela com firmeza. – Não pode ser pior do que outras coisas que já vivi em contextos parecidos.

Fredrika não fazia ideia do que ele queria dizer.

As coisas já começaram mal quando ela cometeu o erro de aceitar uma taça de vinho que não lhe foi oferecida.

– Fredrika – exclamou a mãe, consternada. – Você está bebendo na gravidez?

– Meu Deus, mãe – disse Fredrika. – Na Europa, grávidas bebem há milênios. O Ministério da Saúde da Grã-Bretanha mudou suas recomendações e diz que grávidas podem tomar duas taças de vinho por semana sem nenhum problema.

Seu argumento não tranquilizou a mãe, que não tinha tempo a perder com as descobertas britânicas e olhou para a filha como se ela fosse maluca ao erguer a taça, encostá-la nos lábios e tomar um gole.

– Hum – disse, sorrindo simpática para o pai, que também parecia extremamente incomodado.

– Trabalhar na polícia não transformou você numa alcoólatra, não é, Fredrika? – perguntou ele, preocupado.

– Ah, pelo amor de Deus – gritou ela, sem saber se ria ou chorava.

Os pais olharam fixamente para ela, sem dizer nada.

O arranjo das cadeiras lembrou Fredrika do modo como ela costumava arrumar as bonecas quando brincava de casinha ainda criança. Mamãe e papai de um lado da mesa e convidados do outro.

“Sou convidada”, pensou, fascinada. “Na casa dos meus próprios pais.”

Tentou se lembrar da última vez que apresentou alguém a eles. Fazia muito tempo. Dez anos, mais exatamente. E o rapaz chamava-se Elvis, para o deleite infinito da mãe.

– Você trabalha na Universidade de Uppsala? – escutou o pai dizer.

– Isso mesmo – disse Spencer. – Parece absurdo, mas está fazendo 35 anos que dou aula lá.

Ele riu alto, sem perceber o modo como os pais de Fredrika se entesaram.

“Eles devem ter muita coisa em comum”, pensou Fredrika. “Afinal, Spencer é só cinco anos mais novo que meu pai.”

Sentiu de novo a mesma vontade de explodir em gargalhadas que sentira no carro. Tossiu discretamente. Pediu para a mãe lhe passar o molho, que combinava muito bem com a carne assada. Cumprimentou o pai pela escolha do vinho, mas percebeu que era um erro chamar de volta a atenção deles para o fato de que estava bebendo. O pai perguntou como estava o trabalho e ela respondeu que tudo bem. A mãe quis saber se ela estava dormindo melhor e Fredrika respondeu que só algumas noites.

– Espero que não tenha que dormir sozinha toda noite – disse a mãe, olhando expressivamente para Spencer.

– Às vezes eu durmo – respondeu, evasiva.

– Oh? – disse a mãe.

– Ah – disse o pai.

E todos fizeram silêncio. A ausência de som pode ser uma bênção, é claro, dependendo do contexto. Nesse caso, não havia dúvida: o jantar sem palavras seria um desastre.

Fredrika não conseguiu não se aborrecer. O que os pais esperavam? Eles sabiam que Spencer era casado, sabiam que ela costumava dormir sozinha, sabiam que ela cuidaria do bebê, pelo menos em parte, como mãe solteira. Um esquema nada comum, é claro, mas dificilmente seria o único fato heterodoxo na história da família. O tio de Fredrika, por exemplo, teve coragem suficiente para se declarar homossexual na década de 1960. E a família sempre o tratou da mesma maneira que tratava todo mundo.

Então Spencer fez algumas perguntas gentis sobre o interesse musical da mãe de Fredrika, e o clima do encontro ficou um pouco mais cordial. O pai foi até a cozinha buscar mais batatas e a mãe colocou na vitrola um disco que tinha comprado num sebo poucos dias antes.

– Vinil – disse ela. – Nada supera o vinil.

– Concordo plenamente – disse Spencer, bufando. – Você jamais me veria comprando um CD.

A mãe de Fredrika sorriu, e dessa vez o sorriso chegou aos olhos. Fredrika começou a relaxar um pouco. Conseguiram quebrar o gelo e a temperatura começava a subir. O pai, ainda um pouco desconfiado do genro da sua idade, limpou a garganta e disse:

– Alguém quer mais vinho?

Quase pareceu um apelo.

Eles continuaram conversando, e as palavras agora fluíam com mais facilidade, inclusive as do pai.

Fredrika queria ter tomado mais vinho. Lá fora, em algum lugar, havia um assassino à solta. E a polícia não sabia se ele tinha terminado sua tarefa ou se o assassinato de Jakob e Marja Ahlbin fazia parte de algo maior.

Começou a pensar na filha deles, Johanna, que a essa altura deve ter tomado conhecimento da morte dos pais pela internet. Depois pensou em Karolina, a moça que Elsie Ljung chamara de Lázaro.

"Um dia de descanso amanhã", pensou Fredrika. "Mas, na segunda-feira, essa é a primeira coisa que preciso resolver. Se Karolina Ahlbin *está* viva, por que não entrou em contato?

Algo lhe passou pela cabeça. Duas irmãs. Uma atesta a morte da outra e sai do país. Mas nenhuma de fato morreu.

Um álibi maravilhoso para as duas.

Será que o caso, simples e deplorável, seria esse? Que Karolina e Johanna são as assassinas que a polícia procura? Será que as filhas estão controlando tudo nos bastidores e coreografando os desdobramentos com tanta precisão?

O pensamento deixou Fredrika zonza, fazendo-a se dar conta de que teria de tomar medidas drásticas se não quisesse passar a noite em claro pensando nos assassinatos.

Talvez pudesse pegar o violino de novo. Tocar um pouco pode trazer paz de espírito. Só um pouco. Mais que isso seria perda de tempo.

Em silêncio, tomou o último gole de vinho.

"O tempo está correndo", pensou. "Precisamos de uma nova linha de investigação. E precisamos encontrar Johanna o mais rápido possível."

DOMINGO, 2 DE MARÇO DE 2008

BANGKOK, TAILÂNDIA

O APARTAMENTO ERA PEQUENO e frio. Cortinas grossas mantinham a luz do sol do lado de fora e agiam como escudo contra intrometidos. Como se alguém conseguisse olhar dentro de um apartamento no quarto andar.

Inquieta, andava de um lado para o outro entre a salinha e a cozinha. Tinha tomado toda a água, mas não teve coragem de sair para comprar mais, nem de beber da torneira. A desidratação e a falta de sono começavam a se apoderar de seu corpo, tentando forçá-la para além do limite em que ela estava se equilibrando. Sentiu-se fitada por um abismo que ameaçava engoli-la viva. Tentava refletir o tempo inteiro sobre onde pisava a cada passo, como se não acreditasse que o chão do apartamento suportaria seu peso.

Dois dias antes ela soube pela imprensa que sua família estava morta, provavelmente vítima de assassinato. Mal conseguia se lembrar do que aconteceu depois que soube da notícia. Ao vê-la se debulhando em lágrimas, o dono do cybercafé fechou as portas do estabelecimento e a levou para casa consigo. Ele e a esposa colocaram-na para dormir no sofá e se revezaram para ficar com ela a noite toda. Chorava frenética e incontrolavelmente; sua dor era insuportável.

Por fim, o terror foi sua salvação. A notícia do que acontecera com sua família colocou sua situação num novo patamar. Alguém estava tentando, de maneira metódica e sistemática, desmantelar sua vida e seu passado, e dizimar sua família. Pensando nos possíveis motivos dessas ações, de repente foi tomada pelo horror. E o horror e o medo trouxeram de volta sua racionalidade, forçando-a a agir para seu próprio bem. Quando o sol nasceu em Bangkok naquela manhã de domingo, ela estava calma e recomposta. Sabia exatamente o que deveria fazer.

Ela não conhecia o histórico da tragédia pela qual estava sendo obrigada a passar. Mas sabia de uma coisa: seu desaparecimento era peça fundamental da operação. As pessoas não representam cenas dignas de pesadelos envolvendo assassinatos e conspirações sem um bom motivo. Teve a sensação de que tudo tinha mais a ver com ela e o pai do que com a mãe e a irmã. Talvez porque os dois estivessem envolvidos ativamente na questão dos imigrantes. Talvez os crimes tenham sido incitados pela viagem investigativa que acabava de fazer, cujas descobertas não existiam mais.

"Nada faz sentido", pensou. "Nada."

A falta de documentos e objetos pessoais assustou o contrabandista a quem pediu ajuda.

– Você é criminosa? – perguntou, angustiado. – Não posso ajudá-la se você for criminosa.

Ela o conheceu quando chegou a Bangkok. Estava seguindo o caminho dos refugiados, mapeando como as coisas funcionavam na Tailândia. Parecia absurdo e incompreensível que as pessoas do Oriente Médio viajassem para a Europa passando pela Tailândia. Ela precisou de vários dias para ganhar a confiança dele, para convencê-lo de que não tinha nada a ver com a polícia, mas tinha ido ao país por iniciativa própria.

– Por que a filha de um pastor se envolveria nesse tipo de coisa? – perguntou ele, com desdém.

– Porque faz parte do sistema de recepção na Suécia – respondeu, de cabeça baixa. – Porque o pai passou anos escondendo imigrantes ilegais e agora ela está seguindo os passos dele.

– Então o que acha a meu respeito? – perguntou, com a voz cheia de dúvida. – Diferente de você, só estou nessa por causa do dinheiro.

– O que é compreensível – respondeu, embora não estivesse convencida. – Uma vez que também está correndo um risco enorme e poderia passar muito tempo na prisão. Então parece razoável que você seja pago por isso.

Foi assim que ganhou a confiança dele. Ele a deixou acompanhá-lo, conheceu falsificadores de passaportes e fornecedores de documentos de viagem, indivíduos envolvidos em atividades secretas nos aeroportos e figuras importantes na provisão de esconderijos. A rede era discreta, mas imensa, e constantemente perseguida por uma polícia corrupta que tentava, sem nenhuma motivação, refrear suas atividades. O núcleo eram as pessoas, em torno das quais girava toda a operação. Pessoas em rota de fuga, entregues a uma rede criminosa, com o olhar sofrido e anos de caos e dissolução nas costas.

Ela tirou fotografias e documentou tudo. Contratou um intérprete e conversou com várias pessoas envolvidas. Explicou que seu objetivo era apresentar um quadro justo para todas as partes, que havia uma ignorância muito grande sobre a questão na Suécia, e que todos se beneficiariam se essa miséria fosse divulgada. Para quem ganhava dinheiro com o tráfico, ela prometeu anonimato completo e ofereceu o incentivo da publicidade indireta e do aumento da procura por seus serviços. Como se pudessem atender uma demanda maior do que já tinham; como se as pessoas tivessem outra opção.

Bangkok era o destino final. A jornada tinha começado na Grécia, um dos maiores países de passagem da Europa, onde conseguiu documentar o tratamento dado a requerentes de asilo e como eles chegavam à Europa. Depois seguiu viagem para Turquia, Damasco e Amã. Havia mais de dois milhões de refugiados iraquianos enfurnados na Síria e na Jordânia. Suas opções eram muito restritas; se voltassem para casa, em muitos casos se tornariam o que conhecemos como migrantes internos: continuariam sem lar e sem nenhuma base sólida para viver. Dos dois milhões e meio de migrantes, uma parcela muito pequena ia para a Europa. Parecia haver inúmeras formas de fazê-lo, mas a maioria tomava a rota por terra através da Turquia. E para lá ela voltou, acompanhando uma família para ver pessoalmente como se dava o processo.

Quando ouviu a família falar das expectativas que tinham em relação à nova vida na Suécia, ela começou a chorar. Eles sonhavam com um futuro brilhante, cheio de alegrias e boas escolas para os filhos. De casas com jardins e uma sociedade que os receberia de braços abertos: uma descrição no mínimo irrealista.

– Eles precisam de mão-de-obra na Suécia – disse o homem, convicto. – Sabemos que vai dar tudo certo quando chegarmos lá.

Mas ela, assim como todas as pessoas com conhecimento de causa, sabiam que poucas expectativas seriam atendidas, e que seria apenas uma questão de tempo para aquela família se ver indefesa e apática, presa num apartamento minúsculo de algum conjunto habitacional, esperando uma decisão da Agência de Migração que poderia durar uma eternidade e ainda ser negativa. E aí sim começaria a verdadeira fuga: a fuga da deportação.

Ela telefonou para o pai e chorou aos berros no telefone. Disse que agora entendia o que tinha partido o coração dele e o motivado a se envolver nessa luta desesperada pela reparação humana.

E agora estava ali, num abrigo em Bangkok, atrás de um inimigo que ela sequer sabia quem era. A única coisa que a consolava, ainda que muito pouco, era ter dado aquele telefonema para o pai.

Quando retomou mentalmente a viagem, começou a suspeitar que o problema poderia estar na última etapa, e que talvez essa fase tenha desencadeado a catástrofe que se abatera sobre ela. Havia rumores de uma nova maneira de se chegar à Suécia pelo Iraque, pela Síria e pela Jordânia. Com pouquíssimas pistas desconectadas, ninguém confirmava nada. Mas o que descobriu encaixava-se com o que o pai tinha ouvido na Suécia: havia um novo operador em cena, cujo método envolvia valores diferentes e menos dinheiro. Alguém que oferecia uma maneira simples de entrar na Europa, desde que você não revelasse nada sobre o acordo antes de deixar o país de origem. Mas, é claro, de vez em quando as pessoas deixavam escapar alguma coisa, e foi assim que o segredo começou a se espalhar.

A nova forma usava rotas de viagem estabelecidas, sempre via Bangkok ou Istambul. E sempre de avião, nunca por terra. Refletiu um pouco sobre esse fato, pois contrabandear pessoas por avião era muito mais arriscado. Mas, por outro lado, a nova rede parecia levar pouquíssima gente. Nenhuma das pessoas com quem conversou tinha conhecimento pessoal de alguém que tivesse imigrado dessa maneira, tudo era boato. Ela já tinha ido a Istambul duas vezes e Bangkok parecia um bom lugar para terminar a viagem. Sendo assim, como última tentativa de contatar alguém que trabalhasse nessa nova rede, lá estava ela. Realizou uma pesquisa extensa, mas não obteve nenhum resultado. Pelo menos nenhum resultado de que tivesse consciência. Mas aí poderia estar a resposta do mistério: ela chegou muito perto de descobrir alguma coisa.

Estava fraca por causa do cansaço, paralisada por causa da dor. Pegou papel e caneta e se deitou no quartinho. O ar estava parado e pesado, e lá fora estava insuportavelmente quente. Mas seu corpo parecia ter se desligado, recusando-se a reagir. Enrolou-se em posição fetal na cama e fechou os olhos. Quando criança, esse era seu melhor truque para se livrar dos aborrecimentos.

Seu protetor, o contrabandista de imigrantes, ficou surpreso por vê-la de novo em tão pouco tempo.

– Preciso da sua ajuda – disse ela, capturando a atenção dele.

Ela pagaria quando voltasse para a Suécia. Quando tentou obter os detalhes de sua conta bancária e transferir dinheiro para Bangkok, foi informada de que suas contas tinham sido fechadas e que ela não podia ser a pessoa que dizia ser. Então o pagamento teria de esperar, e seu protetor aceitou a situação. Talvez a encarasse como parte de um projeto empolgante, pois parecia positivamente eufórico frente à perspectiva de ajudá-la.

Ela, por sua vez, pensava apenas numa coisa: voltar para casa. A qualquer preço. Porque embora acreditasse que toda aquela catástrofe estivesse ligada à sua investigação, começava a desconfiar que a situação como um todo não era nada simples. A verdade podia estar bem mais perto dela e da família e ser algo muito mais pessoal.

Desmaiou de sono e só acordou depois que escureceu.

ESTOCOLMO

Esperou pelos outros no local combinado, a poucos metros do Globo. A iluminação da gigantesca bola de golfe parecia fantástica contra a escuridão. Ele era todo sorrisos; o coração batia forte e a adrenalina acentuava-lhe a visão, tornando tudo mais vivo. Finalmente cumprira seu objetivo, a jornada tinha acabado e agora poderia fazer o último pagamento. Olhou para o céu noturno, claro e sem estrelas; sua cabeça doía de alívio. A felicidade doía quando era muita.

Um carro preto, cujo modelo ele não conhecia, parou ao longo da calçada onde esperava. A janela baixou e uma pessoa dentro do veículo fez um gesto para que ele colocasse o material no porta-malas e se sentasse no banco de trás, do lado direito. Obedeceu imediatamente. Ao abrir a porta, deparou-se com a mulher que o encontrara no terminal de ônibus, sentada do outro lado. Entrou no carro; o rosto dela continuou impassível.

Era uma noite fria de inverno em Estocolmo, banhada pelo luar. Dessa vez, teve quase certeza de que dirigiam ao norte. O espólio estava bem guardado num saco preto no porta-malas. Deviam confiar nele, pois nem se deram ao trabalho de verificar se ele estava tentando enganá-los.

A confiança era mútua nesse estágio, por isso estava tranquilo durante a curta jornada. O carro saiu da estrada principal e entrou no que parecia ser um parque. Apesar do brilho da lua, a noite estava escura demais para se enxergar direito. Ele obedeceu ao gesto para que saísse do carro. O passageiro que estava no banco da frente também saiu. Era o homem com o rosto desfigurado. O motor continuava ligado.

As instruções do homem foram mudas; ele simplesmente apontou para a escuridão do parque. Ali seguiu o dedo com os olhos e teve a impressão de enxergar uma pessoa adiante, acenando entre as árvores. A pessoa deu alguns passos na direção dele, saindo da escuridão. Era o homem que falava árabe.

Perguntou-se por que o encontro tinha de acontecer num parque deserto no meio da noite. Talvez porque o acordo fosse delicado demais para ser feito com outras pessoas em volta. Caminhou decididamente na direção do homem. O sujeito desfigurado o seguiu a dois passos de distância.

– Concluo que tenha dado tudo certo – disse o falante de árabe ao se aproximarem.

Ele sorriu para Ali, que sorriu de volta.

– Fantasticamente certo – confirmou ele, com a avidez de uma criança de cinco anos querendo impressionar.

– Você é um bom atirador – disse o homem. – Muita gente teria errado um alvo movendo-se tão rápido.

Ali não conteve o orgulho.

– Tive muitos anos de treinamento.

O homem assentiu, satisfeito.

– Sim, nós sabemos. Por isso escolhemos você.

O homem parecia pensar no que dizer em seguida.

– Venha comigo – continuou, inclinando a cabeça na direção das árvores, onde era possível ver o brilho de um lago por entre os troncos.

De repente, Ali ficou desconfiado.

– Venha – disse o homem. – Só temos mais um detalhe para acertar.

Ele deu um sorriso tão amigável que Ali se acalmou instantaneamente.

– Quando poderei ver minha família de novo? – perguntou enquanto seguia o homem até a clareira.

– Breve, muito em breve – disse o homem, virando-se de costas.

Um segundo depois, ouviu-se um tiro. A jornada de Ali tinha chegado ao fim.

SEGUNDA-FEIRA, 3 DE MARÇO DE 2008

ESTOCOLMO

O CORREDOR ESTAVA MOVIMENTADO quando Fredrika Bergman chegou ao trabalho na segunda-feira. Ellen abriu um sorriso quando se viram na porta da sala dela.

– Você está radiante! Está dormindo melhor?

Fredrika assentiu e retribuiu alegremente o sorriso, quase se sentindo envergonhada sem saber o motivo. Também não sabia por que estava dormindo melhor. Talvez o efeito do jantar em família, no sábado, tivesse sido mais positivo do que imaginara. Talvez o violino também tivesse ajudado. Agora que tinha começado, não conseguia mais parar. Carregava a lembrança nos dedos, e por mais que tenha cometido alguns erros, descobriu que conseguiria tocar parte por parte.

Alex, em contrapartida, deu início à reunião no Covil com a aparência de quem não tinha dormido direito. Fez uma breve apresentação do que a equipe descobriu no final de semana.

"Ele está afundando", pensou Fredrika, ansiosa. "E não estamos esticando um dedo sequer para ajudá-lo."

Peder e Joar escolheram assentos bem distantes um do outro e olhavam para a frente sem pestanejar. A equipe passou de coesa para dispersa em questão de dias. Para seu alívio, Fredrika percebeu que pelo menos dessa vez o conflito não tinha a ver com ela.

– Verifiquei o que Ragnar Vinterman nos tinha dito sobre Erik Sundelius: as advertências do conselho e a acusação de assassinato. É tudo verdade – disse Peder. – Agora precisamos saber se isso é ou não relevante para o nosso contexto.

– E precisa ser relevante? – perguntou Fredrika. – Precisa mesmo ser relevante, nesse caso específico, que o psiquiatra de Jakob Ahlbin tenha tratado de dois *outros* pacientes de forma negligente, resultando em suicídio? Nós continuamos não achando que Jakob matou a esposa e se matou depois.

– Não – disse Alex, deliberadamente. – Não achamos que ele se matou. Por outro lado, também não sabemos o que *achamos* que aconteceu.

Fredrika pareceu confusa.

– Andei pensando um pouco a respeito das filhas – disse ela. – E comecei a imaginar se não cometemos um erro separando as duas probabilidades, por assim dizer.

Os outros olharam inexpressivos para ela, que se apressou em explicar.

– Nós continuamos falando como se os elementos obscuros do caso não tivessem nada a ver um com o outro. Jakob Ahlbin parece ter matado a esposa e se matado depois, mas não acreditamos nisso. Johanna Ahlbin parece ter desaparecido da face da Terra, mas não temos certeza. E temos várias razões para desconfiar de irregularidades na questão da morte de Karolina Ahlbin, mas também não sabemos exatamente o que pode ter de errado.

Fredrika fez uma pausa para respirar.

– E se tudo estiver conectado? Era só isso que eu queria dizer.

Com o queixo apoiado numa das mãos, Alex parecia dez anos mais velho do que realmente era.

– Bom – começou. – Tenho certeza de que ninguém aqui imaginou que os elementos *não estejam* conectados; o problema é que não conseguimos descobrir como. O que vocês pensam a respeito?

– Acho que talvez não tenha sido Karolina que morreu – disse Fredrika, contorcendo-se um pouco. – Sei que parece loucura, é claro.

– Mas ela foi identificada pela própria irmã – disse Peder, franzindo a testa. – E mostrou a carteira de motorista.

– Mas é tão difícil assim conseguir uma carteira de habilitação falsa? – perguntou Fredrika. – E qual a chance de um médico descobrir que é falsa? Karolina Ahlbin foi identificada por uma irmã da qual não existe nenhum sinal. E se Karolina ainda estiver viva, sabemos que também não temos sinal dela. E esse é o problema, na minha opinião. Por que não entram em contato, mesmo com a história em todos os jornais?

Ninguém disse nada. Todos tinham visto os jornais da manhã – cheios de matérias de página cheia contando a história da família Ahlbin. Dessa vez, os jornalistas conseguiram fotografias das garotas.

ONDE ESTÁ JOHANNA AHLBIN? Dizia uma das manchetes, sugerindo que alguma coisa também poderia ter acontecido com ela.

– Entendo o que quer dizer – comentou Alex. – E, é claro, você pode estar certa. Mas nesse caso haveria explicações menos dramáticas para as esquisitices. Karolina Ahlbin não entrou em contato simplesmente porque está morta, e Johanna porque ainda não sabe do que aconteceu. Mas eu concordo – se ela não aparecer até meados da semana, precisaremos mudar de rumo.

– Você não acha que alguma coisa pode ter acontecido com ela, acha? – perguntou Joar.

– Ou isso, ou o que Fredrika disse, e nesse caso ela teria razões para se manter longe da polícia.

Alex olhou para Fredrika.

– Vamos passar para outro ponto – disse. – Você notou algo muito interessante no conteúdo dos e-mails, e no fato de que Tony Svensson pode ter sido procurado pela pessoa que escreveu os e-mails enviados dos outros computadores. Conversei com o promotor e vamos interrogá-lo de novo. Quero que Joar e Peder façam isso juntos.

Levantou a cabeça e viu que os dois estavam furiosos.

– Juntos – repetiu. – Entendido?

Os dois assentiram.

– Fredrika vai até a biblioteca em Farsta – continuou Alex. – E quero que todos fiquemos de olho nas circunstâncias em torno da morte de Karolina. Ver se alguém demonstrou interesse no corpo; o enterro vai ter que acontecer, etc. Talvez ela tivesse algum namorado que não conhecemos. Entrem em contato de novo com o hospital e continuem investigando.

Fredrika assentiu, feliz com a decisão.

Alex olhou distraidamente ao redor.

– Acho que é isso – disse.

– E o policial? – objetou Peder. – Aquele da polícia de Norrmalm, para quem Tony Svensson telefonou?

– Eu mesmo vou cuidar disso – respondeu Alex. – Nos vemos aqui novamente às quatro da tarde.

Foram interrompidos por uma batida forte na porta, e um detetive do DIC de Estocolmo colocou a cabeça para dentro da sala.

– Tenho uma informação sobre Muhammad Abdullah, aquele sujeito com quem você e Fredrika conversaram na semana passada – disse, olhando para Alex.

– Ah, sim – respondeu, não muito satisfeito com a interrupção.

– Está morto – disse o detetive. – Saiu para resolver alguma coisa ontem e não voltou. A esposa alertou a polícia na noite passada, mas só teve ajuda agora pela manhã. Ele foi encontrado morto com um tiro na cabeça num estacionamento perto de onde eles moram.

Fredrika ficou triste e preocupada. O homem tinha sido cordial e prestativo, mesmo se sentindo ameaçado. E agora estava morto.

Alex engoliu.

– Mas que merda – disse, com a voz baixa.

– E não é só isso – disse o detetive. – Ontem à noite, um corredor se deparou com um corpo jogado no lago Brunnsviken, no trecho em que a trilha de corrida passa pela margem. O homem não foi identificado, mas a investigação inicial mostrou que ele foi morto com a mesma arma usada para matar Muhammad Abdullah.

A noite tinha sido longa e penosa para Alex, que passou todas as horas deitado insone ao lado da esposa. Os pensamentos sobre Lena marcavam-no como fogo. Tinha prometido a si mesmo que conversaria com ela no fim de semana, mas não conseguiu. Ou não teve coragem.

"E se ela estiver doente? E se for Alzheimer?" pensou tolamente. "O que vou fazer?"

O medo o paralisou. Queria que ela lhe dissesse o que havia de errado, pois era fraco demais para dar o primeiro passo.

Fredrika entrou sem avisar, colocando primeiro a barriga dentro da sala. Estava de volta à ativa, faltando apenas um mês para a criança nascer.

– Só vim avisar que estou indo ao hospital.

– Parece um bom ponto de partida – disse Alex.

– Telefonei para a Biblioteca de Farsta também, e eles prometeram me retornar – disse. – Eles não deixam os dados arquivados no computador, então ficaram de verificar no livro de registros.

Um homem da divisão técnica bateu na porta, atrás de Fredrika.

– Sim? – perguntou Alex.

– Descobrimos uma coisa enquanto checávamos a linha de telefone residencial de Jakob Ahlbin – disse o técnico.

– E? – perguntou Alex.

– Uma semana antes dos assassinatos, eles mandaram um pedido por escrito para a Telia pedindo o cancelamento da linha. A data foi agendada para terça-feira, 26 de fevereiro – ou seja, no dia em que morreram.

– Quem assinou o pedido? – perguntou Alex.

– O próprio Jakob. Ele também cancelou o telefone celular no dia em que morreu.

– E o celular da esposa?

O técnico limpou a garganta.

– Estava ativo até a manhã de quarta-feira passada, quando cancelaram o contrato. Não sabemos quem cancelou.

– Alguém telefonou para o número dela? – perguntou Alex.

O técnico assentiu.

– Desde que confiscamos o aparelho, a operadora registrou apenas duas chamadas: uma de um número não identificado em Bangkok e outra de um paroquiano que nitidamente não sabia que ela estava morta.

– Bangkok? – repetiu Fredrika, surpresa.

– Sim.

– Então ele cancelou a linha de telefone... – pensou Alex. – Por que ele faria isso?

– No caso de ter sido ele – interpôs Fredrika.

– Sim, no caso de ter sido ele...

– O que provavelmente não foi – continuou Fredrika. – Parece mais provável que tenha sido a mesma pessoa que cancelou o de Marja, pouco tempo depois, não?

– É perfeitamente possível cancelar a linha de telefone de outra pessoa – disse o técnico. – As únicas informações que eles pedem, para verificar se é o assinante quem está falando, são coisas básicas, como número de identidade e endereço.

Alex assentiu e franziu a testa.

– Mas por que será que isso era tão importante? – perguntou, irascível. – Cancelar as assinaturas de telefone?

O técnico recuou e um faxineiro passou no corredor. Fredrika assentiu e disse que ele podia cuidar da sala dela.

Alex pegou o relatório sobre as duas vítimas da noite passada. O homem encontrado no lago Brunnsviken morreu provavelmente uma hora antes de o corredor encontrá-lo. O assassino com certeza não imaginou que haveria um corredor no Parque Haga à meia-noite, tampouco esperava que o corpo fosse encontrado tão rápido. Já Muhammad Abdullah morrera duas horas antes do outro homem.

"Mesma arma, mesmo assassino", pensou Alex. "Um assassino ambulante."

Como se lesse seus pensamentos, Fredrika disse:

– Acho que podemos supor que foi o mesmo assassino nos dois casos.

Alex esperou um momento e perguntou:

– E a ligação com Jakob Ahlbin? Se é que existe alguma...

– Sim, acho que existe – disse Fredrika, pensativa. – Acho que todas as vítimas precisavam ser silenciadas. Essa é a ligação.

Alex arregalou os olhos.

– Mas por quê?

– É isso que não entendo – respondeu Fredrika, frustrada. – Muhammad Abdullah falou para nós que estava com medo, e, analisando agora a situação, sabemos que ele tinha motivos para ter medo. Jakob Ahlbin também parece ter tido motivos para ter medo, mas a questão é se ele tinha ciência disso.

– Exatamente – disse Alex. – E por que Muhammad Abdullah ficou tão apavorado? Porque estava convencido de que tinha informações confidenciais e porque tinha medo que a polícia começasse a investigar sua ligação com os contrabandistas.

– E ele teve tempo de repassar essas informações sobre a nova rede de contrabando de imigrantes para Jakob – completou Fredrika.

– Um daqueles e-mails pedia para Jakob parar de procurar. Será que ele estava buscando informações onde não devia?

– Parece uma suposição justa.

– Mas será que a ligação é mesmo essa? – perguntou Alex, desconfiado. – Quer dizer, parecia *positivo* que os refugiados tivessem essa alternativa melhor e mais barata de chegar ao país sem se meterem com bandidos corruptos.

– Sim, você está certo – disse Fredrika. – Parece estranho que os contrabandistas fossem generosos com os imigrantes e ao mesmo tempo matassem párocos por aí.

O faxineiro terminou de limpar a sala de Fredrika e acenou para ela ao passar de novo pela porta da sala de Alex. Foi então que ela se lembrou de uma coisa.

– O homem atropelado na entrada da universidade – disse ela.

– O assaltante morto? – disse Alex.

– Sim, ele mesmo – disse Fredrika. – Supostamente ele entrou no país desse novo "jeito", de acordo com Muhammad, então é bem provável que soubesse do funcionamento da operação. E também foi assassinado.

Alex pareceu confuso.

– E o homem no Parque Haga? – perguntou.

– Não sei – disse Fredrika, sentindo o coração acelerar. – Mas tem alguma coisa terrivelmente parecida nos dois casos... só não consegui ainda identificar o que é.

Alex se levantou e olhou para o relógio.

– Vou tentar localizar o policial em Norrmalm, com quem Tony Svensson conversou – disse, determinado. – E vamos aguardar os detalhes do DNIC sobre esses dois assassinatos. Enquanto isso, descubra tudo o que puder sobre a morte de Karolina.

– Certo, vou fazer isso agora – disse Fredrika com a mesma determinação, levantando-se rapidamente da cadeira.

Alex abriu um sorriso. A Fredrika Bergman que ele conhecia estava de volta.

Pela segunda vez num curto intervalo, Tony Svensson foi levado à delegacia para ser interrogado. Dessa vez ele colaborou bem menos e lançou olhares pouco amistosos para Peder Rydh e Joar Sahlin quando os dois entraram na sala de interrogatórios.

– Já falei tudo que tinha para falar – bramiu. – Escutaram? Não vou dizer nem mais uma palavra!

E plantou-se na cadeira, cruzou os braços e olhou para os dois, de cara fechada.

Por trás daquela fachada de força e insolência, Peder via outra coisa: medo. Teve esperança de que o ignorante Joar não deixasse esse detalhe passar despercebido.

Peder estava bastante feliz com o modo como sua semana começara. Adorava quando as investigações começavam a esquentar: era uma boa distração para toda a chateação da vida privada. Os desenvolvimentos recentes do caso também significavam um adiamento da consulta com o psicólogo do trabalho.

– Vamos resolver isso quando houver tempo – determinou Alex, e prometeu que ele mesmo telefonaria para Margareta Berlin, chefe do RH.

Assim Peder podia se concentrar exclusivamente em Svensson.

– Temos só algumas perguntas complementares – disse, tranquilo.

Tony continuava furioso.

– Não vou dizer nada – sibilou.

"Mentira", pensou Peder sarcasticamente. "Você vai falar sem parar."

– Algum motivo especial para isso? – perguntou Joar.

"Ele entendeu", pensou Peder. "A questão é saber se ele vai jogar fora nossa vantagem de novo."

– Algum motivo especial para quê? – retrucou Tony.

Ele claramente tinha vontade de comunicar; só queria algumas garantias.

– Algum motivo especial para você se recusar a falar? – perguntou Joar, tranquilamente.

Nenhuma reação. Svensson não abriu a boca.

– Eu acho o seguinte – disse Joar, inclinando-se sobre a mesa. – Você estava bem calmo quando esteve aqui porque sabia que só queríamos conversar sobre o que você tinha contra Jakob Ahlbin e porque sabia que tudo seria resolvido. Não foi você que mandou os últimos e-mails e você sabia que descobriríamos isso, mais cedo ou mais tarde.

Joar fez uma pausa, tentando entender, pela expressão de Tony, se estava se fazendo entender.

– Mas agora você está com medo porque de repente queremos falar de outra coisa, e você sabe tanto quanto nós que não existem tantos assuntos entre nós.

Joar reclinou-se na cadeira, dando a Tony uma deixa para falar e equilibrar a força na mesa. Mas Tony não disse nada, e era difícil entender a expressão do rosto dele.

– Achamos que você foi à casa de Jakob Ahlbin porque ele estava interferindo nas suas coisas mais uma vez; e achamos que outra pessoa *mandou* você fazer isso – disse Peder, suavemente. – A única coisa que queremos e precisamos saber é quem é seu contato e o que você deveria dizer ou fazer.

Tentou olhar para os olhos de Svensson e passou a mão sobre a mesa como se estivesse retirando alguma sujeira invisível.

– Jakob Ahlbin e a esposa morreram com um tiro na cabeça – disse Peder, sério, mas com a voz baixa para despertar uma confiança mútua. – Eu e meu colega achamos difícil demais não investigá-lo como suspeito de cúmplice de assassinato, a não ser que nos dê um bom motivo.

Como Tony Svensson continuou sem dizer nada, seu advogado colocou a mão discretamente em seu braço. Sem demora, Tony fez um gesto brusco para se desvencilhar do toque.

“Merda”, pensou Peder. “Os caras devem tê-lo assustado tanto que agora está com muito mais medo dos mandantes do que de ir para a cadeia como cúmplice.”

– O que eles disseram que vão fazer contigo se você dedurar alguém? – perguntou Joar, como se tivesse lido a mente de Peder. – Eles ameaçaram calar sua boca definitivamente? Ou resolveriam o assunto com uma boa surra?

Nenhuma resposta, mas Peder viu que Svensson tinha começado a mexer a mandíbula.

– Vi na sua ficha que você teve uma filha – aventurou-se, provocando uma reação tangível.

– Não encosta nela! – gritou Svensson, levantando-se. – Não encosta nela!

Joar e Peder continuaram sentados.

– Sente-se, por favor – disse Joar, calmamente.

Peder tentou olhar nos olhos de Tony.

– Era atrás dela que eles iriam? – perguntou. – Eles iriam pegá-la se você dedurasse alguém, não é?

Svensson relaxou na cadeira como um balão furado. Não olhou para nenhum dos dois; apenas encostou os cotovelos sobre a mesa e apoiou a cabeça nas mãos.

– Foi isso, Tony? – perguntou Joar.

Finalmente ele assentiu, em silêncio.

Peder suspirou, aliviado.

– Nós podemos ajudá-la, Tony – disse. – Podemos ajudar vocês dois. Você só precisa conversar com a gente.

– Até parece que podem – disse Tony, com a voz rouca. – Não venham dizer que podem proteger alguém deles. Sem a menor chance.

Peder e Joar se entreolharam pela primeira vez no interrogatório.

– Podemos sim – disse Peder, assertivo. – E podemos protegê-los muito bem, aliás. Muito melhor do que você conseguiria sozinho.

Svensson deu uma risada preguiçosa.

– Se você acredita mesmo nisso, é porque não faz a menor ideia de onde está pisando – disse, cerrando os dentes. – Minha única proteção, a única esperança de sobreviver a essa merda e manter minha filha longe disso é não falar com vocês. Entenderam? Se querem me salvar, me deixem fora dessa porra agora!

O advogado se mexeu de leve na cadeira, que raspou no chão, fazendo barulho.

– Só precisamos de um nome – disse Joar. – Só isso. Do resto a gente cuida.

– Se você conseguir essa porra desse nome, não vai ter "o resto" – gritou Svensson. – Eu não sei o nome de ninguém. Só conheço a cara horrorosa do sujeito.

– Mas isso basta – disse Peder. – Pelo menos você vai conseguir identificá-lo. Podemos mostrar algumas fotografias, e se você o reconhecer...

A risada sarcástica de Svensson cortou a fala de Peder na metade e ecoou nas paredes lisas.

– Olhar fotografias – disse, desanimado. – Vocês estão tão perdidos que nem reconhecem! Vocês não estão procurando alguém como eu, seus idiotas.

Peder inclinou-se sobre a mesa.

– O que estamos procurando, então? – perguntou, tenso.

Svensson calou a boca.

– Não vou dizer mais nada – grunhiu.

Peder hesitou.

– Muito bem, então fale sobre o que você tinha que fazer.

Svensson continuou sem dizer nada.

– Se você não quer dizer quem era seu mandante, diga pelo menos o que mandaram você fazer.

Silêncio enquanto Tony pensava no que Peder havia proposto.

– Eu tinha que parar de mandar e-mails – disse, prendendo a respiração. – Mas isso também não interessa porque, como disse, nossos problemas já estavam se resolvendo. Mas também tinha outra coisa.

Ele hesitou.

– Eu precisava ir até a casa do pároco e bater na porta. E entregar um envelope.

– Você sabe o que tinha no envelope?

Tony balançou a cabeça. Parecia desesperado.

– Não, mas era importante que fosse entregue exatamente naquele dia.

– E você entregou o envelope nas mãos de Jakob?

– Sim. Ele ficou surpreso quando viu que era eu, até perceber que não tinha a ver com Ronny Berg.

Joar tamborilou levemente a mesa com os dedos.

– Ele leu a carta enquanto você esperava?

Tony abriu um sorrisinho de escárnio.

– Leu sim, na verdade. Ficou furioso e mandou eu dizer a quem tinha me enviado que era para pensarem duas vezes antes de ameaçá-lo. E disse que ia queimar a carta quando eu saísse.

– O que você ganhou para fazer essas coisas? – perguntou Peder.

Tony olhou bem nos olhos de Peder.

– Continuar vivendo – respondeu. – E se tiver sorte, se fizer o jogo certo, minha filha também vai continuar vivendo.

– Então eles ameaçaram machucá-la se você não fizesse o que fez? – perguntou Peder, gentilmente.

Svensson assentiu, com os olhos estranhamente úmidos. Joar parecia refletir profundamente; endireitou o corpo e jogou os ombros para trás.

– Eles pegaram ela – disse ele, quase fascinado. – Eles a pegaram como garantia de que você cumpriria sua parte.

Peder olhou de Joar para Svensson.

– Não é verdade? – perguntou.

– É sim – disse, sombrio. – E eu não faço a menor ideia de como eles vão reagir quando eu sair daqui.

Quando acabaram de interrogar Svensson, Peder e Joar pediram alguns minutos para conversar antes de liberá-lo.

– Não acho que ele esteja blefando – disse Peder assim que os dois ficaram sozinhos.

O ódio que estava sentindo pelo colega começou a afetar sua capacidade de julgar. A única coisa que contribuíra para diminuir um pouco a sensação foram os eventos do fim de semana: como o filho estava doente, ele passou a noite de sábado e quase todo o domingo com Ylva.

– É importante nos unirmos quando for preciso – disse Peder à ex-esposa quando ela voltou do hospital e o encontrou na cozinha, preparando o jantar.

Como se fossem uma família. Como se na verdade pertencessem um ao outro.

Ylva concordou com ele e, como havia muito tempo não acontecia, todos tiveram uma noite muito agradável. Ele perguntou como estava o trabalho e ela disse que se sentia bem melhor agora. Ele ficou feliz com a notícia, mas não conseguiu falar de si próprio. Peder nunca conseguiu assumir que se sentia pior do que ela; aquele momento não seria exceção.

A voz de Joar assustou Peder, trazendo-o de volta para o presente.

– Também não acho que ele esteja blefando, acredito que precisamos levar a sério a questão da ameaça, mas...

– Mas o quê? – perguntou Peder.

– Não tenho certeza se eles pegaram a filha dele.

– Eu tenho – afirmou Peder, sem pensar muito no que estava dizendo.

O que levou Joar a obter de novo a vantagem.

– Sério? Pense com cuidado, Peder. Por que eles se arriscariam tanto pegando a filha dele desde o começo? É um risco enorme. Eles não poderiam soltá-la depois, porque ela conseguiria identificar cada um deles. Ou seja, eles teriam que matar uma criança. Esses caras vão no inferno para não ter que matar crianças.

– Mas esses caras não são bandidos comuns.

– É verdade. O que torna essa hipótese ainda mais surreal. Eles são inteligentes demais para matar uma criança. Não duvido nem um pouco que tenham ameaçado fazer isso. Mas ameaçar é outra coisa.

– Você está querendo dizer que Tony Svensson mentiu sobre terem levado a filha dele para a gente recuar?

– Exatamente. E também para mantermos distância dele no futuro.

Peder pensou um pouco.

– Não parece que temos essa opção. Manter distância, quero dizer.

– É verdade – disse Joar, sorrindo. – Sugiro então que você entre, finalize o interrogatório e cuide da papelada enquanto subo para o departamento e consigo uma autorização para que esse sujeito comece a ser vigiado assim que sair daqui. Aposto que ele vai direto para casa ver se está tudo bem com a filha. Depois provavelmente vai telefonar para algum contato e dizer que está tudo bem, que não deu nenhuma informação crucial.

Por um instante, Peder se acalmou. Eles já tinham grampeado o telefone de Svensson. Talvez até o fim do dia conseguiriam o nome de algum dos caras que o ameaçaram.

ERA ALGO CADA VEZ MAIS RARO, mas de vez em quando acontecia de Spencer Lagergren e sua esposa, Eva, estarem em casa no meio do dia e almoçarem juntos. Spencer não fazia ideia do que motivara Eva a sugerir um desses almoços especificamente naquele dia, mas sabia que não valia a pena ir contra a vontade dela.

Quando chegou do trabalho, foi recebido pelo aroma agradável no instante em que abriu a porta.

– Você já começou – disse ao chegar na cozinha um minuto depois.

– É claro – disse Eva. – Não ia ficar à toa esperando você chegar.

Spencer sabia que a relação que tinha com a esposa era um mistério para sua amante, Fredrika Bergman, e muitas vezes ele também achava o mesmo. O caráter absurdo que a relação adquiriu agora que tinha engravidado outra mulher ficava cada vez mais difícil de suportar. Mas tinha sido impossível, é claro, não falar com Eva sobre a iniciativa e sobre as mudanças que a situação causaria em sua vida. Os dois se permitiam relacionamentos extraconjugais desde o princípio, mas foi escolha de Spencer continuar vendo a mesma pessoa durante anos. Ele sabia que isso incomodava a esposa, cujas aventuras nunca duraram muito tempo. Mas também o perturbava o fato de Eva ter tantos amantes. E muitas vezes tão jovens. Como se houvesse alguma razão legítima para ele ser contra as preferências dela.

– Mal nos vimos no fim de semana – disse Eva, animada –, por isso achei que seria bom almoçarmos e passar algum tempo juntos.

O cordeiro com batatas crepitava no forno, e havia uma grande travessa de salada sobre a mesa. Um pensamento estranho passou pela cabeça de Spencer: Teria coragem de comer de tudo aquilo? Ela não estava se comportando de maneira estranha?

– Você teve um trabalho enorme – disse ele, indo à geladeira pegar algumas bebidas.

– De vez em quando dá trabalho, querido – disse ela, irônica. – Quando é fácil demais pode dar merda.

Spencer ficou tenso. Em trinta anos de casamento, viu a esposa ser grosseira daquele jeito apenas umas cinco vezes. Mas não comentou nada.

– Não acha? – perguntou ela.

– Sim, é claro – respondeu, sem dar muito crédito ou entender o que estava dizendo.

Os dedos longos da esposa alcançaram a garrafa de vinagre balsâmico. Molho de salada era obrigatório.

– E como foi o *seu* fim de semana? – perguntou ela, batendo com a garrafa de vinagre na mesa.

O gesto foi mais que suficiente para ele entender que havia alguma coisa errada. Fechou lentamente a porta da geladeira e se virou. Ela estava do outro lado da mesa.

Eva sempre foi bonita. Esguia e elegante. Sua aparência continuava não tendo nada de errado. O cabelo cheio estava preso num penteado simples e clássico. Como de costume, um cacho solto pendia-lhe sobre o rosto. Tinha os olhos verdes e grandes, oceanos cujas pupilas pareciam ilhas desertas. Bochechas salientes e lábios carnudos. Em outras palavras, era extremamente atraente e cativante.

Spencer suprimiu um suspiro. Porque infelizmente ela era tudo aquilo e foi tudo aquilo nos últimos vinte anos. A mulher que o prendeu, a cruz que teve de carregar.

Olhou nos olhos dela e levou um susto: ela estava chorando. Deus meu, qual foi a última vez que a vi chorar? Há cinco anos, quando o pai dela sofreu um infarto? Com o coração mais forte que de um touro, já tinha passado dos 85 e continuava robusto e com saúde de sobra para que Spencer previsse algum futuro brilhante. Embora fosse uma tolice, é claro, imaginar que a morte daquele velho diabo o traria algum tipo de salvação. Sogros infernais sempre arrumam um jeito de voltar.

– Você precisa me manter informada, Spencer – disse, com a voz baixa. – Não pode simplesmente me deixar de fora.

Spencer franziu a testa e preparou sua defesa.

– Eu nunca escondi nada de você – disse ele. – Contei sobre Fredrika, contei sobre o bebê.

Eva soltou uma gargalhada.

– Meu Deus, Spencer, você passou quase o fim de semana inteiro fora sem me dizer onde estava.

"Eu não sabia que você se importava", pensou.

– Pode parecer isso, mas não foi minha intenção – disse, limpando a garganta. – Como já tinha lhe dito, Fredrika não está se sentindo muito bem com a gravidez, então...

– E como vai ser depois? – interrompeu Eva. – Já pensou nisso? Vai ficar com o bebê em semanas ou fins de semana alternados, qual é o plano? Vai trazê-lo conosco quando sairmos para jantar com os amigos? E vai dizer o que para eles?

Balançou a cabeça e caminhou até o forno para checar a comida.

– Achei que já tínhamos falado sobre isso – disse Spencer, percebendo o quanto seu comentário pareceu ingênuo.

Eva bateu a porta do forno.

– *Você* pode até ter falado sobre isso – disse. – Mas *nós* não conversamos.

Fez uma pausa antes de continuar.

– Se é que o *nós* ainda existe.

Enquanto abria a boca para responder, ela levantou o dedo indicador, gesticulando para que ficasse quieto.

– Eu me conformei com o fato de que nós dois, durante muito tempo, sentimos necessidade de ter outras pessoas para o nosso bem-estar – disse ela, com a voz tranquila, dando um longo suspiro. – Mas você ter resolvido *começar uma família* lá fora com outra mulher...

Eva cobriu a boca com a mão e, pela primeira vez há muitos anos, Spencer sentiu vontade de abraçá-la.

– Como as coisas chegaram nesse ponto, Spencer? – disse, chorando. – Como ficamos presos nessa relação sendo infelizes e incapazes de amar um ao outro?

Ela calou as palavras; ele ficou com a boca seca.

Ela não tinha a menor ideia do que o pai fizera.

"Preciso mesmo me importar?", pensou Spencer. "O que poderia ser pior que isso?"

FREDRIKA BERGMAN AGARROU-SE AO VOLANTE do carro e foi direto para o Hospital de Danderyd. Durante o fim de semana, o caso chegara ao seu ponto mais crítico: dois outros corpos, um diretamente ligado à morte do reverendo e da sra. Ahlbin. Um suspeito que, segundo Joar e Peder, era mais uma testemunha-chave. Um psiquiatra que tentou convencer a polícia de que seu paciente era incapaz de se matar, mas cuja experiência como médico mostrava atitudes e julgamentos equivocados em relação a antigos pacientes. E dois párocos, Sven Ljung e Ragnar Vinterman, que supostamente conheciam Johanna Ahlbin, mas tinham visões totalmente contraditórias da moça.

Ao saírem do apartamento dos Ljungs no fim de semana, Fredrika e Alex compararam suas anotações e descobriram que Elsie tinha colaborado muito mais com a investigação. Sven, por exemplo, não disse nada sobre o vício do filho e o fato de Karolina Ahlbin ter se relacionado com ele durante vários anos. Alex telefonou para ele depois para perguntar por que tinha escondido a informação da polícia e recebeu a seguinte resposta: "Porque sinto vergonha de ter falhado como pai. E agora me sinto ainda mais envergonhado colocando o nome de Karolina na lama por não ter dito nada".

Fredrika conseguira o nome e as informações de contato do filho deles, mas perdeu um pouco a esperança quando percebeu que ele havia sido internado pela justiça numa clínica de reabilitação. De acordo com Elsie, ele estava numa clínica em Estocolmo, onde se recusava a colaborar com a equipe e não tinha contato nenhum com o mundo exterior. Parece que a sua última overdose provocara um dano cerebral, embora os médicos não tivessem certeza. Fredrika foi obrigada a descartá-lo como potencial testemunha.

Ao entrar no Hospital de Danderyd, Fredrika sentiu um frio no estômago: era ali que daria à luz em pouco tempo. O cheiro dos corredores tirou-a imediatamente do devaneio. Por que será que o cheiro das casas de saúde era sempre tão desagradável? Quase como se a própria morte entrasse no sistema de ventilação e soprasse na cara das pessoas ao atravessarem a porta.

Seu celular apitou dentro do bolso. Era uma mensagem da mãe dizendo que ela e seu pai tinham adorado conhecer Spencer no fim de semana.

Envergonhada, colocou o aparelho de volta no bolso da jaqueta. A mãe não tinha obrigação nenhuma de entender ou aceitar o estilo de vida da filha. Mas seria bom se o aceitasse mesmo assim. Tudo agora parecia mais simples, mas também infinitamente mais difícil. Os pais não fizeram errado ao perguntar como ela cuidaria do bebê sozinha. Spencer daria o devido apoio financeiro, é claro, mas Fredrika sabia que se decepcionaria no aspecto prático e emocional. Um homem de quase sessenta anos, que nunca tinha sido pai, não poderia ser um porto tão seguro assim.

Fredrika já tinha conversado pelo telefone com Göran Ahlgren, médico de plantão que atendeu Karolina Ahlbin no dia em que foi internada. Desta vez, ele a recebeu no consultório. Fredrika flagrou a si mesma pensando na boa aparência do doutor e sorrindo abertamente para ele. Infelizmente ele sorriu da mesma maneira e a olhou de cima a baixo: tinha olhos penetrantes, da cor do mar. Estimou que deveria ter entre 50 e 55 anos.

– Karolina Ahlbin – disse ela, tentando soar profissional para esconder o flerte inicial. – Você estava aqui quando ela foi recebida na emergência.

O médico assentiu.

– Sim, estava. Mas acredito que não tenha mais informações além das que lhe contei ao telefone.

– Surgiram alguns fatos novos que complicaram o caso – disse Fredrika, franzindo a testa. – Muitas pessoas que conheciam Karolina garantiram que ela jamais usou drogas.

Göran Ahlgren levantou as mãos.

– Só posso basear minha opinião no que vi e documentei – disse. – E o caso que presenciei foi de uma jovem com o corpo extremamente devastado. Ela carregava as marcas de um vício de longa data.

– Muito bem – disse Fredrika, abrindo a bolsa. – Só para garantir.

Pegou duas fotografias.

– Esta é a mulher que chegou na ambulância e se identificou como irmã de Karolina Ahlbin?

– Sim – confirmou Göran Ahlgren, sem hesitar.

Aliviada, Fredrika guardou a foto de Johanna Ahlbin na bolsa.

– E esta daqui – disse ela, mostrando a outra foto. – É a viciada que morreu de overdose? Identificada pela irmã como Karolina Ahlbin?

O médico pegou a fotografia e recuou.

– Impossível – murmurou.

– Como? – disse Fredrika, tentando não demonstrar o quanto estava ansiosa.

Göran Ahlgren balançou a cabeça.

– Não – disse ele, confuso. – Quer dizer, não sei.

– O que você não sabe? – perguntou Fredrika abruptamente, recebendo a fotografia de volta.

– Quer dizer, de repente não tenho mais certeza. A mulher da fotografia é parecida com a moça que morreu aqui, mas...

O médico suspirou, um pouco desconfiado.

– Não, não é a mesma pessoa – admitiu.

Fredrika apertou o bloco de anotações.

– Tem certeza?

– Não, preciso analisar isso melhor no decorrer do dia. Nunca passei por nada parecido. Seguimos todos os procedimentos e...

Impaciente e eufórica, Fredrika o interrompeu.

– A moça não tinha outros ferimentos? – perguntou.

– Como assim?

– Outros ferimentos que apontem outra causa para a morte.

– Não – disse o médico. – Eu vi o resultado da autópsia e não havia nenhuma anomalia que se encaixasse na patologia normal dela.

"Patologia normal". A expressão provocou um arrepio em Fredrika.

– Mas a causa concreta da morte foi overdose de heroína?

– Sim, colocando em termos simples.

– E ela injetou a droga em si mesma no apartamento dela?

Göran Ahlgren olhou para ela.

– Não sei nada sobre isso. Tudo que sei é que ela chegou aqui de ambulância e a irmã a tinha encontrado no apartamento. Em que local ela usou a droga não era importante.

Fredrika sabia que era verdade, mas os policiais que foram ao hospital deviam ter prestado atenção nisso. Era trabalho deles, não do hospital, saber se havia fundamentos para suspeitar de um crime. Ela se perguntou se os policiais tinham se esforçado o suficiente para investigar as circunstâncias da morte de Karolina.

– Outra pessoa poderia ter injetado a droga em Karolina? – perguntou Fredrika, receosa.

– Sim, é possível – respondeu Göran Ahlgren. – Mas por que alguém faria isso?

Porque ela precisava desaparecer.

Fredrika entendera que já tinham perdido tempo demais.

– Quero um teste de DNA no corpo de Karolina Ahlbin. Quero ter certeza absoluta de que foi ela que morreu aqui há dez dias.

– Vou cuidar disso, é claro – disse o médico, rapidamente. – Mas precisamos da amostra de outra pessoa para comparar.

– Você pode comparar com a amostra dos pais.

Não seria tão difícil: estavam todos aqui, debaixo do mesmo teto.

Para sua tristeza, Alex Recht olhou pela janela e percebeu que o clima ruim ainda perdurava. Não foi difícil localizar o policial que apareceu na investigação da morte de Jakob e Marja Ahlbin. Um telefonema para o delegado foi suficiente para saber que o indivíduo estava na delegacia de Norrmalm, escrevendo um relatório.

– Segure ele aí – disse Alex. – Estou a caminho.

A delegacia de Norrmalm ficava a poucos metros do Casarão. Os prédios eram adjacentes e a passarela envidraçada que os unia permitia o trânsito entre um lugar e outro sem dar um passo do lado de fora.

Lena telefonou para dizer que tinha saído do trabalho e ia para casa, pois não estava se sentindo muito bem. Alex ficou preocupado, mas também irritado. Por que nos últimos dias ela tinha criado o hábito de contá-lo algumas coisas e não dizer nada sobre outras? E o que estava acontecendo com ele, por não dizer nada, dia após dia?

Fazendo um esforço, tirou Lena da cabeça. Ele precisava se concentrar no presente, ou seja, no trabalho.

Encontrou Viggo Tuvesson na sala dele, curvado sobre o teclado do computador. Alex limpou a garganta e bateu na porta. Demorou um segundo para o homem se virar e reconhecer Alex, abrindo um sorriso como se visse um amigo com quem não encontrava há muito tempo.

– Alex Recht – disse tão alto que Alex pulou de susto, desacostumado a ouvir seu nome completo bramido daquele jeito. – A que devo a honra, meu caro?

Alex não conseguiu olhar para o policial e não se perguntar por qual crime ele tinha sido punido com aquela mutilação no rosto. A cicatriz passava pelo lábio superior e subia até o nariz, que era torto e deformado.

"Meu Deus", pensou Alex. "Por que os médicos não fizeram um trabalho melhor para arrumar isso?"

Cuidadosamente, Alex se sentou na cadeira de visitas de Tuvesson, mais jovem que ele. Com as pernas cruzadas e o queixo apoiado na mão, ficou claro desde o início que Tuvesson tinha o controle da situação, por mais que Alex tivesse uma patente superior.

Alex tossiu de novo, tentando fazer um teste de forças com os olhos sombrios, mas cheios de energia, que o observavam com tanto fascínio. Como os olhos de um monstro.

– Você estava presente quando encontraram o corpo de Jakob e Marja Ahlbin semana passada – disse ele, em tom autoritário, torcendo para que a conversa seguisse nesses termos.

– Sim – respondeu Tuvesson, na expectativa.

– Você os conheceu enquanto eram vivos?

A pergunta pareceu pegá-lo de surpresa. O olhar de expectativa foi substituído pelo olhar de surpresa.

– Não, não que eu me lembre.

– Nunca encontrou com nenhum dos dois antes? Em outros contextos, quero dizer.

– Bom, já tinha lido sobre o reverendo Ahlbin nos jornais, é claro – disse, devagar. – Mas, como falei, não o conhecia pessoalmente.

– Não, você disse mesmo que não – comentou Alex, também lentamente.

Viggo mudou de posição na cadeira e bateu com o joelho na mesa. Fez uma careta de dor.

– Soube que sua equipe está cuidando do caso todo – disse ele.

– Sim – respondeu Alex. – Por isso estou aqui.

– Fico muito feliz em ajudar – disse Viggo, sorrindo seu sorriso estranho.

– Muito obrigado – disse Alex, com uma indiferença desnecessária na voz, e continuou: – Tony Svensson, então. Você o conhece?

O policial assentiu.

– Se está falando do Tony Svensson do Filhos do Povo, sim, eu o conheço.

– Pode me dizer por quê?

– Porque parte dos negócios dele foi feita aqui no meu distrito. Daí nossos caminhos se cruzaram.

– Que tipo de negócios?

Tuvesson deu uma risada.

– Suspeitamos que ele e os colegas estavam vendendo bebidas alcoólicas para menores em Odenplan, mas não conseguimos provar nada.

Alex se lembrou vagamente de ter ouvido falar do assunto.

– Você o trouxe aqui para interrogatório?

– Sim, mas ele praticamente não falou nada. Parecia que estava se divertindo às nossas custas. Sujeito esperto, na verdade. Muito bem informado sobre as questões legais. Ele sabe exatamente como pode se safar, por assim dizer.

"Como fez com os e-mails", pensou Alex. "Sabendo exatamente quais palavras escolher para que não fosse considerado legalmente uma ameaça."

– Quando foi isso? – perguntou.

Viggo deu de ombros.

– Difícil saber exatamente, mas posso verificar, se quiser. Cerca de um ano, eu diria.

Alex assentiu, pensativo. Isso se encaixava com o que ele já sabia.

– E depois disso? Teve algum contato com ele?

Mais uma vez se entreolharam, procurando fatos ocultos nos olhos um do outro.

– Sim – disse Viggo. – Ele me telefonou algumas vezes no trabalho.

– E você se importaria em me dizer o que ele queria?

– Dedurar um antigo membro da sua rede, um sujeito que queria realizar sozinho um assalto. O velho Tony evidentemente não aceitou isso.

Tuvesson colocou as mãos no colo.

– Imagino que Tony Svensson também tenha aparecido nas investigações do caso Ahlbin.

– Sim – disse Alex. – Por isso quis verificar se você sabia de alguma coisa mais específica sobre ele.

Uma desculpa tosca e óbvia. Era evidente que·Alex tinha procurado Viggo Tuvesson para saber por que Svensson o havia procurado. Mas Viggo deixou passar.

– Prometo entrar em contato se surgir alguma coisa. Desculpe decepcioná-lo, mas é tudo que sei por enquanto.

– Acontece – disse Alex, levantando-se. Obrigado por me receber.

Os dois se cumprimentaram com um aperto de mão e Alex caminhou até o elevador que o levaria de volta à passarela. Ele não estava apenas decepcionado com o que Viggo tinha a dizer. De acordo com o que Ronny Berg dissera a Peder, tinha sido Jakob Ahlbin, e não Tony Svensson, que avisou a polícia dos planos de um assalto. Viggo não foi mencionado nesse contexto.

Alex pegou o celular e ligou para Peder.

– Como estão as coisas aí? Você já liberou Tony Svensson ou ainda dá tempo de fazer uma pergunta?

Quando Fredrika voltou do hospital, Alex decidiu que os dois deviam visitar a viúva de Muhammad Abdullah em Skärholmen.

– Você acha que ela vai nos receber? – perguntou Fredrika, inquieta.

– Deve estar nos culpando pela morte do marido.

– Mas me parece que é a coisa certa a fazer – disse Alex. – E ficarei feliz se você for comigo, pois esteve lá da última vez.

Pela segunda vez em poucos dias, os dois partiram para Skärholmen. Alex se sentia pressionado.

– Ótima ideia pedir a amostra de DNA – disse. – Quando recebemos o resultado preliminar?

– Hoje à noite já vamos saber se a mulher morta tinha alguma relação com o casal Ahlbin, acho que é tudo que precisamos. Do contrário, vamos ter que encontrar alguma amostra de DNA no apartamento de Karolina para que tenham um comparativo. Mas acho que podemos esperar que o teste prove que o corpo não é de Karolina.

– Isso vai deixar todo mundo em polvorosa – murmurou Alex.

– Encontrei os policiais que foram ao hospital na ocasião da morte de Karolina. Eles não viram motivo para desconfiar da declaração da irmã, então apenas conversaram com a equipe de enfermagem e da ambulância. Como a autópsia não mostrou nada de estranho, eles não investigaram o caso.

Trata-se de uma declaração altamente questionável em muitos aspectos: Alex e Fredrika sabiam muito bem. Irritava-os que um detalhe tão importante tivesse passado despercebido para tanta gente.

– Precisamos divulgar a descrição física delas – disse Fredrika, referindo-se a Karolina e Johanna Ahlbin. – Sabemos que Johanna chegou com uma mulher na ambulância, e se ela identificou de propósito uma estranha como se fosse sua irmã, vai precisar explicar qual é seu envolvimento no assassinato.

Alex sorriu.

– E qual a justificativa para divulgarmos a descrição de Karolina?

Fredrika riu.

– Estamos preocupados com ela?

Alex também começou a rir. Desde que começara o atrito entre Peder e Joar, e desde que Fredrika pareceu mais estável e menos insone, ele preferia a companhia dela à dos rapazes. Talvez ele estivesse imaginando coisas, mas a gravidez parece ter conferido certa harmonia a Fredrika. Ou talvez agora estivesse preocupada demais com outros assuntos, deixando de ser ranzinza no trabalho.

O telefone de Alex tocou. Era Peder.

– Tony Svensson ficou muito nervoso quando o confrontei com essa nova informação – disparou ele. – Disse que não telefonou pra porra de tira nenhum pra denunciar Ronny Berg.

– E você acreditou nele? – perguntou Alex, aflito.

– Sim, acreditei – respondeu Peder. – Mas isso não exclui que os dois tenham se falado por outra razão.

– Eles se falaram sim, isso é certo – afirmou Alex. – Você citou o nome de Viggo Tuvesson? Perguntou se ele o conhecia?

– Não – disse Peder. – Não achei que tinha necessidade de citar o nome dele agora, pois há alguém ameaçando Tony e a gente não sabe do que esse Viggo é capaz. Só perguntei se ele conhecia alguém na polícia e ele disse que não. Nem no distrito de Norrmalm, nem em outro lugar.

– Ótimo – comentou Alex. – Ótimo.

Desligou o telefone e olhou para Fredrika.

– Que bosta. Parece que aquele policial está envolvido em alguma coisa muito nebulosa.

Fredrika estava certa: a esposa de Muhammad Abdullah não ficou nada feliz com a visita. Dessa vez não houve chá e biscoitos, e o apartamento estava cheio de gente quando eles chegaram. Foi preciso uma dose enorme de diplomacia para que Fredrika convencesse a mulher a falar rapidamente com os dois na cozinha, em particular.

Quando se sentou na cozinha, a linguagem corporal da viúva demonstrava falta de confiança e má vontade. Fredrika viu que ela tinha chorado, mas manteve a compostura durante toda a entrevista.

– Eu falei para ele tomar cuidado e não conversar com vocês – disse ela, com a voz trêmula. – Mas ele não me ouviu.

– Por que achava que ele tinha que tomar cuidado? – perguntou Fredrika, cautelosa.

– Yusuf não conseguiu nos encontrar – disse ela, presumivelmente se referindo ao homem atropelado na universidade. – Esperamos, esperamos, mas ele não entrava em contato. Eu sabia que tinha alguma coisa errada com a rede que o ajudou a chegar ao país.

— Seu marido tinha contatos para esse tipo de coisa, não é? – perguntou Alex, com cuidado.

— Contatos, sim, mas nunca fez parte de nenhuma organização – disse a viúva, certa de si. – Seria arriscado demais.

— Ele conversou com algum contato sobre essa nova rede? – perguntou Fredrika.

A viúva balançou a cabeça.

— Não – disse. – Yusuf nos disse que era preciso manter segredo. Por isso que, quando ele desapareceu, nós ficamos muito preocupados.

— Você ou seu marido receberam algum tipo de ameaça? – perguntou Alex.

— Não – respondeu, com a voz baixa. – Não que eu saiba.

Alex pensou na resposta. Jakob Ahlbin recebeu diversas ameaças antes de morrer, e alguém tentou negociar com ele. Mas Muhammad Abdullah foi morto praticamente na rua, sem nenhum alerta.

— Vasculhei os e-mails e a correspondência do meu marido – disse a viúva. – Não encontrei nada.

— E o celular?

Ela balançou a cabeça.

— Ele saiu com o aparelho, depois não o vi mais.

Fredrika e Alex se entreolharam preocupados, pois a polícia não encontrou nenhum celular junto do corpo de Muhammad Abdullah.

— Por que ele saiu ontem à noite? – perguntou Fredrika.

— Ele recebeu um telefonema – disse a viúva. – Estávamos vendo TV. Durou apenas uns trinta segundos e ele me disse que precisava sair para resolver alguma coisa.

— Ele disse quem telefonou?

— Não, mas isso não era incomum. Às vezes algum contato telefonava e ele saía imediatamente. Nunca perguntei nada. Pelo bem das crianças, parecia melhor que só um de nós estivesse envolvido.

Fredrika compreendeu. Mas não era bom sinal o fato de o celular ter desaparecido. Eles podiam verificar as ligações feitas e recebidas pelos registros da operadora, mas sem o aparelho era impossível saber se ele tinha recebido ameaças por mensagens de texto.

— E quando a senhora percebeu que tinha alguma coisa errada?

— Algumas horas depois. Ele não costumava demorar tanto tempo quando saía para ver algum contato.

— E então ligou para a polícia?

– Sim, mas ele não estava desaparecido há tanto tempo para que a polícia agisse. Quando passou das dez, fui lá fora ver se ele tinha saído de carro ou ido a pé...

Sua voz se esvaneceu e ela engoliu diversas vezes.

– Mas não o encontrou... – disse Fredrika, com delicadeza.

A viúva balançou a cabeça.

– Mas eu devo ter ido lá fora mais ou menos na hora em que ele morreu.

Ouvir as próximas palavras dela foi tão duro quanto sofrer uma dor física:

– Eu estava lá fora quando o encontraram hoje de manhã. Ele estava deitado de bruços na neve. A primeira coisa que me veio à cabeça era que ele pegaria um resfriado se continuasse daquele jeito.

Os olhos escuros da mulher brilhavam marejados, mas ela não chorou. A dor tinha muitas facetas e se expressava de muitas maneiras diferentes. Às vezes até tornava as pessoas mais bonitas.

Peder Rydh leu e releu as anotações do último interrogatório de Tony Svensson. Sua mente divagava como se levada pelo vento.

Não havia dúvidas de que Tony Svensson e o grupo Filhos do Povo tiveram uma briga com Jakob Ahlbin. Parecia igualmente claro que o conflito tinha sido resolvido, e que Jakob Ahlbin morreu brigado com Ronny Berg, agora na Penitenciária de Kronoberg. Mas Ronny Berg tinha um álibi para o horário do duplo assassinato; se estivesse envolvido no crime, deve ter contratado alguém para realizá-lo – hipótese que não parecia muito plausível.

Ao mesmo tempo, era preciso considerar as anomalias em torno da morte de Karolina Ahlbin, o suposto gatilho para um ato de desespero por parte do pai. Qual seria o próximo passo da polícia se eles descobrissem que Karolina estava viva?

Peder quebrou a cabeça. A equipe tinha chegado a algumas suposições básicas. Por exemplo, eles sabiam que os e-mails ameaçadores do Filhos do Povo, enviados para Jakob Ahlbin de computadores que não o de Tony Svensson, tinham uma ligação direta com os assassinatos.

"Mas será isso mesmo?", pensou Peder "Talvez isso seja uma pista falsa."

A terceira seguida, se for verdade. A primeira era que Jakob não cometera suicídio; a segunda, que o culpado não era Tony Svensson e o FP. Talvez sequer fosse o remetente misterioso.

Mas tinha alguma coisa errada. Tudo isso deve estar conectado, ainda que, nesse momento, seja impossível perceber.

Fredrika tinha chamado a atenção da equipe para o fato de que o remetente misterioso parecia conhecer a Bíblia, e bem o suficiente para fazer alusões que provocariam o destinatário.

Haveria então alguma ligação com a igreja?

Peder sentiu um calafrio no estômago. E o homem atropelado na universidade, que agora, por causa do assassinato de Muhammad Abdullah, também estava sutilmente ligado ao assassinato do casal Ahlbin? Como será que tudo se encaixava?

Alex deu a Peder e Joar um relato rápido da ideia mais recente de Fredrika. Sua teoria de que as vítimas foram silenciadas para que não revelassem um segredo altamente confidencial. Um motivo clássico, mas Peder não conseguia, de modo algum, imaginar um segredo tão grande a ponto de valer a morte de tantas pessoas.

Resolveu retroceder um pouco. Escutou Joar no corredor conversando carinhosamente com uma pessoa íntima. Peder pressionou as têmporas, tentando manter as ideias sob controle. Se começasse a pensar em Pia Nordh agora, tudo estaria perdido. Olhou atento para as anotações do interrogatório de Tony Svensson.

Uma frase saltou aos olhos.

Vocês não estão procurando alguém como eu, seus idiotas.

A frase foi uma resposta de Tony à sugestão de Peder e Joar para que observasse algumas fotografias e identificasse quem o obrigara a se envolver na conspiração contra Jakob Ahlbin. Aonde ele queria chegar? Peder sentiu o pulso acelerar. Tony estava insinuando que a polícia não teria uma fotografia do suspeito nos arquivos porque ele não era um criminoso conhecido, a despeito dele mesmo. *Vocês não estão procurando alguém como eu* tomava um novo sentido se interpretado mais livremente. Não alguém como eu, mas alguém como você. Era isso que ele quis dizer? Tanto que, no final das contas, um policial apareceu no meio da investigação.

E diversos párocos.

Era difícil pensar em pessoas que tivessem menos em comum com Tony Svensson do que párocos e policiais.

Peder abriu o registro de ligações na tela do computador. Tony Svensson tinha de fato telefonado para Viggo Tuvesson em três ocasiões, mas não recebeu nenhum telefonema dele. Não naquele número, de todo modo. Além disso, as três ligações foram feitas depois que Svensson parou de mandar os e-mails para Jakob Ahlbin. Peder abriu outra lista, agora das chamadas recebidas por Svensson. Será que ele tinha recebido algum telefonema de Viggo naquele mesmo período crítico?

Um dos técnicos fizera o excelente trabalho de identificar os números mais frequentes. Mas também havia muitas chamadas de celulares pré-pagos, e era impossível dizer a quem pertenciam. Svensson recebeu chamadas de quinze números pré-pagos no último mês. Talvez um deles pertencesse ao homem – ou mulher – que o obrigara a fazer o papel de duas caras. Talvez um policial, ou um pároco. Alguém que não era como Svensson.

Peder fechou a planilha com os números de telefone. Teria de começar tudo de novo, com uma nova abordagem. Nesse instante, Joar bateu na porta. Peder não disse nada, apenas o olhou com cara de maus amigos.

– A vigilância ligou – disse Joar, sucinto. – Estávamos certos: a filha de Tony Svensson está livre como pássaro. Ele foi direto para a escola dela.

– Ótimo – disse Peder, igualmente sucinto.

– E ele deu dois telefonemas enquanto estava com a menina.

Peder esperou.

– Um para a mãe da menina, sua ex, e a outra para um celular não registrado.

Peder suspirou. O que estava esperando?

– Mas nós conseguimos pelo menos saber mais ou menos onde estava o proprietário do telefone, e o registro das torres de controle mostrou onde ele passou o dia.

– E onde foi? – perguntou Peder, sentando-se na beirada da cadeira.

– Aqui em Kungsholmen. Dentro do quarteirão de Kronoberg.

– Na delegacia de Norrmalm, por exemplo?

Joar sorriu.

– Difícil dizer, mas sim, talvez sim.

No caminho de volta de Skärholmen, Fredrika teve uma ideia.

– Podemos ir até Ekerö e dar uma olhada na casa das filhas?

– Por quê? – perguntou Alex, surpreso.

– Porque ainda não tive a chance de vê-la – foi a resposta, simples. – E acho que me ajudaria a entender melhor Karolina e Johanna.

– Então você acha mesmo que as duas estão envolvidas no assassinato dos pais? – pergunto Alex, curioso.

Fredrika colocou as duas mãos na barriga.

– Talvez – respondeu.

Alex telefonou para a promotoria e conseguiu uma autorização verbal para visitar a casa, então passaram no Casarão para pegar a cópia da chave que os técnicos reproduziram na última visita. Meia hora depois, pararam na porta da casa.

Alex franziu a testa quando saíram do carro.

– Alguém esteve aqui – disse, apontando para marcas paralelas de pneu na neve, que começava a derreter.

– As marcas não são de quando você veio aqui? – perguntou Fredrika.

– Não, são de outro carro – disse Alex, fotografando os rastros com a câmera do celular.

Fredrika olhou ao redor, respirando o ar frio e apreciando o silêncio.

– É um lugar adorável – disse em voz alta.

– Sem dúvida foi ainda mais agradável no passado – disse Alex, guardando o celular no bolso. – Tinha uma campina aqui – continuou, apontando para a propriedade vizinha. – Mas a prefeitura vendeu o terreno, é claro.

– Uma campina – repetiu Fredrika, cujos olhos se encheram de sonhos. – Deve ter sido idílico crescer aqui.

Alex avançou na direção da casa. A neve estava compacta no solo. A fechadura rangeu com a chave e a porta reagiu com uma pequena emperrada antes de ser aberta.

– Aqui estamos, vamos entrar – disse para Fredrika, dando-lhe passagem.

Era sempre fascinante entrar na casa dos outros. Fredrika já tinha participado de diversas buscas e muitas vezes se pegava fantasiando sobre os moradores. Se eram felizes ou infelizes, ricos ou pobres. Por mais triste que seja, a razão da visita da polícia era sempre óbvia demais. As casas costumavam dar sinais de miséria ou exclusão social, e a poeira repousava densa em todas as superfícies.

A casa das irmãs Ahlbin não era uma dessas. Era confortável e aconchegante, mesmo que se tratasse de uma casa de férias. Alex parecia ocupado com alguma coisa na cozinha, então Fredrika caminhou pelos quartos, primeiro no andar de baixo, depois no de cima. Todas as camas estavam arrumadas, mas os lençóis cheiravam a mofo por baixo das colchas. Os guarda-roupas estariam vazios se não fosse por poucos itens de uso casual, todos do tamanho de Jakob Ahlbin. Os quartos eram esteticamente despojados, mas os móveis não deixavam de ser pessoais. Os olhos de Fredrika estacionaram numa flor emoldurada, pendurada na parede. Precisou se aproximar para ver com mais clareza. Uma margarida emoldurada, tão velha e frágil que parecia prestes a se desintegrar a qualquer momento. Sozinha numa parede nua.

"Por quê?", pensou Fredrika, caminhando para o próximo cômodo.

Observou todas as fotos de família penduradas na parede ou sobre as cômodas, bem como os brinquedos e sapatos de criança que deviam ter pertencido às meninas quando eram pequenas. Assim como o colega já tinha notado, Fredrika percebeu que Johanna Ahlbin tinha desaparecido das fotografias. Ela aparece até certo ponto; depois, some.

"Será algo simbólico?", perguntou-se. "Será que Johanna passou a ser vista como menos importante na família? Se sim, por quê? Ou será que ela rompeu relações com os outros familiares?"

Fredrika começou a olhar as fotografias sistematicamente. Primeiro as do andar de cima, depois do andar de baixo. Pegou as molduras, abriu-as e olhou as costas de cada foto, tentando encontrar datas ou anotações. Ficou contente porque a pessoa que emoldurou as fotos teve o cuidado de identificar praticamente todas.

Jakob, Marja, Karolina e Johanna, outono de 85.

Jakob e Johanna atracando o barco para o inverno, 89.

Marja e Karolina quando o poço congelou, 86.

Fredrika estava tão envolvida na operação que não ouviu Alex chegar atrás dela.

— O que está fazendo? — perguntou, quase dando-lhe um susto.

— Veja — disse ela, levantando uma das fotos. — Alguém datou todas as fotografias.

Fascinado, Alex acompanhou seus dedos longos e ágeis abrindo silenciosamente todos os porta-retratos. Quando terminou, era impossível dizer que todos tinham sido retirados, abertos e colocados no lugar.

— Em 1992 alguma coisa muda — disse ela, convicta, batendo uma mão na outra para limpar a poeira.

Apontou para uma das fotos.

— Aqui — disse ela. — A família está de férias no verão de 1992. Parecem ter sido as últimas férias da família reunida.

Dito isso, esticou o braço e apontou para a fileira superior de imagens.

— Eles estiveram aqui todos os anos desde que Karolina nasceu. E parece que só vinham eles, mais ninguém. Só Jakob, Marja e as meninas.

Pensativo, Alex pegou a fotografia de 1992.

— Segundo Elsie e Sven Ljung, foi nessa época que Jakob parou de esconder refugiados — disse ele.

— Sim, isso mesmo — confirmou Fredrika. — Mas ninguém nos disse o motivo.

— Não — comentou Alex, colocando a fotografia de volta na parede.

A colega grávida ergueu o dedo mágico de novo e apontou.

— Essa aqui já é outra época — disse. — A outra que Elsie mencionou.

Alex olhou para a imagem.

— É a última fotografia em que Johanna aparece, tirada em 2004, o que encaixa perfeitamente com o que ela nos disse. Um churrasco no jardim.

– O que aconteceu em 2004? – perguntou Alex.

– Foi quando Jakob Ahlbin começou a falar em voltar a esconder refugiados. O que aparentemente deixou Johanna transtornada. Foi também quando Sven e Jakob brigaram porque Sven sugeriu que Jakob podia ganhar dinheiro com a operação.

– Cristo – murmurou Alex. – Fazer dinheiro da miséria humana, por que será que ele achava isso uma boa ideia?

O assoalho de madeira rangia enquanto os dois caminhavam de um lado a outro, observando a parede.

– Foi aqui que tudo começou, com os refugiados no porão – disse Alex. – Só não consigo entender muito bem como.

Fredrika sentiu um arrepio.

– Só precisamos encontrar Johanna Ahlbin – disse. – E me parece que estamos correndo contra o tempo.

– Sinto a mesma coisa – disse Alex, fechando o rosto. – Como se estivéssemos diante de um colapso sem poder mover um dedo para salvar a situação.

Fredrika ajeitou a jaqueta no corpo; estava desarrumada desde que começaram a caminhar pela casa.

– Mas pelo menos sabemos quando tudo começou – disse ela. – Foi nessa época que a família se separou e foi daqui que saiu a arma do crime. Tudo começou aqui, em 1992.

O SOL COMEÇAVA A SE PÔR quando Alex e Fredrika voltaram para Kungsholmen. Alex pensou em como era absurdo escurecer no meio da tarde durante grande parte do ano, enquanto no verão nunca escurecia. "Não há equilíbrio nessas latitudes", pensou.

Reuniu a equipe para uma rápida atualização antes de irem para casa. Fredrika teve de sair para atender uma ligação.

– Se ninguém tiver nenhuma objeção, quero começar declarando extinta e descartando a hipótese do grupo extremista – começou Alex.

Ninguém disse nada.

– A única coisa de valor que aprendemos sobre os extremistas e as ameaças de Tony Svensson e do Filhos do Povo é que chamaram a atenção de alguém e esse alguém usou a briga entre o FP e Jakob Ahlbin para cometer o crime – concluiu Alex.

Estava prestes a continuar quando a porta abriu de uma só vez e Fredrika entrou, com um olhar de triunfo.

– O que foi? Conte para nós – disse Alex.

Peder puxou uma cadeira para Fredrika, feliz por ela se sentar ao lado dele e não de Joar. Alex suprimiu um suspiro; Joar fez uma careta.

– Um teste simples de sangue provou que a mulher, a viciada, pode não ter nenhuma relação com Marja e Jakob.

– Ora, ora, ora... – começou Peder.

– O que, pelo menos em teoria, exclui a possibilidade de ser Karolina Ahlbin. Quer dizer, ela poderia ser adotada ou algo do tipo. Não que seja provável, mas o hospital quer ter certeza de que não vai deixar nada passar dessa vez. Então fizeram o que deveriam ter feito desde o início: fizeram uma comparação da arcada dentária com registros fotográficos. E não – a mulher *não era* Karolina Ahlbin.

– Puta merda – disse Joar, jogando a caneta sobre a mesa.

Alex olhou na direção dele. Não se lembrava de ter visto Joar falando palavrão antes. Peder também olhou para ele, mas sem expressão nenhuma.

"Peder já deve ter visto esse lado dele", pensou Alex. "Nessa eu fiquei pra trás."

O telefone de Peder tocou e ele rapidamente cancelou a chamada.

– Meu irmão – disse. – Está ligando o dia todo, sem parar.

– Se quiser falar com ele, pode sair, não tem problema nenhum – disse Alex, ciente da situação de Jimmy.

Peder balançou a cabeça, firme.

– Então sabemos com certeza que a irmã de Karolina identificou de propósito outra mulher como se fosse ela – disse Alex. – Mas não tivemos notícia de Karolina apesar de a morte dos pais estar estampada em todos os jornais.

Fez uma pausa.

– O que isso significa?

– Ou que está morta, ou que, por alguma razão, não pode ser localizada. Talvez esteja sendo mantida em algum lugar contra a própria vontade – disse Peder.

– Ou faz parte da conspiração – disse Joar.

Fredrika limpou a garganta.

– Tem de haver um motivo para que ela continue sendo declarada como morta, por assim dizer. Nós fomos ao apartamento dela, parece que está vazio há semanas.

– Mas ela não estava de licença do trabalho? – questionou Ellen, que raramente dizia alguma coisa nas reuniões.

– Ela é jornalista freelancer – respondeu Fredrika. – Ou tenta ser. Não estava ganhando muito dinheiro, tendo em vista sua última declaração de imposto. O que, a propósito, casa com o perfil de usuária de drogas.

– Seja como for, alguém teve muito trabalho, com ou sem o consentimento dela, para construir uma história sobre sua morte – observou Joar. – Por quê?

– Para fazer com que o suposto suicídio dos pais parecesse mais plausível – sugeriu Peder.

– Ou para matar dois coelhos com uma paulada só – disse Fredrika, dando outra ideia. – Se retrocedermos para a hipótese de que Jakob foi assassinado como queima de arquivo, talvez houvesse um bom motivo para silenciar Karolina também. Várias testemunhas falaram de como ela era próxima do pai.

Alex suspirou e esfregou as mãos no rosto.

– Mas por que Marja?

Ninguém respondeu.

– Por que matar também a esposa do homem que você quer silenciar? E o argumento de que o assassino foi pego de surpresa ao encontrá-la em casa não se sustenta, porque ele podia simplesmente ter dado cabo de Jakob em outro momento.

– Talvez fosse urgente – disse Peder. – E se você quer que pareça suicídio, não há muitos lugares para escolher além da casa da vítima.

– E a carta de suicídio? – perguntou Fredrika. – O que acham dela? Foi ou não escrita com antecedência?

– Foi impressa no computador de Jakob – respondeu Joar. – O documento foi salvo no HD mais ou menos na hora do crime.

– Vamos pensar num perfil do assassino – disse Alex, com empolgação na voz. – Alguém encena a morte de Karolina na quinta-feira. Alguém vai até Ekerö, entra na casa em segredo e pega a arma do crime. Alguém vai até o apartamento de Jakob e Marja na terça com um plano definido, atira na cabeça dos dois depois de obrigar Jakob a assinar uma carta de suicídio. Que conclusões tiramos disso?

Antes que qualquer um abrisse a boca, ele começou a responder:

– Primeiro: o assassino conhece muito bem a família Ahlbin. Segundo: o assassino tem acesso ao apartamento de Ahlbin e à casa das filhas; é evidente que conseguiu entrar nas duas casas sem danificar as portas, e só neste último caso Jakob ou Marja deixariam voluntariamente a pessoa entrar. Terceiro.

Alex fez uma pausa.

– Terceiro: o assassino deve conhecer a família há algum tempo, pois foi capaz de jogar com o estado de saúde de Jakob e com o fato de Karolina ser a filha mais próxima.

– Quarto – interpôs Fredrika assim que Alex fez silêncio. – O assassino pensava, ou pelo menos tinha motivos para pensar, que Karolina Ahlbin não apareceria para dizer que está viva.

Os outros olharam para ela.

– Muito bem – disse Alex, assentindo.

Peder parecia confuso.

– Por que eles simplesmente não a mataram? – perguntou Alex. – Se era crucial que ela desaparecesse, e acho que podemos supor isso, por que não se livrar dela de uma vez por todas?

Fredrika empalideceu.

– Talvez tenham. Talvez por isso não tenhamos notícias dela.

Joar balançou a cabeça.

– Não, isso não faz sentido. Por que se dar ao trabalho de matá-la duas vezes? Por que não matá-la de uma vez e depois usar a morte real para explicar o suicídio de Jakob? Para mim, parece muito mais plausível que ela faça parte da conspiração.

– Porque não houve oportunidade, ou porque ela faz parte do conjunto – declarou Alex. – Nada além disso faz sentido.

– Tendo em vista a boa relação dela com o pai – disse Fredrika, com a cabeça inclinada e uma mão sobre a barriga –, talvez a resposta mais provável é que eles não conseguiram encontrá-la quando precisaram matá-la.

– É verdade – disse Alex. – Mas isso ainda nos deixa com uma pergunta: Onde ela estava e onde está agora? Nós conversamos com muitos amigos dela?

– Não tivemos tempo ainda – disse Peder, parecendo cansado. – Não estávamos tratando Karolina como prioridade porque achávamos que estava morta, simples assim. E tem sido difícil encontrar os amigos dela; não tivemos acesso ao registro telefônico, nem aos e-mails. E ela não tinha um lugar formal de trabalho, correto?

– Se divulgarmos para a imprensa que estamos procurando por ela e publicar um perfil, vamos parecer idiotas – disse Alex, pensando na melhor coisa a fazer. – Por outro lado, posso apostar que a notícia vai vazar logo, logo.

– Não se ficarmos de bico calado – objetou Joar.

– Se não vazar por aqui, vai vazar pelo hospital – disse Alex, ironicamente. – Não há a menor chance de essa notícia não sair até o final da semana.

Fredrika inclinou o corpo para a frente.

– Então vamos nos adiantar – disse ela.

– Como?

– Fazemos uma coletiva – disse. – Seremos os primeiros a dar a notícia. A lógica clássica da mídia. Se quisermos ter controle de como uma história é apresentada e de como vai se desenvolver na imprensa, precisamos ser os primeiros a divulgá-la.

Alex olhou na direção de Ellen. Seria um longo dia de trabalho.

– Você poderia se reunir com a assessoria e escrever um comunicado? Enquanto isso, vou tentar conseguir apoio para isso nos escalões mais altos.

Olhou de novo para o relógio.

– Vamos tentar manter isso em segredo por duas horas, até as seis. Até lá, fazemos de tudo para a notícia não vazar.

Treinamentos para lidar com a imprensa eram cada vez mais populares, mas Alex infelizmente perdera todas as oportunidades de fazer um. Por isso se sentiu bastante perdido quando se sentou no palco para a reunião com os jornalistas.

Ele redigiu uma declaração curta sobre a ideia central: a polícia recebera informações que provam, sem sombra de dúvidas, que a moça que morreu na terça-feira, antes de Jakob e Marja Ahlbin serem encontrados mortos, não era a filha deles. Agora era fundamental que quem tivesse informações sobre o paradeiro de Karolina ou Johanna Ahlbin procurasse a polícia. Nenhuma das duas era suspeita do crime; a polícia só queria a ajuda delas para entender melhor as circunstâncias da morte dos pais.

– Mas e Johanna? – perguntou um dos repórteres. – Como não suspeitar dela? Ela devia saber que a moça que identificou no hospital não era sua irmã.

Alex tomou um gole de água mesmo sem a menor sede.

– É exatamente esse tipo de questão que precisamos esclarecer – disse ele, tentando soar respeitável. – Precisamos entender quais foram as circunstâncias exatas que levaram uma mulher desconhecida a ser identificada como Karolina Ahlbin uma semana atrás.

Fredrika estava de pé no fundo, observando o chefe durante a coletiva. Para ela, ele fez um bom trabalho. Quando começou a encerrar a coletiva, o celular de Fredrika vibrou no bolso da jaqueta. Saiu rapidamente da sala para atender sem nenhum incômodo.

A esperança de que fosse Spencer provocou-lhe um arrepio por todo o corpo. Eles ainda não tinham se falado naquele dia; ela estava com saudades.

"Pro inferno!", pensou, cansada da situação. Sentir falta de Spencer era como esperar neve no Natal. Se acontecer, aconteceu, mas não vale a pena ficar esperando.

Quando conseguiu atender, não era Spencer, é claro, mas um colega do DNIC. Ele se apresentou como um dos investigadores que trabalhava na série de assaltos a carros-fortes com a qual Yusuf, o homem atropelado na universidade, poderia ter alguma ligação.

– Descobrimos uma coisa que pode ser do seu interesse – disse ele.

Fredrika prestou atenção.

– Quando o caso veio para nós, fizemos uma nova investigação da cena do crime – disse ele –, e encontramos um telefone celular com as impressões digitais do falecido. Estava a quase 25 metros do corpo, então provavelmente o aparelho foi arremessado do bolso por causa do atropelamento.

Fredrika ouviu um ruído no telefone; o sinal não era muito bom na posição em que estava.

– Colhemos todas as informações do aparelho e conseguimos, na operadora, detalhes das ligações realizadas e recebidas. Ele só foi usado poucas vezes, e todas as chamadas recebidas eram de aparelhos pré-pagos.

– Sim?

Ela escutou o barulho de papel.

– Sven Ljung – disse, por fim.

– Sven Ljung? – repetiu Fredrika, atônita.

– Sim, ele é o assinante do telefone para o qual a vítima telefonou. Yusuf fez duas ligações curtas para Ljung.

A cabeça de Fredrika girava tentando entender como tudo se encaixava.

– Quando os telefonemas para Sven Ljung foram feitos?

– Dois dias antes do assalto.

Fredrika respirou fundo. O círculo começava a se fechar, mas ela continuava sem entender o que tinha diante de si.

– Ah, tem mais uma coisa – disse o detetive. – Conseguimos identificar traços de tinta cinza metálica na roupa da vítima, que por acaso é a mesma cor do Mercedes de Sven Ljung.

– Vocês conseguiram compará-las? – perguntou Fredrika, incerta sobre o que era tecnicamente possível.

– Pensamos em fazer isso, mas não é algo necessariamente importante; há milhares de carros dessa cor. Mas quando descobrimos que Sven Ljung tinha dado queixa de que seu carro foi roubado antes do assassinato, começamos a achar tudo muito interessante.

Os pensamentos passavam como um turbilhão na cabeça de Fredrika, e todos aqueles que tinham a ver com Spencer foram deixados de lado numa "sala de espera".

– Vocês falaram com ele? Com Sven Ljung, quero dizer – perguntou, com a voz carregada de suspense.

– Ainda não, mas já estamos cuidando disso – respondeu o detetive.

Os dois trocaram mais algumas palavras sobre a probabilidade de Sven Ljung estar envolvido no atropelamento, e talvez no assassinato de Jakob e Marja. Depois se despediram e Fredrika guardou o celular no bolso.

As pessoas começaram a sair da sala. A coletiva de imprensa tinha acabado. Então seu telefone tocou de novo.

"Spencer", pensou Fredrika automaticamente.

Estava errada de novo.

"Aconteceu uma coisa muito estranha", disse alguém do departamento técnico. "Chequei de novo os e-mails de Jakob Ahlbin e ele recebeu um e-mail da filha, vários dias depois de ter morrido. Como se ela ainda estivesse viva.

Fredrika pressionou o telefone contra a orelha.

– De qual filha? – perguntou baixinho para que nenhum jornalista ouvisse o que dizia.

– De Karolina – disse o técnico, perplexo. – Mas ela morreu, não morreu?

Fredrika ignorou a pergunta.

– Pode ler o e-mail para mim, por favor? – disse ela.

Pai, desculpe te dizer isso por e-mail, mas ninguém atende quando tento ligar no celular. Está um desastre completo aqui. Estou presa em Bangkok numa confusão horrorosa. Preciso de ajuda agora mesmo. Por favor, responda assim que receber essa mensagem! Com amor, Karolina.

Bangkok. Então foi Karolina que tentou telefonar para a mãe. Fredrika sentiu os olhos marejarem.

– Então ela não sabia – suspirou, como se falasse consigo mesma.

– Alô? – disse o técnico. – Não pode ter sido Karolina que mandou o e-mail, pode? Ela não morreu?

Na cabeça de Fredrika, existia apenas uma resposta para essa pergunta:

– Lázaro.

BANGKOK, TAILÂNDIA

Ainda sem saber de sua própria morte e ressurreição, Karolina Ahlbin pegou um avião de Bangkok para Estocolmo naquela noite. Paralisada pela crença de que estava voltando para sua cidade para enterrar a família toda, mal conseguia sentir a pressão do que tinha pela frente. De acordo com o contrabandista, foi dado um alerta nacional e a fotografia dela estava em todos os jornais tailandeses. Portanto ela não poderia sair do apartamento e teve de se contentar em não poder acompanhar as notícias sobre a morte dos pais e da irmã na Suécia.

Seu aliado, o traficante de pessoas, trabalhou rápido desde que ela lhe pedira ajuda. Mas admitiu sem rodeios que se tratava de um desafio ardiloso. Para ajudar imigrantes a viajar de Bangkok para a Suécia, ele costumava conseguir o passaporte de uma pessoa o mais parecida possível com o viajante. Se o imigrante estivesse com um passaporte genuíno indicando cidadania de um país europeu, nada o impediria de entrar na Europa.

O fato de haver um comércio generalizado de passaportes não ajudou o contrabandista de Karolina. Os passaportes que conseguiu comprar no mercado negro não eram de cidadãs suecas, com cabelo loiro e olhos azuis, mas sim de pessoas de outros países. Desse modo, quando Karolina o procurou desesperada e implorou para que ele a ajudasse a sair da Tailândia "nos próximos dias", criou-se um problema. Depois de refletir durante algumas horas, o contrabandista decidiu que a única possibilidade era encontrar uma turista sueca que se parecesse vagamente com Karolina e roubar-lhe o passaporte.

Desconfiada, ela examinou a fotografia quando recebeu o documento.

– Você só pode sair do país disfarçada mesmo – afirmou o contrabandista quando a viu abatida. – Eles vão procurar você no aeroporto, bem como por criminosos que estão na lista da polícia. Mude o estilo e a cor do cabelo, e compre novos óculos. Pelo menos assim você vai ter uma chance.

Mecanicamente, como se fosse um brinquedo à corda, Karolina obedeceu. Cortou o cabelo curto e o tingiu. Depois passou horas sentada na beirada da cama, apática. Agora tinha perdido inclusive a aparência. E o pior, sem saber por quê.

Uma hora depois ela estava no aeroporto com o passaporte roubado no bolso, sentindo o coração acelerar ao se dirigir à segurança e ao controle de passaporte. O aeroporto estava entupido de policiais não uniformizados, e Karolina precisou se esforçar para não fazer contato visual com nenhum deles. Quando finalmente chegou ao portão de embarque, sentiu o coração desacelerar e uma onda profunda de tristeza.

"Perdi tudo", pensou, sentindo-se vazia. "Minha identidade, minha vida e minha liberdade. Além da minha família. Não tenho nada nem ninguém para quem voltar. Que o diabo carregue quem fez isso."

Ao se afundar na poltrona do avião meia hora depois e afivelar o cinto de segurança, sentia-se cansada demais para chorar. Sua fuga se tornara fria e silenciosa.

E ela estava além da salvação.

Tornei-me uma indigente, sem identidade. Tornei-me o tipo de pessoa que não sente nada.

Encostou a cabeça no banco e teve mais um único pensamento antes de dormir: "Deus, me ajude quando eu descobrir quem fez isso. Não vou conseguir me responsabilizar pelos meus atos".

Em outro aeroporto, numa parte do mundo relativamente perto da Suécia, Johanna Ahlbin preparava-se para embarcar num avião de volta para Estocolmo, sem saber que a irmã estava indo para o mesmo destino em outro avião.

A vontade de voltar para casa aumentava quando fechava os olhos e imaginava seu amado. Aquele que sempre estivera do seu lado, que havia jurado nunca abandoná-la. Ele achava que era o mais forte da relação, quando na verdade era exatamente tão inferior quanto tinha de ser.

O amor que ela sentia por ele era forte e sólido, apesar de tudo.

O único homem que deixou se aproximar de si; o único com cicatrizes suficientes para guardar o segredo dela sem ser aterrorizado por ele.

"Meu príncipe da paz", pensou.

Tomou a decisão assim que escutou o autofalante anunciar que todos os passageiros deveriam afivelar os cintos de segurança e desligar os telefones celulares.

Telefonaria para a polícia naquele instante para dizer que estava voltando. Quando a telefonista atendeu, pediu para falar com o policial que dera a coletiva de imprensa um dia antes. Ela tinha acompanhado pela televisão.

– Alex Recht – disse ela. – Poderia passar para ele imediatamente? Meu nome é Johanna Ahlbin. Acho que ele está esperando meu telefonema.

TERÇA-FEIRA, 4 DE MARÇO DE 2008

ESTOCOLMO

Era como se Alex tivesse pressentido, no momento em que acordou, que aquele seria o dia em que, algum tempo depois, ele reconheceria como o dia que mudou sua vida. Pelo menos era disso que se lembraria quando tudo tivesse acabado e ele estivesse sozinho: a certeza que sentiu, de corpo e alma, no momento em que abriu os olhos antes de o alarme tocar.

Levantou-se em silêncio e se arrastou até a cozinha para preparar a primeira xícara de café do dia. Sequer conseguiu olhar para Lena quando saiu do quarto. A mera visão das costas da esposa era-lhe dolorosa. Quando chegou do trabalho no dia anterior, ela estava tão cansada que mal conseguiu trocar uma palavra com ele. Disse que estava com dor de cabeça e foi se deitar antes das oito, poucos minutos depois que ele atravessou a porta.

Agora era de manhã e o trabalho o chamava como uma miragem no deserto. A lembrança do telefonema de Johanna Ahlbin, transferido pela telefonista pouco antes das sete da noite anterior, fez seu coração bater mais rápido. Ela foi bem rápida e pediu desculpas por não ter entrado em contato antes. Ele também se desculpou: pelo fato de ela saber da morte dos pais pela imprensa e pelo fato de não terem conseguido localizá-la antes. Ela lhe garantiu que sabia dos esforços da polícia e que, em parte, o sumiço era culpa dela mesma. O que permitiu a Alex retomar a voz grave e dizer que a polícia precisava entrevistá-la o mais rápido possível.

– Compareço amanhã – prometeu.

O amanhã se fizera presente.

Tinha acabado de vestir o casaco quando percebeu que Lena estava atrás dele, na entrada do apartamento. Deu um salto.

– Você me assustou – murmurou ele.

Ela sorriu, mas seus olhos tinham menos vida que dois cubos de gelo.

– Me desculpe – disse, com a voz fraca. Limpou a garganta e prosseguiu: – Precisamos conversar, Alexander.

Se ele já não soubesse que havia algo de errado, saberia naquele momento. Lena só o chamara de Alexander uma única vez: quando se conheceram.

Instintivamente, Alex sabia que não queria ouvir o que a esposa tinha para dizer.

– Conversamos à noite – disse ele, abrindo a porta e dando um passo para fora.

– Está ótimo – respondeu Lena, com a voz abafada.

Ele fechou a porta sem se despedir e caminhou na direção do carro. Do outro lado da porta, assim que ele virou a chave e deu partida no motor, Lena se sentou no chão soluçando e chorou durante um longo tempo. Pelo menos naquele instante, não havia justiça para nenhum dos dois.

Desconfiada de que tinha alguma coisa errada, Fredrika foi tomada de uma ansiedade constante. Continuava dormindo bem à noite, mas o sono não trazia a harmonia, nem a racionalidade que esperava, apenas mais energia para o bebê. Spencer atendeu quando ela telefonou na noite anterior, mas parecia distraído e falou pouca coisa além da notícia inesperada de que faria uma viagem e só voltaria na quarta-feira à noite. Não conseguiria vê-la antes disso, nem falar ao telefone. Não falou muito bem para onde ia e desligou o telefone de repente, desejando-lhe boa noite e dizendo que logo voltariam a se falar.

Naturalmente, a gravidez deixava suas emoções mais inconstantes que o comum, mas a mudança de comportamento de Spencer também a incomodou por outras razões. Será que tinha sido um erro levá-lo para conhecer seus pais? Ele não teria dito se tivesse sido. Por outro lado, o jantar do fim de semana teve um efeito quase milagroso em sua mãe, cujos comentários sobre o bebê e o namorado foram todos positivos.

Será que a necessidade de apaziguar a ansiedade a tirara da cama tão cedo para trabalhar? Em todo caso, às sete e meia ela já estava no Casarão. O corredor estava deserto, mas ela percebeu que tanto Peder quanto Joar já estavam em suas salas. Resolveu falar com Peder.

– Alguma notícia do DNIC sobre Sven Ljung?

– Não, eles estão esperando reunir algumas informações.

– Mas que informações?

Peder suspirou.

– Extratos bancários, por exemplo. É sempre bom verificar se há dinheiro envolvido nessas coisas.

Fredrika seguiu para sua sala e Joar veio atrás dela.

– E-mail interessante esse do nosso amigo Lázaro – disse ele, referindo-se a Karolina Ahlbin. – Principalmente pelo fato de a irmã finalmente ter aparecido ontem à noite.

– Com certeza – concordou Fredrika, tirando o casaco e inclinando-se para ligar o computador.

– Mas também pode ser uma tentativa de nos despistar. Karolina tentando parecer inocente.

– A questão é *do que* ela estaria tentando se inocentar, e *para quem* – disse Fredrika.

– Tráfico de drogas? – respondeu Joar.

– O quê?

– A embaixada da Suécia em Bangkok mandou informações logo depois da coletiva de imprensa. Eles estão seis horas na nossa frente.

Fredrika apanhou a folha de papel que Joar segurava e a leu, surpresa.

– Alguém telefonou para esse Andreas Blom, que aparentemente a entrevistou quando procurou a embaixada pedindo ajuda? – perguntou.

– Não – respondeu Joar. – Estávamos esperando você chegar.

– Vou ligar agora mesmo – disse Fredrika, pegando o telefone enquanto falava.

Olhou a folha de fax de novo como se esperasse uma resposta. Karolina Ahlbin era conhecida pela polícia tailandesa como "Therese Björk".

"Talvez ela prefira Therese a Lázaro", pensou Fredrika, irritada.

Peder conseguiu autorização para adiar mais alguns dias suas sessões com o psicólogo. Encerrou aliviado a ligação com Margareta Berlin, chefe do RH. Ela parecia mais razoável agora, mas ele não teve tempo de parar e pensar se era porque ele também parecia diferente.

Ylva mandou uma mensagem de texto para dizer que o filho estava melhor. Sentiu mais um alívio nas costas e respondeu dizendo que estava feliz com a notícia. Mal colocou o celular na mesa e ele tocou de novo.

Por que você não vem jantar com a gente à noite, se tiver tempo? Os meninos estão com saudades. Ylva.

Sem pensar, seus dedos dispararam uma resposta:

Ótima ideia. Vou tentar chegar no máximo às seis.

Arrependeu-se de ter escrito a mensagem no momento exato em que a enviou. Como ele poderia prometer estar lá às seis se não fazia a menor ideia de como o caso Ahlbin se desenrolaria ao longo do dia?

Merda. A camada de frieza que o protegia se rompeu, desintegrando-se inteira. E pensou nas palavras mais proibitivas de todas: *Nada vai dar certo a longo prazo. Com mulher nenhuma. Preciso me convencer disso.*

Naquele momento não estava claro do que precisava se convencer. Mas ele sabia que não era um bom sinal o fato de encarar um jantar com a própria família como uma imposição, um dever inconveniente. Como se o trabalho fosse a única alma gêmea que ele desejasse na vida.

Furioso sem nenhuma razão, pegou o celular de novo e ligou para um dos seus contatos no DNIC que cuidava do caso de duplo assassinato do domingo à noite.

— Alguma novidade sobre o assassinato no Parque Haga? – perguntou.

— Não, nada. Imaginamos que talvez seja melhor liberar a foto da vítima na imprensa para ver se alguém a reconhece.

— Nenhum registro de impressões digitais?

— Nada. Mas talvez tenhamos descoberto outra coisa. Na verdade, *descobrimos* outra coisa.

Peder esperou.

— O carro de Sven Ljung foi encontrado em Märsta por uma mulher que saiu para caminhar de manhã bem cedo.

— Bingo! – gritou Peder, com um entusiasmo maior do que sua intenção.

— Não se empolgue demais – disse o outro detetive. – O carro foi incendiado e já tinha queimado bastante quando chegamos lá.

Lá se foi o entusiasmo de Peder. Um carro queimado significava pouquíssimas pistas.

— Bom, pelo menos sabemos que deve haver algum elo com o caso, ou com os casos – disse, determinado. – Do contrário, quem o pegou não se daria ao trabalho de queimá-lo.

— Provavelmente não – concordou o colega do DNIC. – Nós também descobrimos outra coisa.

— O quê? – perguntou Peder.

— Que muito provavelmente o carro era usado como veículo de fuga depois dos assaltos aos carros-fortes, não só em Uppsala, mas também naquele que a imprensa divulgou, ocorrido em Västerås no fim de semana. No caso de Uppsala, temos apenas o depoimento de uma testemunha afirmando que era um carro cinza metálico, mas em Västerås nós conseguimos pistas com o número da placa, e a numeração bate com a do carro de Ljung.

Peder desligou com a sensação de êxito. O carro de Sven Ljung parecia estar envolvido nos roubos, bem como nos assassinatos. A rede estava se fechando; Peder sorriu.

Era tarde em Bangkok quando Fredrika conseguiu falar com Andreas Blom. Ele parecia confuso, para dizer o mínimo, e demonstrou estar muito preocupado com as informações que tinha diante de si.

– O mais desolador de tudo – disse ele, com o sotaque cantado da região de Norrland – é que ela se sentou aqui e insistiu que se chamava Karolina Mona Ahlbin. E que precisava de um novo passaporte porque tinha sido roubada na rua. Mas quando telefonei para a polícia sueca, pareceu impossível que ela fosse quem dizia ser, porque a mulher com o nome e a identidade dela tinha morrido.

– E você não achou estranho ela aparecer do nada com o nome e a identidade de outra pessoa?

– Meu Deus, eu fiz o que pude. E é comum que pessoas na situação dela usem nomes falsos.

A cabeça de Fredrika tentava dar sentido de novo à ideia de Karolina Ahlbin como viciada. Apesar das irregularidades com seu passaporte, a evidência era incontestável.

– Qual foi *exatamente* o problema que ela relatou? – perguntou Fredrika, destacando bem as palavras.

– Que roubaram tudo que ela tinha, como dinheiro, passaporte e passagem de avião, e que ela teve um problema no hotel onde estava hospedada e que todas as suas coisas sumiram do quarto. Mas de início ela não falou nada sobre o hotel; só tocou no assunto quando eu a confrontei com outras informações.

– Você telefonou para o hotel onde ela disse que estava hospedada? Não o outro, onde encontraram a bagagem e as drogas.

– Sim – disse Andreas Blom. – Mas só depois que ela saiu. E eles não confirmaram a história dela. Disseram que estava mentindo, que entrou totalmente sem fôlego no saguão dizendo ter sido assaltada e que era hóspede do hotel. Mas os funcionários não a reconheceram, e o nome dela não estava no sistema.

– Muito bem – disse Fredrika, em tom mais moderado. – Vamos ver o que consigo descobrir...

Fredrika parou de falar, certa que devia discutir a questão com um colega e não com um diplomata na Tailândia. Respirou fundo e continuou.

– Por que procurar a polícia se dali a poucas horas ela seria procurada por tráfico de drogas?

– Como? – disse Andreas Blom.

– A confusão no hotel onde ela supostamente estava hospedada aconteceu apenas algumas horas depois que ela saiu do hotel. O horário da queixa de assalto, segundo o fax que você me mandou, era mais ou menos o mesmo. Por que ela entraria em contato com a polícia, chamando uma atenção desnecessária num momento tão crítico?

– Se ela realmente foi roubada – começou Andreas Blom –, ia precisar de um novo passaporte para voltar para casa...

– Exatamente. E precisava da cópia do boletim de ocorrência do assalto antes da embaixada sueca ajudá-la com um novo passaporte. Mas por que procurar a polícia só no hotel e não antes?

Andreas Blom ficou em silêncio.

– É verdade, sua pergunta faz sentido – admitiu.

Como Fredrika não disse nada, ele continuou:

– Não é papel da embaixada tomar partido na questão da culpa; a única coisa que podemos oferecer para as pessoas na situação de Karolina Ahlbin é aconselhamento.

– Eu entendo – disse Fredrika rapidamente, embora suspeitasse que Karolina Ahlbin não tivesse recebido o apoio merecido.

Ela desligou o telefone educadamente e analisou suas anotações. Vasculhou os faxes que recebeu de Bangkok. Uma cópia do suposto passaporte de Karolina encontrado no hotel. Therese Björk. Com a fotografia de Karolina. Mas como...?

Fredrika telefonou para Andreas Blom um segundo depois.

– Desculpe incomodá-lo de novo. Só queria perguntar se vocês investigaram o passaporte que dizem ser de Karolina, esse com o nome de Therese Björk.

– A polícia tailandesa fez isso – respondeu Andreas Blom. – Entramos em contato com eles depois que ela desapareceu e a polícia concluiu que o passaporte era falso.

Fredrika pensou no assunto. Uma jovem que é declarada morta em Estocolmo aparece em Bangkok com um passaporte falso, mas que pertence a outra pessoa com carteira de identidade registrada na Suécia. Quem faria um plano desse tipo?

Alguém que sabia que Therese Björk não ia perceber ou não teria nada contra sua identidade ser usada para confundir um caso de tráfico na Tailândia.

Uma suspeita ficava mais forte a cada segundo. Fredrika demorou menos de dois minutos para conseguir os detalhes pessoais de Therese Björk na base de dados da polícia. Descobriu que Therese era um ano mais nova que Karolina Ahlbin e morava na casa da mãe.

Seguindo sua intuição, Fredrika digitou o número da identidade de Therese na base de dados criminal. A ficha da moça incluía diversos casos, incluindo acusações de crimes e delitos de pouca importância. Fredrika abriu o sistema com a lista de suspeitos. Therese também aparecia na lista como suspeita de atacar um homem que, segundo ela, tentou estuprá-la.

Depois de hesitar por alguns segundos, pegou o telefone e discou. Ainda tinha tempo até a reunião no covil. Alguém atendeu depois do quinto toque.

– Meu nome é Fredrika Bergman – disse. – Gostaria de fazer algumas perguntas sobre sua filha, Therese.

PELA PRIMEIRA VEZ EM DÉCADAS, ele sentiu que agia, de maneira decisiva e proativa, a respeito da questão que maculara toda sua vida adulta. Muitos anos já tinham se passado e talvez a ideia que teve tenha chegado tarde demais. Mas isso não era o mais importante; Spencer Lagergren estava convencido. E a jornada na qual embarcaria só poderia ser feita de maneira solitária.

Ninguém pode saber, decidiu. Pelo menos, não até terminar.

Dirigiu de Uppsala até Estocolmo, e de lá para Jönköping. Parecia que as nuvens iam se abrir e deixar passar um filete de sol. Um belo dia de inverno no início de março. Não sem ironia, Spencer descobriu que tinha escolhido um cenário bastante atraente para seu projeto.

Sua memória foi involuntariamente direcionada para os primeiros dias com Eva. O princípio de solidariedade que os dois compartilhavam, o trabalho de toda uma vida que eles decidiram tornar realidade, nada disso tinha correspondente na sua vidá atual. Em raríssimas ocasiões ele chegou a se perguntar se de fato tinha amado Eva. É claro que tinha amado a esposa, e seria absurdo pensar o contrário. O problema é que esse amor tinha sido construído sobre uma base doentia. Ele confundiu paixão com atração de uma maneira que podia ser descrita como malsucedida, na melhor das hipóteses, desastrosa, na pior. Como se fosse possível construir o amor de uma vida baseado no desejo físico. Como se fosse possível manter o desejo carnal depois que a festa acaba e a rotina se assenta, quando o corpo deixa de ser uma terra a ser explorada e a aventura se torna o mais doméstico dos territórios.

Não conseguiu se lembrar de qual dos dois havia entregado os pontos primeiro. Escolhera relegar ao porão do esquecimento grande parte do passado ao lado dela.

Como fizemos isso um com o outro?

Grande parte da culpa estava nas mãos do sogro. Ele sabia o segredo mais obscuro de Spencer, um segredo tão vergonhoso que ele jamais o admitira para os pais ou os amigos. O fato de ter descoberto, assim que ficou noivo, ser o pai da criança que outra mulher estava esperando. Que tinha escolhido comprar uma casa em outra cidade universitária, em outra parte do país e transferir sua carreira de Lund para Uppsala. Que ele abandonara a outra mulher mesmo que ainda houvesse tempo de fazer a coisa certa: abandonara a outra em nome de algo que parecia muito mais desejável.

O bebê não nasceu. Por causa da fraqueza de Spencer, a mãe, Josefine, resolveu abortar, o que na época ainda era considerado um pecado. Por alguma ironia do destino, ou como punição, Spencer e a esposa nunca tiveram filhos. Três abortos espontâneos se sucederam, seguidos de anos de tentativas inúteis. Até que finalmente tiveram de encarar que não teriam filhos. Talvez fosse uma bênção, pois, naquele momento, eles já tinham deixado de querer filhos havia bastante tempo.

Até que Fredrika entrou na sua vida. E ele a decepcionou também.

Spencer sentiu um nó na garganta ao pensar em Fredrika. Uma mulher linda e inteligente que poderia ter quem ela quisesse, bastava acreditar um pouco mais em si mesma. No entanto, ela sempre voltava para ele.

"Toda vez", pensou Spencer. "Toda vez ela volta para mim."

Talvez ele devesse ter dito não. Mas ela também poderia ter dito não. E poderia ter se recusado a voltar.

"A gente não ia conseguir", pensou. "Não ia conseguir dizer não para uma coisa muito melhor do que aquilo que já tínhamos: a solidão."

– Já faz alguns anos que parei de sentir falta da minha filha – respondeu a mãe de Therese Björk, curta e grossa.

Como se fosse a coisa mais natural do mundo. Como se houvesse uma linha divisória separando a maternidade de algo mais. Estranhamento e discórdia.

– Eu ainda a amo – disse ela, sem rodeios. – E choro durante a noite por ela não estar mais aqui. Mas não sinto falta. Ela impossibilitou esse sentimento, entende?

Fredrika preferiria se encontrar pessoalmente com Ingrid Björk. Ao refletir um pouco, pareceu ser uma escolha errada ter cedido ao impulso de telefonar. Mas o tom de Ingrid Björk deu a entender que ela não se importava. Conseguiria conversar tranquilamente sobre a pessoa mais importante de sua vida pelo telefone.

"Tenho certeza de que não conseguiria", pensou Fredrika. "Não pareço ser capaz de lidar com nada no momento."

– Quando as coisas começaram a dar errado?

Ingrid Björk pensou um pouco.

– Ah, desde muito cedo, quando ela ainda estava no ensino médio – respondeu, certa do que dizia.

– Tão cedo?

– Sim, acho que sim. Therese tinha o espírito inquieto; determinadas coisas tiravam-lhe toda a paz. Eu e o pai dela fizemos o possível para apoiá-la. Infelizmente, não bastou.

Ela continuou falando da filha. Sobre a garotinha que se transformou numa adolescente irresponsável, sem controle, cujo corpo foi invadido por uma mente perturbada. Sobre o primeiro namorado que a decepcionou e a primeira visita ao psiquiatra infantil. Sobre os anos de tratamento com psicólogos e terapeutas, nenhum deles capaz de salvar a filha ou o casamento dos pais. Tentou descrever o quanto lutou para a filha não entrar num caminho sem volta, mas por fim foi obrigada a admitir que seu projeto tinha fracassado e que nunca teria a filha de volta.

– É assim que encaro a situação – disse, com pesar. – Se ela não é mais minha, é porque pertence ao vício.

– Mas o endereço dela continua sendo o seu, não é? – perguntou Fredrika.

– Sim, mas não faz diferença. Não a vejo há séculos. Ela parou de entrar em contato quando percebeu que eu não daria mais dinheiro.

As palavras despedaçaram Fredrika. Palavras que davam a entender que os pais tinham perdido os filhos, mesmo que ainda estivessem vivos, eram algo totalmente alheio ao mundo que ela conhecia.

– Por que você telefonou para me fazer essas perguntas?

A pergunta de Ingrid Björk atravessou seus pensamentos.

Com dedos ágeis, Fredrika apanhou a pasta no topo da pilha de papéis sobre sua mesa. A cópia do laudo da autópsia da pessoa que, inicialmente, a polícia acreditava ser Karolina Ahlbin.

– Porque, infelizmente, acho que sei exatamente onde sua filha está – disse ela, com a voz branda.

O clima estava relativamente febril quando Fredrika chegou no último minuto e se sentou na mesa do Covil para o início da reunião.

– Antes da entrevista com Johanna Ahlbin, preciso que tentemos identificar as lacunas e interrogações no que sabemos, aquelas que acreditamos que ela vai nos ajudar a esclarecer – disse Alex. – Também quero que nós, como equipe, estabeleçamos se há algo específico em que devemos prestar atenção na entrevista, alguma vantagem que não podemos desperdiçar.

– Consegui identificar a mulher que inicialmente pensamos ser Karolina Ahlbin – disse Fredrika, temendo que Alex avançasse no mesmo ritmo e ela não tivesse abertura para falar.

Os outros olharam para ela, surpresos.

– A mulher que morreu de overdose há quase duas semanas se chamava Therese Björk. Acabei de falar com a mãe dela pelo telefone.

– Therese Björk? – repetiu Joar. – O nome que Karolina Ahlbin estava usando na Tailândia?

– Sim.

Peder balançou a cabeça como se quisesse colocar as ideias no lugar.

– Mas o que isso quer dizer?

– Talvez que Karolina e Johanna tenham representado juntas todo esse drama – sugeriu Alex. – Dificilmente ela daria às autoridades tailandesas esse nome.

– Mas ela não deu – retrucou Fredrika.

– Não?

– Ela mesma não deu o nome; foi a embaixada sueca que a confrontou com os detalhes fornecidos pelas autoridades tailandesas, que confiscaram o passaporte falso.

– Mas por que ela teria um passaporte falso com aqueles detalhes se não sabia quem era Therese Björk? – perguntou Peder, perdido.

– Não sei – disse Fredrika, em tom de irritação. – Karolina negou categoricamente para o pessoal da embaixada que tenha ficado no hotel que a polícia invadiu.

– Então você acha que ela não fazia parte da conspiração contra Jakob Ahlbin, mas era uma vítima? – disse Joar.

– Mais ou menos isso – disse Fredrika. – Já consideramos essa possibilidade, não? Que alguém queria tirá-la do caminho, quero dizer, mas fracassou. Que o propósito inicial era matá-la, mas o assassino não conseguiu completar a tarefa, por algum motivo.

– Então você acha que alguém matou Therese Björk apenas para que Karolina Ahlbin fosse declarada morta na Suécia, enquanto Karolina seria retirada do cenário onde estava, na Tailândia? – disse Alex, ainda sem se convencer.

Fredrika tomou um pouco de água e assentiu, lentamente.

– Mas por quê? – vociferou Alex. – *Por quê?*

– É exatamente isso que você deve perguntar a Johanna – disse Fredrika. – Afinal, foi ela quem fez a identificação indevida do corpo, desencadeando todo o processo.

Peder balançou a cabeça de novo.

– E Sven Ljung? – disse. – Como ele e o carro dele se encaixam nisso tudo?

– Precisam encaixar? – insistiu Fredrika. – Talvez nossa hipótese inicial seja verdadeira e sejam dois casos totalmente separados.

– De jeito nenhum – disse Joar. – Há conexões demais.

– Mas são mesmo conexões? – perguntou Fredrika, cética.

Sua voz desvaneceu, sobreposta pelo som dos dedos de Alex tamborilando sobre a mesa.

– Mas não é preciso tantas conexões para chamar nossa atenção – disse ele, olhando para Fredrika. – Sabemos que o carro de Sven Ljung estava envolvido no assassinato de Yusuf na universidade e nos assaltos aos carros-fortes em Uppsala e Västerås. E sabemos que Yusuf era amigo de Muhammad, em Skärholmen, e que Muhammad entrou em contato com Jakob Ahlbin.

– Que foi encontrado morto por ninguém menos que Sven Ljung – completou Fredrika com um suspiro. – Eu sei, eu sei. Ele deve ter alguma coisa a ver com tudo isso. Só não consigo entender.

– O que o DNIC tem a dizer sobre Sven Ljung? – perguntou Joar a Peder, com uma careta. – Quanto tempo mais eles vão esperar para entrar com um mandado de prisão?

Peder fechou a cara.

"Hum", pensou Fredrika. "Os dois continuam não se suportando."

– Eles telefonaram antes da reunião – disse Peder. – Acham que até o fim da manhã estarão com tudo pronto e vão detê-lo para o interrogatório inicial hoje à tarde.

– A partir de agora eu quero um feedback de cada movimento do DNIC – disse Alex, tenaz, acrescentando: – Peder, quero que você peça para participar do interrogatório.

Com a empolgação de um moleque que acaba de ganhar um brinquedo novo, Peder disse que telefonaria para eles assim que a reunião acabasse.

– Quanto à entrevista com Johanna Ahlbin – continuou Alex –, gostaria que Fredrika me acompanhasse e a conduzisse.

Silêncio.

"Como sempre", pensou Fredrika. "Um silêncio pétreo toda vez que recebo alguma tarefa especial."

Ela sabia o que Alex teria de acrescentar para restabelecer o equilíbrio; era uma questão de poucos segundos:

– O principal motivo, é claro, é que parece importante ter uma mulher presente na entrevista de uma jovem como Johanna.

Fredrika manteve os olhos em Peder e Joar, esperando uma reação. Não houve nenhuma. Foi somente quando Alex começou a falar de novo que ela imaginou ter visto Peder torcendo o rosto.

– Mas além disso tudo, Fredrika é uma interrogadora tão competente quanto qualquer um. Só no caso de alguém não ter entendido o que disse no início.

Fredrika olhou para Alex surpresa, que retribuiu o olhar com um sorriso torto.

"As coisas estão melhorando", pensou, e a perspectiva a deixou um pouco zonza.

Automaticamente, como em qualquer situação que a deixava triste ou feliz, Fredrika colocou a mão na barriga. Foi quando percebeu que havia um bom tempo não sentia o bebê se mover.

"Está tudo bem", pensou imediatamente para afastar a onda de preocupação que começara a aparecer. "Ele está dormindo".

Então se forçou a abrir um sorriso para Alex, apesar da apreensão cada vez maior e da preocupação contínua em relação à viagem curta e repentina de Spencer.

Seu celular vibrou no bolso, trazendo-a de volta à realidade, e ela saiu bruscamente da sala para atender. Era a bibliotecária de Farsta, retornando a ligação.

– Desculpe a demora – disse a moça.

– Não se preocupe – respondeu Fredrika.

– Verifiquei a lista no período em questão – continuou a mulher, limpando a garganta.

Fredrika esperou, tensa.

– Mas não tenho certeza se essa é a pessoa que você procura – disse a bibliotecária, em dúvida. – Parece que quem usou o computador naqueles horários foi uma senhora de meia idade.

– Ah – disse Fredrika, hesitante. – Você tem o nome e a data de nascimento?

– As duas coisas – respondeu, evidentemente satisfeita. – A mulher nasceu em janeiro de 1947 e seu nome é Marja. Marja Ahlbin.

Fredrika voltou correndo para o Covil e deteve Alex, que era o último a sair da sala.

– Foi Marja Ahlbin que usou o computador em Farsta, de onde saíram os e-mails ameaçadores.

– Meu Deus! – exclamou Alex.

Fredrika olhou nos olhos dele.

– E se interpretamos tudo errado? – disse ela. – E se Jakob atirou mesmo na esposa, mas como autodefesa, e depois escreveu a carta de suicídio por não suportar a dor?

– E onde a morte de Karolina entraria nesse quadro?

– Não sei – admitiu Fredrika, fazendo uma contagem mental de quantas vezes dissera as mesmas palavras nos últimos dias.

– A gente não sabe merda nenhuma – vociferou Alex. – Já estou ficando de saco cheio de sempre estar um passo atrás nessa confusão.

– E o possível envolvimento de Marja nas ameaças a Jakob?

– Não tenho a menor ideia nesse momento – murmurou Alex.

Fredrika franziu a testa.

– Vou verificar isso – disse ela, tão determinada quanto Alex.

– Como? – perguntou ele, confuso.

– Nós sabemos de onde os outros e-mails foram enviados, além daqueles que saíram do computador de Tony Svensson – respondeu. – Uma loja de conveniências da 7-Eleven. Vou verificar na operadora de celular de Marja se o aparelho dela foi usado nas proximidades no horário em que os e-mails foram enviados.

– Faça isso – disse Alex. – E volte com a resposta o mais rápido possível. Precisamos de muitos dados para embasar nossa conversa com Johanna Ahlbin.

– Eu sei – disse Fredrika. – Porque ela é a única que pode resolver esse caso. Ela ou a irmã.

DIFICILMENTE SE DÁ UM GRANDE PASSO no início de uma investigação, foi o que Peder Rydh aprendeu ao longo dos anos. Mas havia algo muito especial nos casos em que tinha trabalhado desde que entrou para a equipe de Alex. Algo que os fazia avançar muito rápido e cair num punhado de pistas desencontradas e peças soltas de um quebra-cabeça.

"Gosto disso", pensou Peder. "Acho que não conseguiria viver sem isso."

Fez questão de não olhar na direção de Joar enquanto caminhava até sua sala e fechava a porta. Seguindo as instruções de Alex, ele telefonou para um contato no DNIC perguntando quando eles prenderiam Sven e dizendo que gostaria de participar do interrogatório.

– Vamos trazê-lo depois do almoço – disse o contato. – Ele está sendo vigiado desde ontem à noite. Ele e a esposa parecem estar escondidos no apartamento.

– Nenhum dos dois saiu ontem à noite?

– Não, parece que não.

– Bom, pelo menos ele não está tentando fugir do país.

O homem mudou de assunto.

– Conseguimos as informações que estávamos esperando, sobre a vida financeira de Sven Ljung – disse, dando a entender que contaria alguma novidade.

Peder esperou.

– Parece que nosso amigo Sven teve muitos problemas financeiros nos últimos anos. O apartamento foi totalmente hipotecado; na verdade, ele o hipotecou de novo em dezembro. Além disso, ele deve uma grana alta a diversas financeiras. Ele e a esposa venderam uma casa de férias há dois anos e conseguiram uma quantia muito boa, mas o dinheiro parece ter desaparecido.

Peder ouviu atento. *Dívidas, dinheiro.* Sempre o maldito dinheiro. Será que dessa vez também seria simples assim?

– Mas eles vivem de quê?

– Pensão, basicamente.

– Em outras palavras, não têm o que esbanjar – observou Peder.

– Para não dizer o pior – disse o investigador. – E a esposa dele não tem patrimônio nenhum, é claro.

– Mas eles tinham a casa – lembrou Peder.

– Sim, com certeza. – O investigador deu uma risada. – E lucraram bastante com ela, um milhão de coroas. Mas essa grana desapareceu também.

"Não é simples assim", pensou Peder. "A gente sabe para onde foi esse dinheiro, só não estou me lembrando agora."

– Estamos trabalhando com a hipótese de que Sven se envolveu nesses assaltos porque sua vida financeira estava ruim, e não por outro motivo – disse o colega.

– E o assassinato de Yusuf, na universidade?

– Acho que queriam se livrar do assaltante, jogando tudo embaixo do tapete – foi a simples resposta.

Simples demais.

– Quem seriam "eles"? – perguntou Peder, hesitante.

O outro homem começou a perder a paciência.

– Ora, é claro que a gente não acha que Sven Ljung bolou isso tudo sozinho – disse ele com a voz lenta e exagerada, como se estivesse falando com uma criança, e não com um colega de confiança.

– Vocês conseguiram o nome de alguma pessoa envolvida?

– Estamos trabalhando nisso – disse o investigador. – Retorno para você assim que tivermos alguma coisa.

Peder estava quase desligando quando se lembrou de outra coisa que Alex tinha lhe pedido para fazer:

– Prestem atenção em Marja Ahlbin nessa investigação.

– Mas ela morreu, não é?

– Sim, mas é provável que vocês encontrem alguma conexão entre eles.

Sentiu a boca secar. Alex tinha dito que Marja estava por trás de algumas das ameaças a Jakob.

"Marja e Sven", pensou. "De quem é a culpa quando uma família desaba?"

Quando criança, Fredrika adorava montar quebra-cabeças. Aos dez anos montou o primeiro de mil peças. Como dizia o pai, ela tinha um olhar excelente para os detalhes e uma memória de elefante.

"Mágico", disse a mãe, acariciando-lhe o cabelo.

Alex deu quinze minutos para Fredrika realizar uma mágica antes de se reunirem com Johanna Ahlbin. As novas informações do DNIC foram devidamente incorporadas à investigação, que estava em andamento havia uma semana e parecia perto de uma solução.

– Passou rápido – disse Alex.

Fredrika não tinha como negar. *Passou* rápido, e dava um certo alívio terem chegado ao ponto de interrogar a misteriosa Johanna Ahlbin.

"Por que será que ela os abandonou?", pensou Fredrika. "E o que a mãe tinha a ver com o caso?"

A última questão tirou-lhe o fôlego. Tanto que ela telefonou de novo para a biblioteca e perguntou quais eram os procedimentos. A bibliotecária foi inflexível. Todas as pessoas que usavam o computador precisavam mostrar carteira de identidade. Isso tornava praticamente impossível que outra pessoa tivesse mandado os e-mails no lugar de Marja.

A divisão técnica vasculhou os registros telefônicos de Marja mais uma vez e descobriu que, nos dois outros horários críticos, ela esteve na região da 7-Eleven. Fredrika telefonou para a loja, mas eles não tinham como checar quem esteve em determinado computador em determinada hora.

"Indícios", pensou Fredrika. "Às vezes é o máximo que a gente consegue".

Se ela tirasse do jogo o possível envolvimento de Marja em tudo que aconteceu, Johanna apareceria como assassina mais provável. Os pais não hesitariam em deixá-la entrar, e várias testemunhas mencionaram a relação problemática dela com o pai. Afinal, todo o plano parecia voltado para ele. Segundo uma suposta carta de suicídio, tinha sido Jakob, e não Marja, quem dera os tiros fatais. E o ameaçado era Jakob, não Marja, embora as ameaças possam ter sido mandadas por ela.

Um movimento do bebê interrompeu seus pensamentos.

– Nossa, você me assustou! – suspirou Fredrika, colocando as duas mãos na barriga.

Seus olhos lacrimejaram e a respiração ficou difícil. Havia muita coisa acontecendo de uma só vez. O bebê, o trabalho, Spencer. Tomou um gole de água e sentiu o bebê absorver o líquido. Permanentemente estressada e preocupada. Nunca satisfeita por mais de um dia.

Obviamente, o bebê tinha de ser sua prioridade. Spencer poderia ser, caso se esforçasse um pouco mais. Amassou um papel com força e o jogou na lixeira. Mas o bendito nunca se esforçava, não é? E agora tinha se ausentado numa missão inesperada, deixando-a sozinha.

"Por isso não devo dar a mínima para ele agora", resolveu Fredrika, voltando a prestar atenção nas anotações.

Começou lendo a lista de perguntas que faria a Johanna Ahlbin.

"Estamos procurando por ela há vários dias", pensou Fredrika, "mas devíamos estar procurando também por Karolina, o que talvez tivesse de ser mais urgente".

Onde estava Karolina? Ainda na Tailândia? E como a Tailândia entrava no quadro? Na embaixada, Karolina dissera ser vítima de algum tipo de conspiração, que definitivamente não era Therese Björk e que nunca pisara no hotel onde suas coisas foram encontradas na invasão policial.

Fredrika juntou os papéis e se preparou para descer e se encontrar com Johanna Ahlbin. Outra ideia passou na sua cabeça enquanto fechava a porta da sala.

"Por que as pessoas que conheciam Karolina não reagiram às notícias de sua morte em Estocolmo? Elsie e Sven não questionaram o fato de ela supostamente estar no país. Tampouco Ragnar Vinterman, nem o psiquiatra de Jakob Ahlbin. É claro que a polícia não entrevistou todos os amigos e conhecidos de Karolina. Mas uma vez que seu nome e sua história tinham sido divulgados na imprensa, ninguém se manifestou e disse para a polícia que ela estava no exterior e que por isso não podia ter morrido no hospital.

"Por que ela saiu do país na surdina?", pensou Fredrika. "E quando vai voltar? Se é que vai voltar."

Um lampejo fez o chão tremer sob seus pés. Havia uma pessoa, uma pessoa descartada pela polícia, capaz de responder todas essas perguntas. Alguém que a polícia achou irrelevante, mas era bem próxima de Karolina.

Fredrika abriu a porta da sala e se sentou de novo na cadeira. Em menos de um minuto, conseguiu o número que procurava. Esperou pacientemente que alguém atendesse enquanto ouvia o telefone tocar, tocar e tocar.

A neve começou a cair algumas horas antes do almoço. Com os olhos cansados, ela olhou para o céu através do vidro. O céu, lugar onde supostamente estava o Deus que a desapontara tantas vezes.

"Não ganho nada amando a Deus", pensou com tristeza, sem sentir uma pontada de medo sequer.

Poucas pessoas a consideravam velha, o que, para ela, não passava de julgamentos equivocados. Ela *era* velha, cansada e infeliz, depois de tantos anos de dificuldades e complicações. Nas primeiras tentativas ela procurou a igreja e o Senhor que zelava por todos, mas acabou ficando tão cansada das orações que ninguém ouvia que parou de colocar as mãos em prece durante as cerimônias na igreja.

– Ele nunca escuta – sussurrava ela para o marido quando ele discretamente tentava corrigi-la.

No início os dois discutiam, porque o marido se recusava a aceitar que ela dissesse palavras tão duras para o Senhor.

– Isso é blasfêmia – sussurrou ele. – E na igreja, o que é pior!

Mas o que ela poderia fazer? Os dois filhos que criara, inicialmente vistos como uma bênção, mostraram-se ser uma maldição, como uma grande ferida na alma. Esperava que os dois crescessem fortes e fossem amigos um do outro, mas se tornaram pessoas tão diferentes quanto Caim e Abel. Além disso, ela mal os via nos últimos tempos. Quase não sentia falta do mais velho, que causara tanto mal ao irmão. Já o mais novo sempre foi mais fraco, um pouco mais perdido e muito mais gentil, um ser humano melhor que qualquer outro da família; nunca lidou direito com o fato de ficar eternamente em segundo lugar, ofuscado pelo sucesso do irmão.

"Percebi isso tarde demais", pensou enquanto observava os flocos de neve caindo do céu cinzento. "Agora, não posso fazer nada."

Estava tão absorta nos próprios pensamentos que não escutou os passos atrás de si.

– O que está olhando?

– O demônio em pessoa – disse ela.

Ele tossiu brevemente. Seus olhos azuis procuraram alguma coisa lá fora na rua. Repousaram num único carro, estacionado na calçada.

– Estão estacionados ali desde ontem – disse ele, com a voz tão baixa que ela custou a entender o que dizia.

– Quem? – perguntou, confusa.

Um dedo cansado apontou para ela.

– Precisamos conversar sobre uma coisa – disse ele. – É apenas uma questão de tempo para que tudo vá para o inferno.

Ela olhou longamente para ele.

– Eu sei – disse, sentindo as lágrimas inundar-lhe os olhos. – Eu já sei de tudo.

A PRIMEIRA COISA QUE chamou a atenção de Alex e Fredrika foi que Johanna parecia bem diferente das fotografias na casa em Ekerö. Os dois ficaram surpresos ao ver a mulher alta, atraente, de cabelos claros e compridos esperando por eles, na hora marcada, no lobby do prédio da polícia. Os dois ficaram sobretudo surpresos pela calma e pela serenidade da moça, qualidades raramente reveladas na inércia das fotografias.

"Não é exatamente a imagem de uma mulher que acabara de perder a família inteira", pensou Fredrika.

O momento em que Johanna os cumprimentou com um aperto de mão parecia quase irreal. Depois de tantos dias de silêncio ali estava ela, na frente deles.

– Sinto muito por vocês não terem conseguido falar comigo esse tempo todo – disse ela, enquanto caminhavam para a sala que Fredrika havia reservado para a entrevista. – Mas acreditem, tive meus motivos para não me apresentar.

– Queremos muito ouvir sobre eles – disse Alex, com uma educação na voz que Fredrika não se lembrava de ter visto antes.

Sentaram-se na mesa no meio da sala. Fredrika e Alex de um lado, Johanna Ahlbin do outro. Fredrika a observou com fascínio. As bochechas salientes, a boca grande e delineada invejavelmente, os olhos azuis acinzentados. A blusa bege que usava tinha um corte simples, com caimento reto a partir dos ombros largos. Não usava joias além de um par de brincos simples de pérola.

Fredrika tentou interpretar a expressão da jovem. Tudo que sentia e tinha de carregar deve ter deixado algum tipo de marca. No entanto, por mais que examinasse o semblante de Johanna Ahlbin, não deduzia nada. Fredrika começou a achar perturbadora a compostura da moça.

"Tem alguma coisa muito errada", sentiu instintivamente.

Para seu alívio, Alex começou bruscamente.

– Como você já sabe, estávamos ansiosos para encontrá-la. Então sugiro que comecemos com: onde você estava nos últimos...

Alex franziu a testa, parou e continuou:

– ... nove dias? Onde esteve desde segunda-feira, 25 de fevereiro?

"Ótimo", pensou Fredrika. Assim ela terá de dizer onde estava na noite do assassinato.

A resposta de Johanna foi tão curta e simples que pegou os dois desprevenidos.

– Eu estava na Espanha.

Alex não conseguiu disfarçar a surpresa.

– Na Espanha? – repetiu.

– Na Espanha – confirmou Johanna. – Tenho os documentos de viagem para provar.

Um momento de silêncio.

– E o que você estava fazendo lá? – perguntou Fredrika.

Mais silêncio. Johanna parecia pensar no que responder, e pela primeira vez parecia demonstrar os efeitos do que tinha acontecido.

"Uma fachada", suspeitou Fredrika. "Estava tão concentrada em manter uma fachada que se desconectou totalmente das próprias emoções".

– Meu plano inicial era viajar até a Espanha por questões pessoais – disse ela, hesitante. – Já tinha conseguido licença do trabalho e...

Ela parou e olhou para as mãos. Dedos longos e finos, com as unhas sem pintar. Sem aliança de casamento ou noivado.

– Acredito que vocês já saibam do envolvimento do meu pai na questão dos refugiados... – disse ela.

– Sim – confirmou Alex.

Johanna pegou o copo de água que lhe fora servido e tomou alguns goles.

– Durante anos me senti em cima do muro em relação a isso – começou. – Mas no outono passado aconteceu uma coisa e mudou tudo.

Parou por um momento e respirou fundo.

– Fiz uma viagem à Grécia; a gente ia fechar um contrato com um cliente importante. Prolonguei a estada durante alguns dias para aproveitar o clima quente antes de voltar para o frio da Suécia. Foi então que os vi.

Fredrika e Alex esperaram, ansiosos.

– Os refugiados iam chegar de barco durante a noite – continuou Johanna, com a voz baixa. – Eu não estava dormindo muito bem na época, costuma acontecer quando estou muito estressada. Numa manhã, resolvi caminhar um pouco até o porto no vilarejo onde eu estava hospedada e os vi.

Ela piscou diversas vezes e tentou esboçar um sorriso, mas não conseguiu.

– Era tudo tão humilhante, tão degradante. E pensei... quer dizer, eu não pensei, eu *senti* o quanto tinha agido errado todos aqueles anos. Como tinha sido injusta com meu pai.

Johanna deixou escapar uma risada seca, e pareceu que começaria a chorar.

– Mas vocês sabem como é. Nossos pais são as últimas pessoas do mundo para quem entregamos os pontos, então escolhi não falar para meu pai que eu tinha mudado de opinião. Queria fazer uma surpresa, mostrar que estava falando sério. E resolvi que faria isso realizando um trabalho voluntário para uma organização que cuida dos direitos de imigrantes sediada principalmente na Espanha. Eu passaria cinco semanas lá, em fevereiro e março.

Cinco semanas, o período de licença do trabalho.

Como ela parecia ter feito uma pausa, Alex aproveitou a deixa.

– Mas não deu certo – disse.

Johanna Ahlbin balançou a cabeça.

– Não, não deu. Fui arrastada pelos planos de Karolina.

Fredrika se mexeu inquieta na cadeira, ainda tomada pela sensação de que Johanna estava escondendo alguma coisa.

– O que aconteceu então, Johanna? – perguntou educadamente.

– Todos os meus planos desmoronaram – disse ela, de repente parecendo muito cansada. – Karolina...

Ela parou de novo, mas se recompôs e continuou.

– Karolina, muito espertamente, vendeu sua imagem de filha boazinha e leal. A única que sempre se interessava pelo que papai fazia, mas era tudo mentira, então descobri que eu não podia sequer fingir que estava interessada nas atividades do meu pai.

– Em que sentido você diz que era mentira? – perguntou Fredrika, lembrando-se de todas as declarações que tiveram sobre Karolina defender a perspectiva do pai.

– Ela representava um papel, ano após ano – respondeu Johanna, olhando com tristeza para Fredrika. – Dizia que estava comovida com as campanhas do papai e que os dois tinham os mesmos valores. Mas nada disso era verdade. Quer dizer, a famosa ajuda que ela dava ao meu pai e aos amigos era simplesmente dar dicas anônimas para a polícia sobre onde encontrar os imigrantes e como os contrabandistas trabalhavam. Para levá-los até lá.

A sala esfriou de repente. A cabeça de Fredrika funcionava a mil tentando entender o quadro como um todo. Será aí que o policial Viggo Tuvesson entra na investigação?

– Eu tentei, inúmeras vezes, dizer ao meu pai que Karolina não era nada melhor do que eu. Que na verdade ela era uma pessoa ruim, porque contava mentiras e o enganava. Mas ele não me escutava, como sempre.

Johanna parecia inflexível e determinada. Fredrika teve vontade de perguntar por que ela não estava chorando, mas preferiu se calar. Talvez sua dor fosse privada demais.

– E sua mãe? – perguntou Alex, capturando toda a atenção de Fredrika.

– Ela ficava no meio, de alguma forma – disse Johanna, evasiva.

– Como assim?

– Entre nós dois, eu e meu pai.

– No que se refere às opiniões dela, você quer dizer?

– Sim.

– O que Karolina tinha contra os refugiados? – perguntou Fredrika, corrigindo-se imediatamente: – Quero dizer, o que Karolina *tem* contra os refugiados?

Era nítido o efeito que essa revelação, já divulgada pela imprensa, teve sobre Johanna: o fato de que Karolina definitivamente estava viva.

Johanna não disse nada por um instante, e as palavras, quando surgiram, tiveram um impacto muito forte.

– Ela foi estuprada por um dos refugiados que meu pai escondia no porão da nossa casa em Ekerö.

– Estuprada? – repetiu Alex, ceticamente. – Não encontramos nenhuma queixa de estupro nos registros.

Johanna balançou a cabeça.

– Ninguém deu queixa. Não podíamos dar, segundo meus pais. Teria exposto toda a operação.

– O que eles *fizeram* então? – perguntou Fredrika, curiosa, sem saber se queria realmente escutar.

– Trataram do assunto como tratam praticamente de tudo – disse Johanna, claramente. – Dentro da família. E meu pai encerrou as operações na velocidade da luz, por assim dizer.

Fredrika rememorou a visita a Ekerö e percebeu que Alex fez o mesmo. As fotografias nas paredes, com data de determinado verão no início da década de 1990. Johanna desaparece das fotografias como um fantasma. Por que ela e não Karolina?

– Você consegue dizer exatamente quando isso aconteceu? – perguntou Alex, embora já soubesse qual seria a resposta.

– Junho de 1992.

Os dois assentiram, fazendo uma anotação. O quadro começava a ficar mais claro, mas ainda sem foco.

– O que aconteceu depois disso? – perguntou Fredrika.

Um pouco aliviada do peso de tudo que tinha de contar, Johanna pareceu relaxar um pouco.

– A casa em Ekerö virou um anátema depois disso; ninguém gostava de ir pra lá. Não foi só meu pai que parou de esconder os fugitivos; era como se a família toda tivesse morrido. Nunca mais voltamos pra passar as férias lá no meio do ano; íamos só de vez em quando e ficávamos uma semana, ou um fim de semana. Meus pais falaram em vender, mas por fim desistiram.

– E como estava Karolina?

Pela primeira vez na entrevista, os olhos de Johanna se encheram de raiva.

– Ela devia estar se sentindo péssima, como é de se esperar, mas era como se fingisse que estava tudo bem. Antes disso, a situação era o contrário: *eu* era a predileta e ela a que não queria fazer parte da família. Depois do estupro eu tomei o lado dela, porque não achava que as atividades do meu pai tinham de estar acima do que aconteceu com ela. Então vocês podem imaginar como fiquei surpresa quando percebi que Karolina parecia pensar que estava tudo bem.

– Deve ter sido muito difícil para você – interpôs Alex, cauteloso.

– Foi terrível. E solitário. De repente era como se a família tivesse se separado por minha culpa, e não do meu pai ou da minha mãe. Ou de Karolina, aliás.

– O que foi mais frustrante? – perguntou Fredrika.

– O que estava falando antes – disse Johanna, baixando a voz. – Que embora Karolina tivesse mudado com o que aconteceu, e admitido abertamente para mim que desprezava os imigrantes que vinham para a Suécia, ela fingia outra coisa para os meus pais.

"Não só para eles", pensou Fredrika, "mas para a família, os amigos e os conhecidos".

– Então você se distanciou da família, por assim dizer?

Johanna assentiu.

– Sim, foi isso que aconteceu. Não suportei a hipocrisia. E não sentia falta de nenhum deles. Não mais, para ser sincera. E definitivamente não depois que meu pai começou a falar em acolher refugiados de novo. Eu era a única da família que parecia se importar.

Fredrika e Alex trocaram olhares sem saber como proceder. A impressão que tinham de Karolina mudou radicalmente na última hora. Mas os dois sabiam que ainda estavam longe de terminar a entrevista.

Nesse momento Fredrika notou uma tatuagem no pulso de Johanna, quase escondida pelo relógio. Uma flor. Uma margarida, para ser mais exata. Onde esse tema tinha aparecido recentemente? Lembrou-se então da flor desidratada, único enfeite numa das paredes do quarto.

Johanna percebeu o olhar de Fredrika e tentou esconder a tatuagem mexendo na pulseira do relógio. Mas a curiosidade de Fredrika já tinha sido despertada.

– O que significa a margarida? – perguntou, sem rodeios.

– É um lembrete – disse ela com a voz ríspida e a expressão ambígua. – Johanna também tem uma.

– Um lembrete de quê?

– Da nossa irmandade.

"Uma irmandade tão carregada que o símbolo precisa ficar escondido debaixo do relógio", pensou Fredrika.

Alex rompeu o silêncio.

– Johanna, você precisa nos contar o resto agora. Você disse que ia tirar cinco semanas de licença para ir à Espanha, mas os planos de Karolina interromperam os seus. O que aconteceu?

Com a leveza de uma bailarina, Johanna esticou as costas.

– Você quer saber por que identifiquei uma pessoa como morta mesmo sabendo que não era ela?

– Certamente que sim.

– Minha resposta é simples: por que ela pediu.

– Quem pediu?

– Karolina.

Mais silêncio.

– Por quê?

Os olhos de Johanna se encheram de lágrimas pela primeira vez na entrevista. Fredrika sentiu certo alívio com o que viu.

– Porque tinha se colocado numa situação infernal e literalmente precisava sumir da face da Terra. Foi o que ela me disse, nessas palavras.

– Ela não deu mais detalhes?

– Não, mas Deus sabe que não parei de pedir. Inúmeras vezes. Mas ela não me contava nada, só dizia que o passado a perseguia e que ela sabia o que tinha que fazer. Explicou os planos, a ideia de que precisava morrer sem necessariamente morrer. Minha tarefa era telefonar para uma ambulância e identificá-la como minha irmã viciada. E deixar o país. Então fui para a Espanha.

– Como você sabia que a moça que morreu no lugar da sua irmã era viciada?

– Karolina me disse. E dava para ver, pelo olhar dela. Que tinha acabado consigo mesma.

– Ela ainda estava viva quando você chegou ao apartamento?

– Não parecia, mas devia estar. Os enfermeiros tentaram salvá-la na ambulância.

– Você deve ter ficado muito assustada.

Johanna não respondeu.

– Por que você a ajudou com esse plano mirabolante se ela não estava preparada para lhe dizer por quê? – perguntou Alex.

Um leve sorriso brotou no rosto impassível de Johanna.

– O elo entre duas irmãs é maleável, pode se esticar bastante sem se romper. Nunca me passou pela cabeça que ela podia estar se referindo ao episódio de 1992 quando disse que a família estava sendo assombrada pelo passado. Mas quando percebi do que se tratava, estiquei a viagem na Espanha.

A incerteza fez Fredrika segurar a caneta com mais força.

– Como assim?

Como se Fredrika tivesse dito algo totalmente insano, Johanna inclinou sobre a mesa.

– De que outra maneira tudo poderia se encaixar? Que outro motivo ela teria para fazer o que fez?

A linha de expressão na testa de Alex se transformou numa cratera.

– O que você acha que ela fez? – perguntou ele.

– Para mim, ela matou meus pais. E agora está atrás de mim. Para nos punir por não ficar ao lado dela quando sua vida foi destruída na campina daquela casa onde passávamos as férias.

– Você acha que ela precisa de proteção? – perguntou Fredrika quando a porta do elevador se abriu e eles saíram no andar onde trabalhavam.

– Difícil dizer – murmurou Alex. – Muito difícil de dizer.

– Pelo menos sabemos que estávamos certos, eu e você – disse Fredrika, quase contente.

Alex olhou para ela.

– Sobre tudo ter começado nas férias de verão em Ekerö, como dissemos?

Alex olhou para o relógio. O tempo tinha voado, como sempre. Já tinha passado o horário do almoço e Peder iria ao DNIC participar do interrogatório de Sven Ljung. De onde estava, Alex gritou para todos irem até o Covil para uma reunião rápida. Ninguém ousava fazer corpo mole depois de escutar uma ordem de Alex, embora Fredrika tivesse corrido até a sala dos funcionários para pegar um sanduíche.

"É claro", pensou Alex. "A mulher está prestes a ter um bebê. É claro que ela precisa comer."

– O que temos para corroborar a história dela? – perguntou Joar depois que Alex relatou o conteúdo da entrevista com Johanna.

– Não muito – admitiu Alex. – Por outro lado, também não temos muita coisa que contradiga a versão dela.

– Vamos mantê-la sob custódia? – perguntou Peder. – Digo, por dificultar o andamento da investigação, ou pela participação na morte de Therese Björk, por menor que seja?

Alex suspirou.

– Ainda não temos certeza dos fatos – respondeu. – Quanto a ter dificultado as investigações, ela pode explicar dizendo que estava com medo do que a irmã poderia fazer quando ela descobrisse que os pais estavam mortos. E no que se refere à identificação indevida do corpo, não temos o suficiente para prosseguir na situação atual. Johanna sequer nos falou do que Therese Björk morreu; disse que Therese já estava lá quando ela chegou ao apartamento da irmã.

– E é exatamente nesse ponto que precisamos avançar – interrompeu Fredrika. – Uma pessoa que, pelo que sabemos, não tem absolutamente nada a ver com Karolina ou Johanna foi pega por uma ambulância no apartamento de Karolina e depois morreu no hospital. Isso torna o apartamento de Karolina uma possível cena de crime. Quando podemos ter acesso a ele?

Joar abriu um sorriso franco para Fredrika.

– Pensamento rápido – disse ele. – Mas infelizmente não acho que uma busca no apartamento de Karolina vai acrescentar muita coisa. Já estivemos lá e vasculhamos tudo tentando encontrar alguma pista quando fomos procurar a chave da casa em Ekerö.

– Falando nisso, Johanna seguiu as instruções da irmã, voltou ao apartamento e fez uma limpeza depois de identificar Therese Björk – acrescentou Alex, lembrando a Fredrika a última parte da entrevista com Johanna.

– Johanna sabia que Karolina estava na Tailândia? – perguntou Joar.

Alex assentiu.

– Sim, mas não sabia o motivo. Quando falamos que a irmã estava sendo procurada por tráfico de drogas, ela palpitou que Karolina devia estar precisando do dinheiro para pagar quem contratou para matar os pais.

A sala ficou em silêncio.

– Acho fundamental que a gente entreviste Karolina Ahlbin também – disse Peder.

– Sim – concordou Alex, dando um longo e profundo suspiro. – Ouso inclusive dizer que até descobrirmos o que Karolina estava fazendo nas últimas semanas, estamos travados.

Pareceu que Fredrika ia dizer alguma coisa, mas se absteve.

– Ela conseguiu falar alguma coisa sobre o papel da mãe nisso tudo? – perguntou Joar, curioso.

– Nem uma palavra – respondeu Alex.

– Bom, então vamos esperar ansiosos o interrogatório de Sven Ljung – disse Joar, olhando de soslaio para Peder. – Talvez ele esclareça alguma coisa sobre o papel de Marja.

Fredrika superou a indecisão e disse:

– Erik Sundelius. O médico de Jakob.

– Sim? – disse Alex.

– Ele deu a entender que Johanna tinha problemas mentais.

– É verdade – disse Alex. – Mas ele é um sujeito que nos ocultou diversas informações sobre si mesmo, como sabemos. Portanto não tenho certeza do peso que podemos dar ao que conseguimos na entrevista com ele.

– Concordo – disse Fredrika. – Mas várias pessoas nos disseram que Johanna não estava bem, então não podemos ter certeza.

– Certeza de quê?

– Se Karolina ou Johanna são doentias o bastante para matar os próprios pais.

Quando era mais jovem, Fredrika perguntava-se com frequência se preferiria crescer com uma irmã em vez do irmão que tinha. Quando criança, chorou ao ler a história *Minha amada irmã*, de Astrid Lindgren, e adulta desejou várias vezes ter uma irmã para conversar e trocar confidências. A releitura das anotações da entrevista com Johanna trouxeram à tona todos os mitos sobre o vínculo especial existente entre duas irmãs.

"Não sabemos nada sobre Johanna", pensou Fredrika, sentindo um fascínio crescente. "Quando começamos a nos concentrar nela, ela nos procurou por conta própria".

Retornou brevemente para uma de suas primeiras teorias, de que as irmãs colaboraram no assassinato dos pais.

Motivos. Separadamente, cada irmã tinha um motivo, mas se fossem culpadas, a polícia não tinha uma ideia clara de um motivo conjunto.

O de Karolina, como Johanna descreveu, não era difícil de entender. Quão destroçada pode ser uma pessoa depois de uma experiência como aquela? Certamente o bastante para manipular aqueles à sua volta, como descreveu Johanna.

Mas Fredrika ainda tinha dúvidas: como ninguém percebeu quem ela era de fato? Os Ljungs, o reverendo Vinterman, ou o psiquiatra. Ou seus próprios pais, por sinal. Será que ninguém questionou sua lealdade para com os pais?

Sentiu um arrepio. A imaginação das pessoas não tem limite quando se trata de ferir os outros. Uma nova imagem de Karolina Ahlbin começava a surgir. Uma imagem que envolvia uma série de problemas bem diferentes daqueles que Fredrika tinha em mente no início. Johanna sendo lentamente apagada das fotos de família e, por fim, perdendo tudo e todos. Uma jovem que devia precisar desesperadamente de proteção.

Pegou o último fax que recebera de Bangkok. Nenhum sinal de que Karolina Ahlbin tivesse saído da Tailândia, o que era reconfortante. Mas se ela estivesse por trás do assassinato de Jakob e Marja, claramente tinha a capacidade de contratar assassinos a distância.

"Ou ela é tão perturbada quanto a irmã, Johanna, disse que é", pensou Fredrika, "ou então..."

Colocou a folha de papel sobre a mesa e olhou para a neve caindo lá fora.

"Ou Karolina também é vítima da conspiração que levou ao assassinato do pai. E da mãe. Mas por quê?"

Fredrika olhou rapidamente a hora. Quase duas, e Spencer ainda não tinha telefonado.

Sentiu-se assolada por dificuldades de todos os lados. Teve uma efêmera sensação de perigo iminente.

"Estamos deixando alguma coisa passar", pensou, tentando não se entregar ao conhecido cansaço. "E é algo muito importante, tenho certeza disso."

Engoliu seco, sentindo a ansiedade na garganta. Talvez fosse melhor ir para casa e deixar o caso para quem tivesse tempo e energia no corpo. Ir para casa, deitar e dormir. Ou tocar um pouco.

Quando pensou no violino, sentiu o braço frágil e dormente. Sabia que estava preparada para desafiar todas as partes de seu corpo.

O telefone tocou sobre a mesa, despertando sua atenção.

— Fredrika Bergman.

Silêncio; depois, um suspiro lento e sibilante. Fredrika sabia quem era.

— Måns Ljung? — perguntou, tentando não soar muito ansiosa.

Mais um suspiro e uma voz dizendo algo desconexo. Depois, uma frase clara.

— Você ligou querendo saber de Lina?

— Sim, estou muito feliz com seu retorno.

Fredrika ouviu um riso forçado do outro lado.

— Minha mãe lhe disse que eu não poderia falar ao telefone?

"Sim", pensou Fredrika. "E fui tão estúpida que não questionei."

Foram os comentários de Elsie que fizeram a polícia resolver não entrevistar Måns, filho dela com Sven, mesmo que ele tenha sido namorado de Karolina durante anos.

— Estou internado numa clínica de reabilitação, mas se tiver a ver com Lina, sempre terei tempo para conversar. Desculpe se eu parecer indisposto... peguei uma infecção.

Fredrika não estava nem um pouco interessada no estado de saúde dele, desde que conseguisse manter uma conversa.

— Tudo bem — disse ela, tentando soar profissional. — O que preciso mesmo saber é se Karolina tentou entrar em contato com você na semana passada.

Silêncio.

— Por que está perguntando?

Com uma mão segurando o telefone e a outra na barriga, Fredrika respirou fundo.

— Porque acho que ela está correndo perigo.

Mais hesitação.

— Ela me telefonou semana passada pedindo ajuda.

– Ela disse qual era o problema?

– Disse que não estava conseguindo falar com Jakob e Marja e que seria difícil voltar para casa porque parecia que alguém tinha encerrado sua conta de e-mail e cancelado seu voo de volta da Indonésia.

"Ela deve ter percebido", pensou Fredrika. "E ficou com medo."

– Você sabia que ela estava lá? Na Tailândia, quero dizer.

Fredrika escutou uma tosse, depois um barulho como se Måns tivesse desligado o telefone.

– Não – disse, por fim. – Não nos falamos muito ultimamente.

Mas ela confiava em você, Måns.

– Ela pediu ajuda para quê?

– Para falar com Jakob. E resolver a questão da viagem de volta.

Måns fungou um pouco.

– Mas meu estado não permitiu que eu a ajudasse com nada.

– Você disse isso para ela?

Um suspiro.

– Não. E também não disse que o pai dela tinha morrido. Não conseguiria fazer isso. Não pelo telefone.

– O que você fez então? – perguntou Fredrika, angustiada por Karolina.

– Telefonei para o meu irmão, ele é bom para resolver as coisas – disse Måns, com a voz trêmula. – E pedi para Karolina esperar. Mas deve ter acontecido alguma coisa, pois quando telefonei de volta ela não atendeu mais.

– Ela mandou algum e-mail?

– Talvez. Não checo meus e-mails com frequência.

Fredrika se pegou respirando com a mesma dificuldade que Måns.

– E seu irmão? – perguntou quase suspirando, sentindo os olhos se encherem inexplicavelmente de lágrimas. – O que ele fez?

– Ele me ligou e disse que não tinha muito o que fazer, que ela teria de comprar outra passagem. E me aconselhou a não dizer nada sobre Jakob pelo telefone.

"Sensível", pensou Fredrika. "Irmão sensível."

E fez uma última pergunta.

– O que seu irmão faz?

A pergunta seguinte suspensa no ar, não dita: *Ele também está na clínica de reabilitação?*

– Você deve conhecê-lo – disse Måns. – Ele é policial.

Fredrika teve de rir do próprio preconceito infundado. Mas o riso se transformou numa careta quando Måns continuou:

– O nome dele é Viggo. Viggo Tuvesson.

Sentindo que se movia com a mesma potência e determinação de um trem de carga, Peder avançou os últimos metros até a sala de entrevistas onde Sven Ljung estava esperando. Stefan Westin, seu colega do DNIC que tinha assumido formalmente o interrogatório, disse que a prisão tinha acontecido tranquilamente. Elsie e Sven estavam sentados tomando café quando a polícia tocou a campainha, como se estivessem esperando alguém ir buscá-los. Elsie pareceu triste enquanto a polícia tirava o marido do apartamento, mas não protestou.

– Ela parecia muito conformada – disse Stefan Westin.

As expectativas em relação ao interrogatório estavam altíssimas. Peder sentiu um aperto característico no peito quando entrou na sala e apertou a mão de Sven Ljung.

Sentiu um alívio enorme por ter sido ele, e não Joar, a receber a tarefa de participar do interrogatório. Precisava recuperar um pouco do terreno que perdera recentemente. E também sabia que, dentro da organização, precisava que as pessoas confiassem mais nele. Do jeito que as coisas estavam, era fácil demais menosprezá-lo e não dar a mínima para o que dizia. *Tem que melhorar; tem que melhorar.*

Stefan Westin assumiu o controle assim que o interrogatório de Sven Ljung começou. Como nunca tinha visto Sven, Peder ficou surpreso ao perceber como ele parecia velho e cansado. Deu uma olhada rápida nos papéis. Segundo suas anotações, Sven ainda não tinha completado 65 anos. Relativamente jovem ainda, aos olhos de Peder. Mas havia alguma coisa estranha naquele homem: parecia triste e desolado.

Como se lamentasse depois de uma perda dura e secreta.

A voz de Stefan Westin entrou em seus pensamentos.

– Você deu queixa de que seu carro foi roubado há dez dias, Sven. Tem ideia de quem pode ter feito isso?

Sven não disse nada.

Peder ergueu a sobrancelha. Já tinha visto esse tipo de silêncio quando interrogou Tony Svensson. Se eles tivessem detido outra pessoa que não falava por medo sabe-se lá Deus de quê, o interrogatório seria complicado e nada frutífero.

Sven começou a falar.

– Não, não sei.

O silêncio se instalou de novo na sala.

– Mas você tem certeza de que foi roubado? – perguntou Stefan.

Sven assentiu devagar.

– Sim.

– Como você descobriu que o carro tinha sumido?

– Precisei dele na sexta-feira de manhã, há quase duas semanas. Não estava na rua, no lugar onde eu tinha deixado no dia anterior.

De repente, ele pareceu muito menor do que era. Deprimido.

– Temos provas convincentes de que seu carro esteve envolvido em dois assaltos a carros-fortes e um assassinato depois que foi roubado – anunciou Stefan Westin, e Sven empalideceu. – Poderia nos dizer onde estava nestes dias e horários?

Sven teve de pensar quando foi confrontado com as diferentes datas. Disse que, em todas elas, estava no apartamento com a esposa. Só os dois.

Stefan fez de conta que tinha compreendido o que Sven acabara de dizer.

– Yusuf, você o conhece? – perguntou, referindo-se ao homem atropelado na universidade.

Sven balançou a cabeça

– Não.

Os pés da cadeira rasparam no chão quando Stefan Westin se aproximou da mesa e inclinou o corpo para frente.

– Mas nós sabemos que ele telefonou para você – disse, pacientemente. – Diversas vezes.

– Talvez você apenas o conhecesse, nada mais – interpôs Peder, depois que Sven não disse nada.

– Muito bem – disse Stefan. – Alguém que você conhece por acaso é atropelado pelo seu carro na universidade. Quer dizer, essas coisas acontecem, não é?

Olhou para Peder e levantou as mãos.

Foi quando Sven não conseguiu conter as lágrimas.

Silenciosas e dignas.

O tempo parou e Peder mal ousava fazer qualquer movimento.

– Eu juro que não vi o carro desde que desapareceu – disse Sven, finalmente.

– Nós acreditamos em você, Sven – disse Stefan. – Mas não acreditamos que você não saiba quem o levou. E duvidamos até que tenha sido roubado; achamos que você o emprestou. Mais ou menos voluntariamente.

– E o deu como roubado para se livrar da suspeita – acrescentou Peder, delicadamente. Com o tom de voz que antes era reservado para os filhos. E Jimmy.

Peder foi atingido pelo pensamento de Jimmy como um raio vindo do nada. Caramba, há quantos dias não se falavam? Jimmy tinha tentado falar com ele, não tinha? E Peder não atendeu nenhuma das ligações.

O homem do outro lado da mesa enxugou as lágrimas do rosto e olhou para os policiais, resoluto.

– Eu realmente não sei quem levou o carro, nem para quê.

– Ou você sabe, mas não ousa dizer? – disse Stefan, ríspido.

"Ou não quer", pensou Peder. "Por lealdade".

– Mas você pode muito bem nos dizer de onde conhecia Yusuf – disse Peder.

Sven pensou um pouco.

– Ele pegou meu telefone por causa de alguns conhecidos em comum, digamos. Mas foi um erro. Não era comigo que ele queria falar.

Stefan e Peder prestaram atenção. Conhecidos em comum?

– E qual o nome deles?

Sven hesitou.

– Jakob Ahlbin.

Seus olhos estavam evasivos, mas a voz, firme.

"Ele está mentindo tão bem que está convencendo a si próprio", pensou Peder.

– Mas é muita cara de pau – disse Stefan com a voz tão grave que Sven empalideceu de novo. Mas continuou sentado, em silêncio.

Stefan continuou:

– Você não vai ganhar nada empacando o interrogatório desse jeito – disse, tranquilo. – Não seria um alívio se você simplesmente contasse a história toda de uma vez?

Os olhos de Sven lacrimejaram de novo.

– Demoraria muito tempo – disse, baixo.

Peder e Stefan reclinaram-se ostentosamente nas cadeiras.

– Temos todo o tempo do mundo, Sven.

– Começou quando Jakob Ahlbin falou em voltar a oferecer refúgio a imigrantes ilegais. Johanna perdeu totalmente a razão e eu e Jakob brigamos feio porque sugeri que ele podia ganhar muita grana com isso. Jakob me chamou de egoísta, e eu respondi chamando-o de covarde e medroso. Eu precisava de dinheiro – admitiu Sven.

"– Eu sempre tive grana, pelo menos até o vício de Måns sair do controle. Os hábitos antissociais dele nos custaram muito dinheiro. Os roubos e os desfalques nos levaram ao desespero, mas jamais pensamos em expulsá-lo de casa. Uma vez ele conseguiu me convencer e convencer a si próprio de que estava melhorando e precisava de dinheiro para abrir um negócio. Mas deu tudo errado, é claro, e eu e a mãe dele ficamos sem saber para que lado seguir depois de perdermos centenas de milhares de coroas."

Com a voz cansada, Sven prosseguiu:

– Nunca tinha me passado pela cabeça que as atividades de Jakob... que esconder refugiados, podia dar dinheiro. Mas percebi que era uma possibilidade, porque quem vinha para cá gastava muito com a viagem. Imaginei que os imigrantes deviam chegar ao país com muito dinheiro. Então falei sobre o assunto com outro amigo... e nós começamos o negócio.

Ele virou a cabeça para tossir.

– Escondíamos os refugiados em casas de férias que, se alugadas, renderiam muito menos do que eles nos pagavam.

– E vocês ganharam muito dinheiro? – perguntou Peder.

– Sim, mas mesmo assim não era o suficiente – disse Sven, entristecido.

– Quem era seu parceiro? – perguntou Stefan.

Outra informação que Sven custou a revelar. Eles já deviam esperar a resposta. Mesmo assim, Peder ficou impressionado com a notícia.

– Ragnar Vinterman.

Stefan e Peder ficaram sentados, mudos e de olhos arregalados, enquanto Sven revelava a história aos trôpegos.

– Ragnar queria expandir a operação porque precisava de mais dinheiro ainda. Tinha perdido muita coisa em investimentos ruins e com a especulação financeira no exterior. Mas eu achava que não suportaria a nova ideia. Então disse que ia pular fora. Para mim não era apenas moralmente errado, mas era uma proposta arriscada demais e que teria muito mais gente envolvida. Contrabandistas, intérpretes, falsificadores de documentos.

Sven parou de falar e ficou um tempo em silêncio.

Peder percebeu que eles estavam chegando num ponto da história em que ficaria cada vez mais difícil arrancar alguma coisa de Sven.

– E como Ragnar reagiu quando você disse que queria sair?

– Com muita raiva.

– Qual era a operação sugerida da qual você não queria participar?

A ansiedade e o stress começaram a se apoderar de Sven.

– Contrabando de refugiados – disse ele.

Peder prendeu a respiração.

– De um jeito novo.

– O que isso significa, "de um jeito novo"? – perguntou Stefan. Peder manteve a calma.

Chegou a hora que Peder esperava. A última peça do quebra-cabeça.

Agora que Sven tinha começado a falar, era como se não conseguisse parar mais, embora transitasse com muito cuidado por entre alguns pontos que poderiam ser mais detalhados. Como nomes.

– Ragnar concluiu que custava muito caro para um refugiado sair, digamos, do Iraque ou da Somália para a Suécia. E que devia haver uma pessoa capaz de convencer indivíduos escolhidos a vir para a Suécia de uma maneira mais fácil.

– E qual seria o objetivo disso? – perguntou Stefan, cético. – Parece uma oferta generosa demais.

Sven soltou uma risada seca que ecoou por toda a sala.

– Generosa – repetiu, furioso. – Acredite em mim, para um religioso, Ragnar Vinterman demonstra ter um entendimento paupérrimo do que significa essa palavra. O plano de Ragnar era incitar os refugiados a virem para cá; eles entrariam no país com documentos falsos e cometeriam crimes sob encomenda. Indivíduos especiais, escolhidos a dedo, que já tivessem sido militares. Depois eles seriam mandados de volta para casa e ninguém jamais conseguiria pegar os criminosos, ou seguir as pistas até nós.

– Os assaltos aos carros-fortes que nos deram tanta dor de cabeça nos últimos meses – começou Stefan, e Sven assentiu avidamente.

Peder conhecia os assaltos. Minuciosamente planejados, sempre seguidos de uma violência totalmente diferente da que costumava acontecer em roubos desse tipo.

– Me recusei a fazer parte desse negócio odioso, mas quando vi as notícias dos assaltos, entendi que o esquema tinha sido montado e estava funcionando.

Stefan franziu a testa.

– Você disse que o plano era mandar os refugiados de volta para casa, certo?

Sven assentiu.

– Então por que, nos últimos dois casos, eles foram encontrados mortos na região de Estocolmo?

– Não faço a menor ideia – disse Sven, parecendo assustado.

– Você deve ter falado com Ragnar Vinterman desde que a operação começou – insistiu Peder.

Sven assentiu de novo.

– Mas só quando Ragnar me procurou para garantir que eu ia ficar de boca fechada. E quando Yusuf me telefonou. Ele conseguiu meu número com alguém na rede que achou que eu fazia parte do esquema. Ragnar cuidou de tudo.

"Alguma coisa deve ter dado muito errado", pensou Peder enquanto considerava a onda crescente de violência e morte que o negócio de Ragnar Vinterman tinha gerado nas últimas duas semanas.

– E Jakob Ahlbin? – perguntou. – Ele sabia que isso estava acontecendo?

Sven olhou para ele com a expressão pesarosa.

– Não, ninguém contou para ele do esquema. Mas eu acho...

Eles esperaram.

– Acho que ele descobriu a verdade sozinho. E era tão ingênuo que evidentemente procurou Ragnar e disse que tinha ouvido rumores de que havia uma nova rede de contrabando funcionando na Suécia.

– Uma rede supostamente muito mais generosa que o resto – disse Peder.

– Exatamente – concordou Sven.

– E isso desencadeou tudo – resumiu Stefan.

– Acho que deve ter acontecido isso – disse Sven. – Mas não tenho certeza de nada.

Stefan esperou um momento e tentou repetir a pergunta:

– Quem pegou seu carro, Sven?

– Não sei.

– Não existe a menor chance de Ragnar ter feito tudo isso sozinho. Quem mais estava com ele? – perguntou Peder.

Mas Sven agora calou a boca, e os dois perceberam que estavam chegando ao fim da estrada.

– Se ninguém ameaçou você... – começou Peder.

Sven continuou tão mudo quanto uma ostra.

Peder resolveu tentar outra tática.

– De acordo com o relatório policial feito no momento em que você e Elsie encontraram o corpo de Jakob e Marja, um policial chamado Viggo Tuvesson foi o primeiro a chegar. Por que você não nos disse que ele era seu filho?

– Não achei que fosse necessário – disse Sven.

– De acordo com informações que recebemos recentemente, Viggo foi para a casa de Jakob e Marja depois de você ter telefonado diretamente para o celular dele. Por que não ligou para a emergência?

Sven suspirou.

– Era muito mais fácil ligar diretamente para Viggo.

– Ele faz parte da rede de Ragnar Vinterman? – perguntou Peder sem rodeios, deixando Sven pálido mais uma vez.

– Não consigo imaginá-lo envolvido nisso – disse Sven tranquilamente, mas tanto Peder quanto Stefan notaram que ele estava mentindo.

Peder resolveu aumentar a pressão com outra pergunta.

– Johanna e Karolina Ahlbin. Elas faziam parte disso?

Sven comprimiu ainda mais o corpo e ficou ainda mais pálido.

– Outra pergunta que não posso responder – disse, com a voz baixa.

– E Marja – insistiu Peder, pensando na situação terrível que Jakob deve ter enfrentado em suas últimas horas de vida. – Ela fazia parte do esquema?

Sven simplesmente balançou a cabeça.

– Então quem foi, Sven? – perguntou Peder, irritado. – Quem foi que matou Marja e Jakob, ou encomendou a morte deles?

Silêncio.

Com algum esforço, Peder encontrou uma maneira mais gentil de se expressar.

– Está com medo, Sven?

O homem assentiu em silêncio.

Depois reclinou-se na cadeira, sem dizer nada.

HAVIA OUTRAS MANEIRAS DE CONSEGUIR INFORMAÇÕES sem a colaboração se Sven Ljung. Ao fazer outra análise dos dados telefônicos que a polícia obteve durante a investigação, novos contatos poderiam surgir, pois muitos números de telefone tinham sido identificados. Marja telefonou para Ragnar Vinterman diversas vezes, mesmo tarde da noite, quando supostamente já teria passado da hora de discutir questões de trabalho. E quando uma nova lista das chamadas realizadas e recebidas por Vinterman chegou, depois de um pedido urgente enviado para a companhia telefônica, foi possível estabelecer uma ligação entre Vinterman e o homem atropelado na universidade, bem como com Muhammad em Skärholmen, morto com um tiro na noite de domingo.

Dois números de celulares pré-pagos apareciam em todas as listas; essa informação combinada com o fato de que Johanna ou Karolina Ahlbin não apareciam entre os contatos foi uma grande fonte de frustração para a equipe.

– Aquele maldito do Viggo Tuvesson também não está lá – vociferou Alex Recht quando todos estavam reunidos no Covil, cada um com sua xícara de café, cerca de cinco e meia da tarde. – Não sabemos nada sobre ele além do fato de ter conversado com Tony Svensson algumas vezes. E também do fato de ser filho de Sven e Elsie.

– Ele não deu nenhuma explicação para as conversas com Tony Svensson, certo? – comentou Fredrika.

Alex murmurou algo inaudível e olhou para ela.

– Você não devia estar em casa?

Ela balançou a cabeça.

– Não, eu estou bem. Vou ficar um pouco mais.

Peder mexia no relógio e parecia nervoso.

– Você precisa ir embora? – perguntou Alex.

Peder parecia abatido.

– Bom, eu deveria jantar com Ylva e os garotos hoje, mas...

– Vá! – gritou Alex, fazendo o colega dar um salto na cadeira de susto. – Vá jantar com ela. Eu telefono se precisar de ajuda.

Peder saiu apressado da sala e fechou a porta.

Dois segundos depois, abriu-a de novo:

– Obrigado.

– Vocês acham que podemos dizer com certeza por que Jakob Ahlbin morreu? – perguntou Joar, retoricamente.

– Não – disse Fredrika.

– Sim – disse Alex ao mesmo tempo.

Os dois se olharam, surpresos.

– Ele foi morto para ficar calado, como você pensou – disse Alex, com o olhar irritado, mas Fredrika balançou a cabeça. – A única questão é: quem o matou?

– Mas e quanto a Marja? – objetou ela. – Por que ela tinha que morrer também? Quer dizer, também estamos trabalhando com a hipótese de que ela fazia parte da rede de Vinterman.

Alex parecia destruído. Além de cuidar da investigação, precisou entrar com um pedido de vigilância imediata de Ragnar Vinterman para garantir que ele não tentasse fugir *se* e *quando* soubesse que Sven Ljung tinha sido preso.

– Talvez a morte de Marja não tenha sido intencional – disse Alex, com seriedade.

Fredrika contraiu os lábios e não disse nada.

– Muito bem, vamos retomar o caso – sugeriu Joar, determinado. – Quem teria algum motivo para matar Jakob, ou Jakob e Marja?

– Tanto alguém da rede de Vinterman quanto uma das filhas – disse Fredrika.

– Karolina, você quer dizer – interpôs Alex.

– Não, estou falando das duas. Prefiro manter minha opinião em aberto até ouvirmos a outra versão.

– Ok – começou Alex, mas foi interrompido por Ellen batendo na porta.

– Desculpe interromper – disse ela –, mas recebemos um fax urgente da polícia da Tailândia.

Alex leu o papel, preocupado.

– Que merda. As autoridades tailandesas afirmam que Karolina Ahlbin deixou Bangkok ontem à noite num voo direto para Estocolmo. Ela viajou com o passaporte de outra pessoa. Souberam disso depois de invadir a casa de um contrabandista conhecido, que trabalha fora de Bangkok.

A ansiedade se espalhou pela sala.

– O que isso significa para nós? – perguntou Fredrika, com a voz baixa.

– Que se eles estiverem certos, ela já voltou para a Suécia – comentou Alex, desanimado. – E qualquer que seja seu papel nisso tudo, ela deve estar extremamente furiosa. Deus ajude Johanna quando a irmã a encontrar.

– Que inferno – disse Joar, entre os dentes.

– Mas para onde ela iria? – perguntou Fredrika, agitada. – De certa forma ela é uma foragida procurada por crimes sérios.

Alex olhou longamente para Fredrika.

– Não temos mais escolha. Precisamos dar um alerta e divulgar o perfil de Karolina. Para o bem dela, pelo menos.

O tempo tinha finalmente se voltado contra eles, ponto final. Ela sabia que Sven tentaria, até o último minuto, esquivar-se da responsabilidade que teria de assumir. Decidida, Elsie se levantou da mesa onde tinha ficado sentada desde que a polícia levara Sven e caminhou até a sala.

"Eu devia ter feito a coisa certa há séculos", pensou, fechando o rosto. "Mas dizem que nunca é tarde para consertar o que se fez de errado."

Enquanto vestia o pesado casaco de inverno, seus olhos pousaram sobre uma das fotos da família pendurada na parede. Impressionante que a polícia tenha ido três vezes ao apartamento dela e não tenha reconhecido Viggo na fotografia. Mas agora Viggo era um homem diferente do que era antes: um homem com o rosto deformado.

Elsie sentiu vontade de chorar.

"O papel dele precisa ficar claro", concluiu enquanto colocava um gorro de lã. Mesmo que não saibam exatamente o que ele fez, precisam saber que ele participou de todos esses horrores.

Tocou a fotografia com os dedos trêmulos. Eles já tinham sido uma família perfeita, uma unidade em que todos cuidavam uns dos outros e queriam o que fosse melhor para todos. Mas essa época parecia muito distante. Fazia muito tempo que perderam Måns para o vício. Quanto a Viggo...

Elsie deu um longo suspiro. Viggo sempre escolhera o caminho mais difícil. Eles ficaram surpresos quando ele disse que queria entrar para a polícia, mas também ficaram atônitos com sua teimosia em deixar os médicos realizarem algum procedimento para melhorar a cicatriz que lhe tinha desfigurado o rosto.

– É minha marca registrada – disse ele quando o assunto surgiu pela primeira vez.

– Quem lhe disse isso? – perguntou Elsie, confusa.

– A mulher que eu amo – respondeu, virando as costas e entretendo-se com outra coisa.

Era inútil tentar conseguir alguma informação. Ele se recusava a dizer com quem estava saindo e não tinha a menor intenção de apresentá-la aos pais. Meses se passaram, depois anos. Eles não escutaram mais falar dela e imaginaram que o relacionamento tinha acabado.

Mas Elsie conhecia o filho e, com o tempo, começou a suspeitar de uma coisa. Com o coração acelerado, plantou-se perto da entrada do prédio do filho no verão passado. Suas suspeitas foram confirmadas quando ele apareceu de mãos dadas com uma mulher que Elsie reconheceria a meio quilômetro de distância.

– Nada vem de graça com aquela mulher – disse a mãe tentando alertar o filho. – Não pense que ela é o que diz ser. A mente dela é doentia, Viggo. Das mais doentias que existem.

Mas ele se recusou a ouvir e disse que tinha o direito de seguir o próprio caminho. O que se esperava que uma mãe dos tempos modernos dissesse sobre isso?

Relutante, Elsie pegou as chaves na bolsa e abriu a porta da frente. Tomara que os investigadores ainda estejam lá. Tomara que a moça grávida ainda esteja lá. Afinal, ela parecia entender as coisas mesmo quando Elsie não as dizia.

"Achei que estava cuidando deles, poupando-os do pior", pensou cansada. "Na verdade, eu estava apenas abrindo caminho para nossa ruína."

Pisou no patamar da escada e levantou os olhos.

Quando viu quem estava na porta, engasgou.

– Você? – foi a única coisa que teve tempo de dizer antes que, de repente, dois braços fortes a jogassem de volta para dentro do apartamento.

O ASFALTO ESTAVA ESCORREGADIO por causa da neve que caiu durante a tarde. Se tivesse pensado direito, teria passado a noite no hotel. Mas não conseguia parar de pensar naquilo que, para ele, precisava ser resolvido imediatamente: o fato de que procuraria seu sogro, bateria com a mão na mesa e finalmente ficaria livre daquela tirania. Então continuou dirigindo. Conhecia as estradas de Småland: mudaram pouco ao longo dos anos. Passou por cidadezinhas e vilarejos e chorou à medida que se lembrava de coisas que acreditava terem sido esquecidas para sempre, mas agora voltavam e perfuravam-lhe a alma.

Eu fui um idiota.

Deu dois telefonemas antes de sair de Uppsala. O primeiro foi para o chefe, dizendo que precisava se ausentar por alguns dias. O outro, para Eva, dizendo que sairia de casa assim que voltasse da viagem. Surpreendeu-se com o silêncio da esposa e com sua observação final antes de desligar:

– Não vai sentir minha falta, Spencer?

Falta.

A palavra quase lhe partiu o coração.

"Falta foi o que mais senti nos últimos anos, tanta que você nem pode imaginar", pensou enquanto desligava.

Mas na redoma quente do carro ele não sentia falta de nada, nem de ninguém.

– Você está numa encruzilhada e precisa decidir que caminho tomar – dissera-lhe o pai quando ele se mudou de Lund anos e anos atrás. – Não tenho a menor ideia do que você esteja passando e você não quer me contar, mas quero que saiba de uma coisa: quando precisar de alguém para conversar, estou aqui para ouvir.

Uma vida inteira tinha se passado desde que Spencer rejeitara a ajuda do pai; ainda restava-lhe descobrir o tamanho do dano que isso causara.

"Eu era mesquinho", admitiu para si mesmo. "Eu queria tudo, e a recompensa foi menos que a metade. Porque eu merecia mais."

Em determinado momento nas longas horas da viagem, pensou em Fredrika Bergman. Ela fingia não gostar que ele abrisse a porta do carro para ela, embora fosse uma baita mentira que aceitasse qualquer outra coisa. Como seria o cotidiano com ela? Será que realmente desejam se fixar um na vida do outro, ou descobririam o que a maioria das pessoas naquela situação descobria quando finalmente tinha a chance de morar juntas? Que morar com outra pessoa era uma perspectiva atraente desde que não fosse realizada. As pessoas eram ótimas em se enganar dessa maneira. Nunca sentiam falta do que já tinham, o que significa que também não o apreciavam.

O pensamento deixou Spencer um pouco nervoso. Talvez Fredrika, por ser tão honesta, dissesse que não o queria por perto do jeito que ele estava planejando.

"O que vou fazer então?", pensou Spencer, indiferente. "Para onde eu vou?"

Talvez o peso das reflexões o tenha feito perder o cuidado e o controle do carro. Spencer precisou de alguns segundos para perceber que tinha perdido a tração na estrada deslizante e coberta de neve, e a derrapagem o levou para o outro lado da pista. Um momento depois, o som explosivo de dois veículos colidindo ressoou na estrada e atravessou o bosque coberto pela escuridão da noite. A neve não parava de cair. Testemunhas viram os veículos se chocarem, curvarem-se e serem levados para fora da estrada, onde bateram contra o tronco das árvores que cresciam havia muitos anos na beira da estrada.

Depois, o silêncio.

QUANDO DEU SEIS HORAS, Fredrika foi até a sala dos funcionários para esquentar um pedaço de torta. Alex entrou logo em seguida e ela entendeu que ele estava evitando voltar para casa.

— Não conseguimos falar com Johanna Ahlbin — reclamou, irritadiço.

— Nem naquele novo celular que ela nos passou?

— Não.

O micro-ondas apitou e Fredrika apanhou seu jantar.

— Talvez seja bom mandar uma viatura até o apartamento dela para ver se está tudo bem — sugeriu Fredrika.

— Já fiz isso — disse Alex. — Eles disseram que ninguém atendeu a campainha, e o lugar parecia escuro. Bateram na porta de alguns vizinhos, mas ninguém tinha visto nem ouvido nada.

Alex se sentou na frente de Fredrika enquanto ela comia.

— Por que será que Sven Ljung não nos deu o nome das outras pessoas envolvidas no círculo de Vinterman? — disse ele, pensando em voz alta.

Fredrika mastigou e engoliu. A torta ficou borrachuda no micro-ondas e estava com um gosto horrível.

— Ou porque está com medo, ou por lealdade a alguém.

— Foi o que pensei — disse Alex. — Talvez ele esteja protegendo alguém que o tenha amedrontado, obrigando-o a ficar quieto.

— O filho Viggo, por exemplo — disse Fredrika. — Um pai servindo de escudo para o filho, um caso clássico.

Alex concordou, sentindo a cabeça pesar.

— Exatamente — disse. — Veja só, eu conversei com Viggo e ele não disse uma palavra sequer sobre ser filho dos Ljungs, ou sobre ter sido criado como vizinho de Jakob e Marja e brincado com as filhas deles. Chegou a dizer que nunca os viu.

Fredrika repousou calmamente o garfo e a faca sobre a mesa.

— Nós sabemos que Karolina "brincou" bastante com o filho deles, Måns — começou ela.

— E? — disse Alex.

– Nós sabemos que tipo de relação as filhas têm com Viggo?

Alex demorou a responder.

– Acho que não – disse, por fim. – Não acho que os técnicos conseguiram vasculhar o registro dos telefonemas dele; afinal, eles chegaram tarde hoje.

Fredrika se forçou a engolir mais um pedaço de torta.

– Acho que vamos encontrar alguma coisa ali – disse ela. – Para mim essa rede é muito mais bem pensada e estruturada do que imaginamos. Eu verifiquei quando Viggo mudou de sobrenome, por exemplo; foi no ano em que entrou para a academia de polícia.

– Meu Deus – exclamou Alex. – Será que ele está envolvido nisso desde o início, quando começaram a ganhar dinheiro escondendo imigrantes em 2004?

– É bem provável – disse Fredrika. – E para evitar chamar atenção no caso de o pai ser pego, ele se distanciou da família mudando de sobrenome.

– O que claramente funcionou muito bem – murmurou Alex.

– De jeito nenhum – retrucou Fredrika. – Estamos sentados aqui agora, sabendo que ele fracassou.

Alex abriu um sorriso no canto da boca.

– Mas ainda estamos longe de conseguir prendê-lo.

– Será que conseguimos uma vigilância?

O sorriso do chefe se abriu ainda mais.

– Ele já está sendo vigiado há uma hora – disse. – Está quieto no apartamento dele, aparentemente.

– Esperando instruções, talvez?

– Pode ser – concordou Alex.

Ele atendeu no segundo toque.

– Estou saindo agora – disse ela.

– OK. Quer que eu vá com você?

Ela fez silêncio.

– Ainda não – disse, mas com tanta hesitação na voz que ele soube imediatamente que não conseguiria deixar de ir atrás dela.

Sentiu medo por ela, o mesmo medo que sempre sentia quando ela era negligente.

– Pode ser perigoso – disse ele.

– Eu sei – respondeu com a mesma voz monótona.

– Cuide-se.

– Sempre.

Eles ficaram em silêncio e o clima pesado o fez ranger os dentes. Ele tinha de perguntar:

– Você foi à casa da minha mãe?

– Sim.

– E?

Outra pausa.

– Ela não estava.

– Droga. Então ela está um passo na frente...

Ela o interrompeu e disse com a voz firme:

– Vamos ter que esperar o melhor.

– E nos preparar para o pior – completou ele.

Ficou sentado olhando para fora da janela durante um longo tempo depois que ela desligou. Seu maxilar estava travado quando tomou a decisão. Ele estava muito mais preparado para o embate físico do que ela, e isso fazia deles uma excelente equipe. Ela era a estrategista, a pessoa que esboçava as diretrizes do trabalho, enquanto ele lidava com os possíveis problemas, tirando-os do caminho. Uma vez após a outra.

Tomou a decisão por puro impulso. Ele não ia ficar sozinho no apartamento enquanto a mulher que amava lutava para sobreviver numa arena de guerra, onde sofrera tanto durante todo aquele tempo e aprendera a olhar para todo estranho com cuidado e desconfiança.

Fredrika estava guardando suas coisas para terminar o dia quando o telefone tocou. Uma senhora chamada Elsie Ljung estava na recepção procurando por ela. Estava muito agitada e disse que era urgente.

Fredrika tinha decidido que estava realmente na hora de ir embora para descansar e dedicar algum tempo a ela e ao bebê. Já tinha começado a sentir que havia alguma coisa errada quando ela e Alex conversaram no corredor. O bebê parecia quieto de uma maneira nova, como se guardasse energia para algo iminente.

– Você não está pensando em sair agora, não é? – murmurou consigo mesma.

Mas a inquietação por causa do bebê continuava ofuscada pela preocupação por não conseguir falar com Spencer. O telefone tocou até desligar quando tentou. O cansaço físico e mental impedia seus esforços de chegar a uma explicação lógica. Ao contrário de como costuma se comportar, Spencer estava muito misterioso antes de partir.

Sentiu o telefone pesar na mão enquanto falava com a recepcionista. Elsie Ljung se deu ao trabalho de procurar a polícia fora do horário de trabalho. Será que precisava tirar algum peso das costas?

Recompôs-se e foi contar para Alex.

– Será que descemos juntos? – perguntou. – Tudo bem se eu ficar um pouco mais.

– Não sei – disse Fredrika, em dúvida. – Aparentemente ela pediu para falar comigo. Tenho a sensação de que ela vai contar alguma coisa importante.

– Vou esperar, então.

Assentindo levemente, Fredrika saiu da sala e desceu para se encontrar com Elsie. Olhou rapidamente pela janela e viu que uma neve densa começava a cair. A capital estava coberta de branco. E um pensamento atravessou-lhe a mente: "Péssima noite para pegar a estrada. Deve estar muito perigosa".

Karolina sentiu que mantinha o carro na estrada por pura força de vontade. Fizera aquele trajeto tantas vezes, desejando chegar lá e ser abraçada pelas paredes quentes da casa e de suas memórias. Eram memórias misturadas, é claro, algumas tão terríveis que ela teria excluído com prazer de sua história, se pudesse. Seu pai dizia que era inútil tentar mudar o passado, mas é sempre possível aprender a lidar melhor com ele. As feridas eram um indício de onde estivemos, e não do lugar para onde vamos.

A lembrança do pai veio acompanhada de uma dor aguda, enchendo seus olhos de lágrimas. *Como foi dar tudo tão errado? Por que foram obrigados a pagar um preço tão alto?*

Ela achava que sabia. Não exatamente, mas mais ou menos. Quando o avião chegou em Arlanda pela manhã, concluiu que o desastre que assolou os pais possivelmente não tinha nada a ver com sua viagem, ou com o interesse do pai nas questões dos imigrantes. A ideia martelava em todo seu corpo como as rodas do avião quicando durante o pouso na pista.

"Isso é pessoal", pensou.

Quando compreendeu que sua hipótese fazia sentido, ela também entendeu quem estava prestes a enfrentar. Não existe vantagem maior do que conhecer o oponente numa batalha. E de todos os oponentes possíveis, não havia nenhum que ela acreditava conhecer melhor.

Mais uma vez discou o número para o qual telefonara antes pedindo ajuda em Bangkok, cega de pânico e como prova de sua total ingenuidade. De novo o telefone tocou até cair na caixa-postal. Mas ela sabia – ou melhor, *sentia* – que a inimiga estava do outro lado, segurando o telefone na mão, sem atender. Sua voz foi fria quando finalmente atendeu:

– A gente se encontra onde tudo começou. Venha.

Pela primeira vez depois de adulto, Alex não queria ir para casa. Sentiu o peito apertado e pensou no pai, que sobrevivera a um infarto havia poucos anos.

– É genético, você sabe – alertou o filho. – Procure se cuidar, Alex, e ouça os sinais do seu corpo quando disser alguma coisa.

Mas o trabalho passou a ter prioridade sobre a saúde.

Lena telefonou para saber quando ele iria para casa.

– Mais tarde – murmurou Alex, desligando com a famosa sensação de que estava tudo errado, mas mesmo assim adiando o momento da verdade.

Os policiais que cuidavam da vigilância no prédio de Viggo Tuvesson telefonaram logo depois. Tuvesson tinha saído do apartamento e seguia de carro na direção de Kungsholmen.

– Talvez ele esteja vindo para o trabalho – disse Alex, desconfiado, olhando para o relógio. Já passava das sete. – Mas não o percam de vista.

Poucos minutos depois eles telefonaram de novo. Tuvesson parecia não ter planos de ir para o trabalho; estava saindo da cidade indo pela Drottningholmsvägen.

O pensamento imediato de Alex foi Ragnar Vinterman.

– Ele está indo para Bromma – disse, empolgado. – Entre em contato com a equipe de Bromma e veja se Vinterman está saindo também.

Mas Vinterman continuava enfurnado na paróquia. A equipe não tinha nada para relatar.

Preocupava Alex o fato de Johanna Ahlbin ter desaparecido de novo do radar da polícia. Pode ser que tivesse se metido em confusão, mas Alex sentia nos poros que alguma coisa estava por trás do sumiço.

Olhou para a pilha de relatórios espalhados sobre a mesa como um quebra-cabeça por montar. Um pároco que queria fazer tudo certo, mas entrou em conflito praticamente com toda a família. Dois outros pastores que passavam por dificuldades financeiras tão grandes que nada mais lhes era sagrado. Um policial tão afundado na merda que era difícil entender como conseguiu passar tanto tempo dentro do sistema. E duas irmãs que aparentemente perderam tudo numa noite de verão, quinze anos atrás.

Alex se lembrou da visita que fizera à casa em Ekerö junto com Fredrika. Lembrou-se das fotografias datadas, do fato de Johanna escolher um caminho diferente, longe da família. Talvez junto com a mãe. Lembrou-se de Karolina, que continuou no feliz círculo familiar, apesar do ataque violento que sofrera.

"Será que não foi o contrário?", pensou Alex. "Será que Johanna é quem foi violentada e virou as costas para a família? E Karolina, por isso, se tornou a predileta do pai?"

Sentiu o pulso acelerar. Mas quem teria cometido o assassinato? A cena do crime não tinha nenhuma pista; todas as impressões digitais e outros vestígios apontavam apenas para as vítimas, para Elsie e Sven Ljung ou para os policiais e enfermeiros da ambulância que estiveram no local. E no momento do assassinato, tanto Johanna quanto Karolina estavam fora do país.

Com a cabeça girando, Alex olhou mais uma vez para o relatório da cena do crime. Será que Sven Ljung simplesmente entrou no apartamento e matou Jakob e Marja? Alex sabia que a hipótese não fazia sentido antes de terminar o pensamento. Seu cérebro então se concentrou no nome mais óbvio de todos. O homem que teria se livrado de tudo se não tivesse tido o descuido de usar o telefone do trabalho para delinear o plano dos crimes brutais que estava prestes a cometer.

O telefone na mesa de Alex tocou tão alto que ele quase gritou de susto.

– Ele não está indo para Bromma – disse o policial.

– E para onde está indo, então?

– Para Ekerö.

Essa era a última peça que Alex precisava para entender, com horror, onde as irmãs Ahlbin poderiam estar.

Como se tivesse entrado em transe, ele desligou o telefone e telefonou para a unidade de comando central. Pediu para mandarem todas as viaturas disponíveis para a casa de férias da família Ahlbin, em Ekerö.

OLHANDO PARA TRÁS, não havia uma linha clara naquela tarde que dividisse o instante em que Fredrika se sentiu segura existencialmente e o instante em que toda sua vida começou a se desintegrar. Foi uma ironia do destino que ela na verdade tenha adiado esse momento ao não atender o primeiro telefonema identificado no celular como sendo da casa de Spencer.

"Esperei o dia todo, então agora ele que espere agradavelmente enquanto converso com Elsie Ljung", decidiu, irritada.

Alex a telefonou no celular enquanto ela pegava um copo de água para si e para a visitante que já tinha levado para a sala de entrevistas. Ele a informou sobre a situação em poucas frases, alertando-a de que eles poderiam ter uma surpresa muito desagradável dali a alguns minutos. Não havia necessidade de dizer: Fredrika imaginava muito bem como poderia terminar um confronto entre as duas irmãs.

– Você vai até lá? – perguntou Fredrika.

– Estou na garagem com Joar e mais dois policiais do CID – respondeu Alex. – Nós vamos com o batalhão especial. Tente descobrir de Elsie como Viggo se encaixa nisso tudo. E com qual irmã devemos nos preocupar mais.

– As duas parecem igualmente perturbadas – murmurou Fredrika, soando mais casual do que pretendia.

– Acho que não – disse Alex, com a respiração rasa. – Acho que Johanna mentiu sobre quem foi estuprada naquela época, e acho que ela deve ter odiado a família depois disso.

Estavam prestes a desligar quando Alex acrescentou:

– Se ainda não deixei isso claro, quero deixar agora: vou sentir sua falta na equipe enquanto estiver de licença-maternidade.

Alex sentiu que devia dizer isso antes de entrar na van do batalhão especial e sair do prédio da polícia. Por alguma razão, seu comentário quase levou Fredrika às lágrimas: ela precisou de um minuto para se recompor antes de conversar com Elsie.

A última coisa que fez antes de entrar na sala foi desligar o celular.

– Então – disse ela para Elsie enquanto colocava a água sobre a mesa.
– O que a traz aqui?

Como muitos bons contadores de histórias, Elsie tinha uma memória maravilhosa para detalhes.

– Nós fomos fazer uma surpresa para a família naquela noite, em Ekerö – disse ela, com a voz baixa. – Marja e Jakob nos disseram que geralmente ficavam só os quatro na casa, só a família. Naquele ano nossos planos foram um fracasso, e como os rapazes se davam muito bem com as meninas, pensamos que seríamos bem-vindos se aparecêssemos de surpresa.

A surpresa foi realmente boa. As lembranças de Elsie eram vívidas.

– Quando voltamos para casa tarde da noite, pensamos nas coisas que descobrimos e jamais tínhamos imaginado sobre o modo de viver de Jakob e Marja. Não fazíamos a menor ideia de que ele escondia refugiados daquele jeito, e também não sabíamos sobre a doença dele. Foi Marja quem decidiu não chamar um médico, ou a polícia; disse que assim que as meninas saíssem da casa de férias, seria só uma questão de tempo para as feridas se curarem e as memórias se apagarem. Uma loucura completa.

Elsie parecia furiosa e Fredrika também começou a se irritar. Mas tinha aprendido a não julgar as pessoas com tanta rapidez. Afinal, quem saberia quais experiências passadas de Marja a levaram a agir daquela maneira?

– Mas apenas uma das garotas foi... machucada? – começou Fredrika, ouvindo Elsie falar delas no plural.

– Depende de como encaramos a situação – disse Elsie, lacônica. – Karolina ficou um trapo, é claro, mas Johanna estava fora de si. Era como se toda sua vida tivesse se despedaçado quando percebeu que os pais não tomariam nenhuma medida mais drástica além de tirar os refugiados da casa o mais rápido possível e se mandarem de volta para a cidade.

Fredrika engoliu.

– Então *Karolina* é que foi violentada?

– Sim – disse Elsie. – E mais tarde, quando ela cresceu e se apaixonou pelo meu filho Måns, eles tiveram muitas conversas particulares sobre o que aconteceu naquela noite.

Uma expressão de profunda tristeza apareceu no rosto de Elsie enquanto ela descrevia a época em que Karolina ia e vinha de sua casa no papel de nora.

– Karolina era ótima com as palavras – disse Elsie, com os olhos marejados. – Quando era criança, claramente não entendia quem eram os "hóspedes do porão", como seus pais os chamavam. E naqueles primeiros anos depois do estupro, e de uma forma muito natural, ela sentiu um ódio genuíno por todo imigrante que via. Até que aconteceu uma coisa e mudou tudo isso.

Elsie pareceu um pouco insegura.

– Me diga se eu estiver dizendo alguma coisa que você já sabe.

– Estou muito feliz em ouvir – disse Fredrika, fazendo um cálculo mental de quantos minutos faltavam para Alex chegar até Ekerö.

– Karolina sofreu um acidente logo depois de tirar carteira de motorista – disse Elsie. – Ela estava visitando uns conhecidos em Skåne e o carro derrapou numa camada de gelo quando passou por uma ponte. O carro deslizou pela lateral da ponte e caiu no rio. Ela nunca conseguiria sair se não fosse um rapaz que viu o acidente acontecer. Ele se jogou no rio e lutou como um tigre para conseguir abrir a porta e tirá-la de lá.

– E esse rapaz era imigrante?

Elsie sorriu por entre as lágrimas.

– Da Palestina. Depois disso, Karolina não suportou continuar sentindo o que sentia. Aceitou o que aconteceu naquelas férias e voltou a ficar do lado do pai. Talvez porque, durante anos, ela tivesse feito tudo o que podia para mostrar como o odiava e o culpava. E pode acreditar em mim, Jakob pagou um preço altíssimo.

– Ele ficou doente?

– Extremamente. Pela primeira vez ele ficou muito mal e precisou ser internado para se tratar. Marja era a única que ia visitá-lo.

Uma suspeita começou a tomar forma na cabeça de Fredrika.

– E Johanna?

Elsie respirou lenta e profundamente.

– Bom, a história dela é ainda mais trágica que a de Karolina. Veja bem, ela sempre foi a filha predileta do papai. E quando Jakob desapontou Karolina de forma tão grotesca depois do estupro, porque por mais que tentemos entender o que ele fez, não tem como não achar que foi uma espécie de traição, Johanna sempre defendeu Karolina. Ano após ano. Até o acidente de carro e a mudança de opinião de Karolina. Isso tirou todo o chão de Johanna. Sua relação com Jakob estava um farrapo e, de repente, a irmã se torna a predileta do pai. Acho que Johanna se sentiu muito decepcionada.

Fredrika se lembrou das fotografias em Ekerö.

– Então ela virou as costas para a família?

– Sim, ou pelo menos só os encontrava esporadicamente. Foi quando Jakob começou a falar em esconder refugiados de novo que ela resolveu transpor todos os limites e se tornou a maior inimiga da família.

Fredrika franziu a testa.

– Como eu lhe disse da outra vez, ela ficou fora de si, disse que nunca mais queria ouvir aquela proposta de mau gosto. E Marja concordou com ela.

Marja. A mulher que foi à biblioteca e mandou ameaças para o marido.

– A ideia de Jakob gerou muito atrito na família – suspirou Elsie. – Desesperados, Jakob e Marja tentaram consertar as coisas passando a casa em Ekerö para o nome das meninas, como um presente. Mas já era tarde demais.

– Como assim? – perguntou Fredrika, prendendo a respiração sem notar.

Elsie olhou para as próprias mãos e girou a aliança no dedo.

– Ele já tinha perdido Marja nessa época – sussurrou Elsie. – Ela mudou de lado e começou a trabalhar com Ragnar Vinterman quando ele montou o novo esquema. Mas Jakob só descobriu muito tempo depois. E aí ele já estava caindo no abismo que Johanna e Viggo vinham cavando para ele.

O relógio pareceu parar. Fredrika esperou.

– Viggo? – repetiu.

– Johanna e Viggo começaram a se encontrar escondido mais ou menos na mesma época em que Jakob apareceu com a ideia de retomar o antigo projeto. E é por isso que estou aqui – disse Elsie. – Porque Sven jamais seria capaz de entregar Viggo para vocês, apesar de tudo que nosso filho fez para nós e para o irmão.

Mas havia outras razões também, e Fredrika sabia disso.

– E vim pelo bem de Lina – confirmou Elsie, com a voz trêmula. – Porque acho que algo terrível está prestes a acontecer com ela. Veja bem, Viggo só se interessou por Johanna muito tempo depois. Ele queria mesmo era Karolina. E não suportou quando ela o rejeitou.

– Ela escolheu Måns em vez de Viggo?

– Sim, e os dois pagaram por isso. Viggo fez tudo que pôde para afundar Måns ainda mais no vício e terminar o relacionamento. E acabou vencendo. Viggo contou diversas histórias para o chefe de Måns, que perdeu o emprego e passava o dia todo à toa, sem ter o que fazer. Viggo também espalhou rumores sobre Måns, sempre retratando-o para as pessoas sob uma perspectiva ruim. Em pouco tempo, Måns foi ao fundo do poço. Johanna também teve seu papel nessa história, mas seu propósito era afetar Karolina, não Måns.

– Então Viggo acabou ficando com Johanna?

– Sim, depois que tudo acabou entre Karolina e Måns. Mas eles eram discretos. Supostamente acharam melhor assim, tendo em vista tudo que planejavam juntos. Nem Marja sabia, mesmo trabalhando com eles na operação dos refugiados. Só descobri que os dois eram um casal depois de muitos anos. E só falei sobre o assunto com Sven. Concluímos que a relação dos dois não era da nossa conta, que teríamos que esperar para ver. Hoje me arrependo disso.

Fredrika hesitou em relação à pergunta que faria em seguida.

– Como você descreveria a saúde mental de Johanna?

– Ela é doente – disse Elsie. – Totalmente doente. Definitivamente não é o tipo de mulher que eu gostaria de ter como nora.

– Você teve algum contato com Karolina nos últimos dias?

Foi a vez de Elsie hesitar.

– Ela veio atrás de mim – disse. – Hoje. Estava preocupada com Måns e queria saber se estava tudo bem. Tentei fazê-la pensar com a razão e se entregar à polícia, mas ela disse que tinha uma coisa importante a fazer primeiro. Disse que precisava encarar a pessoa que tinha destruído sua vida antes de prosseguir. Acho que sei onde elas podem estar.

– Nós também sabemos – disse Fredrika, pensando consigo: "Eles enganaram Jakob, Marja e um monte de gente. O assassinato de Jakob e Marja nunca teve a ver com segredos perigosos e queima de arquivo. Tudo era apenas uma fachada para o verdadeiro motivo: vingança pessoal".

A CASA ESTAVA ESCURA E DESERTA quando Karolina estacionou o carro alugado na rampa. Sem a menor hesitação, abriu a porta e saiu, pisando na neve. Deu a volta na casa o mais rápido que pôde e entrou no porão. Poucos minutos depois, deu a volta na casa de novo e entrou pela porta da frente. Um turbilhão de memórias veio-lhe à mente enquanto fechava a porta, ainda no escuro.

A história tinha começado ali, e era ali que chegaria ao fim.

Primeiro tinham destruído a relação dela com Måns. Enfraqueceram-no a ponto de se tornar inútil, impossibilitando qualquer relacionamento com ele. Depois deram seguimento ao plano inicial, tão metódico e determinado que lhe causava um arrepio na espinha só de pensar.

Caminhou até a sala. Esticou o braço e passou os dedos pelas fotografias enquanto caminhava. Ela tinha ajudado a mãe a colocá-las na parede.

Agora percebia que tudo tinha começado a desmoronar lá atrás, quando ainda eram crianças.

Mas ela continuava sem compreender algumas coisas e estava pronta para exigir explicações da irmã assim que a encontrasse. Karolina agachou-se perto de um dos janelões e examinou a escuridão na frente da casa. Com todas as luzes apagadas, quem olhasse para dentro não conseguiria vê-la, mas sua visão do jardim era privilegiada.

Segurou firme a arma que apanhara no porão, agora repousada no colo. Estava pronta para encontrar a irmã a qualquer segundo.

A van do batalhão especial estava com dificuldades para atravessar a estrada escorregadia, mas o motorista acelerou mesmo assim. Fredrika telefonou para Alex quando a equipe estava a uns dez minutos da casa.

– Elsie confirmou quase tudo que já sabíamos e me contou outras coisas – disse ela. – Esconder imigrantes era plano conjunto de Viggo e Sven desde o princípio, mas, ao contrário de Sven, Viggo deu seguimento à operação de Ragnar Vinterman. Foi Viggo quem pegou o carro de Sven e deu queixa de roubo para que eles se livrassem de qualquer suspeita.

– Bom, eu vou... – começou Alex.

– Tem mais – interrompeu Fredrika. – Elsie tem certeza de que Viggo matou Jakob e Marja, e que ele e Johanna planejaram tudo. Eles estão juntos há muitos anos, mas nunca contaram para ninguém. Ah, e ficou claro que Karolina é quem foi violentada nas férias, não Johanna.

Fredrika parou para respirar enquanto Alex tentava encaixar as novas informações no esquema trágico. Dois irmãos, duas irmãs. Duas famílias desmanteladas e indivíduos fortes que romperam relações e agora queriam um ajuste de contas.

– Ela falou alguma coisa sobre os motivos de Viggo para matar os pais da namorada? – perguntou rapidamente.

– Vingança – disse Fredrika. – Viggo e Måns estavam junto com os pais quando fizeram uma visita surpresa à casa de férias dos Ahlbin na noite em que Karolina foi violentada, e ficaram sabendo de tudo por Johanna. O que ninguém percebeu é que os dois rapazes estavam apaixonados pela mesma irmã, Karolina. A princípio isso não foi um problema, porque ela não queria nenhum deles. Mas depois, quando saiu de casa para estudar, se interessou por Måns. Numa tentativa alucinada de vencer a disputa, Viggo encontrou o homem que violentou Karolina, que por acaso ainda estava no país.

Uma rajada de vento atingiu a van, forçando-a para fora da estrada. Alex precisou se concentrar para escutar o que Fredrika dizia.

– O confronto com o estuprador acabou de forma muito violenta: Viggo foi esfaqueado no rosto e desmaiou. Aparentemente tem uma cicatriz terrível desde então.

– Achei que era por causa de uma cirurgia mal feita de lábio leporino – disse Alex, lembrando-se com amargor do que Tony Svensson dissera para Peder e Joar:

Vocês não estão procurando alguém como eu... Eu não sei o nome de ninguém. Só conheço a cara horrorosa do sujeito.

– Todos que o conheceram depois disso achavam a mesma coisa – disse Fredrika. – E a família deixava, porque tinha vergonha da verdadeira causa da cicatriz. O incidente nunca foi relatado à polícia; o estuprador de Karolina tinha motivos demais para manter distância da justiça.

– Suponho que Karolina não tenha ficado nada impressionada com o ato de bravura de Viggo, não é? – sugeriu Alex.

– Não, não ficou, e parece que esse foi um dos motivos que o levou a colaborar no plano de Johanna. Ele nunca perdoou a família de Karolina, nem a própria família, por condenar o que ele fez. Johanna também fazia parte da rede de Vinterman e conseguiu convencer a mãe a se juntar a eles, porque Marja não concordava com a ideia do marido de retomar o trabalho voluntário.

Para ela, ajudar os refugiados tinha lhe causado um prejuízo psicológico muito grande, e por isso não queria ajudá-los de graça. Ragnar usou dinheiro para atiçá-la, e tenho certeza de que Johanna também teve fortes argumentos.

Fredrika engoliu.

— A vida de muita gente acabou naquele verão.

— Mas Elsie e Sven já sabiam de tudo isso — disse Alex, aborrecido.

— Precisamos entendê-los — comentou Fredrika. — Eles estavam com medo desde que encontraram o corpo de Jakob e Marja. A única coisa que conseguiram nos dizer foi a certeza de que Jakob não tinha se matado. Esperavam que descobríssemos o resto.

Alex fez uma pausa.

— Meu Deus, que traição por parte de Marja — disse, num tom de voz que Fredrika nunca tinha escutado.

— Acho que não, Alex — disse ela. — Para mim, Johanna convenceu a mãe de que o projeto não era arriscado. Talvez também tenha usado a culpa do passado a seu favor.

— E quando ela percebeu o caráter sinistro do projeto...

— ... já era tarde demais. Mas ela tentou. A gente sabe que ela mandou as ameaças para Jakob, e acredito que o tenha feito na melhor das intenções. Estava tentando salvar o que ainda podia ser salvo.

Alex olhou pela janela da van e prestou atenção na neve. Pensou na casa em Ekerö, onde as irmãs deviam se encontrar para a batalha final.

— Ela podia ter feito mais — disse ele, seriamente. — Talvez assim ela e Jakob ainda estivessem vivos.

— Mas também poderiam não estar. Ela era um peão no jogo de Johanna, e *Johanna* supostamente só queria ver os pais mortos. Só estava esperando a oportunidade ideal.

Inicialmente, Karolina não teve certeza se era sua irmã quem atravessava a rua na direção da casa. Inclinou-se para a frente e pressionou a testa contra o vidro frio da janela para tentar enxergar melhor. Quando a silhueta apareceu na rampa, Karolina sentiu o coração acelerar: era mesmo a irmã.

Ela não diminuiu os passos enquanto caminhava com o corpo ereto, quase correndo, os cabelos soltos batendo nas costas. Atravessou o jardim e subiu os degraus da porta da frente. Karolina escutou a irmã parar e viu a fechadura sendo pressionada lentamente. A porta se abriu e Johanna deu um passo adiante: alta, esguia e coberta de neve. Como se soubesse desde o início que Karolina estava agachada no chão perto da janela, Johanna virou-se lentamente para ela.

Acendeu o interruptor, iluminando o ambiente.

– Sentada no escuro? – disse, olhando para a irmã com a arma no colo.

Karolina ficou de pé e segurou a arma.

– Eu preciso saber por quê – disse, furiosa, agarrando a arma com as mãos trêmulas.

Nunca, em todas as viagens de caça que fizera com o pai, Karolina sonhou que um dia teria de usar suas habilidades para defender a própria vida. Muito menos usá-las contra a própria irmã.

– Traição.

Karolina balançou a cabeça.

– Você é doente. Você dizimou nossa família e ainda tem coragem de dizer que se sente traída?

A irmã contraiu o rosto.

– Eu fiz tudo por você naquelas malditas férias de verão – vociferou. – *Tudo*. Cheguei a fazer a tatuagem de margarida como último lembrete do que você passou. E o que você fez? Virou as costas para mim e virou o papai contra mim.

Karolina sentiu as lágrimas brotando-lhe nos olhos.

– Você nunca fez nada que não fosse por você, Johanna. Você virou o papai contra você.

– Mentirosa! – gritou Johanna com tanta força que Karolina se esquivou. – Igual à mentira de que você não queria nada com Måns ou Viggo.

– A gente era muito nova – sussurrou Karolina, impotente. – Como pode você me culpar até hoje por isso?

– Viggo tentou se vingar por sua causa – continuou Johanna, gritando. – E você o agradeceu ficando com o irmão.

Mencionar Viggo deixou Karolina assustada. Ela não sabia que ele estava envolvido em tudo que aconteceu, mas é claro que devia estar. Pouco a pouco a verdade foi fazendo sentido e ela sentiu sua força indo embora à medida que o quadro ia se formando.

– Agora você entende – disse Johanna, gentil. – Você me impressiona, Lina. Você não só conseguiu se livrar da situação desagradável na Tailândia como conseguiu voltar para a Suécia e descobrir a verdade.

– Måns – sussurrou Karolina.

– Exatamente – sorriu Johanna. – Foi muita estupidez da sua parte não perceber quem Måns ia procurar quando você ligasse para pedir ajuda. Estávamos um passo na sua frente o tempo inteiro. Eu queria que você experimentasse, pelo menos uma vez na vida, como era ser invisível para tudo e para todos, como eu fui.

– Mas você nunca foi invisível – protestou Karolina. – Você era aquela que todos enxergavam! Meu Deus, eu passei metade da infância escutando que precisava ser como você.

O ar ficou pesado. Johanna continuava imóvel, exceto pelo gesto repetitivo de abrir e fechar os punhos. Estava fervilhando de ódio.

– Exatamente! *Metade* da infância. Depois as coisas melhoraram, não foi? Mas não para mim. Não para Viggo.

O medo e o cansaço levaram Karolina a chorar.

– Eu achei que era tudo por causa dessa rede detestável de contrabandistas – disse ela entre lágrimas, tremendo com a arma na mão. – Envolver mamãe nisso tudo? Como você foi capaz?

Johanna contraiu o rosto ainda mais ao ver a irmã chorar.

– Eu nunca quis perdoar nenhum de vocês. *Nunca*. Acredite, tudo que aconteceu ia acabar acontecendo mais cedo ou mais tarde. Mas como o idiota do nosso pai continuou enfiando o nariz onde não podia, reconheci que precisávamos agir antes do planejado. E foi tão fácil enganar a mamãe, foi quase patético. Ela estava totalmente convencida de que só o papai corria perigo.

A sala pareceu diminuir de tamanho enquanto Johanna falava. Ela, que tinha matado os pais sem o menor remorso. Mesmo assim, Karolina não conseguia entender como a irmã podia ser tão doentia. Seu desejo por uma explicação ainda não tinha sido satisfeito.

– Eu li tudo nos jornais – disse Karolina. – E conversei com Elsie. Você matou muita gente.

Johanna colocou a mão na cintura.

– Eu reconheço que muitas vidas foram perdidas, mais do que tínhamos calculado, mas fica difícil responder pelas ações dos outros quando eles não seguem as regras. A gente deixou bem claro que ninguém podia saber que os imigrantes estavam vindo para a Suécia. Mesmo assim, vários deles deixaram a informação escapar. A gente não podia deixá-los voltar para casa.

– A gente? Você e Viggo, quer dizer.

Johanna riu com desdém, mas não disse nada.

– O que vocês acharam? – disse Karolina. – Que nossos pais iam morrer e eu ia apodrecer na cadeia na Tailândia?

– Acho que você merece algum crédito depois de ter colocado a gente nessa confusão – disse Johanna, formalmente. – Nós esperávamos que você voltasse para casa antes de resolvermos a situação com papai e mamãe. Mas resolvemos agir quando vimos que você tinha descoberto um dos nossos colaboradores mais importantes em Bangkok.

– Só para constar, eu não fazia ideia de que estava tão perto.

– Não, mas isso não muda nada, não é? Precisávamos lidar com você imediatamente, por isso agimos rápido. Um desafio para todos nós, mas basta um pouco de imaginação para resolvermos quase tudo na vida. Foi muito fácil fechar suas contas de e-mail, pois você tinha dado todas as senhas para o papai. Pense você, ele tinha tudo anotado num caderninho na mesa. Tão fácil que fiquei até decepcionada. E tínhamos todos os contatos que precisávamos para fazer o plano dar certo em Bangkok. O assalto, a transferência para outro hotel, as drogas no seu quarto, a denúncia para a polícia invadir o hotel.

Johanna parou por um momento.

– Tudo tem seu preço – disse ela. – Ninguém pode fazer o que você fez comigo sem pagar por isso.

Seu preço. As palavras foram se amontoando na cabeça de Karolina, mas na ordem errada. Pensou em Viggo de novo. Viggo, que entrou no apartamento de seus pais, levantou a arma e atirou na cabeça dos dois. Em que momento eles perceberam que iam morrer? Será que tiveram tempo de saber por quê?

– Por que você não nos contou que eram um casal? – perguntou Karolina, com a voz fraca. – Você e Viggo.

Uma gargalhada ecoou na sala.

– O que tinha para contar, Lina? Que eu catei os pedaços que você não quis? A gente não se via há anos, por que eu confiaria em você?

Não havia nada a dizer, nada a acrescentar. Estava tudo acabado, aquele era o fim. *Tudo tem seu preço.* Então Karolina mudou de assunto e perguntou:

– Onde ele está agora? Está esperando você em algum lugar?

– Está no jardim.

Johanna respondeu com tanta frieza na voz que Karolina foi obrigada a virar a cabeça e olhar para o janelão na frente da casa.

Lá fora, na neve, Karolina viu a silhueta de Viggo. O homem que no passado a amara tanto a ponto de cometer um crime para se vingar por uma injustiça que, havia tantos anos, ela tinha esquecido.

– Vocês nunca vão conseguir se livrar dessa, vocês dois. Enganaram gente demais, forçaram essas pessoas a participar de uma cadeia de assassinatos da qual me recuso a acreditar que quisessem fazer parte.

– Muito comovente que sua última preocupação na vida seja o modo como vou sair dessa situação desastrosa – disse Johanna.

Se a luz não estivesse acesa na sala, ela não teria visto o que ele tinha nas mãos e provavelmente teria sido a primeira a atirar. Mas na ocasião foi Viggo, cercado pela neve a poucos metros da casa, parado com uma das armas do pai dela à altura do ombro, que deu o primeiro tiro. O peso de sua mágoa foi a última coisa que sentiu.

A polícia estava bem perto da casa quando o tiro foi dado. O som reverberou entre as árvores cobertas de neve, provocando um pico de adrenalina no sangue dos policiais.

"Droga", pensou Alex, sentindo que Joar o olhava.

Os carros frearam de repente na neve. Os policiais abriram as portas com um golpe só, deixando entrar uma rajada de vento. Primeiro saiu o esquadrão, e os homens assumiram suas posições em volta da casa. Pelo rádio, os detetives ouviram alguém dizer que parecia haver duas pessoas conversando de pé dentro da casa. Ninguém se mexeu quando a polícia pediu para saírem.

Alex espiou a casa com um pressentimento. Pensou naquelas férias horrendas, berço de tanta tragédia e infelicidade. Conflitos ocultos se misturavam ao ar da noite fria. Alex piscou e soube que mais alguém pensava a mesma coisa. Se havia duas pessoas visíveis pela janela, onde estava a terceira, vítima do tiro que todos escutaram?

Johanna olhou para o corpo da irmã, jogado no chão. Uma poça de sangue começou a se formar lentamente embaixo dela. Johanna esticou o braço e apagou a luz.

– Obrigada – disse para Viggo, acariciando-lhe o braço.

Ele parou ao lado dela, atônito.

– Foi a coisa certa a fazer – disse Johanna com a voz baixa. – Você sabe disso.

Ela seguiu o olhar dele para fora da janela, para as luzes reluzentes dos carros de polícia e as silhuetas escuras movendo-se na neve.

– Não vamos conseguir sair daqui – disse ele.

Ela pareceu em dúvida, mas não por muito tempo.

– De todo modo, não temos para onde ir.

Devagar, ele se virou para ela.

– O que vamos fazer?

– Vamos fazer o que tem de ser feito.

Johanna abaixou-se lentamente e apanhou a arma que Viggo tinha soltado. Cego pela ingenuidade e pela crença de que tinha encontrado em Johanna uma mulher que o amasse, Viggo não reagiu quando ela apontou o cano da arma na direção dele.

– Você nunca me amou como amava ela – disse Johanna com frieza, enquanto puxava o gatilho, dando um tiro no peito de Viggo.

Ficou parada por um único segundo, olhando o corpo ferido. Não se importava com mais nada; tinha atingido seu objetivo. Deixou a arma cair e saiu correndo para os degraus de entrada, diante dos policiais em silêncio:

– Me ajudem – gritou ela. – Por favor, me ajudem! Ele atirou na minha irmã!

Ragnar Vinterman percebeu que seu esquema tinha fracassado muitas horas antes de a polícia bater à sua porta. Não sentiu nada além de alívio. Tanta coisa tinha dado totalmente errado. Muita gente teve de pagar com a vida por causa da ganância dele e dos outros.

A verdade era que, no fundo, Ragnar também compartilhava da visão inocente de Jakob Ahlbin sobre os refugiados que chegavam à Suécia. Tinha certeza de que não estava explorando os necessitados quando deu a eles comida e abrigo em troca de pagamento, ou quando teve a ideia de expandir suas atividades para o contrabando de pessoas. Inicialmente ele jamais pensaria uma coisa dessas. Todos podiam pagar o que ele pedia, afinal de contas. Não devia ser um problema para nenhuma das partes envolvidas.

Até que Sven recuou e se recusou a continuar na rede. Nesse momento, Ragnar começou a duvidar. Ao contrário de Jakob, Sven não podia ser descartado como emotivo ou irracional. Sven era um sujeito forte, obrigado a se envolver no crime para conseguir arcar com as quantias exorbitantes de dinheiro que o filho sugava dele. Mas ele tinha um juízo racional, e foi justamente isso que deixou Ragnar tão desconfiado quando Sven declarou abertamente que não faria mais parte do esquema.

O problema era Marja e Johanna. Ragnar se perguntava, certamente, como duas mulheres da família de Jakob puderam se distanciar tanto dos valores fundamentais compartilhados por eles. Mas se *elas* não tinham do que reclamar na operação, por que ele, Ragnar, reclamaria?

Uma única vez ele tentou discutir a questão com Marja, mas ela pareceu abalada e constrangida com o gesto e fugiu das perguntas. A única condição de Marja era que Jakob não descobrisse o que estava acontecendo. E ele não descobriu, até que um dos refugiados escolhidos a dedo, a quem Johanna chamava de "margaridas", quebrou a regra de ouro e contou para um amigo como chegou à Suécia.

"Foi nesse momento que perdemos o controle", pensou Ragnar, desolado. "Foi nesse momento que nos tornamos assassinos".

O esquema só estava funcionando havia seis meses. Foi fácil criar uma rede que gerasse dinheiro escondendo refugiados, mas muito difícil construir uma estrutura para trazer pessoas à Suécia de maneira ilegal, fazê-las cometer crimes complexos e depois mandá-las de volta para casa. Na verdade, foi preciso mandar apenas três pessoas de volta para concluírem que, de um jeito ou de outro, eles teriam de se livrar das margaridas.

As pessoas falaram demais, simples assim. E a conversa gerou rumores, tornando a situação inaceitável.

Jamais se esqueceria da noite em que, prestes a se deitar, escutou no rádio a notícia de que um casal tinha sido morto em Odenplan. Ele ainda tinha esperanças de que não seria preciso chegar a esse ponto. De que Jakob recobrasse a razão. Mas, como de costume, Jakob não admitia ser silenciado pelo medo, então só havia uma maneira de resolver o problema. Quanto a Marja, Johanna insistiu que ela também precisava ser tirada de campo porque jamais ficaria calada se apenas Jakob fosse morto.

Jamais se apagaria a lembrança do rosto impassível de Johanna dizendo que ela mesma cuidaria de calar os pais. Ragnar também não acreditava que um dia conseguiria uma resposta para a pergunta que tanto lhe atormentava o coração: do que deve sentir falta uma pessoa capaz de matar os próprios pais?

A campainha tocou e Ragnar foi abrir a porta. A polícia perguntou o nome dos outros envolvidos na operação. A mulher que conhecia o falsificador de documentos, o homem que falava árabe, todas as pessoas que lucravam com os contrabandistas de refugiados.

"Vou contar tudo", decidiu Ragnar. "Não tenho mais nada para esconder".

Abriu a porta sem dizer nenhuma palavra e se entregou à polícia sem reclamar. Com isso, a paróquia perdia mais um de seus servos leais.

O próximo telefonema foi recebido quando Fredrika estava prestes a ir embora. Já passava das nove. Alex ligara dando-lhe um relatório final tão estapafúrdio que ela mal conseguiu entender. Johanna Ahlbin se entregou à polícia dizendo ter atirado em Viggo por legítima defesa depois que ele matou Karolina. Segundo os médicos, Viggo estava morto, mas Karolina provavelmente ia sobreviver.

– Estamos esperando ansiosos pelo depoimento dela – disse Alex em tom sarcástico, depois falou para Fredrika ir embora.

Mas Fredrika não foi. Primeiro organizou e arquivou todos os papéis, depois pensou que alguém precisava telefonar para Peder e informá-lo sobre os novos acontecimentos. Ele pareceu feliz.

– Estamos jantando nesse instante – disse ele. – Meu irmão está aqui também.

Fredrika achou que ele estava de muito bom humor. Ou talvez um pouco sem graça. De todo modo, ficou feliz por ele. Seria ótimo para todos se Peder definisse suas prioridades.

O vento estava brando e tinha parado de nevar quando Fredrika vestiu o casaco para ir embora. O celular tocou: outra chamada da casa de Spencer, que ela atendeu enquanto vestia o gorro com a outra mão.

"Estranho ele não me ligar do celular", pensou.

– Queria falar com Fredrika Bergman – disse uma voz feminina desconhecida.

Surpresa ao perceber com quem devia estar falando, Fredrika ficou estática no meio do corredor deserto.

– Sou eu – disse, por fim.

– Quem fala é Eva Lagergren. Esposa de Spencer.

Fredrika já sabia com quem falava, mas mesmo assim tomou um choque e precisou se sentar. Encostou na parede e deslizou lentamente até o chão. Então Eva Lagergren disse as palavras que ninguém quer ouvir:

– Sinto ter péssimas notícias.

Fredrika prendeu a respiração.

– Spencer sofreu um acidente de carro. Está no hospital em Lund.

Não, não, não. Tudo menos isso.

A angústia a atingira com um soco no estômago. Fredrika teve de se inclinar para a frente e colocar a mão na barriga.

Respire fundo. Inspire, expire.

– Como ele está?

Sua voz foi quase um suspiro.

Ela escutou a mulher inspirando do outro lado.

– Disseram que seu estado é grave, mas estável.

Eva pareceu hesitar, como se estivesse prestes a derramar algumas lágrimas.

– Seria bom se você fosse até lá agora à noite. Com certeza ele vai querer vê-la quando acordar.

Alex teve uma sensação estranhamente prazerosa enquanto voltava de carro para a cidade. Sentia o corpo enérgico demais para ir diretamente de Ekerö para casa, por isso quis passar no Casarão para escrever seu relatório e desacelerar a mente. Fredrika devia ter ido embora; a luz de sua sala estava apagada e o casaco não estava lá.

Alex ainda estava bastante otimista quando entrou na rua de sua casa em Vaxholm. Foi quando se lembrou de que ele e Lena deveriam conversar à noite e ele sequer telefonou para dizer que chegaria muito tarde.

Olhou para o relógio. Já passava de uma da manhã. A chance de Lena ainda estar acordada era mínima.

Por isso ficou surpreso ao encontrá-la sentada na poltrona da sala. Dava para ver que ela tinha chorado. O que mais o surpreendeu, no entanto, foi perceber que ela tinha perdido peso. Muito peso, na verdade. Sentiu a dor de uma onda de medo passando-lhe pelo corpo. Era como se estivesse vendo a esposa direito pela primeira vez em semanas. Magra, pálida e sem brilho.

Deixei passar alguma coisa muito importante, alguma coisa terrível.

– Me desculpe – murmurou enquanto se sentava no sofá, de frente para ela. Lena balançou a cabeça.

– Eu telefonei para a central e eles me disseram o que estava acontecendo. Deu tudo certo?

Alex teve vontade de rir.

– Depende do que você quer dizer com "certo" – respondeu. – Mas basicamente não, não deu tudo certo. Não em todos os níveis, quero dizer. O futuro da equipe de investigações especiais ainda parece incerto, para dizer o mínimo.

Lena se mexeu inquieta na poltrona, fazendo uma careta como se o corpo doesse.

– Preciso lhe contar uma coisa – disse ela, com a voz abafada. – Uma coisa que sei há algum tempo, mas... Não consegui dizer nada. Não até ter certeza.

Ele franziu a testa, sentindo a ansiedade se transformar em pânico.

– Ter certeza de quê?

O que Lena não podia dizer nem para seu melhor amigo? Porque ele sabia que era seu melhor amigo, como ela era sua melhor amiga. Esse era o segredo de seu casamento estável e duradouro. A relação dos dois baseava-se na amizade.

A culpa cortou sua alma como uma faca. Não era ela que tinha se esquecido desse segredo, e sim ele.

"Passei tanto tempo perseguindo fantasmas que perdi a razão", pensou ele, desanimado.

Mesmo antes de Lena começar a falar, ele sabia que o que ela ia dizer mudaria tudo e o privaria de qualquer chance de compensar seu erro grotesco.

– Vou deixar você – soluçou ela. – Você e as crianças. Estou doente, Alex. Os médicos disseram que não podem fazer nada.

Alex olhou para ela, atônito. Quando começou a processar as consequências do que a esposa dissera, ele entendeu com total clareza que, pela primeira vez, encarava uma situação que jamais conseguiria aceitar, e com a qual, muito menos, conseguiria conviver.

Adormeceram abraçados um ao outro. Era tarde. A casa estava escura e silenciosa. Lá fora, a neve tinha parado de cair. Foi a última vez que a neve caiu naquele inverno. Depois disso, vieram apenas algumas chuvas escassas em abril.

Quando chegou o outono, estava tudo acabado.

OUTONO DE 2008

O compassivo inspetor-detetive

ESTOCOLMO

— Como foram as férias de verão, Peder?

Peder Rydh refletiu.

— Foi boa. Ótima, na verdade.

— Você fez alguma coisa especial?

O rosto de Peder se acendeu.

— Viajamos de carro pela Itália. Com os meninos e meu irmão, Jimmy. Uma maluquice, mas inesquecível.

— Então você e Ylva voltaram?

— Sim! Vendi meu flat e voltei a morar com ela.

— E está tudo bem?

— Muito bem.

Houve uma pausa.

— Tivemos alguns encontros antes das suas férias e, se me lembro bem, você estava um pouco negativo em relação às sessões.

Peder ficou sem graça.

— Minha experiência com psicólogos tem sido variada. Não sabia o que esperar.

— Ah, entendo. E agora, o que você acha?

Peder hesitou um instante até decidir que não havia motivo para mentir.

— Tem sido bom para mim – disse, simplesmente. – Percebi algumas coisas.

— Coisas das quais você não tinha consciência antes, você quer dizer.

Ele assentiu.

— Antes das férias houve muitos atritos entre você e um de seus colegas, Joar. Como estão as coisas agora?

— Sob controle. Não dou a mínima para ele.

— Sério? Mas vocês precisam trabalhar juntos, não?

— Não, ele foi transferido de volta para a Agência de Crimes Ambientais. Ou talvez ele tenha pedido a transferência, não sei.

– Então agora é só você e Alex Recht?

A tristeza fez os olhos de Peder marejarem.

– É... só eu e um substituto temporário, no momento. Nada foi decidido em definitivo, eu diria. Alex está de licença por algumas semanas.

A voz dele falhou.

– Eu quis vê-lo para saber como você estava, Peder. E fazer algumas perguntas.

Peder esperou.

– Qual a pior coisa que poderia lhe acontecer hoje?

– Hoje?

– Sim, hoje.

Peder pensou.

– Não pense demais, diga algo espontâneo.

– Perder Ylva, definitivamente seria a pior coisa.

– E os meninos?

– Também não quero perdê-los.

– Mas não foram eles que lhe vieram à mente quando fiz a pergunta.

– Não, não foram. Mas isso não quer dizer que eu não ame meus filhos. Só que é um amor diferente.

– Tente explicar.

Peder respirou fundo.

– Não posso. Só sei que é assim. Se eu acordasse amanhã e Ylva não existisse mais, eu não conseguiria continuar. Não seria capaz de suportar o que Alex está passando agora.

Peder ficou sem palavras. Ylva havia lhe dado uma segunda chance. Agora cabia a ele aproveitá-la ao máximo.

BAGDÁ, IRAQUE

Farah Hajib já tinha aceitado que o homem que amava havia morrido e nunca mais ia voltar quando um sujeito de aparência ocidental e cabelos grisalhos apareceu na porta de sua casa.

Ele não falava árabe, e o inglês que ela tinha aprendido na escola não foi suficiente para que entendesse o que ele estava dizendo. Então ela fez um gesto para que o homem a acompanhasse até a casa ao lado, onde morava seu primo, pois ele falava bem inglês e tinha trabalhado como intérprete para o exército americano.

Visitantes ocidentais ainda são raridade em Bagdá. Quase todos que apareciam eram jornalistas, ou missionários diplomáticos corajosos o bastante para fixar residência na área. Mas Farah conseguiu entender imediatamente que seu convidado era de outro tipo. Tinha uma aparência diferente, e seus olhos analisavam o ambiente o tempo inteiro em busca de perigo ou detalhes dignos de nota.

"Polícia", pensou ela. "Ou militar. Não é americano, talvez seja alemão".

Mas não era do comportamento dele que Farah se lembraria depois, mas sim da tristeza e da dor infinita que trazia nos olhos. Uma tristeza tão profunda que ela mal conseguia olhar para ele. Percebeu que o visitante era estranho demais para trazer boas notícias. A conversa com o primo seria rápida.

– Ele quer lhe dar uma coisa – disse o primo depois de alguns minutos de conversa com o homem.

– Para mim? – repetiu ela, surpresa.

O primo assentiu.

– Mas eu não o conheço!

– Ele diz que veio da Suécia e que trabalha para a polícia. Mas está de licença no momento. Disse que investigou a morte do seu noivo há alguns meses.

·As palavras fizeram Farah perder o fôlego e ela olhou para o rosto aflito do homem.

– Ele diz que infelizmente não pode ficar muito tempo porque precisa visitar outra pessoa antes de ir embora. Outra mulher que perdeu o marido também. O nome dele era Ali.

Nesse instante, a esposa do primo saiu da cozinha, curiosa para ver quem era o convidado em sua casa.

O estranho a cumprimentou com uma vênia e disse alguma coisa para o primo de Farah.

– Ele está dando os parabéns pelo bebê – disse o primo para a esposa grávida. – Uma colega dele teve um bebê há algumas semanas e ele vai ser avô no Natal.

Farah deu um sorriso melancólico, ainda confusa, sem saber por que aquele homem tinha ido visitá-la do nada.

Então ele colocou lentamente a mão no bolso e tirou um objeto.

O anel de noivado da moça.

Sem sequer agradecê-lo, ela pegou o anel e o observou até ser tomada pelas memórias que ele evocava e começar a chorar. Quando olhou para o homem que disse ser da polícia sueca, viu que ele também estava chorando.

– Foi sugestão da esposa dele vir até aqui e entregar-lhe o anel – explicou o primo num murmúrio, inquieto por causa das lágrimas do visitante.

– Agradeça a ela e mande lembranças – disse Farah, formalmente.

Ela seria capaz de jurar que o estranho estava sorrindo atrás das lágrimas.

AGRADECIMENTOS

Ousar agradecer é importante. Pelo menos para mim. Agradecer é reconhecer que o outro teve participação no nosso trabalho de alguma maneira; que não fizemos tudo sozinhos; e que, na verdade, não deveríamos fazer sozinhos.

Escrever um livro é como preparar uma receita de bolo muito complicada. Enquanto brigamos com a massa, o merengue e a cobertura, precisamos de outras mãos. E precisamos de energia, motivação e paciência.

Para mim, escrever é fácil. As palavras surgem por conta própria; não preciso fazer força ou esforço para que fluam. Mas infelizmente isso não garante que serão perfeitas. Consigo enxergar isso no momento em que imprimo o texto: dá para ver onde a história não está funcionando. É quando luto com todas aquelas letras e palavras, tentando forçá-las a se encaixar do jeito certo. Às vezes funciona; outras vezes, não funciona de jeito nenhum.

Em primeiro lugar, quero agradecer calorosamente a toda a equipe da minha editora sueca, a fantástica Piratförlaget! *Sofi, Anna, Jenny, Cherie, Madeleine, Ann-Marie, Lasse, Mattias, Lottis, Anna Carin* e *Jonna* – onde estaria eu sem a energia e o constante encorajamento de vocês? Agradeço especialmente a *Sofia*, minha editora-chefe, que manteve uma estrutura para deixar o caminho aberto e me fazer acreditar que posso escrever quantos livros quiser, e *Anna*, minha editora de texto, que sempre, sempre (a repetição foi proposital, Anna) tem energia para continuar mesmo quando não consigo mais, e age como fermento na parte da receita do bolo chamada revisão.

Muito obrigada também a todos da ultracompetente Agência Salomonsson – *Niclas, Leyla, Tor, Catherine e Szilvia* – responsáveis pelo meu enorme sucesso no exterior desde que começamos a trabalhar juntos em maio de 2009. Tenho orgulho de ser representada por vocês.

Obrigada a todos os amigos e colegas que acompanham cada passo da minha jornada pelo mundo dos livros, quase como se eu fosse uma estrela do rock, e não uma escritora. É maravilhoso quando vocês, além de lerem meus livros, pedem para que eu os autografe quando os compram para dar de presente.

Obrigada a *Malena* e *Mats*, que me deram tempo.

Obrigada a *Sven-Ake*, que continua me dando suporte quando meu conhecimento sobre o trabalho da polícia se esgota.

Obrigada à equipe de vendas na Walter Borgs Jaktbutik, que me ajudou a escolher a arma do crime perfeita.

Obrigada à designer *Nina Leino*, que deixa meus livros sempre muito elegantes.

Obrigada a *Sofia Ekholm*, que continua ocupando um lugar especial na minha escrita. Logo vai haver mais um manuscrito para ser lido – espero que você tenha tempo e vontade!

E obrigada a minha família, que aprecia tanto meu sucesso e atravessa o país inteiro para me ver falar sobre os livros, ou que não para de chutar meus calcanhares embaixo da mesa de autógrafos em alguma livraria.

Obrigada.

Kristina Ohlsson
Bagdá, primavera de 2010

Este livro foi composto com tipografia Electra e impresso
em papel Off-White 70 g/m² na gráfica Assahi.